Adriana Trigiani
Das Beste in uns

Adriana Trigiani

Das Beste in uns

Roman

Deutsch von
Susanne Goga-Klinkenberg

dtv

Deutsche Erstausgabe
dtv Verlagsgesellschaft mbH & Co. KG, München

Titel der amerikanischen Originalausgabe:
›The Good Left Undone‹

Satz: Greiner & Reichel, Köln
Gesetzt aus der Aldus nova Pro
Druck und Bindung: CPI books GmbH, Leck
Printed in Germany · ISBN 978-3-423-28348-9

Für Lucia

Teil Eins

Wer sich danach sehnt, das ewige Leben im Himmel
zu erlangen, möge das Folgende beherzigen.

Wenn ihr die Vergangenheit betrachtet,
bedenkt diese Dinge:

Das Böse, das getan wurde

Das Gute, das nicht getan wurde

Die Zeit, die verschwendet wurde

PROLOG

Karur, Indien
Vor langer, langer Zeit

Der Berg war ein Tabernakel mit einer einzigen Tür. Hinter dieser Tür, unter kühlen schwarzen Höhlen, die tief in die Erde gemeißelt waren, lagen die reichsten Adern von Korund, Pyrit und Rubinen in ganz Südasien.

Vor dem Eingang der Mine brannte die Sonne auf die rote Erde, die mit Fußabdrücken jeglicher Größe übersät war. Der Geruch von Nelken und Lehm bildete einen so dichten Dunst, dass man die Straße nicht sah. Edelsteinhändler hatten sich in der Nähe des Dorfes Karur versammelt, um auf die Ausbeute zu warten. Plötzlich ertönte das Geschrei des Elefanten, ein klagendes, sehnsuchtsvolles Geräusch, wie das tiefe Donnern einer Trompete in der Dunkelheit. Als der gewaltige Kopf des Tieres im Eingang der Mine erschien, wurde das Heulen lauter und hallte über die Hügel.

Die Augen der Elefantenkuh waren vom weißen Film des Altersstars getrübt. Burgunderrote Flecken getrockneten Blutes zeichneten ihre Haut, wo man sie mit Ketten geschlagen hatte. Ihre Vorder- und Hinterbeine waren mit dicken Hanfseilen gefesselt, gehalten von Eisenklammern, die sich in die weiche graue Haut bohrten. Sie zog eine massive Pritsche, auf der sich Steinbrocken türmten, die mit Rohrubinen gesprenkelt waren.

Der Mahut war von schlanker Statur, seine Haut hatte die Farbe von Zimt. Er schmiegte sich an den Rücken des Elefanten und führte ihn mittels Ketten an der Kandare. Die Elefantenkuh schüttelte den Kopf, um dem Druck des Gebissstücks auszuweichen. Ihr Herr zog die Zügel noch fester an.

Die Elefantenkuh verharrte reglos unter dem Stützbalken über dem Eingang.

»Jao!«, rief der Mahut. Die Elefantenkuh ignorierte den Befehl. Der Mahut peitschte sie mit der schlaffen Kette. »Jao!«

Das Tier blieb unbeirrt stehen.

Zum ersten Mal in ihrem langen Leben gehorchte die Elefantenkuh nicht dem Befehl des Mahuts. Sie knickte nicht unter dem Peitschenschlag der Kette ein, sondern hob Kopf und Rüssel, um voranzuschreiten.

Sie erinnerte sich an das Süßgrasfeld an den Ufern des Amaravati-Flusses. Dieser Blick zurück verlieh dem Tier die Kraft, die Pritsche aus der Mine hinaus ins Licht zu ziehen.

Kapitel 1

Viareggio
Jetzt

Matelda Roffo schloss die Augen und versuchte sich zu erinnern. Irgendetwas war dem Mahut zugestoßen, so viel wusste sie. Leider waren die Einzelheiten der Gutenachtgeschichte, die der Großvater ihr erzählt hatte, zusammen mit all den anderen unwesentlichen Informationen, die sie nicht mehr behalten konnte, davongeglitten. Das Alter war eine Wundertüte, und keine schöne. Warum hatte sie die Geschichte vom Elefanten nicht aufgeschrieben? Sie hatte es sich oft vorgenommen, war aber nie dazu gekommen. Warum schob sie immer alles vor sich her? Wer könnte das Ende kennen? Nino! Sie würde ihren Bruder in Amerika anrufen! Aber sein Gedächtnis war auch nicht mehr das beste. Wer würde die Geschichte vom Elefanten erzählen, wenn sie nicht mehr da war? Eine Familie war nur so stark wie ihre Geschichten.

Mateldas Großvater Pietro Cabrelli, ein gebürtiger Toskaner, war Goldschmied und Edelsteinschleifer gewesen. Er hatte Kelche, Patenen und Hostienschalen für den Vatikan gefertigt und dafür die wertvollsten Juwelen und Metalle der Welt verwendet, die ihm jedoch nicht gehörten. Cabrelli arbeitete im Auftrag, den Lohn bestimmte der Auftraggeber. Seine Frau Netta war nicht begeistert. »Du könntest ebenso gut die Straßen von Rom fegen.«

Jeden Tag nach der Schule ging Matelda zu ihrem Großvater in die Werkstatt. Sie setzte sich auf die Fensterbank, die Füße auf dem Heizkörper, und beobachtete ihn still. Cabrelli lötete die Goldfassungen über einer offenen blauen Flamme oder maß, schliff und polierte die Steine, die in die Fassungen kamen. Er trug eine lederne Arbeitsschürze, dazu eine Lupe um den Hals, einen Bleistift hinter dem Ohr und einen Meißel in der Gesäßtasche. Die erste Musik, die Matelda je gehört hatte, war das Summen der Schleifscheibe gewesen, ein schriller Ton, ähnlich einem Détaché auf der Violine. Cabrelli hielt einen Steinsplitter, nicht größer als ihr Fingernagel, an die raue Oberfläche. Um ihr die Zeit zu vertreiben, lehrte Cabrelli seine Enkelin, Edelsteine mit der Lupe zu betrachten. Matelda war immer aufs Neue begeistert, wenn das Licht in den Facetten ein Kaleidoskop erzeugte, das den Stein in allen Farben funkeln ließ. Sie hatte Spaß in der Werkstatt, aber auch Pflichten. So musste sie die Fenster öffnen, wenn Cabrelli Metalle lötete, und danach wieder schließen.

An der Wand hing eine Weltkarte, auf der Cabrelli die ergiebigsten Rubinminen eingezeichnet hatte. Er zeigte ihr Orte in Südamerika, China und Afrika, doch zuletzt wanderte sein Finger unweigerlich nach Indien, wo er die meisten Stellen markiert hatte. Cabrelli arbeitete mit Rubinen, weil die Heilige Römische Kirche die Farbe Rot bevorzugte. Er war sicher, dass seine Schöpfungen göttlich inspiriert waren. Eine Monstranz, in der das Allerheiligste aufbewahrt wurde, mit Juwelen zu verzieren, bedeutete, ihr die Eigenschaften von Zeit und Glauben zu verleihen.

Matelda kniff die Augen zu, hielt sich an der Kirchenbank fest und atmete den Duft von Bienenwachs und Weihrauch ein, der ihr Gedächtnis wachzurütteln schien. Statt in der Stille zwischen heiliger Kommunion und Schlusssegen zu beten, scrollte sie auf der Festplatte ihres Gehirns zurück in die Zeit, als ihre Eltern, ihre Großeltern und ihr kleiner Bruder noch im selben Haus gewohnt hatten und sie jeden Sonntag gemeinsam in diese Kirche gegangen waren.

Bruchstücke aus dem Indien ihres Großvaters tauchten wieder auf. Bergleute, die Honigwaben kauten, um bei der langen Arbeit in der Dunkelheit wach zu bleiben. Taubenblutrubine von der Farbe reifer blauer Trauben. Rosa Wolken an einem Lapislazulihimmel.

Nachdem die Familie gemeinsam zu Abend gegessen hatte, gingen ihre Eltern spazieren, und der Großvater erzählte den Kindern eine Gutenachtgeschichte. Pietro Cabrelli türmte Kissen auf dem Boden zu einem Berg, während Bauklötze als Steinbrocken aus der Mine dienten. Er zog ein Taschentuch hervor und drückte es ans Gesicht, um die brütende Hitze darzustellen. Er spielte alle Rollen mit unterschiedlichen Stimmen, wie ein Schauspieler in einem Theaterstück. Cabrelli wurde sogar zum Elefanten. Er taumelte durch den Raum und schwang den Arm hin und her, um den Rüssel des Tieres zu imitieren.

»Matelda!«, flüsterte ihre Freundin Ida Casciacarro und versetzte ihr einen sanften Schubs.

Matelda öffnete die Augen.

»Du bist eingeschlafen.«

»Ich habe nachgedacht«, flüsterte Matelda zurück.

»Du bist eingeschlafen.«

Es hatte keinen Sinn, mit Ida zu streiten. Die beiden saßen täglich bei der Messe in derselben Kirchenbank, die Abläufe waren so fest gefügt wie die Fleur-de-lis-Kacheln im Granitboden der Kirche. Sie standen auf, neigten die Köpfe und bekreuzigten sich, während der Priester ein Kreuz in die Luft zeichnete. Sie knieten gemeinsam nieder, wenn die Glocken der Chiesa San Paolino die uralte Melodie läuteten. Diese hatte die Frauen schon zur Laudes gerufen, als sie noch Mädchen waren.

In Viareggio brauchte man keine Uhr; man lebte nach den Glocken und dem Bäcker. Umberto Ennico zog Bleche mit butterweichen Cornetti aus dem Ofen, wenn Don Scarelli die Messe begann. Wenn sie endete, waren die Hörnchen abgekühlt und mit Aprikosenglasur bestrichen, sodass die Gläubigen sie auf dem Heimweg mitnehmen konnten.

»Lass uns auf einen Kaffee und was Süßes hingehen«, schlug Ida vor und band im Gehen ihr Kopftuch.

»Heute nicht.«

»Aber du hast Geburtstag.«

»Tut mir leid, Ida. Anina kommt vorbei.«

»Na, dann ein anderes Mal.« Ida neigte den Kopf nach hinten und betrachtete ihre Freundin durch die Bifokalbrille. »Versprochen?«

»Versprochen.«

Ida griff in die Tasche und reichte Matelda ein kleines, mit einem Band verschnürtes Päckchen.

»Warum tust du das?«

»Reg dich nicht auf. Ist nur eine Kleinigkeit.« Ida vergrub die Hände in den Ärmeln ihres Wollmantels. »Na los. Mach schon auf.«

»Was ist das?« Matelda schüttelte das weiße Plastikfläschchen mit den Kapseln.

»Probiotika. Die verändern dein Leben.«

»Mir gefällt mein Leben.«

»Mit Probiotika gefällt es dir noch besser. Glaub nicht mir, frag deinen Arzt. Heutzutage dreht sich alles um Darmgesundheit.«

»Warum gibst du Geld für mich aus?«

»Dir kann man ja sonst nichts kaufen. Du hast doch alles.«

»Ida, wenn du mit einundachtzig nicht alles hast, was du willst, bekommst du es wahrscheinlich auch nicht mehr.«

Ida küsste ihre Freundin rasch auf beide Wangen, drehte sich um und wanderte die steile Kopfsteinpflasterstraße zu ihrem Haus hinauf. Das rosafarbene Tuch rutschte ihr vom Kopf, ihr weißes Haar kräuselte sich im Wind. Die Metriones und Casciacarros waren robuste, kräftig gebaute Menschen gewesen, die in der Seidenfabrik gearbeitet hatten, als diese noch ein bedeutender Betrieb gewesen war. Matelda erinnerte sich, wie ihre Freundin, damals noch schwarzhaarig, nach einer langen Schicht den Hügel hinaufgerannt war. *Wann sind wir alt geworden?*, fragte sie sich.

Kapitel 2

Viareggio lag an der Küste des Ligurischen Meeres, südlich des Golfs von Genua und nördlich der Amalfiküste. Die bonbonbunten Villen mit Meerblick standen im Schatten eines Pinienhains mit hohen, knorrigen Stämmen und grünen bauschigen Kronen. Der Strand von Viareggio entrollte sich wie eine Smaragdkette an der Westküste Italiens.

In der Luft hing noch der Geruch von verkohltem Eukalyptusholz und Schwefel, als Matelda die wackeligen Stufen zum Pier hinaufstieg. Am Abend zuvor war der Carnevale offiziell zu Ende gegangen, das Feuerwerk am schwarzen Himmel zu Asche zerfallen. Die letzten Touristen hatten den Strand vor Sonnenaufgang verlassen. Das rosa Riesenrad stand still. Die Karussellpferde waren in der Luft erstarrt. Sie hörte nur das Knattern der Planen über den leeren Verkaufsständen.

Matelda lehnte sich ans Geländer des verlassenen Piers und betrachtete die Rauchfähnchen, die von den erkaltenden Feuerstellen am Strand zum Himmel stiegen. Am Horizont verschwamm der bewölkte Himmel mit dem silbernen Meer. Ein Nebelhorn tutete, ein schnittiger Ozeandampfer wühlte die Brandung zu schaumigen Streifen auf. Das Schiff glitt anmutig vorbei und zog den Tagesanbruch wie eine Fahne übers Wasser. Ihr ganzes Leben lang hatte Matelda auf die großen Schiffe gewartet und geglaubt, es bringe Glück, eins zu sehen. Sie wusste nicht mehr, wer ihr das erzählt hatte; sie hatte es immer gewusst.

Komm zurück, dachte Matelda, als das weiße Schiff mit dem rotbraunen Rumpf und dem mitternachtsblauen Besatz nach Süden fuhr. Zu spät. Es war unterwegs an einen warmen Ort. Matelda hatte den Winter satt. Bald käme der Frühling, dann würden die türkisfarbenen Wellen unter dem wolkenlosen Himmel wiederkehren. Wie sehr sie sich darauf freute, bei warmem Wetter am Strand spazieren zu gehen.

Gewöhnlich drehte Matelda nach der Kirche eine kleine Runde, bei der sie für die Mahlzeiten des Tages einkaufte, und unternahm nachmittags einen langen Spaziergang, um nachzudenken. Diese Rituale prägten die Tage im letzten Kapitel ihres Lebens, das angebrochen war, als sie die Arbeit als Buchhalterin im Juweliergeschäft aufgegeben hatte. Matelda wollte ihr Haus bestellen und ihre Kinder nicht mit Bergen von Papier und Zimmern voller Möbel belasten, die sie schon von den Eltern geerbt hatte. Sie wollte ihre Kinder so gut wie möglich auf das Unvermeidliche vorbereiten.

Matelda war froh, dass sie dem Virus, das Bergamo im Norden heimgesucht hatte, entkommen war – ein Virus, das ältere Menschen traf, hätte sie ganz sicher im Visier gehabt. Sie war froh, weil ihr nichts anderes übrig blieb. Das Schicksal war wie eine Abrissbirne. Sie wusste nicht, wann sie vorbeischwingen und Schaden anrichten würde; sie wusste aus Erfahrung nur, *dass* es passieren würde.

Sie hatte nie aufgehört, ihr Gewissen zu prüfen. Dies zu tun, hatten ihr die Nonnen als Kind eingeimpft. Sie dachte an den Schmerz, den sie erlitten, aber auch anderen zugefügt hatte. Die Toskaner mochten im Augenblick leben, aber die Vergangenheit lebte auch in ihnen. In jedem Winkel ihrer Heimatstadt verbargen sich Erinnerungen. Sie kannte Viareggio und seine Menschen so gut wie ihren eigenen Körper; in gewisser Hinsicht waren sie eins.

Die Stimmung im Ort wurde trostlos, wenn der Karneval endete und die Fastenzeit begann. Die nächsten vierzig Tage würden eine düstere Zeit voller Besinnung, Fasten und Buße. Als sie klein war, hatte sich die Fastenzeit wie eine Ewigkeit angefühlt. Der Ostersonntag, der Tag der Erlösung, konnte gar nicht früh genug kommen. »Du kannst die Freuden des Ostersonntags nicht ohne die Qualen des Karfreitags haben«, hatte ihre Mutter sie gemahnt. »Ohne Kreuz keine Krone«, sagte sie in einem Dialekt, den nur ihre Kinder verstanden.

Die Auferstehung des Herrn erlöste den Ort und befreite die Kinder. Die schwarzen Säcke wurden von den Heiligenstatuen gezogen. Der kahle Altar wurde mit Myrte und Gänseblümchen geschmückt. Die einfache Brühe, die man während des Fastens zur Stärkung trank, wich süßem Brot. Wenn Mama in der Karwoche den Teig fürs Osterbrot knetete, munterte der Duft von Butter, Orangenschalen und Honig sie auf. Das weiche, mit Eiern gebackene Brot, das noch heiß zu Zöpfen geflochten und mit Honig getränkt wurde, bewies, dass die Zeit der Opfer bis zum nächsten Jahr vorüber war. Matelda erinnerte sich an ein besonderes Pranzo di Pasqua, an dem sämtliche Familienmitglieder beider Seiten teilgenommen hatten. Papa hatte für das Osteressen einen langen Esstisch aus Holztüren aufgebaut, damit die ganze Familie zusammensitzen konnte. Mama hatte den Tisch mit einem gelben Tuch gedeckt und Körbe mit ihrem frisch gebackenen Brot daraufgestellt.

»Wir sind eins.« Das waren die Worte ihres Vaters gewesen, als er sein Glas erhob, worauf Cousins, Tanten, Onkel und Geschwister ebenfalls die Gläser erhoben hatten.

Es hatte viele glückliche Momente in Mateldas Leben gegeben, doch dieser Ostersonntag nach dem Krieg zählte zu den besonderen. Selbst wenn ihr Gedächtnis sie irgendwann völlig im Stich ließe, würde Matelda sich immer an die Szene erinnern, wie ihre Familie im Garten unter der gleißenden Sonne die Fastenzeit beendete. In der Jugend war Matelda der Zeit hinterhergejagt, um zu bekommen, was sie wollte. Heute jagte sie der Zeit hinterher, um sie festzuhalten.

Die Holzlatten knarrten unter ihren Füßen, als sie den Pier entlangging. In der Mitte drehte sie sich um und blickte zurück auf die breite graue Fläche. Warum war sie ihr als Mädchen so endlos erschienen?

Matelda erinnerte sich, wie sie an einem Sommerabend während der Passeggiata Mare neben dem Kinderwagen ihres Bruders auf dem Pier spazieren gegangen war. Nino war 1949 geboren. (Zahlen behielt sie – typisch Buchhalterin.) Der Krieg war vorbei. Ihre Mutter trug ein Kleid aus apricotfarbenem Organza und ihr Vater einen Strohhut mit einem breiten Band aus himbeerroter Seide. Matelda legte die Hand aufs Herz, als sich die Details vor ihrem inneren Auge zusammenfügten. Bald gesellten sich die Geister zu ihr und färbten den tristen Pier bunt. Sie stellte sich Männer in karamellbraunen Anzügen vor und Frauen, die Hüte mit Pfauenfedern trugen. Ihre Mutter zwirbelte den verblichenen Sonnenschirm aus Leinen. Als Matelda sich auf eine Bank setzte, um sich auszuruhen, und die Augen schloss, hätte sie beschwören können, dass sie die Stimme ihrer Mutter hörte. Domenica Cabrelli hatte ihrer Tochter die Liebe zum Meer vererbt. Matelda spürte die Wärme ihrer Mutter, wann immer sie unter der korallenfarbenen Sonne am Wasser entlangging.

Sie fragte sich, warum sie sich mühelos an Einzelheiten aus ihrer Kindheit erinnerte, während sie kaum noch wusste, was sie am Abend zuvor gegessen hatte. Vielleicht würden Idas Probiotika ja helfen! Sie musste ihren Arzt danach fragen. Beim letzten Termin hatte er einen Gedächtnistest durchgeführt, ohne auch nur eine Frage zu ihrer Vergangenheit zu stellen. Stattdessen war er vom Hier und Jetzt besessen gewesen. *Wer ist der Ministerpräsident von Italien? Welcher Wochentag ist heute? Wie alt sind Sie?* Matelda hätte am liebsten gesagt: »Wen interessiert das schon?«, hütete sich aber, sich mit ihrem Arzt anzulegen. Er versicherte ihr, dass die Visionen und Träume über die Vergangenheit zwar normal, aber völlig irrelevant seien, wenn es um den aktuellen Zustand ihres Gehirns ging. »Vergangenheit und Gegenwart sind im menschlichen Gehirn nicht miteinander verbunden«, hatte er erklärt. Matelda war sich da nicht so sicher.

Sie überquerte den Strandboulevard und ging zu dem Modeladen, in dem sich früher das Juweliergeschäft ihrer Familie befunden hatte. Es erfüllte sie mit Stolz, dass der Schriftzug *Juwelier Cabrelli* noch am Gebäude prangte, auch wenn die Buchstaben verblasst waren. Ihr Ehemann hatte das Geschäft vor fast zwanzig Jahren von Viareggio nach Lucca verlegt.

Matelda hielt schützend die Hand vor die Augen und spähte durchs große Schaufenster. Die Tür zum Hinterzimmer stand offen. Die ehemalige Werkstatt, in der ihr Großvater Edelsteine geschliffen hatte, war jetzt voller Kleiderstangen.

Die Ladenbesitzer bauten die Karnevalsdekorationen ab, ließen die Girlanden herunter und nahmen die Lichterketten ab. Ein Mann balancierte auf einer Leiter und hakte die rot-weiß-grünen Wimpel entlang der Strecke aus, die der Umzug genommen hatte. Der Lebensmittelhändler fegte Konfetti in den Rinnstein und nickte grüßend, als sie vorbeiging.

An einem Brunnen schöpfte Matelda mit der Hand eiskaltes Wasser, das hier den Berg hinab in die uralten Zisternen floss. Die Zapfhähne wuchsen aus den Händen geschnitzter

Engel, an deren Gesichtern die Zeit genagt hatte. Das Wasser enthielt wertvolle Mineralien, die den Körper stärkten. Matelda dachte an ihre Mutter, als sie sich die Hände an ihrem Taschentuch abtrocknete. Domenica Cabrelli hatte nicht nur darauf bestanden, dass ihre Kinder von dem Wasser tranken, sie hatte Matelda auch das Zählen beigebracht, während sie an den Engelsbrunnen vorbeigingen, die den Schulweg säumten. Viareggio war ihr erstes Lehrbuch gewesen.

Matelda öffnete das Portemonnaie, als der Obstverkäufer sechs makellose goldene Äpfel aus der Auslage nahm und behutsam in eine Papiertüte legte.

»Wie läuft das Geschäft?«, fragte sie. »Buona festa?«

»Nicht wie früher«, klagte er.

In der Via Firenze kam Matelda an sechs Männern vorbei, die ein riesiges blau gestreiftes Zelt zusammenlegten, als würden sie ein Bettlaken falten. In den bunt gestrichenen Häusern, die längs der Straße wie Bücher im Regal standen, hatten die Cousins und Cousinen der Cabrellis gewohnt. Matelda erkannte die Häuser ihrer Verwandten an der Farbe der Haustür: Rosa für die Mamaci-Cousins, Gelb für die Biagettis und Grün für die Gregorios. Manche Farben dienten auch als Warnung. In dem Haus mit der blauen Tür war Matelda nicht willkommen, weil zwischen den Familien Cabrelli und Nichini seit Langem eine Fehde herrschte, an deren Beginn sich niemand mehr erinnerte. Der Streit ging auch noch weiter, nachdem die Nichinis das Haus mit der blauen Tür verlassen hatten und nach Livorno gezogen waren. Matelda erinnerte sich an die Sommer ihrer Kindheit, als sie am Fuß des Hügels gestanden und gepfiffen hatte, um ihre Cousins und Cousinen an den Strand zu rufen. Die Haustüren öffneten sich gleichzeitig, und die Kinder kamen die Straße heruntergerannt.

Aus Spaß steckte Matelda zwei Finger in den Mund und pfiff. Das laute Trillern erregte die Aufmerksamkeit der Männer, die das Zelt zusammenlegten, doch keine einzige Tür flog auf. Leider waren auch ihre Cousins und Cousinen nach Lucca abgewandert. Matelda und ihr Mann Olimpio lebten als Einzige noch im Ort. Sie waren die letzten Cabrelli-Roffos in Viareggio.

Mateldas Handy summte in der Tasche. Sie blieb stehen und las die Nachricht.

Alles Gute zum Geburtstag, Matelda! Vielen Dank für den netten Besuch.

Sie schrieb ihrer Schwägerin: Danke. Es hat Spaß gemacht. Nur nicht lang genug!

Matelda hatte ihre Schwägerin Patrizia wirklich gern. Sie war eine Friedensstifterin und hatte Nino ermutigt, sich mit Matelda zu vertragen; schließlich hatten sie nur einander. Beim letzten Treffen hatte Matelda sich kein einziges Mal mit ihrem Bruder gestritten.

Kannst du Nino fragen, ob er sich an die Elefantengeschichte von Nonno Cabrelli erinnert?, schrieb Matelda.

Patrizia schickte ein Zwinker-Emoji.

Matelda hasste Emojis. Bald würden die Menschen gar keine Worte mehr brauchen, um sich zu verständigen, weil animierte Köpfe mit Käferaugen das Sprechen für sie übernahmen.

Matelda blieb am Tor des Gemeindegartens stehen, den die Familie Boncourso vor hundert Jahren angelegt hatte. Auch jetzt trug das Grundstück noch ihren Namen, obwohl die Familie nach dem Ersten Weltkrieg ausgestorben war. Der brachliegende Garten war mit Mist bedeckt, die mehrjährigen Pflanzen waren zum Schutz vor dem Frost in Sackleinen gehüllt. Die weiße Pergola stand einsam da wie eine im Schlamm versunkene Hochzeitskutsche.

Matelda erinnerte sich an ihren ersten Kuss unter der Pergola. Es war Sommer gewesen, sie hatte die Augen geschlossen und den Duft der Weintrauben eingeatmet, die sich über den Bogen rankten. Rocco Tiburzi hatte es als Zeichen genommen, um sie zu küssen. Matelda war vierzehn Jahre alt gewesen und hatte gedacht, dass ihr nie etwas Schöneres passieren würde; sie war praktisch nach Hause geschwebt. Dort wurde sie von ihrer Großmutter Netta getadelt, weil sie das Obst vergessen hatte, das sie aufsammeln sollte. Zärtlichkeit und Scham blieben ihrem Herzen eng verbunden, bis sie schließlich erkannte, dass es sie daran hinderte, wahrhaft zu lieben.

Die Esskastanienbäume an der Rückwand des Gartens tru gen noch immer reichlich Früchte. Die Nachbarn sammelten sie in Jutesäcken, doch Matelda verzichtete auf ihren Anteil. Während der Lebensmittelknappheit nach dem Krieg hatte sie so oft Maronen in Pasten, Füllungen und Teigen gegessen, dass sie sich geschworen hatte, sie nie zu verwenden, wenn sie erwachsen war und für die Familie kochte. Matelda konnte nicht begreifen, dass italienische Gerichte mit Kastanien neuerdings so beliebt waren. Wie schnell die Menschen Not und Leid vergaßen.

Matelda und Olimpio wohnten im Dachgeschoss der Villa Cabrelli in der Viale Giosuè Carducci. Die Roffos lebten als dritte Generation im Haus der Familie. Nachdem Mateldas Eltern gestorben und ihre erwachsenen Kinder ausgezogen waren, hatten sie und Olimpio das Haus neu gestaltet und sich für das Penthouse entschieden. »Wir haben es endlich ganz nach oben geschafft«, scherzte Olimpio.

Matelda hatte das Leben in der Villa Cabrelli aus jeder Perspektive erlebt. Schade, dass die Generationen nicht mehr in einem Haus lebten, nur durch wenige Stufen getrennt. Ihre eigenen Kinder waren ausgezogen, als sie geheiratet hatten. Ihre Tochter lebte im nahen Lucca, ihr Sohn weiter nördlich an der Küste. Matelda hätte nur zu gern ihre ganze Familie unter einem Dach gehabt.

Der Ort entwickelte sich weiter, die Familien veränderten sich mit ihm. Die meisten Nachbarhäuser mit Meerblick wurden in Wohnungen aufgeteilt, als die Besitzer starben. Die Erben, die das Familieneigentum behalten wollten, finanzierten es mit lukrativen Vermietungen im Sommer. Auch die Villa Cabrelli hatte man in Wohnungen aufgeteilt, weil die alternden Roffos weniger Platz brauchten. Bei der Renovierung hatten sie einen Aufzug installiert, von dem Olimpio behauptete, dass sie ihn eines Tages brauchen würden. Wie recht er gehabt hatte. Wer mit sechzig ein Haus renovierte, sollte die Achtzig im Auge behalten. Es ging schneller, als man dachte.

Matelda fischte in ihrer Handtasche nach dem Schlüssel. Orange bedeutete, dass sie zu Hause war. Die Tür hatte sich seit ihrer Kindheit nicht verändert.

»Signora! Ich habe etwas für Sie.« Giusto Figliolo, Mateldas weißhaariger Nachbar, kam winkend durchs Tor. »Meine Tochter hat einen Ausflug nach Pietrasanta gemacht.« Er reichte Matelda ein in Wachspapier gewickeltes großes Stück Parmesan. »Ich habe noch mehr, falls Sie was brauchen.«

Matelda stemmte den Käse wie eine Langhantel. »Können Sie den wirklich entbehren?«

»Sì, sì«, gluckste er. »Sie hat mir einen ganzen Laib mitgebracht. Der reicht bis zum nächsten Carnevale.«

»Ich danke Ihnen, Signore. Bitte, nehmen Sie ein paar Äpfel.« Matelda öffnete die Papiertüte.

»Ich nehme einen.«

»Sicher? Ich habe genug.«

»Einen, mehr brauche ich nicht. Buon compleanno.« Figliolo lächelte.

Typisch Figliolo, ihr zum Geburtstag ein Stück Käse zu schenken. Der Familie hatte früher das beliebteste Restaurant der Stadt gehört, in dem die Familien des Ortes feierten. Seine Mutter war eine gute Köchin gewesen, sein Vater ein guter Geschäftsmann. Alle Figliolo-Kinder hatten im Restaurant gearbeitet. Es waren gut aussehende Menschen, was dazu beitrug, Gäste anzulocken. Figliolos Schwestern waren schon lange tot, aber Matelda erinnerte sich an ihr schwarzes Haar, ihre schlanke Figur und die rot lackierten Nägel.

»Werden Sie Ihren Geburtstag feiern?«, fragte Figliolo.

»Ganz bescheiden. Mein Ziel ist es, morgen um diese Zeit noch zu leben. Und übermorgen, wenn Gott mir gnädig ist.«

»Möge er Sie segnen und Ihnen geben, was Sie brauchen, denn was Sie wollen, bringt Sie nur in Schwierigkeiten.« Figliolo bekreuzigte sich. »Die Cabrellis waren schon immer Kämpfernaturen. Sie schaffen das.«

Matelda hob die Zeitung auf. »Hier, die können Sie haben.«

»Wirklich?«

»Es gibt keine Nachrichten mehr, nur noch Nachrufe. Man muss mich nicht an das erinnern, was kommt.«

»Sie sind doch noch ein Kind, Matelda.« Giusto war dreiundneunzig. »Ihr Leben fängt gerade erst an.«

Die letzte Apfelschale fiel wie ein goldenes Band in die Spüle. Matelda schnitt die Frucht mit dem Schälmesser in Scheiben. Dann drückte sie den Teig auf dem Backblech platt und verteilte kunstvoll die Apfelscheiben darauf. Sie gab Butterflöckchen und Zucker darüber. Zuletzt bestäubte Matelda alles mit Zimt und schlug die vier Ecken des Teigs zur Mitte ein, wie sie es von ihrer Mutter gelernt hatte. Dann schob sie den Strudel di mele in den Ofen.

Matelda fütterte die Haustiere. Beppe, ihre Promenadenmischung, fraß schnell und schlief unter dem Sofa ein. »Du bist genau wie dein Herrchen. Fressen. Nickerchen. Fressen«, neckte sie den Hund. Argento lief über das Bücherregal im Wohnzimmer, das war ihre tägliche Zirkusnummer. »Und du!« Sie drohte der Katze mit dem Finger. »Du bist doch verrückt! Zu alt für solche Höhen.« Die Katze ignorierte sie wie üblich. Argento benahm sich, als wohnten die Roffos bei ihr und nicht andersherum.

Matelda zog die Schürze aus und räumte das Wohnzimmer auf.

Vier niedrige graue Sofas, schlicht und modern, auf denen die gesamte Familie Platz fand, bildeten ein Quadrat um den Couchtisch. Zwischen Mateldas Büchern fanden sich eine alte Leica, eine Skulptur und Gläser mit Muscheln, die die Enkelkinder gesammelt hatten. Sie ging mit dem Staubwedel über die Regale.

Als sie fertig war, zupfte Matelda einen vergilbten Papierschnipsel aus der Capodimonte-Vase auf dem Tisch. Sie nahm ein kleines Gemälde vom Haken unter der Treppe, hinter dem sich die Metalltür des Wandsafes befand. Sie hielt das gesunde Ohr daran, folgte der Zahlenreihe auf dem Zettel und drehte den Knopf wie eine erfahrene Safeknackerin. Das Rädchen klickte. Die Tresortür sprang auf. Sie hob ein samtbezogenes Schmuckkästchen heraus, ließ den Tresor offen und stellte das Kästchen auf den Tisch.

Matelda nahm den Strudel aus dem Ofen und stellte ihn zum Abkühlen auf die Arbeitsplatte. Dampf stieg aus den goldenen Falten der zuckerglasierten Kruste. Sie schlug ihr Notizbuch auf und notierte Zutaten und Backanleitung für den Strudel. Ihre Tochter Nicolina sammelte Familienrezepte. Matelda kochte nie nach Rezept; sie bereitete die Gerichte so zu, wie ihre Großmutter und ihre Mutter es ihr beigebracht hatten: die besten Zutaten verwenden. Nichts abmessen. Dem Instinkt folgen.

Matelda schraubte den Deckel der Moka Express ab, nahm das Sieb heraus und gab frisch gemahlene Espressobohnen in den Trichtereinsatz. Sie füllte den Kessel darunter mit Wasser. Mit dem runden Ende des Löffels klopfte sie das Kaffeemehl gleichmäßig flach und schraubte das Oberteil vorsichtig auf den Kessel. Dann stellte sie die Moka Express auf den Herd und zündete ihn an.

Die Küche füllte sich schon mit dem erdigen Morgenduft, als Matelda bemerkte, dass sie Kaffee auf den Teppich unter der Spüle verschüttet hatte. Sie bückte sich fluchend und rollte den Teppich wie eine Zigarre auf. Dann trug sie ihn auf die Terrasse, schüttelte ihn aus und hängte ihn übers Geländer.

Matelda fröstelte in der Kälte, sie zog den Pullover fester um sich und verschränkte die Arme vor der Brust. Die Brandung wurde stärker. Der frische Wind, der über die Gipfel der Alpi Apuane wehte und durch die Pania della Croce pfiff, signalisierte mindestens noch einen Sturm, bevor das Frühjahr kam. Es war der strengste Winter in der Toskana, an den sich Matelda erinnerte. Sie schüttelte noch einmal den Teppich und faltete ihn zusammen.

Sie wollte wieder hineingehen, als ein Kreischen über ihr ertönte. Sie schaute auf und entdeckte eine fette Möwe, die durch den Nebel herabstürzte. »Husch!«, rief sie und wedelte mit dem Teppich. Doch statt wegzufliegen, sauste der Vogel auf sie zu und zwickte sie mit der scharfen Spitze seines gelben Schnabels in die Wange.

»Beppe!«, rief Matelda. Der Hund sprang durch die offene Glastür und bellte den Vogel an. Die Katze glitt neugierig auf die Terrasse. Die Möwe stürzte herab, um die Katze zu ärgern, die fauchend einen Buckel machte.

»Argento! Rein mit dir!« Sie hob die Katze mit dem Teppich auf. »Beppe! Andiamo!« Der Hund sauste zurück in die Wohnung. Matelda knallte die Glasschiebetür zu und deponierte die Katze auf dem Stuhl, während der Hund hechelnd an ihren Beinen hochsprang.

Matelda zog das Taschentuch unter ihrem BH-Träger heraus, tupfte sich behutsam den Schweiß von der Stirn und legte die Hand auf ihr rasendes Herz. Dann spähte sie durch die Glastür und suchte den Himmel ab, doch die Möwe war verschwunden. Matelda fühlte sich ganz sonderbar, als sie sich keuchend hinsetzte.

Zu viel Aufregung für eine alte Dame, sagte sie sich. »Und für euch auch«, murmelte sie in Richtung Hund und Katze.

Kapitel 3

»Nonna?« Matelda zuckte zusammen, als die Stimme ihrer Enkelin Anina aus der Sprechanlage ertönte. »Ich bin's. Ich habe den Schlüssel dabei.«

Anina telefonierte, als sie aus dem Aufzug in die Wohnung trat. Sie hauchte ein *Ciao, Nonna,* schürzte die Lippen zu einem Luftkuss, reichte ihrer Großmutter eine Tüte mit frischem Obst und deutete an, dass sie noch zu Ende telefonieren müsse. Sie warf ihren Mantel über einen Stuhl und ließ sich aufs Sofa fallen.

Anina Tizzi war mit ihren fünfundzwanzig Jahren eine Augenweide. Sie hatte den Cabrelli-Mund, eine gerade Nase, einen bräunlichen Teint und eine schlanke Figur. Ihre Haare waren so dicht und braun, wie Mateldas früher gewesen waren. Aninas Augen standen weit auseinander wie die ihrer Großmutter, waren aber nicht braun, sondern grün wie die der Tizzis aus Sestri Levante, von denen ihr Vater Giorgio abstammte.

Anina trug weiße Jeans, die von den Oberschenkeln bis zu den Knöcheln zerrissen waren und so viel Bein freiließen, dass ihre Großmutter sich fragte, warum Anina überhaupt eine Hose anzog. Der enge hellblaue Pullover reichte Anina kaum bis zur Taille und gab den Bauchnabel frei. Ein Wunder, dass sie noch nicht erfroren war.

Anina zwirbelte ihr Haar zu einem Dutt, während sie telefonierte. Ihr Verlobungsring, Platin mit einem schlichten

Diamanten in Smaragdschliff, funkelte im Licht. Für Matelda war der Ring der einzige Hauch von Raffinesse an der jungen Frau. Sie hätte eigentlich viel eleganter sein müssen, immerhin waren die Cabrellis die Kunsthandwerker der Stadt.

Matelda brachte das Obst in die Küche. Ihr Handy summte auf der Arbeitsplatte, sie stellte es auf Lautsprecher. »Pronto«, begrüßte sie ihren Mann.

»Was hat Anina sich ausgesucht?«, wollte Olimpio wissen.

»Noch nichts. Sie telefoniert. Wenn ein junger Mensch einen alten besucht, nimmt er an, dass der alte Mensch nichts anderes zu tun hat, als auf die Uhr zu schauen und auf den Tod zu warten.«

Olimpio lachte. »Sag ihr, sie soll aufhören zu telefonieren. Atme durch. Entspann dich.«

»Das fällt mir schwer.«

»Ich weiß. Ich habe dich seit dreiundfünfzig Jahren nicht atmen sehen. Jedenfalls nicht tief.«

»Wann kommst du nach Hause?«

»Wie immer. Bete für mich. Ich habe einen Termin bei der Bank.«

»Überzeuge sie mit deinem Charme.«

»Sì. Sì. Ich gebe ihnen dass Gefühl, dass sie was Besonderes sind. Und du machst das Gleiche mit Anina.«

Matelda bereitete ein Tablett mit Geschirr, Silber und Leinenservietten vor. Sie platzierte den Strudel di mele in die Mitte und schob ein Serviermesser darunter.

»Telefonierst du immer noch?«, beschwerte sich Matelda, als sie das Tablett auf den Tisch stellte und mit der Hand über die Marmorplatte fuhr.

Als ihre Eltern vor zwanzig Jahren im Abstand von fünf Monaten gestorben waren, hatten sie vier Stockwerke voller

Möbel und Kram hinterlassen. Der Esstisch mit der Marmorplatte hatte eine Geschichte. Sie hatten überlegt, ihn zu verkaufen, als sie nach dem Krieg Geld gebraucht und darum gekämpft hatten, das Geschäft zu halten. Aber antike Möbel waren so ziemlich das Letzte, was die Leute in schweren Zeiten kauften.

Matelda hatte nicht gewusst, was sie mit den Besitztümern ihrer Eltern anfangen sollte. Signora Ciliberti, eine weise Frau, die in der Via Castagna wohnte, hatte ihr geraten, nur einen besonderen Gegenstand zu behalten, der sie an ihre Mutter erinnere. *Alles andere kann weg,* hatte sie gesagt. Von Schuldgefühlen befreit, hatte Matelda die Erbstücke ihrer Mutter ohne die Hilfe ihres Bruders verkauft. Nino war zur Beerdigung gekommen, hatte mit Viareggio um sie getrauert und war bald darauf abgereist. Alles, was zu erledigen war, hatte er seiner Schwester überlassen, den Abwasch nach dem Traueressen eingeschlossen. Was den Haushalt betraf, kümmerten sich italienische Frauen um alle wichtigen Angelegenheiten zwischen Geburt und Tod.

Matelda stellte das Schmuckkästchen an den Platz, den sie für ihre Enkelin vorgesehen hatte. »Anina.«

Sie drehte sich lächelnd um, hob den Finger und redete weiter.

»Leg auf«, befahl Matelda.

»Ciao. Ciao. Ich muss Schluss machen.« Anina beendete das Gespräch. »Tut mir leid, Nonna. Wenn Paolo reden will, muss ich alles stehen und liegen lassen.« Anina setzte sich zu ihrer Großmutter an den Tisch. »In letzter Zeit will er nur noch reden.«

»Ich habe deinen Lieblings–«, setzte Matelda an.

Aninas Handy klingelte. »Entschuldigung.« Sie griff danach.

»Gib es mir.« Matelda streckte die Hand aus. Anina reichte ihrer Großmutter das vibrierende Gerät. Matelda ging zum Safe, warf es hinein, schlug die Tür zu und schloss ab. »Es ist unhöflich, seine Großmutter zu besuchen und die ganze Zeit zu telefonieren.«

»Kann ich bitte mein Handy zurückhaben?«, fragte Anina verblüfft.

»Später.«

»Du willst es jetzt da drin lassen?«

»Sì.« Matelda goss Kaffee ein. »Du kannst später zurückrufen.«

»Nonna, was ist denn passiert?« Anina betrachte prüfend Mateldas Gesicht. »Du hast ja Blut an der Wange.«

»Wo?« Matelda stand auf und sah in den Spiegel. Anina hatte recht. Ein schwacher weinroter Streifen zog sich über ihr Gesicht. »Habe ich etwa die ganze Zeit geblutet?«

»Du musst dich geschnitten haben. Hast du es nicht gemerkt?«

»Nein, habe ich nicht. Ach, Moment mal. Das könnte von der kleinen Auseinandersetzung mit der Möwe sein.«

»Wie meinst du das?«

»Ich war auf dem Balkon und habe auf dich gewartet. Eine Möwe stürzte aus dem Nichts herab. Ich dachte, sie hätte mich verfehlt.«

»Hat sie nicht.«

»Vielleicht war es nicht der Vogel. Vielleicht habe ich mich auch gekratzt.«

»Ohne es zu merken?«

Anina machte sich Sorgen um ihre Großmutter, obwohl ihre Mutter glaubte, Matelda werde sie alle überleben. Gewiss, es schien, als wäre sie nicht wie andere Großmütter gealtert. Wie vulkanisiertes Gummi schien sie mit der Zeit nur noch stärker zu werden. Wenn sie hinfiel, sprang sie wieder auf. Matelda war die einzige Nonna, die nicht in sich zusammensackte, sondern sich aufrecht wie ein Soldat bei der Parade hielt. Sie kleidete sich klassisch stilvoll, Wollröcke und Kaschmirpullover, dazu immer eine geschmackvolle Brosche und eine Perlenkette. Matelda sah aus wie eine wohlhabende berufstätige Frau aus der Großstadt, obwohl sie in Rente war und als Hausfrau am Meer lebte.

»Hör auf, mich anzustarren.« Matelda tastete mit den Fingerspitzen nach dem Schnitt. Er war nicht breiter als ein Faden und verlief vom Wangenknochen bis zum Ohr.

»Wenn dich ein Vogel angegriffen hat, sind Keime in der Wunde. Sie übertragen Krankheiten; außerdem bringt es Pech.«

»Da würde ich mir keine Sorgen machen. Es ist mein Pech, nicht deins.«

Anina öffnete das Schmuckkästchen. Der Inhalt glitzerte wie bunte Bonbons. »Als ich klein war, hast du mich mit dem Schmuck spielen lassen.«

»Das klingt nicht nach mir.«

»Na ja, ich durfte dir beim Polieren helfen.«

»Das klingt schon eher nach mir. Untätige Kinder arbeiten lassen, damit sie keinen Unfug anstellen.«

»Mit dir machte sogar das Arbeiten Spaß.«

»Du hattest Spaß mit mir?« Matelda lachte leise.

»Ab und zu.« Anina klappte das Schmuckkästchen zu und schaute Matelda an.

»Was ist los?«

»Hast du eine Salbe und ein Pflaster? Ich kann die Zeit mit dir erst genießen, wenn du die Wunde versorgt hast.«

»*Madonne.*« Matelda schob den Stuhl nach hinten und ging ins Bad. »Es ist doch nur ein Kratzer.«

»Es ist eine *Wunde!*«, rief Anina ihr hinterher. »Ich würde es googeln, aber du hast mir ja das Handy geklaut.«

Matelda öffnete den Erste-Hilfe-Kasten, den sie unter dem Waschbecken aufbewahrte. Sie wusch sich die Hände und bestrich die Wunde dünn mit antiseptischer Salbe. Dann drückte sie einen Mulltupfer darauf, damit die Salbe einziehen konnte. Matelda kam an den Tisch zurück. »Alles klar, ich bin geheilt.«

»Grazie mille.« Anina betrachtete den Inhalt des Kästchens. »Wie war das genau mit dem Vogel?«

»Ist das so wichtig? Ich kann ihn wohl kaum bei der Polizei anzeigen.«

»War es ein Vogel oder ein ganzer Schwarm?«

»Nur einer. Ich verstehe, worauf du hinauswillst. Es hat irgendeine Bedeutung. Aber ich fürchte, ich weiß nicht, welche. Meine Mutter kannte sich mit italienischer Folklore aus, sie war eine Expertin. Sie sagte immer, wenn ein Vogel im Fenster säße und ins Haus schaute, würde jemand im Haus sterben.«

»Was hätte sie über einen Vogel gesagt, der eine unschuldige Frau am helllichten Tag grundlos angreift?«

»Keine Ahnung.«

»Wir könnten eine *strega* fragen«, schlug Anina vor.

»Alle *stregas*, die es hier gab, sind tot«, gestand Matelda.

»Vielleicht kennt Mama eine in Lucca.«

»Wir werden nicht in Lucca herumtelefonieren, um eine Hexe zu finden.«

»War nur so eine Idee.« Anina wählte einen Ring und streifte ihn über. »Ich will ja nur helfen.«

»Es hat nichts zu bedeuten«, versicherte Matelda, war sich aber selbst nicht ganz sicher. Das war das Schlimmste am Altsein: Es gab niemanden mehr, den Matelda anrufen konnte, wenn sie Antworten brauchte. »Dein Kaffee wird kalt. Wie wäre es mit dem Strudel di mele?«

»Ich kann nicht.«

»Das ist dein Lieblingskuchen.«

Anina tätschelte ihren straffen Bauch. »Ich muss mich in ein Hochzeitskleid zwängen.«

»Du trägst also was Enges?« Matelda konnte ihre Enttäuschung nicht verbergen.

»Ich trage keins mit weitem Rock. Ich will bei meiner Hochzeit nicht wie ein Bombolone aussehen.«

»Stattdessen trägst du ein enges Kleid wie eine Gameshow-Moderatorin, bei der alles herausquillt.«

»Bei mir quillt schon nichts heraus. Darum wird es ja geändert.« Anina hielt eine Platinbrosche mit einer Schleife aus winzigen blauen Saphiren ins Licht.

»Der Priester wird ein Wörtchen dazu sagen.«

»Hat er schon. Ich war mit Paolo beim Brautunterricht und habe ihm ein Foto vom Kleid gezeigt. Er fand es schön.«

»Es gibt Regeln. Eine Braut muss in der Kirche Kopf und Arme bedecken. Und keine Brust zeigen.«

»Ich habe aber eine.«

»Sittsamkeit. Es ist ein Zeichen von Selbstrespekt, sich zu bedecken. Etwas, das es nur für dich und deinen Mann zu bewahren gilt.«

»Ich weiß nicht, wovon du redest.«

»Dann ist es zu spät, es dir beizubringen.«

»Ist es wichtig?«

»Vermutlich nicht.« Matelda lächelte. Die meisten Dinge, die ihr wichtig waren, waren sonst niemandem mehr wichtig. Matelda hatte kein Recht, sich zu beschweren, erinnerte sich aber an eine Zeit, in der Ältere das gedurft hatten. »Anina, zieh an, was immer dich glücklich macht.«

Immerhin würde Anina kirchlich heiraten. Viele von Mateldas Freundinnen hatten Enkel, die in Parks oder am Strand geheiratet hatten, ohne dass Gott auch nur erwähnt wurde. Es gab lediglich eine Braut, die barfuß ging, einen Sonnenbrand und Prosecco im Pappbecher. »Weißt du, was heute für ein Tag ist?«

»Der Tag, an dem ich zu dir kommen und mir ein Schmuckstück für meine Hochzeit aussuchen soll.« Anina legte die Brosche wieder in das dazugehörige Wildlederetui. »Eine Familientradition der Cabrellis. Deine Großmutter hat dir ein Schmuckstück für deinen Hochzeitstag geschenkt, deine Mutter hat meiner Mutter Schmuck geschenkt, und jetzt bist du an der Reihe, mir etwas zu schenken.«

»Ich habe auch Geburtstag.«

»Nein.« Anina legte die Hände auf den Tisch und überlegte kurz. »Doch! Es tut mir so leid! Buon compleanno!« Sie stand auf und küsste Matelda auf die unverletzte Wange. »Gestern habe ich noch daran gedacht und es heute Morgen einfach vergessen. Ich hätte dir ein Geschenk mitbringen müssen!«

»Das hast du doch. Du hast mir Obst mitgebracht, ein Geschenk, das man sofort verwenden muss. Perfekt für eine Einundachtzigjährige, falls ich nicht sterbe, bevor es verdirbt.«

»Es tut mir leid, Nonna. Bei dir mache ich einfach alles falsch.«

»Das ist nicht wahr. Ich würde dich nur gern öfter sehen, und das ist nicht als Kritik gemeint.«

»Wenn jemand sagt: ›Das ist nicht als Kritik gemeint‹, ist es immer genau das.«

»Besuchst du mich deswegen nicht öfter? Weil ich zu kritisch bin?«

»Ja.« Anina versuchte ein Lächeln zu unterdrücken. »Soll ich ehrlich sein? Ich habe viel zu tun.«

»Womit?«

»Ich plane eine Hochzeit.« Anina fuchtelte frustriert mit den Händen.

»In deinem Alter habe ich meinem Vater die Bücher geführt.«

»Ich springe für Orsola ein, wenn sie in Mutterschutz geht.«

»Ausgezeichnet. Wenn du nicht die Kunden bedienst, kannst du in der Werkstatt Zeit mit deinem Großvater verbringen. Dort passiert die eigentliche Arbeit. Lerne das Handwerk von einem Meister. Es könnte deine Kreativität beflügeln.«

»Erst mal sehen, wie ich mich als Ersatz für Orsola mache. Dann reden wir über meine Kreativität.«

»Nutze die Gelegenheit, und mach etwas daraus. Du solltest über deine berufliche Zukunft nachdenken.«

»Zuerst möchte ich ein Zuhause für Paolo und mich schaffen. Du weißt schon, Strudel backen und die Wände streichen. Einen Garten anlegen.«

»Du solltest mehr können als Rucola anbauen. Manchmal passieren Dinge, und dann musst du für die Familie sorgen. Dafür brauchst du Geld.«

»Geld interessiert mich nicht«, konterte Anina. »Können wir über was anderes reden? Ich dachte, wir wollten heute Spaß haben.«

Scham überkam Anina. Ihre Großmutter gab sich Mühe. Nonna hatte sich auf diesen besonderen Besuch vorbereitet und alles genau geplant. Anina griff nach Mateldas Hand und tätschelte sie sanft. »Danke, dass du das alles für mich tust. Aber ich weiß nicht, was ich mir aussuchen soll. Kannst du mir helfen?« Anina hielt eine kleine goldene Medaille hoch.

»Das ist eine wundertätige Medaille.«

»Ist das deine?«

»Sie hat meiner Mutter gehört. Ich wusste auch mal, was sie bedeutet. Aber ich kann mich nicht erinnern. Und wenn es mir dann einfällt, spielt es keine Rolle mehr. Altsein ist schrecklich.«

»Es muss doch auch etwas Gutes haben, alt zu werden.«

Matelda dachte nach. »Ärmel.«

Anina lachte.

Matelda nahm eine Medaille der heiligen Lucia in die Hand. »Zu der hier gibt es eine Geschichte. Sie hat auch meiner Mutter gehört.«

»Ich möchte sie hören.«

Anina holte einen kleinen Umschlag aus dem Kästchen. Ein einkarätiger Rubin im Peruzzi-Schliff fiel wie ein kleiner roter Kaugummi in ihre Hand. »Wow.«

»Das ist der Speranza-Rubin. Mein Großvater behauptete felsenfest, sein Freund aus Venedig sei der beste Edelsteinschleifer Italiens. Wenn du magst, kannst du dir etwas aus dem Stein machen lassen.«

Anina legte den Rubin zurück in den Umschlag. »Es war schon schwer genug, meinen Verlobungsring zu entwerfen. Überlassen wir ihn jemandem mit mehr Fantasie.«

Matelda nahm einen Holzzylinder, auf dem drei Ringe steckten, aus dem Kästchen und zog einen dicken Goldring ab. »Der hier hat der Mutter meiner Mutter gehört, Netta Cabrelli. Es war ihr Ehering.«

Anina probierte ihn an. »Ich kriege ihn nicht mal über den Knöchel!«

»Nonno kann ihn für dich anpassen, wenn du magst. Da

ist genügend Gold dran. Sie war kleiner als du, für mich aber eine Riesin, und nicht von der sanften Sorte. Ich habe ein Foto von ihr auf meinem Nachttisch.«

»Das kenne ich. Es macht mir Angst. Menschen in Sepia sehen immer so unglücklich aus.«

»Weil sie sich nicht bewegen durften. Sie mussten stillhalten, damit der Fotograf das Bild aufnehmen konnte. Aber das ist nur ein Teil der Geschichte. Netta Cabrelli war aus anderen Gründen streng.«

»Was ist das?« Anina hatte eine Uhr gewählt, eingefasst in ein Rechteck aus grünem Aventurin.

»Wo hast du die gefunden?«

»Sie lag ganz unten.«

Die Uhr mit dem blassblauen Perlmutt-Zifferblatt baumelte an einer ziselierten Brosche aus Gold. Die Zwölf, die Drei, die Sechs und die Neun waren mit einem Baguette Stein markiert.

»Ich dachte, die wäre im Bankschließfach.«

»Ist sie wertvoll?«

»Nur für mich.«

»Das filigrane Muster auf der Brosche wäre ein tolles Knöcheltattoo.«

»Du hast ein Tattoo?«, stöhnte Matelda.

»Mama hat gesagt, ich soll es dir nicht verraten.«

»Wo?«

»Ich habe ein Herz an der Hüfte.«

»Du hast doch schon eins in der Brust.«

»Aber das an der Hüfte ist süß.« Anina hielt die Aventurin-Uhr in die Höhe. »Nonna, die möchte ich haben. Darf ich?«

»Such dir was anderes aus.«

»Du hast gesagt, ich kann mir alles aussuchen, was im Kästchen ist.«

Matelda reichte Anina einen zierlichen Ring aus Gelbgold mit Rubinen im Brioletteschliff. »Der würde wunderbar zu deinem Diamanten passen. Dein Großvater hat ihn mir zum vierzigsten Geburtstag geschenkt.«

Anina steckte den Ring an den Mittelfinger ihrer rechten Hand. »Er ist wunderschön, aber zu auffällig für mich, Nonna.« Sie legte den Ring zurück ins Kästchen und nahm wieder die Uhr heraus. »Warum steht das Zifferblatt auf dem Kopf?«

»Damit meine Mutter die Zeit ablesen konnte.«

»Warum musste sie die Zeit verkehrt herum ablesen?«

»Weil sie beide Hände zum Arbeiten brauchte. Sie trug die Uhr an ihrer Tracht. Sie war Krankenschwester.«

»Hab ich das gewusst? Ich glaube nicht. Du sprichst nie über deine Mutter. Warum nicht?«

»Ich spreche ja über sie.« Matelda faltete die Hände im Schoß. »Du hörst nur nicht zu, wenn ich Geschichten erzähle. Ihr jungen Leute seid zu sehr mit euren Handys beschäftigt.«

»Ist alles in Ordnung mit dir? Du siehst blass aus. Sollen wir das hier verschieben? Wir könnten das auch ein anderes Mal machen.«

»Es ist zu spät.«

»Wofür?« Anina sah sich um. »Musst du irgendwohin?«

Matelda wünschte, es wäre so. Ihr Herz raste. Frustration, der Treibstoff der Angst, stieg in ihr auf. Sie konnte die Zukunft sehen. Sie würde sterben, die Kinder würden sich um diesen Tisch versammeln. Ihre Tochter Nicolina würde den Inhalt das Kästchens durchgehen. Ihr Sohn Matteo würde sich zurücklehnen; wenn seine Schwester fertig war, würde er das Kästchen durchstöbern. Ihre Kinder hätten bestenfalls ein lückenhaftes Wissen über die Geschichten, die sich hinter den Stücken verbargen. Ohne diese Geschichten hatten die Schmuckstücke keine Bedeutung, und ohne Bedeutung besaßen sie auch keinen Wert. Sie würden die Sammlung an den Meistbietenden verkaufen, die Steine würden aus den Fassungen gerissen, das Gold gewogen, verpackt und eingeschmolzen, um wiederverwendet zu werden. Was intakt blieb, würde man als Sammlerstücke auf einer dieser Websites wiederfinden, die von reichen Leuten besucht wurden, Menschen, die nichts Besseres zu tun hatten, als immer noch mehr Zeug zu kaufen. Matelda drehte sich der Magen um.

»Nonna, geht es dir gut? Ich meine es ernst. Du siehst schrecklich aus.« Anina ging in die Küche.

Matelda versuchte, sich wieder zu fassen. Wenn eine Mutter alt wurde, stellte sie sich vor, was von ihrem Lebenswerk bleiben würde. Sie war es, die die Ziele der Familie prägte, und wenn sie versagte, versagte die Familie mit ihr. Matelda ahnte, dass ihr nicht gefallen würde, was ihre Kinder nach ihrem Tod täten, doch daran war allein sie selbst schuld. Sie hatte die Wahrheit nicht mit ihnen geteilt, ihre Familiengeschichte nicht genügend gewürdigt. Matelda war nicht mit ihren Kindern an ihren Geburtsort gefahren und hatte ihnen nicht die Geschichte ihres Vaters erzählt. Urlaub in Montenegro war wichtiger gewesen als eine Reise nach Schottland. Matelda hatte ihre Gründe. Sie wusste wenig über ihren Vater, doch das war keine Entschuldigung. Ihre Kinder und Enkel mussten bestimmte Dinge erfahren, bevor Matelda sie ganz vergaß oder unvermittelt starb. Um das zu begreifen, musste kein Vogel vom Himmel stürzen.

Anina kam mit einem Glas Wasser zurück. »Trink das, Nonna.«

Matelda nippte an dem Wasser. »Grazie.«

Anina nahm die Uhr ihrer Urgroßmutter Domenica Cabrelli und hielt sie ans Ohr.

»Sie ist seit Jahren nicht aufgezogen worden«, sagte Matelda.

Anina betrachtete sie. Der Aventurin war anders als die übrigen Edelsteine im Kästchen: nicht warm wie die magentafarbenen Rubine aus Indien in dem Geburtstagsring, nicht weich wie die Goldwirbel der Capri-Koralle. Er fing nicht das Licht ein wie ein Diamant, er war nicht italienisch. Der Stein war dunkelgrün und grüblerisch, in einem fernen Land gewonnen, an einem Ort, an dem die dicken Wurzeln hoher Bäume die steten Wechsel von Monsun und heißer Sonne in sich trugen. Auch die filigrane Verzierung auf der Brosche war vom Stil her nicht italienisch. Die Uhr war die unbeholfene Schönheit der Kollektion, die Fremde.

»Ich glaube, sie war schon antik, lange bevor Bisnonna sie bekam«, sagte Anina. »Sie stammt mit Sicherheit aus dem neunzehnten Jahrhundert.«

»Woher weißt du das?«

»Nonno hat mir beigebracht, so etwas zu erkennen.« Anina drehte die Uhr herum und hielt sie Matelda hin. »Das Gold ist gestempelt. Und es gibt noch weitere Anhaltspunkte. Die Uhr stammt nicht aus der Schweiz, auch sind weder Zifferblatt noch Zahnräder typisch für die italienische Bauweise. Sie ist auch nicht deutsch oder französisch. Woher kommt sie?«

Matelda antwortete nicht.

»Schau. Sie ist graviert. Da ist ein D, dann ein Und-Zeichen und dann ein J. Wer ist das, J?«

»Ich bin noch nicht bereit, mich von ihr zu trennen.«

Anina legte die Uhr zurück ins Kästchen. »Ich will immer das, was ich nicht haben kann.«

Matelda stützte nachdenklich das Gesicht in die Hand. Ihre Finger streiften die Wunde an ihrer Wange. Sie brannte gerade genug, um sie daran zu erinnern, dass sie verletzt war.

Draußen brach trommelnder Donner über den Spätwintertag herein, gefolgt von Blitzen.

»Oh, oh.« Anina drehte sich zur Terrassentür. »Gewitter im Anmarsch!«

Schwerer, kalter Regen prasselte wie Silberpfeile auf den Terrazzoboden.

»Die Schlafzimmerfenster!«, rief Matelda.

»Ich geh schon!« Anina rannte die Treppe zum Schlafzimmer ihrer Großeltern hinauf.

Matelda zog die Stecker der Elektrogeräte im Wohnzimmer heraus. Beppe lief aufgeregt bellend im Kreis, während Matelda die Notlampe vom Regal nahm.

»Alles gut.« Anina setzte sich atemlos wieder hin. »Ich habe alle zugemacht. Du bist der einzige Mensch, den ich kenne, der im Winter die Fenster offen lässt.«

»Meine Mutter hat mir beigebracht, morgens die Fenster zu öffnen, um die bösen Geister hinauszulassen. Ich vergesse immer, sie zu schließen.«

»War deine Mutter eine *strega*?«

»Ich glaube nicht.«

»Woher wusste sie dann diese Dinge?«

»Domenica Cabrelli war eine weise Frau. Sie besaß gesunden Menschenverstand und schätzte die Wissenschaft, akzeptierte aber auch die Geisterwelt. Die Nachbarn riefen eher sie als den Arzt.« Beppe sprang auf und setzte sich auf Mateldas Schoß.

»Ich wüsste gern mehr über sie.«

»Meine Mutter wurde in diesem Haus geboren und ist dreiundneunzig Jahre später darin gestorben. Sie hat ihr ganzes Leben in Viareggio verbracht. Bis auf die Zeit, in der sie als junge Krankenschwester für eine Weile ihre Familie verlassen musste.«

»Warum musste sie das?«

»Schau mal, wie wild das Meer ist. Das ist der große Sturm, den sie uns versprochen haben.«

»Nonna, ich möchte wissen, warum meine Urgroßmutter den Ort verlassen hat. Ich heirate. Ich möchte meinen Kindern etwas über ihre Vorfahren erzählen.«

Ein Streifen orangefarbenen Lichts verweilte am Horizont und beleuchtete die tosende Brandung, als der Sturm aufzog. Auch das Ligurische Meer hatte eine Geschichte. Anina sollte bald erfahren, wohin das Meer Domenica Cabrelli geführt hatte, bevor es sie mitsamt ihrer wahren Liebe und ihrem Geheimnis davontrug.

Kapitel 4

Viareggio
1920

Domenica Cabrelli legte die Hände wie einen Trichter an den Mund, wandte sich zu den Dünen und schrie: »Sil-vii-ooo!« Das elfjährige Mädchen hatte die Lungenkapazität einer Operndiva. Der Strand gehörte ihr allein, keine Menschenseele war zu sehen. Der Himmel war Tiepolo-blau, der Horizont mit flamingofarbenen Wolken getupft, ein sicheres Zeichen dafür, dass es später regnen würde. Das Meer kräuselte sich friedlich in der Mittagssonne, die Brandung rollte sanft ans Ufer. Domenica rieb sich den Bauch. Sie hatte Hunger und wurde langsam ungeduldig, rief erneut Silvios Namen. Sie hatten zu tun. Wo war er nur?

Mit eindringlichen schwarzen Augen inspizierte sie den Dünenkamm wie ein General seine Armee vor der Schlacht. Sie verschränkte die Arme über der frisch gewaschenen, gebügelten Arbeitsschürze, die ihre Mutter mit bunt zusammengewürfelten Fleckchen Sackleinen und Stoffresten geflickt hatte. Die meisten Mädchen im Dorf trugen so etwas. Die Schürze hatte einen quadratischen Ausschnitt und breite Träger, die hinten mit zwei Knöpfen geschlossen wurden. Vorn waren Taschen aufgenäht, die tief genug waren, um ein Lineal, eine kleine Schere und eine Garnspule mit Nadel darin unterzubringen, und breit genug, um einen Stickrahmen und zusätzliche Utensilien zu verstauen. Signorina Cabrelli hatte in ihren Taschen auch immer Platz für Muscheln und Steinchen, für die sie irgendwann Verwendung finden würde.

Domenica lief wie alle italienischen Kinder im Sommer barfuß. Ihre Fußsohlen waren hart, der weiße Sand unter ihren Füßen weich wie ein Perserteppich. Das dunkelbraune Haar war ordentlich geflochten und oben auf dem Kopf zu einem Kranz gesteckt. Ein paar Locken hatten sich aus den Zöpfen gelöst. Sie schob die losen Strähnen weg, wenn die Meeresbrise damit spielte. Unter dem Trägerkleid hatte sie einen abgelegten Baumwollunterrock und lange Unterhosen von einer Cousine, doch in ihren Ohrläppchen funkelten goldene Creolen, die ihr Vater, der Juwelierlehrling, angefertigt hatte. Die Ohrringe waren aus einem feinen Goldgeflecht, das man nur aus nächster Nähe erkennen konnte.

Dann tauchte Silvio Birtolini oben auf dem Hügel auf. Der schwarzhaarige Junge war so alt wie sie, aber einige Zentimeter kleiner, wie die meisten Jungen in der Schule. Domenica winkte ihm. »Beeil dich!«

Silvio rutschte die Düne hinunter und rannte so schnell auf sie zu, dass der Sand in alle Richtungen flog.

»Hast du sie bekommen?«

Silvio zog einen dünnen, mit einem Band verschnürten Papierzylinder aus dem Hosenbund und gab ihn ihr. Er ließ sie nicht aus den Augen, wollte ihr gefallen und hoffte auf eine positive Reaktion. Domenica löste die Schnur und entrollte das Papier. Ihre Augen flogen über die Karte von Viareggio.

»Hat dich jemand gesehen?«, fragte sie, ohne den Blick von dem schwarz auf beige gezeichneten Raster zu wenden.

»Nein.«

»Gut.« Sie nickte. »Wenn wir den Schatz finden wollen, dürfen sie nicht wissen, dass wir danach suchen.«

»Verstehe.« Wenn Silvio mit Domenica Cabrelli zusammen war, wusste er nie so genau, was Fantasie und was Wirklichkeit war. Gab es tatsächlich einen Schatz? Wer genau waren »die«? Silvio hatte keine Ahnung.

Domenica rollte die Karte zusammen und deutete damit auf eine ferne Düne. »Komm mit.« Sie stapfte los in Richtung Pineta di Ponente. »Das Schicksal aller Dinge hängt von uns ab.«

Silvio ging neben ihr her. »Wie kann das sein?«

»Darum.«

»Aber das Schicksal *aller* Dinge? Du bist nicht der Schöpfer.«

Im Katechismusunterricht hatten sie den Willen Gottes studiert, um sich auf das Sakrament der Firmung vorzubereiten. Silvio war aufgefallen, dass Domenica dazu neigte, Dinge zu tun, die in direktem Gegensatz zu den in der Schule gelernten Dogmen standen.

»Hat Don Fernando nicht gesagt, dass wir das Recht haben, im Notfall jemanden zu taufen, wenn kein Priester verfügbar ist?«

»Ja, aber das macht dich nicht zum Priester.«

»Er hat uns erlaubt, die Ungetauften zu taufen. Wir sind heilig genug, um das zu tun! Ein Sakrament ist ein äußeres Zeichen der inneren Gnade. Jeder hat innere Gnade. Sogar ich. Sogar du.«

»Ich würde niemanden taufen. Die Nonnen haben uns beigebracht, einen Priester zu holen.«

»Hör auf die guten Nonnen von San Paolino, aber glaub nicht alles, was sie sagen.«

»Meint wer?«

»Papa. Ich sollte es eigentlich nicht mitbekommen, aber er hat es zu meiner Mutter gesagt, also muss es stimmen.«

Silvio hatte keinen Vater und war somit im Nachteil, wenn es darum ging, ihr zu widersprechen. Manchmal wünschte er sich schon aus Prinzip, er könnte *Mein Papa hat gesagt* verkünden.

»Wenn meine Eltern flüstern, bleib ich immer nah genug dran, um sie zu verstehen. Ich beobachte, wie sie das Haushaltsgeld aufteilen, und höre zu, wenn sie über den Priester reden. Ich bleibe drinnen, wenn sie Besuch haben, und halte mich in Papas Nähe, wenn er im Laden mit den Kunden spricht. Wenn wir Gäste haben, bringen sie Zitronen oder Tomaten mit, aber auch Geschichten aus Lucca. Du glaubst gar nicht, was dort alles passiert. Es gibt einen Mann, der Schweinsfüße aus Latium mitbringt. Der weiß, was mit dem Geld aus der Armenkasse von San Sebastiano passiert. Und da ist Signora Vanucci, die meiner Mutter ihren überschüssigen Zucker schenkt, aber auch Geschäfte machen will. Die Signora kenne so viele Geschichten.«

»Die Heiratsvermittlerin?«

»Ja, genau die! Sie verkuppelt nette Männer mit Klumpfüßen mit Frauen, die das Heiratsalter überschritten haben und sonst keinen Antrag bekämen. Aber das weiß ich nur, weil ich mir ihre langen Geschichten anhöre. Sie hat zu Mama gesagt, sie wäre keine Heiratsvermittlerin, wenn sie noch jung wäre. Dann würde sie lieber nach vergrabenen Schätzen suchen. So habe ich von der Beute aus Capri erfahren.« Domenica beschrieb mit der Karte einen Kreis in der Luft. »Signora Vanucci fand, dass an der Geschichte etwas Wahres sei. Das reicht mir.«

»Und wenn wir ihn nicht finden?«

»Wir finden ihn.«

»Hast du keine Angst, dass ihn schon jemand gefunden hat?«

»Wer einen Schatz findet, prahlt damit.«

Silvio fragte sich, woher Domenica die Gewissheit nahm. »Ich habe noch kein Wort über den Schatz gehört, also vielleicht – «, überlegte er laut.

»Wurde er noch nicht gefunden! Das ist der Beweis!« Domenica war ungeduldig und konnte die Worte gar nicht schnell genug herausbringen, um ihrem Freund zu zeigen, wie dringlich ihre Mission war. »Als die Perlen und die Diamanten vor dem Ersten Weltkrieg von Piraten auf Capri gestohlen wurden, haben sie den Schatz zuerst auf Sardinien versteckt. Dann auf Ischia. Dann auf Elba. Sie machten halt in Ustica. Auf Korsika. Und zuletzt sind sie genau hier an diesem Strand gelandet und haben die Juwelen versteckt.«

»Aber der Strand ist viele Kilometer lang. Es gibt Hunderte von Buchten«, beklagte sich Silvio. »Die Dünen haben zwei Seiten, wie die Berge. Sie könnten ihn überall vergraben haben. Und was, wenn sie in den Wald oder in die Alpi Apuane geflohen sind? Wenn sie ihn irgendwo dort oben gelassen haben? Woher sollen wir wissen, wo wir graben sollen? Das ist unmöglich.«

Domenica blieb stehen und dachte nach. Ihre Füße sanken in den weichen Sand am Ufer. Die sanfte einlaufende Flut füllte die Vertiefungen um ihre Füße, und sie sank immer tiefer ein, bis sie auf Augenhöhe mit Silvio war. Sein lockiges Haar war vom Meeresnebel aufgeplustert, er wirkte dadurch größer als sie. Domenica richtete sich auf, um das zu korrigieren. »Willst du den vergrabenen Schatz finden oder nicht? Wenn nicht, mache ich es eben allein. Und wenn ich ihn allein finde, muss ich ihn nicht mit dir teilen.«

»Ich will das Fest in der Chiesa della Santissima Annunziata nicht verpassen«, klagte Silvio. »Heute ist der Tag der Bomboloni.«

»Ist das dein Ernst? Dir ist ein Krapfen wichtiger als ein Leben voller Reichtum?« Domenica versuchte, das Gleichgewicht zu halten, indem sie ihm die Hand auf die Schulter legte, doch ihre Füße steckten wie zwei Gummistopfen im nassen Sand. Silvio zerrte kräftig an ihr, um sie zu befreien, doch stattdessen purzelten sie lachend in den Sand.

»Die Karte!« Domenica hielt den Pergamentzylinder in die Höhe, damit er nicht nass wurde.

Silvio schnappte ihn und stand auf. »Hab ihn.«

»Dieb!«, brüllte eine Stimme von der Düne hinter ihnen. Die Kinder drehten sich um und entdeckten Signore Aniballi, den Stadtbibliothekar, der in zerknitterter Weste und Wollhosen drohend über ihnen stand. »Bringt mir die Karte zurück! Subito!« In diesem Moment tauchte neben ihm eine Reihe Jungen auf, wie Krähen auf einem Draht aufgereiht.

Domenica nahm die Karte wieder an sich und rannte den Strand entlang.

Silvio stürmte ihr hinterher.

»Ich dachte, dich hätte keiner gesehen!«, keuchte Domenica, als Silvio sie einholte.

Der Mob war ihnen jetzt auf den Fersen. Domenicas Herz hämmerte. Es fühlte sich an, als wollte es durch die Haut brechen, aber sie genoss auch die Gefahr, den Nervenkitzel der Verfolgung. Sie hörte, wie jemand ihren Namen rief, und rannte schneller. Sie hielt die Karte wie einen Staffelstab in die Höhe, warf die Fersen hoch und pumpte mit den Armen. Ihr Kleid, das laut ihrer Mutter zu kurz war und am Saum ausgelassen werden musste, war ideal für eine Verfolgungsjagd. Sie war richtig schnell.

Die Sticheleien der Jungen übertönten das Rauschen der Brandung. Domenica ignorierte die Drohungen, doch Silvio hörte sie und hatte Angst. Sein Herz klopfte aus einem anderen Grund als ihres. Der Mob hatte ihn schon öfter gejagt. Wenn er allein war, musste er nur für sich selbst Sorge tragen. Er wusste ziemlich genau, wie lange es dauerte, bis die fiesen Kerle die Lust verloren, und auch, wo er sich bis dahin verstecken konnte. Domenica hielt ihn auf, aber er würde sie nicht im Stich lassen. Er bewegte sich im Tempo seiner Freundin, um sie zu schützen.

»Hier lang!« Domenica rannte zu den Stufen, die zum Pier hinaufführten.

Silvio blieb stehen. »Nein, hier lang!« Er zeigte auf die Düne, über die man in den Pinienwald gelangte, in dem es viele Verstecke gab.

»Mir nach!« Sie rannte weiter.

Silvio folgte ihr. Die Jungen, die größer und schneller waren, holten rasch auf.

»Papas Laden! Komm schon!« Domenica keuchte, als Silvio sie am Fuß der Treppe einholte. Sie wollten gerade die Treppe hinauflaufen, als ein dumpfer Schlag ertönte.

Blut spritzte wie rote Perlen in die Luft.

Der Stein hatte Silvio im Gesicht getroffen und die Haut aufgerissen.

»Mein Auge!«, schrie er und sank zu Boden. Domenica kniete neben ihm. Die Bande skandierte *»Il bastardo!«*, während sie die beiden umringten.

Domenica wurde übel vom stechenden Geruch, Schweiß und Atem, vermischt mit Seetang.

»Es reicht!«, schrie sie.

Guido Mironi, der größte Junge mit dem dicksten Hals, schnappte Domenica die Karte weg.

»Geht beiseite, Jungs!«, keuchte Signore Aniballi. Mironi reichte dem Bibliothekar die Karte.

»Grazie, Guido, grazie«, flötete Aniballi. »Braver Junge.«

Domenica kauerte neben Silvio und schützte ihn mit ihrem Körper. Der Junge litt Höllenqualen. Er hatte sich wie eine Schnecke zusammengerollt, die Hand über dem Auge, während Blut zwischen seinen Fingern hervorsickerte.

Domenica stand auf. Sie griff nach dem Stein, der den Schaden verursacht hatte. »Weg da. Ich will sehen, was ihr getan habt!«

»Wir sind noch nicht fertig mit ihm«, zischte der Junge hinter dem Bibliothekar. Er war der Kleinste in Domenicas Klasse und nur dann mutig, wenn er einen Mob hinter sich hatte.

»Das reicht, Jungs.« Aniballi erhob die Stimme. »Ab mit euch. Ich regle das.«

Der Mob zerstreute sich langsam.

Domenica hörte Beleidigungen und Gelächter, was bedeutete, dass Silvio es auch hörte.

Domenica schaute zu Aniballi auf. »Er muss zu Dottore Pretucci.«

»Ich kann ihn nicht tragen.« Er klopfte sich den Sand von der Hose.

»Lass mal sehen«, sagte Domenica leise zu Silvio.

Er schüttelte den Kopf, immer noch fest eingerollt wie ein Tier.

»Ich fasse nichts an. Ich will nur sehen, wo er dich getroffen hat«, flüsterte sie sanft.

Domenica löste Silvios blutige Hand vorsichtig von seinem Gesicht. Die Haut an der Stirn war aufgerissen, über der linken Augenbraue klaffte eine rubinrote Wunde. Silvio kniff das Auge zu, um es zu schützen, aber das Blut floss ihm übers Gesicht. Domenica wischte es mit dem Daumen vom Augenlid.

Aniballi erschauerte, als er das Blut an ihrer Hand sah.

»Mach das Auge auf.« Domenica schirmte sein Gesicht mit den Händen vor der Sonne ab. »Du schaffst das.«

Silvios Augenlid zuckte, doch die Sonne war zu hell, und er drückte es wieder zu.

»Sie haben das Auge verfehlt.« Domenica zog die Schürze aus und stopfte den Inhalt der Taschen oben in ihr Kleid. Die rosa Muscheln ließ sie im Sand liegen. Dann faltete sie die Schürze zu einem Viereck. »Hier. Leg das auf die Wunde, und drück fest drauf. Wir müssen die Blutung stoppen.« Sie half Silvio beim Aufstehen. »Die Wunde muss genäht werden.«

»Nein!«, schrie Silvio.

»Sie ist tief. Es muss sein. Ich bringe dich hin.«

Signore Aniballi beobachtete, wie Domenica Silvio die Treppe hinaufhalf und hinter dem Dünenkamm verschwand. Aniballi holte ein Monokel aus der Brusttasche seines Jacketts und klemmte es vors rechte Auge. Dann entrollte er die Karte, die nicht gelitten zu haben schien. Fürstin Pauline Bonaparte Borghese hatte sie in Auftrag gegeben, als ihr Bruder Napoleon ihre Schwester Elisa zur Großherzogin der Toskana gekrönt hatte. Er würde von nun an die Vitrinen abschließen.

Als Aniballi die Karte aufrollte, entdeckte er auf dem Pergament einen rotbraunen Fleck, nicht größer als ein Punkt am Satzende. Also hatte *il bastardo* doch seine Spuren auf der offiziellen Karte von Viareggio hinterlassen.

Kapitel 5

Der junge Arzt rollte den Löscher über die feuchte Tinte und vermerkte damit den 15. Juli 1920 offiziell im Register. Er war um die dreißig, doch der zurückweichende Haaransatz und die dicke Brille ließen ihn wie einen Mann mittleren Alters erscheinen. Zum Glück war Dottore Armando Pretucci in seiner Praxis in der Via Sant'Andrea und nicht im Krankenhaus in Pietrasanta, als Domenica Cabrelli mit dem Ellbogen die Tür aufstieß und Silvio Birtolini hineinhalf. Der Junge zitterte, weil ihn der Anblick des Blutes, das sein Hemd und Domenicas Schürze durchtränkte, so erschreckte.

»Sieh nicht hin. Der Kopf blutet immer am meisten. Das hat nichts zu bedeuten«, versicherte ihm Domenica. »Dottore, mein Freund blutet stark. Er muss genäht werden.«

Pretucci eilte herbei und half Silvio auf den Untersuchungstisch. Dann drückte er ein dickes Stück Verbandmull auf die Wunde und legte dem Jungen einen Waschlappen über die Augen, bevor er die Arbeitslampe nahe an Silvios Gesicht führte, um die Verletzung genauer zu untersuchen. Domenica kletterte auf den Hocker daneben und beobachtete den Arzt.

»Du hast recht mit dem Kopf«, stimmte Pretucci ihr zu.

»Dass er am meisten blutet? Ich weiß.« Domenica schaute sich Silvios Wunde genau an.

»Was ist passiert?«, fragte der Arzt, während er vorsichtig das Blut abtupfte, um die Tiefe der Wunde besser beurteilen zu können.

»Er wurde von einem Stein getroffen«, erklärte Domenica.

»Hast du den geworfen?«

»Nein. Er ist mein Freund.«

»Also kam der Stein von einem Feind?«

»Wir wissen nicht, von welchem.«

Der Arzt wandte sich an Silvio: »Du hast also mehr als einen Feind?«

»Viele«, flüsterte Silvio.

»Endlich spricht der Patient. Wie heißt du?«

»Silvio Birtolini, Dottore.« Der Junge zitterte noch immer.

»Wo arbeitet dein Vater?«

Domenica kam Silvio mit der Antwort zuvor: »Sein Vater ist tot. Seine Mutter arbeitet in der Kirche.«

Pretucci konnte an der Kleidung des Jungen erkennen, dass seine Mutter eine sehr schlecht bezahlte Arbeit verrichtete. »Hast du Geschwister?«

»Nein.«

»Er ist allein. Abgesehen von mir, natürlich. Ich bin seine Freundin, seit wir fünf Jahre alt sind«, erklärte Domenica.

»Das ist ja eine lebenslange Freundschaft«, sagte Pretucci.

»Bis jetzt, Dottore. Kann ich Ihnen helfen? Soll ich frisches Wasser holen?« Domenica sah sich um. »Und Verbände? Haben Sie welche?«

»Die im Schrank sind sauber.« Pretucci hatte die Verbände gründlich gewaschen und in der Sonne getrocknet. Eine Sprechstundenhilfe konnte er sich nicht leisten. Er führte die Praxis in Viareggio eigentlich nur für die örtlichen Schiffsbauer, Matrosen und Angestellten der Seidenfabrik. Die meiste Zeit verbrachte er mit Hausbesuchen. Nach seinem Studium an der Università di Pisa hatte er keinen einzigen Patienten in Pietrasanta oder Viareggio anwerben müssen, sie kamen alle von sich aus.

Pretuccis Praxis war karg und sauber und roch nach Franzbranntwein. Zwei Holzstühle, ein Hocker und ein Schreibtisch mit Stuhl wurden von einer einzigen Lampe mit weißem Emailleschirm beleuchtet, die über dem Untersuchungstisch hing. Auf dem Schreibtisch stand eine tragbare Vitrine, in der sich kleine Fläschchen, Tinkturen, Verbände und medizinische Instrumente befanden. Es waren die modernsten Instrumente, die zu haben waren.

Während Domenica eine Blechtasse auftrieb, frisches Wasser vom Brunnen an der Straße holte und die Mullbinden zusammensuchte, legte sich der Arzt die Instrumente zurecht, mit denen er die Wunde nähen würde. Der Junge lag still und mit geschlossenen Augen auf dem Tisch, die Hände auf dem Bauch gefaltet. Er gab sich tapfer, doch aus seinen Augenwinkeln flossen unaufhörlich Tränen, die saubere Rinnsale in den Sand und das Blut in seinem Gesicht zogen.

»Nicht weinen, Silvio.«

»Es ist besser, wenn er weint. Das spült alles heraus. Weine, so viel du willst, mein Sohn.« Pretucci klopfte dem Jungen auf die Schulter.

Domenica tauchte eine Mullbinde ins kühle Wasser und reinigte damit sanft Silvios Gesicht. Sie fing am Kiefer an, der am weitesten von der Wunde entfernt war, und arbeitete sich zum Auge vor. Pretucci beobachtete sie. Domenica strich mit dem feuchten Mull über Silvios Haut und löste den Sand aus der Wunde. Sie spülte ihn in der Wasserschüssel aus und wiederholte den Vorgang, bis der Bereich sauber war. Silvio zuckte zusammen, als sie die Haut nahe beim Auge abtupfte.

»Tut das weh?«, fragte Domenica.

»Ein bisschen«, flüsterte er.

»Ich versuche, dir nicht wehzutun. Sie haben dich ganz schön erwischt.«

»Der Mull kann ruhig richtig nass sein«, riet Pretucci. Er hielt den Wundfaden ans Licht und schnitt ein langes Stück ab. Dann fädelte er ihn in die Nadel und verknotete ihn. Er legte den Lappen über Silvios Augen und zog die Lampe nah heran. »Gute Arbeit, Signorina.«

»Grazie, Dottore. Darf ich dem Patienten etwas zu trinken geben? Angst macht durstig.«

»Das habe ich im Medizinstudium nicht gelernt.«

»Das hat mir meine Mutter gesagt.« Domenica kniete sich auf den Hocker. »Sie ist streng, aber auch nett.« Domenica legte Silvio eine Hand in den Nacken und hob ihn leicht an. Dann hielt sie ihm den Becher an den Mund, und er nippte langsam von dem kühlen Wasser.

»Grazie«, flüsterte Silvio, als er genug getrunken hatte.

»Du solltest deinem Freund vielleicht die Hand halten. Manchmal piekt das ein bisschen.«

Domenica hatte schon lange nicht mehr Silvios Hand gehalten. Sie waren elf, in jener sonderbaren Hängematte der Zeit, die sich zwischen Kindheit und Jugend spannte, in der sie spürten, dass sich die Welt verändern würde, aber keine Worte dafür fanden. Domenica nahm Silvios Hand. Er drückte sie fest.

Der Arzt beugte sich über den Patienten und schob die Wundränder an einem Ende sanft zusammen. Silvios glatte Haut sah aus wie goldener Samt.

»Soll ich es machen?«, bot Domenica an.

Pretucci war belustigt. Er begann, die Wunde mit ruhiger Hand und so kleinen Stichen zu nähen, dass der Faden kaum zu sehen war. »Weißt du, wie man eine Wunde näht?«

»Ja, Dottore.«

»Wer hat es dir beigebracht?«

»Ich habe die Hand meines Vaters genäht, als er sich in der

Werkstatt an einer Klinge geschnitten hatte. Die Verletzung war rechts, daher konnte er sie nicht selbst nähen. Ich sticke auch.«

»Das ist eine gute Übung.«

»Ich weiß. Papa war tapfer, das hat es leichter gemacht. Es ist, als nähte man einen Saum. Die Stiche müssen fest und gerade sein«, erklärte sie. »Ich kann das wirklich gut.«

»Nein, Domenica«, brüllte Silvio. »Ich will, dass der Doktor das macht.« Es war die einzige Forderung, die der Junge seit seiner Ankunft gestellt hatte. Der Arzt lächelte.

»Dann mache ich lieber weiter.«

Domenica war nicht erfreut.

»Du hast mir schon sehr geholfen«, versicherte Pretucci, doch das Kompliment reichte nicht aus, um ihre Enttäuschung zu vertreiben.

»Grazie«, brummte Domenica, als sie sich an ihre guten Manieren erinnerte.

Die Arbeitsleuchte schwankte am Kabel. Draußen knisterte ein Blitz, gefolgt von Donner. Bald prasselte heftiger Regen gegen die Fensterscheibe. Domenica behielt den Arzt bei der Arbeit genau im Auge.

Pietro Cabrelli war schlank und bewegte sich flink durch die Welt, als ob Zeitverschwendung eine Sünde wäre. Er trug einen modisch schmalen Schnurrbart und einen dreiteiligen Anzug aus braunem Serge, den einzigen, den er besaß. Er flüchtete vor dem Regen in die Praxis, gefolgt von seinem zwölfjährigen Sohn Aldo.

Cabrelli nahm den Hut ab und legte ihn auf den Stuhl. Der Junge schüttelte den nassen Kopf, dass die Tropfen in alle Richtungen flogen. Domenica funkelte ihn an. Ihr Bruder hatte furchtbare Manieren.

»Warum hast du ihn mitgebracht, Papa? Er kann sich nicht benehmen.«

»Kümmere dich nicht um deinen Bruder. Hier geht es um dich. Domenica, ich habe dich gewarnt. Nicht schon wieder eine Prügelei.« Cabrelli war es leid, von den Nonnen angefleht zu werden, er möge seine Tochter in den Griff bekommen. Sie durchstreifte die Schule und forderte Gerechtigkeit für alle Kinder, die sich nicht selbst verteidigen konnten.

»Es war keine Prügelei, Papa. Sie haben uns gejagt.«

Cabrelli deutete zu Boden, was bedeutete, dass sie diesmal wirklich in der Klemme steckte. Es war nahezu unmöglich, ihren Vater wütend zu machen, doch irgendwie schaffte sie es immer wieder. Domenica rutschte vom Hocker und trat wie eine Angeklagte vor ihn hin. »Es tut mir leid, aber es gab ein Missverständnis«, sagte Domenica diplomatisch. »Ich kann es dir erklären.« Sie wischte ihrem Vater ein paar Regentropfen vom Revers.

»Es gibt immer Missverständnisse. Du hast immer eine Ausrede. Ich habe dir gesagt, keine Kämpfe mehr.«

Aldo lächelte boshaft, während er die Finger zwischen die Rippen des Skelettmodells bohrte, das an der Wand hing. »Bekommt sie jetzt Prügel?«

»Nein!« Silvio wollte sich aufsetzen.

»Leg dich hin und rühr dich nicht«, befahl der Arzt. Dann sagte er zu Cabrelli: »Ich habe zu arbeiten, Signore.«

»Mit Verlaub, Dottore, ich bin hier, um meine Tochter nach Hause zu holen.«

»Ebenfalls mit Verlaub, Signore, aber ich brauche sie hier«, konterte Pretucci.

»Das verstehe ich nicht.«

»Gerade Sie sollten es verstehen. Sie hat Ihre Hand genäht, nicht wahr?«

Cabrelli war verwirrt.

»Die haben ihn ganz schön erwischt.« Aldo war zum Untersuchungstisch hinübergewandert und sah dem Arzt beim Nähen zu.

»Du warst heute Nachmittag am Strand.« Domenica beäugte ihn misstrauisch. »Du hast uns mit den anderen verfolgt!«

»Dein Bruder ist den Jungs nachgelaufen, um euch zu beschützen. Er wollte euch helfen.«

»Das hast du Papa erzählt? Was für ein Witz. Ich brauche seine Hilfe nicht.« Domenica stemmte entschlossen die Hände in die Hüften. »Außerdem renne ich schneller als Aldo.«

»Nein, tust du nicht!« Er wurde rot vor Wut.

»Wenn ich hier fertig bin, beweise ich es dir.«

»Du bist mager«, warf Aldo ein.

»Du bist fett.«

»Kinder.«

»Papa, jetzt siehst du, wie sie ist. Sie ist gemein.«

Eine kleine, dunkle Frau mit einem schwarzen Baumwolltuch über dem Haar kam völlig durchnässt durch die Tür und sah sich verstohlen im Raum um.

»Signora Vietro!« Domenica winkte ihr. »Silvio ist hier drüben.«

Der Arzt trat zur Seite, damit sie ihren Sohn auf der Untersuchungsliege sehen konnte. Signora Vietro glitt rasch und lautlos hinüber und zwängte sich in den Spalt zwischen Tisch und Wand. Dann betrachtete sie das Gesicht ihres Sohnes. Als sie sah, wie schlimm die Wunde war, wechselte ihr Gesichtsausdruck von Besorgnis zu Verzweiflung. Ihre Augen füllten sich mit stummen Tränen, doch keine floss über ihr Gesicht. Sie schob eine Hand unter seine Schulter und legte die andere auf seine Brust, um das ängstlich pochende Herz zu spüren.

»Ich bin da, Silvio«, sagte sie leise.

Pretucci setzte seine Arbeit fort.

»Ich bin seine Mutter. Sein Auge?«

»Das Auge ist unversehrt. Er ist ein Glückspilz.«

Signora Vietro untersuchte Silvio auf weitere Verletzungen. Er lag still und gehorsam da, während der Arzt die Wunde versorgte. Seine Augen waren mit einem Lappen bedeckt, sodass sie nicht den Schrecken in ihnen lesen konnte, doch sie kannte ihren Sohn. Silvio hatte die Hände zu Fäusten geballt, die Stirn war schweißnass. Sie legte ihre Hände über seine. Sie fühlten sich eiskalt an. »Du bist sehr tapfer. Es ist fast vorbei.«

»Signora, der Stein hat ihn knapp über der Augenbraue getroffen. Er wird eine Narbe zurückbehalten.«

Sie flüsterte Silvio ins Ohr: »Es tut mir leid.«

Er drückte ihre Hand.

»Signora, es ist meine Schuld.« Domenica schlug sich mit der Faust an die Brust. Die Nonnen hatten ihr beigebracht, dass man so um Vergebung bat. »Meine große Schuld. Verzeihen Sie mir. Ich habe Silvio gebeten, die Karte für mich auszuleihen. Signore Aniballi hat den Mob losgeschickt, um sie zurückzuholen. Sie haben uns über den Strand gejagt.«

»Nein, sag die Wahrheit«, unterbrach Aldo seine Schwester. »Er hat die Karte gestohlen!«

»Er hat sie nicht gestohlen. Er hat sie sich geliehen.«

»Darüber reden wir später«, sagte Signora Vietro leise.

»Signora, ich brauchte die Karte. Ich habe Silvio gebeten, sie mir zu bringen. Ich wollte den Piratenschatz von Capri suchen.«

»Ich fasse es nicht.« Cabrelli warf die Hände in die Luft.

»Papa, ich habe gehört, wie Mama mit jemandem darüber gesprochen hat. Wer den Schatz findet, darf ihn behalten. Er wurde vor vielen Jahren versteckt. Mit einem Piratenschatz könnte man viel Gutes tun. Wir brauchen ihn. Ich würde auch nichts davon an die Kirche geben.«

»Domenica«, warnte ihr Vater.

»Die haben genug. Wir könnten ein Pferd und eine Kutsche gebrauchen. Wir müssen immer zu Fuß laufen. Haben Sie eine, Dottore?«

»Nein.«

»Siehst du? Du könntest die Kutsche auch verleihen.«

Netta Cabrelli spähte durchs Fenster in die Praxis. Das Gewitter wurde schlimmer, vom Meer zogen kohlschwarze Wolken herüber. Sie hielt den Strohhut fest und polterte zur Tür herein. »Mama!« Aldo rannte zu ihr.

»Ich bin sofort gekommen«, sagte Netta zu ihrem Mann. Signora Cabrellis tiefblaue Augen waren rot geweint. Domenica hatte ein schlechtes Gewissen, weil sie ihre Mutter wieder zum Weinen gebracht hatte. Nettas Gesicht war gewöhnlich von schlichter Schönheit, wie die Statue der Madonna von San Paolino, doch jetzt sah sie aus wie eine wütende Mutter.

»Mama. Du musst mir glauben.« Aldo deutete auf die Untersuchungsliege. »Silvio hat die Karte gestohlen!«

Netta erschauerte beim Anblick des Jungen. »Sei still, Aldo. Domenica, ich möchte, dass du deinen Bruder nach Hause bringst. Sofort.«

»Ja, Mama.«

Domenica fürchtete sich mehr vor ihrer Mutter, wenn es um Bestrafungen ging. Netta verstand sich darauf, jede vom Priester auferlegte Buße so zu verstärken, dass ein Mädchen seine schlechten Gewohnheiten für immer ablegte. Ein paar Ave Maria reichten Netta Cabrelli nicht. Eine Strafe musste wehtun. Kein Abendbrot. Keine Bücher. Kein Spielen am

Strand oder Umherstreifen im Wald. Und das Schlimmste: mehr Hausarbeit für Domenica. Sie würde Wasser für die Nachbarn schleppen, bis ihr die Arme abfielen, und Brennholz bündeln und ausliefern, bis im Wald kein Baum mehr stand. Die Strafe könnte weitaus schlimmer ausfallen als die Fastenzeit. Und doch umarmte Netta ihre Tochter.

»Wo ist deine Schürze?«

Domenica klopfte ihr Kleid ab. Sie hatte die Schürze vergessen.

»Da ist sie ja!«, quietschte Aldo und deutete in die Ecke neben dem Schrank.

Die Schürze, die Domenica am Morgen frisch angezogen hatte, war ruiniert. Sie lag zusammengeknüllt auf dem Boden, durchtränkt mit Silvios getrocknetem Blut, das die Farbe eines Ziegelsteins angenommen hatte. »Ich hatte die Schürze gerade geflickt. Jetzt wirst du den Rest des Jahres ohne sie auskommen müssen.«

»Es tut mir leid, Mama.«

»Und nun zu dir.« Netta versetzte Aldo einen Klaps auf den Hinterkopf. »Was hattest du mit den älteren Jungs zu suchen?«

»Signore Aniballi hat uns auf die Suche nach dem Dieb geschickt.« Aldo rieb sich den Hinterkopf.

»Silvio. Hat. *Nicht.* Gestohlen.« Domenica redete mit ihrem Bruder, als hätte er die Ohren voller Sand. »Silvio hat die Karte für mich *ausgeliehen.* Bibliotheken verleihen Bücher, Karten, Register und Pläne. Wir hatten vor, sie zurückzugeben.«

»Wir wollten sichergehen, dass du die *geliehene* Karte zurückbringst«, spottete Aldo.

»Ihr wisst doch gar nicht, wie man eine Karte liest«, konterte Domenica. »Du hast den Verstand einer Artischocke.«

Pietro Cabrelli war erschöpft. »Es reicht.«

Domenica betrachtete aufmerksam, wie Pretucci den Faden an Silvios Naht verknotete. »Mama, es war meine Idee, nicht Silvios. Ich sollte bestraft werden«, sagte sie, ohne den Blick von den Händen des Arztes zu wenden.

»Oh, das wirst du.«

Silvio versuchte, sich aufzusetzen. »Signora Cabrelli – «

Pretucci berührte ihn sanft an der Schulter. »Leg dich hin. Signorina, zeigen Sie Ihrer Mutter und Ihrem Vater, was Sie können. Schneiden Sie bitte den Faden ab und tragen Sie das Adstringens auf.«

»Sì, Dottore.« Domenica wusch sich die Hände und kletterte auf den Hocker. Dann schnitt sie den Wundfaden mit Pretuccis Schere durch, beträufelte ein Stückchen Mull mit Adstringens und betupfte damit behutsam die Naht.

Vera Vietro ließ ihren Sohn nicht aus den Augen.

»Was ist hier los?«, fragte Netta Cabrelli. »Warum hilft Ihnen meine Tochter, Dottore?«

»Weil sie es kann.« Pretucci wusch sich die Hände. »Sie hat Schüssel und Verbände vorbereitet und die Wunde gereinigt. Sie hat sich sogar bereit erklärt, die Wunde zu nähen.«

»Da bin ich mir sicher.« Netta Cabrelli seufzte. »Va bene, Dottore. Domenica, komm nach Hause, sobald du hier fertig bist.«

»Danke, Mama.«

»Dein Vater bleibt hier, bis der Arzt dich gehen lässt.« Netta packte ihren Sohn am Genick und führte ihn zur Tür hinaus, ohne sich von Signora Vietro zu verabschieden.

Als Domenica die frischen Stiche abtupfte, färbte sich die Haut um Silvios Wunde leuchtend rosa. »Signora Vietro, sehen Sie die rosa Haut? Das bedeutet, dass sie heilt.«

Domenica betrachtete die kunstvolle Naht des Arztes. Der

Wundfaden war mit kleinen, festen Stichen vernäht, die als schwarze Pünktchen dem Verlauf von Silvios dichter schwarzer Augenbraue folgten. »Gut gemacht, Dottore«, sagte Domenica beeindruckt und wandte sich an Silvios Mutter. »Wenn Sie die Nähte abends mit Olivenöl bestreichen, gibt es keine schlimme Narbe.«

Die Chancen standen gut, dass Silvio keine bleibende Erinnerung an diesen schrecklichen Tag davontragen würde. Domenica hingegen schon. Sie würde sich nicht an Aniballi erinnern, der die Schläger losgeschickt hatte, oder an das Geräusch, mit dem der Stein Silvio im Gesicht getroffen hatte, oder an den Spott der Meute, sondern an das beschämende Verhalten ihrer Eltern. Sie hatten Signora Vietro nicht gegrüßt, die, soweit Domenica das beurteilen konnte, nicht nur die Mutter ihres besten Freundes, sondern überhaupt ein guter Mensch war. Signora Vietro war freundlich zu ihr, und das hätten ihre Eltern anerkennen müssen, hatten sie aber stattdessen völlig ignoriert.

Hatte Mama etwa vergessen, dass Signora Vietro letzten Winter einen Topf Kartoffelsuppe mit geräucherten Schinkenstücken für die Familie gekocht und ihre Wollstrümpfe gestopft hatte, als Motten drin gewesen waren? Hatte sie auch vergessen, dass die Signora den Kindern Pastellkreide und Papier geschenkt hatte, damit sie die Fresken in San Paolino durchpausen konnten, während sie die Kirchenbänke für die Karwoche mit Zitronenöl polierte? Wenn ihre Eltern sich daran erinnerten, wie gut Signora Vietro zu ihrer Familie gewesen war, würden sie ihr vielleicht denselben Respekt erweisen, den sie den Familien im Ort entgegenbrachten, in denen es Vater und Mutter gab. Sogar die Söhne der verwitweten Signora Montaquila wurden in der Schule mit Achtung behandelt und zu Picknicks und Festen eingeladen. Ihre

Eltern empfingen die Grecos, die DeReas, die Nerinos und Tiburzis bei sich zu Hause. Deren Kinder durften ohne Einladung im Garten der Boncourso spielen; warum nicht Silvio? Domenica fiel kein einziger guter Grund ein, der das Verhalten ihrer Eltern gerechtfertigt hätte. Vielleicht hatten sie Signora Vietro nicht richtig begrüßt, weil sie keinen Hut trug. Ihre Mutter konnte bei albernen Dingen wie Handschuhen und Hüten sehr pingelig sein.

Der arme Silvio. Er versuchte stets, sich unsichtbar zu machen, um Ärger zu vermeiden, während seine Mutter sich wie ein Geist durch Viareggio bewegte.

Kapitel 6

Netta Cabrelli rieb mit dem Lappen über die glatte schwarze Paste und polierte den Arbeitsschuh ihres Mannes. Sie fuhr mit sanftem Druck über das Leder, und bald waren die Schrammen verschwunden. Das Wachs füllte die Risse, wo das Leder dünn geworden war. Sie hielt den Oxfordschuh an die Lampe und prüfte die Reparaturen, die Massimo, der Schuhmacher, vorgenommen hatte. Er hatte eine zusätzliche Schicht aus genarbtem schwarzem Gummi zwischen Oberteil und Sohle eingefügt.

Massimo hatte erklärt, der Gummi sei beste Ware aus dem Kongo. Er werde in Fässern mit schwarzer Asche gemischt, um den Saft zu verdicken. Der Brei werde zu Platten gegossen, in der Sonne getrocknet und in Streifen geschnitten, bevor man ihn nach Italien transportierte. Die Schuhmacher schnitten den Gummi zurecht und nähten ihn in Schuhe und Stiefel. Die Gummischicht verhindere, dass der Schuh im langen, regnerischen Winter undicht werde, und trage gleichzeitig dazu bei, das Leder zu schützen und die Lebensdauer des handgefertigten Schuhs zu verlängern. Netta wollte, dass ihr Mann, der Lehrling, schon jetzt wie der Handwerksmeister aussah, der er unbedingt werden wollte, und achtete daher besonders auf sein Aussehen. Dazu gehörten auch die Schuhe. *La bella figura* galt auch für Männer, insbesondere für den Ernährer der Familie.

Pietro schloss die Schlafzimmertür.

Netta hielt den Schuh hoch. »Schau mal. Massimo hat deine Schuhe repariert.«

»Va bene.«

»Sie sind jetzt schwer. In denen wirst du im Winter die Kälte nicht spüren.« Netta polierte energisch weiter.

»Aldo soll meine Schuhe putzen. Wir hatten eine Abmachung.«

»Er war müde.«

»Von der Rennerei am Strand. Er ist es nicht gewohnt, sich schnell zu bewegen.«

»So kannst du ihn immerhin einfangen.« Netta seufzte. »Domenica würden wir im Leben nicht kriegen. Sie ist schlau wie eine Füchsin.«

»Ich finde sie eher klug als schlau.«

»Klüger, als gut für sie ist«, lächelte Netta.

»So etwas gibt es nicht.«

»Die Kinder in der Schule haben Angst vor ihr.«

»Sie ist eine Anführerin.«

»Wen führt sie denn an? Sie hat keine Freundinnen. Die Mädchen laden sie nicht zum Spielen ein. Also habe ich gesagt, lade sie in den Garten ein. Sie wollte nicht. Domenica findet die Mädchen in ihrem Alter albern. ›Sie kichern zu viel.‹«

»Stimmt ja auch.«

»So sind junge Mädchen nun mal.«

»Wenn sie sie nicht mag, mag sie sie nicht. Sie findet durchaus Freunde.«

»Aber die falschen! Ich hätte ihr von Anfang an verbieten sollen, mit Silvio Birtolini zu spielen.«

»Das hätte nichts genützt. Sie hätte auch so einen Weg gefunden, sich mit ihm anzufreunden.«

»Sie ist nur seine Freundin, weil er sonst niemanden hat. Sie hat Mitleid mit ihm.«

»Was beweist, dass sie ein gutes Herz hat.«

»Es kommt nichts Gutes dabei heraus. Wer sich mit ihm abgibt, auf den färbt er ab. Jetzt stiehlt er schon.«

»Auf Wunsch unserer Tochter.«

»Ich verstehe das. Aber die Frauen in der Kirche? Wohl kaum.«

»Dann ist es unsere Aufgabe, zu erklären, was passiert ist. Es sind Kinder. Unsere Tochter hat eine Geschichte gehört und war fasziniert vom Gedanken an einen vergrabenen Schatz. Wenn man die Wahrheit kennt, ist alles ganz harmlos.«

»Wie sollen wir für die Karte bezahlen, die sie zerstört haben? Aniballi beharrt darauf, dass die Karte ruiniert und mit Blut bedeckt sei.«

»Ich habe zugesagt, den Schaden wiedergutzumachen. Die Bibliothek ist reparaturbedürftig. Ich werde Monate brauchen, um die Arbeiten zu erledigen.«

»Sieh zu, dass der Birtolini-Junge dir hilft.«

»Aniballi lässt ihn nicht auch nur in die Nähe der Bibliothek.«

»Es wäre schon ein Wunder, wenn sie ihn wieder in die Schule ließen. Du siehst, was ich meine. Domenica sollte sich nicht mehr mit ihm treffen. Denk an seine Herkunft.«

»Für die kann er nichts.«

»Die fragen nicht, wer was dafür kann, wenn sie Steine werfen.«

»Das sollten sie aber, Netta. Sie schikanieren den Jungen, nur weil er keinen Vater hat.«

»Er hat einen Vater! Aber der hat Frau und Familie in Orvieto. Er würde den Jungen nicht nehmen. Da hat die Frau wohl ein Wörtchen mitzureden.«

»Klatsch. Bloße Gerüchte.«

»Gerüchte, die unserer Tochter und ihrem Ruf schaden.«

»Die Vietros sind gute Leute. Ihr Vater war Hufschmied in Pietrasanta. Mütterlicherseits stammt sie aus den Abruzzen. Ehrliche Bauern. Und ein Fehltritt löscht Generationen frommer Menschen aus«, klagte Cabrelli.

»Es war mehr als ein Fehltritt. Du solltest kein Mitleid mit ihr haben. Es war eine Todsünde.«

»Die nicht wir zu bestrafen haben. Das ganze Gerede über Vera und Silvio ist genau das: Gerede. Ich will nicht, dass meine Frau sich daran beteiligt. Beachte es nicht.«

»Ich habe genug Sorgen. Ich versage bei meinen eigenen Kindern.«

»Kinder stellen nun mal Unfug an«, sagte Pietro müde. »Ich werde sie nicht schlagen.«

»Du bist der einzige Vater, der das nicht tut, und das merkt man! Domenica fürchtet sich vor nichts. Ich schicke sie in die Kirche. Sie erhält die Sakramente. Aber es ist keine Gottesfurcht in ihr; sie schwebt über ihr wie Dunst und löst sich wie Rauch in den Wolken auf. Sie dringt nicht in sie ein. Sie fordert die Schwestern heraus. Sie sagen, sie frage immer höflich, aber wie kommt sie dazu, überhaupt zu fragen? Und wenn ihr die Antwort nicht gefällt, wird sie ganz wild! Dann diskutiert sie, bis die Schulglocke läutet.«

»Es ist nicht falsch, eine eigene Meinung zu haben. Sie sollte gefördert werden, besonders bei einem intelligenten Mädchen.«

»Wir müssen sie für ihre Beteiligung an dem Diebstahl bestrafen, sonst« – Netta wischte sich mit einem Taschentuch die Tränen ab – »wie soll sie sonst zu einer anständigen Frau heranwachsen? Zu einer Ehefrau? Einer Mutter? Sie glaubt, Viareggio sei ihr Königreich und sie mache die Regeln. Sie hätte als Bonaparte geboren werden sollen. Sie ist genauso arrogant wie die.«

Cabrelli setzte sich neben seine Frau. »Du hast ihr das Abendessen und die Bibliothek weggenommen. Das ist alles, was sie hat. Und Domenica hilft im Haushalt, nicht wahr?«

Netta nickte.

»Sie lernt fleißig. Sie betet. Sie ist gehorsam.«

Netta warf ihrem Mann einen Blick zu.

»Sie mag Probleme mit dem Gehorsam haben«, gab er zu. »Aber sie hat immer einen guten Grund, sich aufzuregen. Sie ist moralisch.«

»Auf ihre Art. Aber dieser Vorfall zeigt, dass es ihr an Urteilsvermögen mangelt.« Netta war ratlos.

»Ich rede mit ihr.«

»Heute Abend.«

»Warum hast du es so eilig, Netta?«

»Der Stein galt nicht dem Birtolini-Jungen.«

Kapitel 7

Hinter der Chiesa San Paolino führte ein gepflasterter Weg zum Gartenschuppen neben dem Stall, in dem früher Kutsche und Pferd des Pfarrers untergebracht waren. Als der neue Pfarrer das erste Automobil in Viareggio erworben hatte, waren Pferd und Kutsche verkauft worden. Der Stall wurde nicht mehr gebraucht.

Signora Vera Vietro war Haushälterin für Kirche und Pfarrhaus und zahlte die Hälfte ihres Lohns als Miete für den Stall. Sie war dort eingezogen, bevor Silvio geboren wurde, und hatte den Stall mithilfe des Gärtners bewohnbar gemacht. Er besaß einen rustikalen Charme. Klettertrompeten mit hornförmigen orangen Blüten und dicken grünen Blättern rankten über Seitenwand und Ziegeldach und färbten das verwitterte Holz bunt. An den Fenstern gab es hölzerne Läden mit Haken und ohne Lamellen. Der Fußboden war aus gekerbtem Kiefernholz, das übrig geblieben war, als im Pfarrhaus neue Fußböden verlegt wurden.

In einer Wand befanden sich Eisenhaken, an denen früher Zaumzeug und Sättel der Gemeindepferde gehangen hatten. Signora Vietro benutzte sie, um Gießkannen, Gartengeräte und Eimer zu verstauen. Der Gärtner hatte Restmaterial von der Kirchenrenovierung, darunter Fliesen und Holzplanken, verwendet, um das Gebäude zu stabilisieren. Die Stallwände waren im selben Buttergelb gestrichen wie die Sakristei von San Paolino, weil bei der Renovierung auch ein paar Eimer

Farbe übrig geblieben waren. Es war ein zusammengewürfeltes Heim, aber warm und trocken und das einzige Zuhause, das der Birtolini-Junge je gekannt hatte.

Die Stalltüren standen offen, damit der saubere Duft der regennassen Erde hereindringen konnte. Seine Mutter hatte gewaschen. Silvios Hose und Hemd hingen mit dem Arbeitskleid der Mutter an einer Leine, die zwischen zwei Balken gespannt war.

Silvio fegte den Boden, da er wusste, dass seine Mutter sich über die Hilfe freute. Außerdem hatte er ein schlechtes Gewissen, weil er sie am Nachmittag von der Arbeit abgehalten hatte. Der Pfarrer mochte es nicht, wenn sie seinetwegen in die Schule gerufen wurde oder zu Hause blieb, um ihn zu pflegen, wenn er krank war. Seine Mutter gab ihm nie das Gefühl, er sei eine Last für sie, und doch kam er sich so vor.

Silvio brauchte immer einen Fluchtweg und ein Versteck. Er hatte geheim gehalten, wo sie wohnten, was die Kinder in der Schule nicht daran hinderte, wilde Geschichten zu erfinden.

Einige behaupteten, Silvio lebe im Wald bei den Wildschweinen; andere verbreiteten das Gerücht, er hause in der Grabkammer der Kirche und schlafe im Sitzen neben den Gräbern. Silvio hatte mitbekommen, wie Beatrice Bibba einer Gruppe Mädchen in der Schule erzählte, seine Mutter müsse die Kirche putzen, weil sie einen tödlichen Makel trage, der nur durch Knechtschaft gemindert werden könne. In Wahrheit putzte seine Mutter die Kirche, weil es Essen auf dem Tisch und ein Dach über dem Kopf bedeutete. Es gab keinen Mann, auf den sie sich verlassen konnten, keinen Vater, der sie beschützte. Die Kinder ließen sich von Abenteuergeschichten aus den Zeitungen inspirieren. Sie waren bestens geeignet, um Silvio Birtolini in seiner Rolle als *bastardo* zu bestätigen.

»Nicht fegen, Silvio. Ruh dich aus«, sagte seine Mutter, als sie mit einem kleinen Päckchen nach Hause kam. »Hier.« Sie schlug den Stoff auseinander, legte einen heißen Bombolone auf ein Tellerchen und reichte es ihrem Sohn. »Dein Lieblingsessen.«

»Ich bin nicht hungrig, Mama.«

»Iss, Silvio. Er ist ganz frisch. Ich habe ihn auf dem Fest gekauft.«

»Ich weiß. Aber es ist nicht dasselbe, wenn du sie mitbringst. Sie schmecken besser am Stand, nachdem ich gespielt habe.«

Seine Mutter wickelte den Bombolone wieder in das Tuch. »Er schmeckt nicht süß, solange du bittere Gedanken hast.«

»Die meisten meiner Gedanken sind bitter, Mama. Es ist ein Wunder, dass ich überhaupt was Süßes schmecken kann.«

»Ich kann es dir nicht verdenken.« Sie legte ihm die Hand an die Stirn und berührte sanft den Verband über seinem Auge. »Wie geht es dir?«

Silvio schüttelte ihre Hand ab. »Es tut weh.«

»Du wirst schon sehen, es heilt bald. Morgen früh fühlt es sich schon besser an. In ein paar Tagen hast du es vergessen.«

»Hab ich nicht.«

»Wir müssen vergeben, Silvio.«

»Das kann ich aber nicht.«

»Auch nicht, wenn ich dir verspreche, dass es nie wieder passiert?«

»Es wird passieren, bis ich alt genug bin, um es selbst zu beenden. Und dann muss ich mir eine eigene Armee aufbauen. Im Moment habe ich niemanden. Ich bin allein.« Er versuchte zu lächeln, doch die Fäden ziepten.

»Sie sollten sich schämen, dass sie dich und das Cabrelli-Mädchen wie Tiere gejagt haben. Sie sollten für das, was sie getan haben, bestraft werden.«

»Das werden sie aber nicht.« Silvio tippte auf den Verband.

»Domenica hat gesagt, ich soll Olivenöl auf die Stiche streichen, dann gäbe es keine Narbe.«

Silvio verdrehte die Augen. »Sie hält sich für eine Ärztin.«

»Sie ist eine gute Freundin.«

Silvio wollte es nicht laut sagen, weil er wusste, dass es seine Mutter verletzen würde. Doch Domenica war seine einzige Freundin.

»Es wird schwer, von hier wegzugehen«, sagte seine Mutter leise und schaute sich im Zimmer um.

»Will der Pfarrer den Stall zurück?«

»Du kennst doch die Kirche, die brauchen immer mehr Platz.«

»Mama, ist dir schon mal aufgefallen, dass der Dorfpfarrer ganz allein in einem großen Haus wohnt? Warum braucht ein einzelner Mann so viele Zimmer?«

»Weil er wichtig ist.«

»Ich mag unser Haus. Ich will hierbleiben.«

»Es spielt keine Rolle, was wir wollen. Ich habe mich entschieden. Wir müssen Viareggio verlassen.«

»Aber warum denn?«

»Weil du noch beide Augen hast. Sie werden nicht ruhen, bis sie dir so wehgetan haben, dass du dich nicht mehr davon erholst. Ich weiß, wie das läuft. Es wird immer schlimmer, bis sie dich ganz vertreiben. Dann suchen sie sich ein anderes Kind, auf dem sie herumhacken können. Das ist immer so.«

»Und wohin sollen wir gehen?«

»Zia Leonora wird uns aufnehmen.«

»Nein, Mama.«

»So schlimm ist sie nicht. Wir müssen uns nur anhören, wie sie über ihre Schmerzen jammert, und ihr Rumkugeln machen. Sie ist schon in Ordnung.«

»Wann reisen wir ab?«

»Morgen, bevor die Sonne aufgeht. Don Xavier hat einen Fahrer bestellt, der uns zum Zug nach Parma bringt. Er hat die Fahrkarten bezahlt und einen Brief geschrieben, mit dem ich eine Stelle in der Chiesa di Sant'Agostino bekomme.«

Silvio hätte gern widersprochen, ihr gesagt, dass er bleiben wolle. Doch seine Mutter tat ihm zu sehr leid, also ließ er es bleiben. »Ich werde vieles an Viareggio vermissen.«

»Trotz allem, was geschehen ist? Du bist ein guter Junge.« Vera umarmte ihren Sohn und hielt ihn so lange fest, wie er es zuließ.

Dann widmete sie sich den Reisevorbereitungen. Sie besprühte die Bügelwäsche mit Lavendel und Zitrone, bevor sie das heiße Eisen auf den Stoff drückte, und packte ihre spärlichen Habseligkeiten in einen Stoffbeutel. Sie kniete sich hin und löste einen Stein aus der Feuerstelle, unter dem sie ihre Ersparnisse versteckt hatte. Silvio machte große Augen, als seine Mutter sich an den Tisch setzte und die Lire zählte. Sie steckte das Geld in die kleine Lederbörse, die Zia Leonora ihr geschenkt hatte, weil sie sie nicht mehr brauchte, und legte die Geldbörse auf den Beutel. Dann schaute sie sich im Zimmer um und vergewisserte sich, dass sie den Stall so hinterlassen würde, wie sie ihn vorgefunden hatte.

Die Mutter schlief am Abend wie immer sofort ein – etwas, worüber sie beide gern Witze machten. Silvio lag wach auf seinem Feldbett. Es brauchte immer Stunden, bis er einschlief, denn er plante im Dunkeln das Leben, das er führen würde, wenn er erst alt genug wäre, um es selbst in die Hand zu nehmen. Je nach Laune malte er sich unterschiedliche Szenarien aus. Manchmal war er Soldat in einem sagenhaften Königreich aus der *Zella*-Comicserie, dann wieder Matrose auf hoher See, der Stürme und Piraten bekämpfte, oder er malte sich ein Leben aus, in dem er einen braunen Anzug, schwarze Schuhe und Hut trug und in einem Büro arbeitete. Seine Lieblingsfantasie: eine Stelle bei der Regierung, die ihm eine Uniform und einen Motorroller garantierte. Er würde ihn vor seiner Wohnung parken, die eine Terrasse hatte und Terrakotta-Blumentöpfe auf der Treppe. Wenn er müde war, träumte er von einem ganz normalen Leben, in dem die Leute nett zu ihm waren. Die fantastischeren Varianten erforderten seine ganze Konzentration.

Es war wohl nicht das Schlechteste, Viareggio zu verlassen. Seine Mutter brauchte den Neuanfang noch dringender als er. Es tat ihm weh, wenn die Kirchgänger seine Mutter ignorierten, obwohl sie es war, die die Bänke reinigte, die Böden schrubbte und die Glasfenster putzte. Fragten sich die Gemeindemitglieder jemals, wer die Bienenwachskerzen rollte und die Kerzenvorräte nachfüllte, damit ihre kostbaren Gebete erhört wurden, bevor der Docht erlosch? Vera Vietro wurde schäbig behandelt, doch sie ertrug es, weil sie neben dem Hungerlohn auch die Unterkunft auf dem Kirchengelände bekam. Dass man sie verachtete, schien seine Mutter nicht zu stören, ihn hingegen schon. Vera Vietro war so damit beschäftigt, für ihren Lebensunterhalt zu sorgen, dass sie gar nicht merkte, wie man sie behandelte. Und falls doch, ignorierte sie es um ihres Sohnes willen.

Silvio wusste, dass seine Mutter sich falsche Hoffnungen machte, wann immer sich ein anderes Kind als die standhafte, loyale Domenica Cabrelli mit ihm anfreundete. Fragte ein Junge, ob Silvio mit ihm auf der Straße spielen wolle, dachte sie sofort, er werde nun endlich von Gleichaltrigen akzeptiert. Sie unterstützte jede noch so frische Freundschaft, gab dem neuen Freund aus Dankbarkeit einen Kuchen oder einen Topf Suppe mit nach Hause, weil sie glaubte, die Freundschaft durch ihre Großzügigkeit sanft befördern zu können. Sobald es aussah, als würden sich die Dinge für ihren Jungen zum Guten wenden, glaubte Signora Vietro, das Schlimmste sei überstanden. Was natürlich nicht der Fall war. Schon immer hatten die Eltern der Kinder jede Verbindung abgebrochen, sowie sie von den Umständen seiner Geburt erfuhren, und den Birtolini-Jungen demonstrativ aus dem Kreis ihrer so anständigen Familien ausgeschlossen.

Mit zunehmendem Alter war aus den Schikanen offene Verachtung geworden, die der Gewalt Tür und Tor öffnete. Silvio konnte das Bild, das die anderen von ihm hatten, unmöglich ändern. Es war tief in den Menschen verwurzelt und würde seinen Schmerz ins Unendliche fortsetzen. Es gab nur einen einzigen Menschen, der das hätte ändern können, und der wollte nicht. Wenn sein eigener Vater Silvio ablehnte, warum sollte ihn dann die übrige Welt wollen? Dennoch versuchte er immer wieder, dazuzugehören.

Mit jedem Morgen machte Silvio Birtolini einen neuen Anfang. Er verließ das Haus seiner Mutter voller Hoffnung und im Glauben, dass an diesem Tag die Sünde ausgelöscht oder zumindest vergessen würde. Er gab sich alle Mühe, sich einzufügen, ein guter Kumpel zu sein, aber niemand stand treu zu Silvio. Seine Freundlichkeit wurde nicht erwidert. Kaum jemand kam auf die Idee, ihn mitspielen zu lassen. Dabei lag er ganze Nächte wach und zerbrach sich den Kopf, wie er die Kameradschaft finden könnte, die für andere Kinder selbstverständlich war. Und als wäre das nicht Schmerz genug, musste er auch noch ertragen, dass seine Mutter sehr darunter litt. Die Ablehnung, die Silvio durch seine Lehrer und Mitschüler erfuhr, war wie eine offene Wunde für Vera Vietro. Seine eigene Hilflosigkeit brach ihm fast das liebevolle Herz.

Sein einziger Zufluchtsort war die Bibliothek, und selbst die war ihm nun verschlossen. Vor dem Zwischenfall hatte Silvio stets so lange bleiben dürfen, wie er wollte, sofern er leise war und die Regeln befolgte – ein Privileg für einen Jungen, der nirgendwo willkommen war. Silvio und Domenica hatten Stunden in der Bibliothek verbracht und in ihren Lieblingsbüchern geschmökert. Domenica fand Mut in *Die drei Musketiere*. Silvio lernte von den Figuren des Charles Dickens, die ähnliche Lebensumstände wie die seinen ertragen hatten. Von den Schicksalen anderer zu lesen, half ihm, sein eigenes zu verstehen; der einzige Unterschied bestand darin, dass die fiktiven Figuren, die Not litten, in ihren Büchern sicher waren. Silvio war es nicht. Er musste an einem Ort leben, wo ihn niemand schützte.

In wenigen Tagen würde Silvio zwölf Jahre alt. Er konnte es kaum erwarten, vom Jungen zum Mann zu werden und sein Leben endlich selbst in die Hand zu nehmen. Es gab bereits erste körperliche Anzeichen dafür, und er bereitete sich auf die neue Rolle so vor, wie er sich auf das Sakrament der Firmung vorbereitet hatte. Silvio wusste, dass seine Mutter ihn dabei nicht anleiten konnte, das konnte nur ein Vater für seinen Sohn tun. Also würde er mehr herausfinden, indem er darüber las.

Bevor Silvio die Karte aus der Bibliothek mitgenommen hatte, war er in *Ärztlicher Ratgeber für den heranwachsenden Mann* vertieft gewesen und hatte darin über die Veränderungen in seinem Körper gelesen. Manche Dinge beunruhigten ihn, andere begeisterten ihn so sehr, dass er beinahe die Karte und das Treffen mit Domenica vergessen hätte. Hätte er nur in der Bibliothek weitergelesen, dann wäre ihm das Schlimmste an diesem schrecklichen Tag erspart geblieben.

Er wünschte, er hätte Zeit gehabt, das Buch über die Pubertät bis zum Ende zu lesen. Immerhin wusste er, dass er mit vierzehn Jahren körperlich ein Mann sein würde und Kraft, Größe und Gewicht verhindern würden, dass andere ihm Ärger machten. Dann könnte er die Schule verlassen, einen Beruf erlernen und sich eine Stelle suchen, um sich und seine Mutter zu versorgen. Silvio fand es lustig, dass ausgerechnet irgendwelche Drüsen ihm dabei helfen sollten, den Schmerz der Kindheit hinter sich zu lassen. Das Mannsein würde sein Leben verändern. Auf dem Weg nach Parma würde er die Kindheit hinter sich lassen. Er wollte sich nicht mehr rechtfertigen, nicht mehr die täglichen Spötteleien ertragen und sich nicht mehr verstecken. Außer Domenicas Loyalität hielt ihn nichts in diesem Ort am Meer. Was immer er Gutes tun, was immer er erreichen oder werden mochte, in Viareggio würde er ewig *il bastardo* bleiben.

Kapitel 8

Domenica lag in ihrem Bett unter dem Küchenfenster und schaute in den Nachthimmel. Sie wollte ihr Gewissen erforschen, doch der Prozess war mühsam und ähnlich unangenehm, wie die winzigen Gräten aus den Klippfischen herauszuziehen, die sie für den Winter trockneten. Es wurden immer mehr Gräten, so viele sie auch entfernen mochte. Und genauso war es mit den Sünden. Sie zerpflückte ihre Taten, um sich auf die Beichte vorzubereiten, und fand dabei immer mehr Sünden, die sie eingestehen konnte. Was nützte es denn, ständig über bereits Geschehenes zu sprechen, dessen Folgen nicht mehr zu ändern und dessen Nachwirkungen nicht aufzuhalten waren? Es erschien sinnlos.

Für die Familie Cabrelli war es ein Tag der Schande gewesen. Ihr Bruder hatte sich vor der Strafe dafür, dass er sich den Raufbolden am Strand angeschlossen hatte, gedrückt und als Retter der Stadtbibliothek aufgespielt. Aniballi hatte den Jungen Kekse und Limonade spendiert, um die Rückkehr der Karte zu feiern. Es war widerlich. Und wie erwartet, war die Strafe ihrer Mutter hart ausgefallen. Kein Abendessen bis Sonntag. Man hatte sie für einen Monat aus der Bibliothek verbannt, was einem Todesurteil gleichkam, aber sie würde damit leben müssen. Immerhin hatte sie sieben Bücher unter ihrem Feldbett, die nur darauf warteten, gelesen zu werden. Silvio durfte die Bibliothek wohl nie wieder betreten, sodass sie ihren Vorrat mit ihm teilen müsste. Es war das Mindeste, was sie tun konnte. Immerhin würde er ihretwegen eine Narbe tragen. Sie hatte ein schlechtes Gewissen und Gott bereits um Vergebung gebeten. Und dennoch war es der beste Tag ihres Lebens gewesen. Sie hatte Dottore Pretucci geholfen und gute Arbeit geleistet. Domenica hatte ihre Bestimmung gefunden. Sie wollte Krankenschwester werden. Der glücklichste Moment im Leben eines Menschen war, wenn er herausfand, wozu er geboren wurde. Ihr wurde im Mondlicht ganz schwindelig.

»Domenica, schläfst du schon?«, flüsterte ihr Vater. Er stand im Durchgang zur Küche.

»Nein, Papa, ich bete.«

»Bete weiter. Wir können morgen früh reden.«

»Ich bin fertig.« Domenica bekreuzigte sich rasch und setzte sich auf. »Wird Mama je wieder mit mir reden?«

»Ich hoffe es.« Pietro setzte sich auf den Stuhl mit der geraden Lehne, der neben dem Kamin stand.

»Wenn ich einmal Mutter bin, werde ich immer mit meinen Kindern sprechen, egal was sie getan haben.«

»Du wirst dein Bestes tun, wenn es so weit ist, genau wie deine Mutter.«

»Warum sind alle wütend auf mich?«

»Du bist ein starker Mensch und hast einen schwachen Menschen dazu gebracht, etwas Schlechtes zu tun.«

»Silvio ist nicht schwach. Er ist ein guter Partner. Er ist der einzige Junge, der bei meinen Streifzügen mithalten kann. Er ist stark.«

»Es spielt keine Rolle, wie er ist. Es war *dein* Plan. Du hast ihm das in den Kopf gesetzt! Domenica, es gibt zwei Dinge, die einen guten Ruf für immer ruinieren. Bist du als Bettler oder Dieb bekannt, wirst du das nie wieder los.«

»Wir haben die Karte in der Bibliothek *ausgeliehen*.«

»Signore Aniballi hat mir etwas anderes erzählt. Silvio hat die Karte gestohlen. Er ist in den Geografieraum gegangen und hat sie aus der Vitrine genommen, ohne zu fragen.«

»Wir dürfen uns die Karten anschauen.«

»Mit Erlaubnis.«

»Wir wollten sie zurückbringen. Aniballi schläft die halbe Zeit an seinem Schreibtisch. Er merkt gar nicht, wer in der Bibliothek ein und aus geht. Er hat es auf Silvio abgesehen.«

»Das mag sein, aber es spielt keine Rolle. Aniballi war wachsam genug, um zu merken, dass Silvio die Karte gestohlen hat. Ein Mann, der ein Brot stiehlt und es isst, kann das gestohlene Brot nicht zurückgeben. Und selbst wenn er es später bezahlt, ist und bleibt er ein Dieb.«

»Papa, das war eine Karte, kein Brot. Signore Aniballi hat sie doch zurückbekommen.«

»Und sie ist ruiniert.«

»Sie ist nicht ruiniert. Das weiß ich. Ich hatte sie in der Hand.«

»Aniballi hat mir etwas anderes erzählt.«

»Aniballi.« Domenica lachte leise. »Ich sage nicht, was er ist, weil ich kurz vor der Firmung stehe und nicht will, dass der Heilige Geist einen lodernden Feuerball herabschickt, um mich zu bestrafen.«

»Dann lass es.«

»Sag mir eins: Wie wird Signore Aniballi denn bestraft? Dafür, dass er über den Zustand der Karte gelogen hat. Dafür, dass er die Jungs aus dem Dorf in eine Meute wilder Hunde verwandelt hat.«

»Das ist nicht seine Schuld«, entgegnete Cabrelli.

»Warum nicht?« Domenica schloss die Augen und schlug sich an die Brust. »Es ist meine schwere Schuld. Silvio hat nur meine Befehle befolgt. Verzeiht mir, Muttergottes, Gemeinschaft der Heiligen, Jesuskind und Gott selbst, dass ich um Gerechtigkeit bete. Aniballi soll alles bitter schmecken, bis er lernt, die Wahrheit zu sagen. Amen.«

»Das ist nicht gerecht. Aniballi hat eine Aufgabe. Er muss die Bücher und Karten in der Bibliothek beschützen. Gib ihm nicht die Schuld an deinem Fehler. Du hast Silvio angestiftet, dein verrückter Plan hat zu all dem hier geführt. Du kannst den anderen Kindern nicht vorschreiben, was sie zu tun haben. Du bist nicht ihre Mutter oder ihr Vater. Du bist nicht die Carabinieri. Du stellst keine Regeln auf und bist nicht das Gesetz.«

»Ich wünschte, wir wären reich. Möchtest du nicht reich sein, Papa?«

Cabrelli seufzte. »Die Arbeit mit unbezahlbaren Edelsteinen heilt dich von dem Wunsch, sie zu besitzen.«

»Ich will sie aber besitzen. Wenn man reich ist, kann einem niemand sagen, was man tun soll. Der Bürgermeister und der Bischof? Denen sagt niemand, was sie tun sollen.«

»Dein Gewissen sagt dir, was richtig ist, egal ob du reich oder arm bist. Und genau das ist es, was deine Mutter und mich beunruhigt. Du hast ein schlechtes Urteilsvermögen bewiesen.«

»Wenn wir Bücher aus der Bibliothek ausleihen, warum nicht auch eine Landkarte? Gehört die Bibliothek nicht uns allen?«

»Die Karte gehört dem Staat. Du hättest heute schwer verletzt werden können. Und Silvio wird eine Narbe zurückbehalten.«

»Wie ein Pirat.«

»Piraten sind keine Heiligen. Sie sind Diebe. Ich verbiete dir, weiter nach dem vergrabenen Schatz zu suchen. Er existiert nicht. Es ist eine Legende, die immer wieder im Ort die

Runde macht, weil die Leute glauben, dass Geld sie retten wird. Es tut mir leid, dass meine eigene Tochter diesen Unsinn glaubt. Dein Freund hätte sein Auge verlieren können. Oder du deins. Dem Jungen, der den Stein geworfen hat, war es egal, wer verletzt wurde – er wollte dich um jeden Preis aufhalten.«

»Was ist mit seiner Strafe?«

»Aniballi weiß nicht, welcher Junge den Stein geworfen hat.«

»Aniballi stand auf den Dünen. Er konnte den ganzen Strand überblicken. Nur der heilige Michael auf seiner blauen Wolke hätte mehr gesehen. Außerdem ist es egal, denn ich weiß, wer ihn geworfen hat.«

»Du hast den Jungen gesehen?«

»Nein. Aber Guido Mironi war zuerst bei mir und hat mir die Karte abgenommen. Also war er es.«

»Du kannst ihn nicht beschuldigen, wenn du dir nicht sicher bist.«

»Die Wunde an Silvios Stirn war lang und tief, und der Stein war schwer, also muss der Junge, der ihn geworfen hat, in der Nähe gewesen sein. Die Position der Wunde ließ erkennen, dass der Stein von oben kam, also von jemandem geworfen wurde, der größer ist als wir. Es war der Mironi-Junge. Er verspottet Silvio immer in der Schule, nimmt ihm das Buch und die Brote weg. Die halbe Zeit hat Silvio nichts zu essen, weil sie es ihm stehlen.«

»Und du teilst dein Essen mit ihm.«

»Ja, Papa. Aber sag Mama nichts davon.«

»In diesem Haus wirst du nicht bestraft, wenn du freundlich bist. Aber es gleicht nicht aus, dass du die Karte gestohlen hast. Du hattest heute die Engel auf deiner Seite, Domenica. Ich weiß nicht, ob das der Fall sein wird, wenn du noch einmal etwas nimmst, das dir nicht gehört.«

»Die Engel kennen den Unterschied zwischen Stehlen und Leihen. Sie sind auf meiner Seite. Das kannst du mir glauben.«

Cabrelli seufzte. »Sprich deine Gebete.«

»Habe ich schon.«

»Sprich noch ein paar.« Pietro ging zur Tür.

»Papa, warum hat Silvio nicht denselben Namen wie seine Mutter? Sie ist Signora Vietro, und er heißt Birtolini.«

»Signora Vietro konnte Silvios Vater nicht heiraten, weil er schon eine Frau hatte.«

Domenica überlegte. »Ist Birtolini der Name seines Vaters?«

»Nein. Nach italienischem Recht gibt es für jeden Monat einen Buchstaben, und die Mutter, die keinen Ehemann hat, wählt irgendeinen Namen, der mit dem fraglichen Buchstaben anfängt. Silvio wurde in einem Monat geboren, in dem *B* der festgelegte Buchstabe war. Seine Mutter hat den Namen aus einer Liste ausgewählt.«

»Armer Silvio. *Il bastardo*«, sagte Domenica leise. »Papa, ich dachte, in Viareggio dürfte man nur zwei Dinge nicht sein: ein Bettler oder ein Dieb.«

»Das stimmt.«

»Aber das ist nicht wahr. Man darf auch kein *bastardo* sein.«

»Domenica.«

»Silvio kann nichts dafür. Wieso gibt man ihm die Schuld an etwas, das er nicht getan hat? Warum ist er gezeichnet?«

»Wir müssen für ihn beten.«

»Davon bekommt er keinen Vater.«

Domenica hatte recht, und ihr Vater wusste es. *Il bastardo* war kein bloßes Schimpfwort. Es zerstörte jetzt schon seine Zukunft. Silvio würde es zu nichts bringen, würde keine Ausbildung bekommen, die über die Grundschule hinausging.

Aldo schnarchte in der Nische im Nebenzimmer. Die Vorpubertät hatte ihn in einen grobschlächtigen, rülpsenden, blähenden Bären verwandelt. Selbst im Schlaf war er abstoßend. Domenica konnte es kaum erwarten, erwachsen und so weit wie möglich von Aldo weg zu sein.

»Hast du Hunger?«

»Nein, Papa«, log Domenica.

»Mama macht dir morgen früh eine Frittata.«

»Woher weißt du das?«

»Sie hat Eier besorgt.«

»Ehrlich?« Domenica kuschelte sich unter die Decke, plötzlich gewiss, dass ihre Mutter ihr doch nicht die Schuld an den Ereignissen des Tages gab.

Cabrelli blies die Flamme in der Sturmlaterne aus, und der Duft von süßem Mandelöl erfüllte die Luft. »Je eher du schläfst, desto eher bekommst du zu essen.«

Domenica drehte sich im Bett um. Als die Schlafzimmertür ihrer Eltern leise ins Schloss fiel, legte sie sich auf den Rücken, verschränkte die Hände hinter dem Kopf und schaute zur Decke hinauf. Sie sprach ein kurzes Dankgebet für die Eier. Ihre Mutter liebte sie. Sie betete für ihren Vater, weil er sie liebte, was immer sie tat. Sie betete sogar für Aldo, weil es ihre Pflicht war.

Ihr wollten gerade die Augen zufallen, als ein Gesicht am Fenster erschien, das von hinten in Mondlicht getaucht war. Sie war zu verblüfft, um zu schreien. Sie rollte aus dem Bett und wollte aus der Küche rennen, drehte sich aber noch einmal um. Denn die Kopfform war vertraut, rund wie eine Haselnuss und mit spitzem Kinn. Die schwarzen Locken verschmolzen mit den Schnörkeln des schmiedeeisernen Zauns dahinter. Der Junge trat in einen Lichtfleck.

Domenica kniete sich aufs Feldbett und öffnete das Fenster.

»Hast du was gegessen?«, flüsterte Silvio.

»Ich bekomme erst am Sonntag wieder Abendessen. Sie wollen mich aushungern.«

»Hier.«

Domenica schlug das Tuch auseinander. Der süße Duft von Vanille und Butter stieg ihr in die Nase. »Woher hast du den?«

»Mama war auf dem Fest.«

Domenica nahm einen Bissen. Sie kaute langsam, genoss den buttrig süßen Teig und den Zucker, der auf ihrer Zunge zerfloss. »Beiß mal rein.« Sie hielt Silvio das Gebäck hin.

»Ich kann nicht.«

»Warum nicht?«

»Die Naht tut weh, wenn ich kaue. Pretucci hat sie wohl zu eng gemacht.« Zum Beweis fletschte Silvio die Zähne wie ein Orang-Utan und versuchte, sie auf und ab zu bewegen. Domenica lachte.

Im Nebenzimmer schnarchte Aldo laut und drehte sich im Bett herum.

Domenica kletterte aus dem Fenster und setzte sich mit Silvio auf die Treppe.

»Geh wieder rein. Du bekommst sonst noch mehr Ärger«, warnte er sie.

»Noch mehr Ärger geht nicht.«

»Meinst du?«

»Das sagt mir der gesunde Menschenverstand.« Domenica aß den Bombolone auf, zupfte die Zuckerstreusel vom Tuch und leckte sich die Finger ab. »Das ist das Köstlichste, was ich je gegessen habe. In meinem ganzen Leben. Danke.«

»Prego.« Silvio war hungrig, freute sich aber, dass seine Freundin das Gebäck genoss.

Mit vollem Magen präsentierte Domenica ihrem Freund ihren neuen Plan.. »Wir brauchen die blöde Karte nicht. Soll

Aniballi sie in seiner staubigen Bibliothek behalten. Wir finden den Schatz auch ohne sie. Wir arbeiten uns durch den Pinienwald vor. Ich vermute, die Piraten haben ihn in der Nähe der Kanäle versteckt.«

»Bist du dir sicher?«

»Es wäre am sinnvollsten. Sie mussten sich schnell aus dem Staub machen. Wir gehen morgen hin! Wenn die Sonne aufgeht. Nachdem ich Wasser geholt habe.«

»Ich kann dir nicht helfen, den Schatz zu suchen.«

»Na ja, vielleicht nicht sofort. Aniballis Fluch muss erst verblassen. Er hat es auf uns abgesehen.«

»Nein, ich meine, ich werde nicht hier sein. Wir müssen Viareggio morgen verlassen.«

»Wo wollt ihr hin?«

»Wir fahren zu meiner Tante nach Parma.«

»Nicht zu der!« Domenica erinnerte sich an Zia Leonora, die gewisse Allüren pflegte und die glatte Stirn und das aufgetürmte Haar einer Aristokratin hatte. Wenn Zia im August ans Meer reiste, musste Signora Vietro sie wie ein Hausmädchen bedienen. Hinter ihrem Rücken nannte man sie Zia Regina. »Sie ist furchtbar!«

»Ich weiß. Aber mir bleibt keine Wahl. Ich muss meine Aufgaben erledigen und mich benehmen. Das hat Mama gesagt.«

»Wie sollst du etwas tun, wenn die Jungs mit Steinen nach dir werfen?«

»Vielleicht haben sie in Parma keine Steine.« Silvio versuchte zu lächeln.

»Wer soll dich beschützen? Mir gefällt die Vorstellung, dass du in Parma bist, überhaupt nicht. Aber ich mag diese Stadt hier auch nicht. Ich habe nichts Gutes über Viareggio zu sagen. Du hättest fast ein Auge verloren.«

»Ich hätte mich nicht umdrehen sollen. Hätte ich auf dich gehört, wäre ich nicht getroffen worden.«

»Es gibt immer Steine und immer Jungen, die sie werfen.« Domenica tätschelte seine Hand. Sie und Silvio blieben lange auf der Treppe sitzen, während der weiße Mond hinter die Wolken tauchte und wieder hervorkam. »Hör zu, Silvio. Wenn du in Parma bist, verrate ihnen deinen Namen nicht.«

»Den finden sie sowieso heraus.«

»Nicht, wenn du eine bessere Geschichte hast«, schlug Domenica vor.

»Wie meinst du das?«

»Du musst ihnen von deinem Vater erzählen, bevor sie auf die Idee kommen, du hättest keinen. Etwa so: Signore Birtolini war ein großer Mann, ein Kapitän, der gegen Piraten gekämpft hat. Er rettete einen Schatz, der der Heiligen Römischen Kirche gehörte, von einem brennenden Schiff.«

»Aber das ist nicht wahr.«

»Das spielt doch keine Rolle! Es ist deine Geschichte. Erfinde du sie! Sag ihnen: Dein Vater ist mit den wertvollen Reliquien vom Schiff in ein kleines Fischerboot gesprungen. Er hat sie schützend durch Stürme, Brand und Hunger getragen und dem Papst persönlich übergeben, der ihn vor allen Kardinälen salben wollte, als Signore Birtolini …«

»Von einem Stein getroffen wurde.«

»Nein! Dein Vater ist plötzlich gestorben, weil er vor der Küste Neapels von einem giftigen Fisch gebissen wurde, *während er die Reliquien rettete*. Das ist das Wichtigste. Signore starb bei der Rückgabe der Beute! Der Papst sank auf die Knie und küsste deinen Vater, während er ihm die Sterbesakramente erteilte. Dein Papa war nun in dieser und in der nächsten Welt heil und ganz. Die Kardinäle standen in einem roten Kreis und weinten. Der Papst weinte. Sie beteten gemeinsam, als die Engel kamen, um die Seele deines Vaters zu Gott zurückzubringen.«

»Du brauchst nicht in die Bibliothek zu gehen. Du brauchst keine Bücher zu lesen. Du bist selbst ein Buch.«

»Leg dir eine Geschichte zurecht, sonst denken sich die Leute eine für dich aus. Du musst ihnen zuvorkommen. Versprochen?«

»Versprochen.«

»Wenigstens du hörst auf mich. Was ich denke, interessiert sonst niemanden.«

»Du bist der klügste Mensch, den ich kenne. Ich finde nie wieder eine Freundin wie dich.«

»Doch, das wirst du«, versicherte ihm Domenica.

»Das glaube ich nicht. Du bist seltsam, Domenica, anders. Aber darin liegt auch Kraft. Coraggio.«

Domenica schlug das Tuch auseinander und gab Silvio den zweiten Bombolone. Er nahm ihn und brach ihn in zwei Hälften.

»Nimm kleine Bissen, damit es nicht an den Fäden zieht«, sagte sie.

Silvio knabberte den größten Teil des zweiten Bombolone, sie aß den Rest. Sie ließen kein einziges Zuckerkörnchen auf dem Tuch zurück.

Domenica faltete es ordentlich zusammen und gab es Silvio zurück. »Ich hatte wirklich Hunger«, sagte sie, kletterte wieder ins Haus und steckte den Kopf aus dem offenen Fenster. »Danke.«

»Domenica?«

Sie lehnte sich an die Fensterbank. Ihr Gesicht – das Gesicht, nach dem er in der Schule, der Kirche und überall sonst Ausschau gehalten hatte, war so nah, dass der Junge sich zum ersten Mal im Leben glücklich fühlte. »Bevor ich die Karte genommen habe, habe ich etwas gefunden, das dir vielleicht helfen kann.«

»Eine Waffe?«

Er lächelte, doch die Stiche schmerzten. »Nein. Im Kartenraum gibt es ein Buch mit dem Titel *Das Logbuch von Kapitän Nicola Forzamenta*. Piraten versteckten Schätze oft in Kirchen.«

»Interessant.«

»Und ob.« Silvio ging zwei Stufen hinunter.

Am Fuß der Treppe blieb er stehen, drehte sich um und sprang wieder hinauf. »Domenica?«

»Was ist?«, flüsterte sie.

Silvio antwortete nicht, sondern nahm ihr Gesicht in die Hände und küsste sie.

Zu ihrer Überraschung waren seine Lippen weicher als die Bomboloni.

»Ciao, Domenica.« Nachdem er seine beste Freundin so innig berührt hatte, war Silvio plötzlich schüchtern. »Ich muss los.« Er lief die Treppe hinunter; von der Straße sah er lächelnd zu ihr auf und hielt sich die schmerzende Seite seines Gesichts. »Eines Tages komme ich zu dir zurück«, sagte er so leise, dass nur der Mond ihn hörte.

Domenica winkte zum Abschied, bevor sie die Fensterläden schloss und den Riegel vorschob. Durch die Lamellen sah sie zu, wie Silvio davonging.

Was sollte sie nur ohne ihren Freund anfangen? Die alten Leute sagten, jeder Mensch sei ersetzbar, aber für sie in ihrem jungen Leben stimmte das nicht. Silvio Birtolini war nicht ersetzbar. Er war der einzige Freund, dem sie ihre Geheimnisse und ihr Leben anvertraut hatte.

Domenica drehte sich zum Schlafen auf die Seite. Sie konnte die Augen nicht länger offen halten. Sie leckte sich über die Lippen, auf denen noch Zucker vom Bombolone klebte. Sie leckte noch einmal und döste schon ein, als ihr auffiel, dass nicht der Zucker auf ihren Lippen verweilte, sondern der süße Geschmack von Silvio Birtolinis Kuss.

»Domenica!«, rief ihre Mutter Netta durchs Fenster. »Nimm zwei Eimer. Einen für Signora Pascarelli und einen für mich.«

Domenica blickte auf und winkte ihrer Mutter. »Ja, Mama.« Domenica war froh, dass die Mutter nach dem Ärger mit Aniballi wieder mit ihr sprach, selbst wenn sie sie nur zur Promenade schickte, um frisches Wasser zu holen.

»Wenn du zurückkommst, habe ich die Eier fertig«, versprach Netta, bevor sie die Fensterläden schloss.

Statt nach den Eimern zu greifen, eilte Domenica zurück ins Haus und die Treppe hinauf und umarmte ihre Mutter. »Es tut mir leid, Mama.«

Netta hielt ihre Tochter fest und küsste sie auf den Kopf. »Geh jetzt.«

Domenica flog wieder die Treppe hinunter. Vor dem Tor nahm sie die Holzeimer vom Pfosten, als sie ein Bündel auf der Treppe bemerkte.

Sie stellte die Eimer ab und hob es auf. *Signorina Cabrelli.* Es war für sie! Sie öffnete behutsam den Umschlag, der dabei lag.

Cara Domenica,
Du bist eine gute Freundin. Ich danke Dir. Das Geschenk wurde von Don Carini gesegnet.
Signora Vietro und Silvio

Sie öffnete das Bündel aus sauberem Sackleinen und nahm ihre Schürze heraus. Daran hing ein in Stoff gewickeltes kleines Geschenk.

Domenica entfaltete zuerst die Schürze. Sie war sauber weiß wie die Sonne und die makellosen Wolken am Himmel. Keine Spur mehr von Silvios Blut! Sie zog die Schürze über den Kopf und schloss den Knopf im Nacken, vergrub die Hände in den Taschen. Der gebügelte Stoff duftete nach Stärke und Zitrone. Domenica merkte erst jetzt, wie sehr ihr die geräumige Schürze gefehlt hatte.

Sie setzte sich auf die Treppe und öffnete das Päckchen. Eine kleine goldene Medaille fiel heraus. Santa Lucia, die Schutzpatronin des Sehens, glitzerte im Morgenlicht. Sie wickelte Zettel und Medaille sorgfältig in das Tuch und steckte es in die Schürzentasche. Dann nahm sie die leeren Eimer und machte sich auf den Weg zur Promenade, um Wasser zu holen.

Sie tastete die Außenseite der tiefen Schürzentasche ab, um sich zu vergewissern, dass die Medaille sicher darin verstaut war. Sie würde ihrer Familie weder den Zettel noch die Medaille zeigen. Sie würde sie nicht einmal mit Amelia LeDonne teilen, obwohl sie Geheimnisse besser bewahren konnte als jedes andere Mädchen in Viareggio.

Domenica kannte keinen Menschen im Dorf, der sich darüber gefreut hätte, dass ihr der Birtolini-Junge etwas geschenkt hatte. In Domenicas Augen waren Silvio und seine Mutter gut und freundlich, auch wenn die Menschen in Viareggio das anders sahen. Außerdem ließen nur die Frömmsten eine Medaille segnen, bevor sie sie jemandem schenkten. Signora Vietro und Silvio Birtolini waren trotz ihrer Umstände gläubig; darum nahm das Mädchen ihren Talisman mit Demut an. Domenica Cabrelli stand fortan unter dem Schutz einer Heiligen. Und mit elf Jahren wusste sie, dass sie ihn brauchen würde.

Kapitel 9

Viareggio
Jetzt

Olimpio Roffo parkte auf der Straße vor dem Garten der Boncourso. Er war ein liebenswürdiger Ehemann, der sich nach einem langen Tag mit Handwerkern und Kunden auf eine warme Mahlzeit und ein Gespräch mit seiner Frau freute. Es hatte heftig geregnet, die Autobahn war voll gewesen. Also hatte er die Nebenstraße genommen, die sich kurvenreich durch die Hügel schlängelte und den Bächen folgte, die ins Meer mündeten. Der dichte Nebel hatte ihn übervorsichtig gemacht, darum war er langsam gefahren und spät dran.

Zu Hause angekommen, stellte er den Motor ab. Es regnete so stark, dass er kaum durchs Fenster sehen konnte.

Er nahm die Bäckereischachtel vom Rücksitz, griff nach seiner Aktentasche und ging so flott zur Haustür, wie ein leistungsfähiger Mann von einundachtzig Jahren es eben konnte, was in seinem Fall beeindruckend flott war.

»Nonno!« Anina umarmte ihren Großvater, als er aus dem Aufzug trat, und half ihm aus dem durchnässten Regenmantel.

»Mein Tag ist gerade noch besser geworden.« Olimpio küsste seine Enkelin.

»Du bist ja klatschnass!«, rief Matelda von der Küchentür, bevor sie an den Herd zurückkehrte.

»Und nicht geschmolzen! Warst du den ganzen Tag hier?«

»Na klar. Ich habe mir zur Hochzeit eine alte Uhr ausgesucht, und Nonna will sie mir nicht geben.«

»Ich rede mit ihr«, sagte Olimpio leise. Anina brachte den nassen Mantel und die Aktentasche zum Trocknen ins Badezimmer.

Als sie zurückkam, lächelte Olimpio. »Du kennst also die Geschichte.«

Anina nickte. »Nonna hat die Schatzkammer in jeder Hinsicht geöffnet.«

»Tu nicht so, als wäre das eine Strafe gewesen«, rief Matelda fröhlich.

»Das war es ganz und gar nicht, Nonna. Bei dir schmeckt das Essen besser.« Anina folgte ihrem Großvater in die Küche. »Obwohl sie einem im Gefängnis das Handy wegnehmen. Genau wie Nonna.«

»Ich habe es dir zurückgegeben, oder?«, fragte Matelda zuckersüß.

»Ich will gar nicht wissen, wofür sie dich bestraft hat«, sagte Olimpio und reichte Matelda die Bäckereischachtel. »Buon compleanno.« Er küsste sie.

»Grazie.« Matelda lächelte, als sie die Schachtel mit ihren Lieblings-Sfogliatelle öffnete, einem muschelförmigen Gebäck aus hauchdünnem Blätterteig, das mit süßem Ricotta gefüllt, mit Zucker bestreut und mit Honig beträufelt war.

»Lecker. Von Biagetti?«, fragte Anina.

»Woher sonst? Die gehören zur Familie.« Matelda stellte die Schachtel auf die Esstheke.

»Was ist mit deinem Gesicht passiert?«

»Eine Möwe hat sie angegriffen«, sagte Anina, bevor ihre Großmutter antworten konnte.

»Die können ganz schön bösartig sein, wenn sie hungrig sind.« Olimpio untersuchte den Kratzer auf Mateldas Wange. »Vor allem, wenn die Touristen sie während des Carnevale gefüttert haben.«

»Sie wollte keine Salbe drauftun, aber ich habe sie gezwungen. Sie wollte auch nicht zum Arzt gehen.«

»Das sieht dir ähnlich.«

»Es ist nichts.«

»Mama?« Nicolina Tizzis Stimme dröhnte durch die Sprechanlage und schreckte alle drei auf. »Ich bin's.«

»Höre ich mich auch so an?« Anina lachte. »Das klingt ja wie die Durchsage am Strand.«

»Olimpio. Bitte repariere das Ding. Es macht mir Angst.«

»Na schön, ich kümmere mich drum. Erinnere mich später dran«, seufzte Olimpio.

»Komm hoch, Mama«, sagte Anina in die Sprechanlage.

Matelda umarmte ihren Mann. Olimpios Hals roch wie üblich nach Pfefferminz. Sein Bart war gestutzt, das dichte weiße Haar akkurat geschnitten. Auch nach einem langen Arbeitstag und einem Regenschauer war sein Hemd immer noch so frisch wie am Morgen, als er es vom Bügel genommen hatte. »Danke.«

»Was gibt es zum Abendessen?« Er zog seine Frau noch näher an sich heran.

»Orecchiette. Frische Erbsen. Minze.«

»Mein Lieblingsgericht an deinem Geburtstag?«

»Sie wollte mich nicht kochen lassen, Nonno.«

»Das ist doch kein Aufwand für mich.« Matelda goss Nudeln und Erbsen in ein Sieb. Vom Dampf beschlug ihre Brille. Olimpio nahm sie ihr ab, damit sie weiterarbeiten konnte.

Anina bewunderte die Art, wie ihre Großeltern miteinander umgingen. Sie sah zu, wie Matelda Olivenöl über die

Orecchiette träufelte und Minzblätter über dem Öl zerdrückte, bevor sie ihrem Mann die Schüssel reichte. Olimpio rieb Käse über die Nudeln.

»Alles Gute zum Geburtstag, Mama.« Nicolina trat zu Matelda und gab ihr einen Kuss, dann begrüßte sie ihren Vater und ihre Tochter.

Ihr von silbernen Strähnen durchzogenes schwarzes Haar war feucht. Sie hatte die zarten Gesichtszüge ihres Vaters und die aufrechte Haltung ihrer Mutter. Sie war mit einem Polizisten verheiratet, was bedeutete, dass sie stets auf das Beste hoffte, aber mit dem Schlimmsten rechnete. Ihr Sohn Giacomo war gerade zu den Carabinieri gegangen, wodurch sich ihre Angst verdoppelt hatte. Anina hängte den Mantel ihrer Mutter ins Bad.

»Wo ist Giorgio?«, fragte Matelda.

»Bei Unwetter brauchen sie ihn auf der Autobahn, und Giacomo hat Dienst auf dem Revier.«

»Es ist ganz schön heftig da draußen«, bestätigte Olimpio, während er die Schüssel mit den Nudeln auf den Tisch stellte. »Ich bin von der Autobahn abgefahren und habe die Nebenstraßen genommen. Es ging einigermaßen, trotz des Nebels.«

»Das schlechte Wetter ist noch lange nicht vorbei. Giorgio ist nicht begeistert. Lange Arbeitszeiten für die Carabinieri. Entschuldigt mich.« Nicolina ging ins Bad.

Anina sah aufs Handy. »Paolo schafft es nicht.«

»Was ist los?«, fragte Matelda enttäuscht.

»Er trifft sich mit einem Freund wegen eines Jobs.«

»Er muss doch etwas essen.«

»Sie sind in einem Café verabredet. Er lässt sich entschuldigen.«

»Dann räum bitte sein Gedeck ab«, sagte Matelda knapp.

»Nonna, er hat viel zu tun, ich bekomme ihn kaum zum Essen. Nimm es nicht persönlich.«

Nicolina kam aus dem Bad und zupfte die Schleife am Geburtstagsgeschenk zurecht. Dann legte sie die in edles Papier gewickelte Schachtel auf den Tisch. »Für dich, Mama.«

»Es ist zu schön, um es aufzumachen.«

»Ich hoffe, es gefällt dir. Du weißt, es ist schwer, dir was zu schenken.«

»Ja, davon habe ich gehört. Ida Casciacarro hat mir irgendwelche Kapseln geschenkt.« Matelda packte das Geschenk aus. »Ich wusste gar nicht, dass es so was wie Darmgesundheit gibt.« Sie nahm ein gerahmtes Foto aus der Schachtel.

»Weißt du, wer das ist?«, fragte Nicolina.

»Ich habe das Foto noch nie gesehen.«

Das Schwarz-Weiß-Foto von Matelda und ihrer Mutter am Strand von Viareggio bewies, dass die Träume, die sie in letzter Zeit hatte, keine Erfindung waren, sondern auf Tatsachen beruhten. Domenica trug ein Leinenkleid. Ihre schwarzen Zöpfe waren ordentlich geflochten und aufgesteckt. Matelda war ein kleines Mädchen mit Strohhut und Spitzenkleid. Sie spürte förmlich den warmen Sand unter ihren Füßen, während sich ihre Augen mit Tränen füllten.

»Es tut mir leid, Mama. Ich dachte, du freust dich.«

»Nein, nein, es ist ein schönes Geschenk. Ich freue mich sehr. Es hilft mir, mich an sie zu erinnern.« Matelda zeigte Olimpio das Foto. »Meine Mutter fehlt mir.« Sie trocknete die Tränen mit ihrem Taschentuch. »Man kommt nie über den Verlust hinweg. Ich kann nur täglich in die Messe gehen und beten, dass ich sie wiedersehe.«

Nicolina trat zu Matelda und legte ihr tröstend beide Hände auf die Schultern.

»Es geht mir gut, Nicolina.«

Nicolina umarmte ihre Mutter. »Ich weiß auch, was es bedeutet, seine Mutter zu lieben.«

»Es ist geradezu sündhaft, wie sehr ich die Sfogliatelle von Biagetti liebe.« Matelda genoss einen weiteren Bissen und trank einen Schluck heißen Espresso.

»Freut mich, dass sie dir schmecken. Es sind noch acht Stück in der Schachtel, und ich bin kein Fan davon«, scherzte Olimpio und griff nach dem Foto. »Es ist wunderschön. Und nicht so gruselig wie die Bilder auf deinem Nachttisch. Wo hast du es aufgetrieben?«, fragte er seine Tochter.

»Beim Zeitungsverkauf. Die *Stella di Lucca* hat ihr Archiv verkauft, um Schulden abzuzahlen. Das Foto wurde wie Tausende andere nie publiziert. Zum Glück hatte der Fotograf die Bilder nach Jahren geordnet, also bin ich ein paarmal hingegangen und habe alle Kisten durchgesehen. Dabei habe ich das Bild gefunden und ihnen abgekauft. Es ist traurig, dass die Zeitung eingestellt wird.«

»Wir haben sie abonniert.«

»Nicht mehr lange, Mama.«

»Es ist eine Schande. Es ist eine gute Zeitung. So sind die Fascisti an die Macht gekommen. Das war das erste Zeichen. Mussolini hat die Zeitungen verboten«, sagte Olimpio. »Die Menschen werden nicht klüger, nicht mal in Italien, wo wir es selbst erlebt haben und eigentlich besser wissen müssten.«

»Hoffen wir, dass es diesmal nicht passiert«, sagte Nicolina. »Man sagte mir, sie könnten mit dem Internet und den kostenlosen Nachrichten nicht konkurrieren.«

»Ich wünschte, ich hätte damals schon gelebt.« Anina stützte das Gesicht in die Hände, während sie das Foto ihrer Urgroßmutter und Großmutter betrachtete. »Du siehst genauso aus wie deine Mutter.«

»Sie war begabt. Sie hat meine Kleider genäht. Mama sagte, dadurch habe sie ihre Fähigkeiten als Krankenschwester verbessert. Meine Großmutter Netta hat meine Hüte gemacht. Die waren richtig künstlerisch.«

»Aus welchem Jahr stammt die Aufnahme?«, fragte Olimpio.

»Neunzehnhundertfünfzig.« Anina zeigte ihrem Großvater die Beschriftung auf der Rückseite des Rahmens. »Am Strand von Viareggio.«

»Da war ich neun«, bestätigte Matelda.

»Ich dachte, deine Eltern hätten 1947 geheiratet. Der Priester hat uns das große Buch gezeigt, in dem ihre Namen stehen. Paolo und ich werden an unserem Hochzeitstag im selben Buch unterschreiben.«

»Du hast recht. Meine Eltern haben 1947 geheiratet.«

»Du wurdest vor der Hochzeit geboren?« Anina sah ihre Großmutter an. »Unehelich?«

»Nein!«, antworteten Matelda und Nicolina wie aus einem Mund.

»Nonno?«

»Guck nicht so«, sagte Olimpio. »Das ist nicht mein Stammbaum, ich habe nur eingeheiratet. Das einzige Datum, das ich je festgelegt habe, war meine Hochzeit mit deiner Großmutter.«

»Meine Mutter war zweimal verheiratet. Ihr erster Mann war mein Vater«, erklärte Matelda.

»Hast du das gewusst?« Fragend blickte Anina zu ihrer Mutter.

»Ja. Aber ich weiß nicht viel über ihn.«

»In den meisten toskanischen Familien gibt es ähnliche Geschichten. Der Krieg verschlägt die Menschen irgendwohin, und dann passiert so etwas«, erklärte Olimpio.

»Wie war der Name deines Vaters, Nonna?«, wollte Anina wissen.

»John Lawrie McVicars.«

»Ein Amerikaner?«

»Er war Schotte.«

»Wir sind schottischer Abstammung? Das hätte ich gern gewusst. Habt ihr ein Foto von ihm?«, fragte Anina.

Matelda schüttelte den Kopf.

»Alles, was deine Großmutter von ihm hat, ist die Uhr, die er deiner Urgroßmutter Domenica geschenkt hat. Deshalb kann sie sie dir nicht geben«, sagte Olimpio.

»Bisnonna Domenica war Krankenschwester«, sagte Anina zu ihrer Mutter. »Das hast du mir auch nicht erzählt.«

»Sie war keine Krankenschwester, als ich sie kannte«, entgegnete Nicolina abwehrend. »Sie war eine Großmutter mit weißen Haaren. Wie deine Nonna.«

»Hey.«

»Du bist in besserer Form, Mama. Als Nonna Domenica so alt war wie du, konnte sie kaum noch laufen.«

»Wenn man so alt wird wie ich, verabschiedet sich Geist oder Körper. Das kann man sich nicht aussuchen.«

»Darum müssen wir etwas über unsere Vorfahren wissen. Dann können wir uns auf die schlimmen Dinge vorbereiten«, beharrte Anina. »Ihr hättet mir die Geschichte von Bisnonna Domenica längst erzählen sollen.«

»Was hätte das geändert?«, fragte Nicolina.

»Vielleicht wäre ich Krankenschwester geworden.«

Ihre Großeltern und ihre Mutter lachten.

»Okay, vielleicht auch nicht. Ich kann Schmutz und Traurigkeit nicht ausstehen. Aber es könnte noch etwas in ihrer Geschichte geben, das mein eigenes Leben beeinflusst. In einer Familie ist alles verbunden. Papa hat an der Università di Milano den Stammbaum seiner Familie erforschen lassen. Dabei stellte sich heraus, dass die Familie Tizzi französischer Abstammung ist.«

»Ich habe vergeblich nach John McVicars gesucht«, gestand Matelda. »Er fand sich in einem Verzeichnis der Handelsmarine, das war alles.«

Nicolina war überrascht. »Das hast du mir gar nicht erzählt.«

»Jetzt weißt du, wie es ist, völlig im Dunkeln zu tappen.« Anina lehnte sich zurück.

»Vielleicht habe ich nicht genug gesucht. Meine Mutter war gerade gestorben. Als ich um sie trauerte, wurde mir klar, dass ich auch um meinen Vater John McVicars trauerte.«

»Gibt es noch mehr Familiengeheimnisse, die ich kennen sollte?«, fragte Anina.

»Nun, da war mein Ururgroßvater, der einen Sommer in Rumänien mit einer Opernsängerin verbracht hat. Dem sollte ich nachgehen«, neckte Olimpio seine Enkelin.

»Das finde ich auch. Niemand sollte eine Familie gründen, bevor er nicht seine eigene Geschichte kennt.«

»Vernünftiges Mädchen«, lobte Olimpio.

»*Vernünftig* ist nicht gerade das Wort, mit dem ich Anina beschreiben würde.«

»Mama.« Nicolina legte die Gabel weg.

»Tut mir leid, Anina, du bist ein kluges Mädchen. Und eine Schönheit. Aber vernünftig? Daran musst du noch arbeiten«, sagte Matelda.

»Mich kümmert nicht, ob ich vernünftig bin. Vernünftig ist die Strickjacke unter den Charaktereigenschaften.«

»Danke.« Matelda zupfte ihre Strickjacke zurecht, lehnte sich auf dem Stuhl zurück und vergrub die Hände in den Taschen.

»Du weißt, was ich meine!«, sagte Anina ungeduldig. »Vernünftig klingt so altbacken. Ich bin zu jung für altbacken.«

»Und ich zu alt für altbacken«, scherzte Olimpio.

»Du wirst nie alt sein, Nonno. Und du auch nicht, Nonna. Ich kann mir nicht vorstellen, dass du im Sommer ein schwarzes Wollkleid und Kniestrümpfe trägst wie die alten Witwen.«

»Wir werden sehen. Noch bin ich keine Witwe.«

»Ich lasse nicht zu, dass du vor mir stirbst, Matelda. Ich könnte ohne dich nicht leben. So. Ich habe es gesagt.« Olimpio verschränkte die Hände zum Gebet. »Hörst du zu, Gott?«

Matelda lachte. Olimpio konnte nicht ohne sie leben, und sie konnte sich ein Leben ohne ihn nicht vorstellen. Er kümmerte sich um das Familiengeschäft, als wäre er ein geborener Cabrelli. Er verstand ihren Schmerz, obwohl sie sich bemühte, ihn zu verbergen. Wenn sie nicht wusste, woher ihre Wut oder Ungeduld rührte, führte er sie sanft an die Quelle. Matelda wollte nicht glauben, dass der Vater, den sie nie kennengelernt hatte, der Grund für ihre Ängste war. Sie wollte nicht die Toten für Probleme verantwortlich machen, die sie mit einundachtzig Jahren eben hatte, doch ihre Probleme waren auch Olimpios. Er hatte sie während ihrer gesamten Ehe dazu bringen wollen, sich dem Verlust ihres schottischen Vaters zu stellen und damit ihr Herz zu heilen. Und nun würde Matelda die Aufgabe endlich in Angriff nehmen.

Kapitel 10

Lucca
Jetzt

Anina stand in der Kochnische der kleinen Wohnung, Paolo lag im Wohnzimmer auf der Couch. Der Fernseher dröhnte in voller Lautstärke, doch er achtete nicht auf das Fußballspiel, weil er Nachrichten am Handy schrieb. Anina arrangierte die Reste von Nonnas Geburtstagsessen auf dem Teller. Sie konnte ihrem Verlobten einfach nicht böse sein, wenn sie in seiner Nähe war. Sie wusste, was sie an ihm hatte. Paolo war ein guter Fang, und viele Mädchen in Lucca waren hinter ihm her gewesen, doch er hatte sich für Anina entschieden. Sie schnappte sich Besteck und Serviette und ging zu Paolo ins Wohnzimmer.

Er hatte Hemd und Schuhe ausgezogen. Seine schwarzen Locken mussten geschnitten werden, und er hatte einen Bartschatten, obwohl er sich am Morgen rasiert hatte. Auf dem Couchtisch stand ein Glas Wein.

»Nonna hat deine Lieblingspasta gemacht.« Sie stellte den Teller auf den Tisch.

»Danke, Schatz, ich bin am Verhungern.«

»Ich wusste, dass du im Café nichts essen würdest. Ich wünschte, du wärst mit zu Nonnas Geburtstag gekommen.«

»Es ging einfach nicht.«

»Ich weiß. Sie wollen dich nur ab und zu mal sehen.«

»Ich sage Hallo, wenn ich das nächste Mal in Viareggio bin.«

»Das wäre schön.« Anina bezweifelte, dass Paolo extra nach Viareggio fahren würde, um ihre Großmutter zu besuchen. Sie wandte sich zum Gehen.

»Wo willst du hin?« Paolo zog sie auf seinen Schoß. »Stimmt was nicht?«

»Du siehst dir doch das Spiel an.«

Paolo schaltete den Fernseher aus. »Was kann ich tun?«

»Ich weiß nicht.« Anina lehnte den Kopf an seine Schulter.

»Ist alles in Ordnung mit uns?«

»Ja.«

»Warum dann die komische Stimmung?«

»Keine Ahnung.«

»Deine Mutter?« Paolo verzog das Gesicht.

Anina lachte. »Wir verstehen uns bestens.«

»Weil wir heiraten. Deiner Mutter gefällt es nicht, dass wir einfach so zusammenleben.«

»Ich glaube nicht, dass das der Grund ist.«

»Dann liegt es an mir. Sie macht sich Sorgen. Wenn ich erst einen Job habe, sind alle glücklich.«

»Da könntest du recht haben. Wie läuft's denn so?«

»Es geht voran.« Paolo grinste. »Vielleicht müssen wir nach Rom ziehen. Was hältst du davon?«

»Wir wohnen, wo immer du einen Job findest«, versicherte sie ihm. »Papa hat gesagt, du kannst dich jederzeit für den Staatsdienst bewerben. Giacomo arbeitet auch gern bei den Carabinieri.«

»Ich will nicht mit meinem zukünftigen Schwiegervater und Schwager zusammenarbeiten. Und ich will kein Bulle sein.«

»Giacomo war sich auch nicht sicher, aber jetzt gefällt es ihm.«

»Schön für ihn.«

»Okay, lassen wir das.« Anina spießte einige Orecchiette mit der Gabel auf und fütterte Paolo. »Gut?«

»Deine Großmutter mag gemein sein, aber sie kann kochen.« Paolo küsste sie.

»Sie ist nicht gemein, nur anspruchsvoll.«

Paolo hatte seinen Eltern erzählt, dass er zu Anina gezogen war, während sie es ihren Eltern anfangs verschwiegen hatte. Sie wollte ihre Mutter nicht in eine unangenehme Lage bringen. Als Nicolina es schließlich erfahren hatte, lautete ihre Antwort: »Sag es bloß nicht deiner Großmutter. Es würde sie umbringen.«

Paolo hatte seit dem Studienabschluss nur Zeitarbeit gemacht. Er wollte bei einer Sportagentur arbeiten, aber die Stellen waren dünn gesät. Nun, da er verlobt war, nahm er die Suche nach einem festen Job ernster. Es gab so vieles, das Anina an Paolo liebte. Er brachte sie zum Lachen. Sie stammten aus ähnlichen Verhältnissen. Er mochte weniger ehrgeizig sein als andere junge Männer, doch Anina wusste zu schätzen, dass ihm Glück wichtiger war als materielle Dinge. Nicht zuletzt hatte er während einer Ölpest vor der Küste im Tierheim ausgeholfen. Paolo hatte ein gutes Herz.

»Manchmal siehst du mich an, als ob du keine Ahnung hättest, wer ich bin«, sagte er.

»Ehrlich?«

»Als ob du mich einer Prüfung unterziehst.«

»Das habe ich längst. Du hast bestanden.«

Paolo hob Anina hoch und trug sie durch den Flur ins Schlafzimmer, wobei er sie mit Küssen überschüttete. Für Paolo war das kleine Zimmer mit dem Bett, das an beiden Seiten gegen die Wände stieß, groß wie ein Sonnenblumenfeld. Wenn es nach ihm ginge, würde er ewig mit Anina hier drinnen bleiben. Er legte sie sanft aufs Bett, küsste ihre Hände, ihren Hals und ihre Lippen. Sein Körper legte sich über ihren. Wenn sie sich wortlos liebten, lösten sich alle Probleme wie von selbst.

Paolo schlief an sie geschmiegt ein. Anina lag wach, die Finger mit seinen verschränkt. Sie fand das winzige Schlafzimmer beengend. Das Poster von einem Strand in Montenegro machte den Raum nicht größer, wie es ein Zeitschriftenartikel versprochen hatte. Sie konnte sich nur wegträumen. Sie stellte sich ein Haus am Meer vor. Ihr Schlafzimmer wäre groß und weiß, mit einem dicken Federbett und vielen Fenstern, die sie offen lassen würde. Das Rauschen der Brandung würde sie in den Schlaf wiegen und das Glitzern der Sonne auf dem Wasser sie am Morgen wecken. Irgendwie musste sie Paolo dazu bringen, ihren Traum zu verstehen. Sie liebte ihn, musste aber seinen Ehrgeiz wecken. Paolo zog sie enger an sich. Niemand lebte allein von der Liebe, und viele überlebten ohne sie, aber zu denen wollte sie nicht gehören.

Viareggio

Matelda setzte sich aufs Bett und nahm einen Ohrhörer heraus. Sie sah zu Olimpio, der durch seine E-Mails scrollte.

»Du wirst es nicht glauben. Nino hat aufgenommen, was er noch von der Elefantengeschichte weiß.«

»Du machst Witze. So was kann er? Dabei musste ich ihm neulich zeigen, wie er seine Sprachnachrichten löscht.«

»Patrizia hat ihm geholfen. Willst du es hören?«

»Erzähl es mir später.«

Matelda steckte den Hörer wieder ins Ohr und lauschte der Stimme ihres Bruders.

Hey, Schwesterchen.
Pat sagt, du fragst nach der Elefantengeschichte. Ich erinnere mich, dass Nonno wie ein Wilder im Zimmer rumgelaufen ist und sie nachgespielt hat. Wir sollten verstehen, woher die Edelsteine kamen, die er geschliffen hat, und dass es Menschen gab, die ihr Leben riskiert haben, um sie abzubauen. Ich weiß noch, dass er hier und da Dinge veränderte, damit es interessant blieb.
Und nun zu Nonnos Geschichte. An das hier erinnere ich mich. Es begann mit einer Elefantenkuh, die in einer Mine in Indien gefangen war. Irgendwie kommt sie da raus. Ihr Fell war mit roten Linien für eine Parade oder so bemalt. Ich erinnere mich, was in der Mine passiert ist, weil ich mir die Arbeiter wie Ameisen vorstellte, in einem Ameisenbau mit übereinandergestapelten Gängen und Windungen.
Nonno beschrieb, wie ein großer Brand die Mine zum Einsturz brachte. Die Männer versuchten hinauszuklettern. Ich kann gar nicht glauben, dass er Kindern eine so grausame Geschichte erzählt hat, aber gut. Er hat es getan. Wir waren anders als die Kinder heute. Heute gibt's nur noch Kuschelgeschichten. Jedenfalls befreite sich der Elefant. Das war der glückliche Teil der Geschichte. Aber ich weiß nicht mehr, wohin der Elefant gegangen ist. Und auch nicht, ob er gestorben ist. Der schreckliche Teil war von dem Vater und dem Sohn, die nicht aus der Mine kamen. Es gab keinen Rettungszugang, die Arbeiter saßen in der Falle. Ihre gefährliche Arbeit brachte der Welt Schönheit und Kostbarkeit, aber sie riskierten ihr Leben, um die Steine abzubauen. War es das wert? Wie konnte das sein? Sie starben in der Mine. Ich weiß noch, wie Nonno sagte, dass ein Vater alles tun würde, um seine Familie zu ernähren. Das ist mir im Gedächtnis geblieben.

Ja, Schwesterchen. Das ist der Teil, der mich immer beeindruckt hat. Es war gefährlich, aber lohnend, fürs Essen sein Leben zu riskieren. Ich wünschte, ich wüsste, was aus dem Elefanten geworden ist. Tut mir leid. Ach ja, an eine Sache erinnere ich mich noch. Nonno sagte, die Bergleute gingen barfuß. Sie hatten keine Schuhe oder Arbeitsstiefel. Ich mag mir gar nicht vorstellen, wie es war, über die scharfen Steine und Felsen in der Mine zu laufen, wo kilometerlange Stollen in die Tiefe führten. Und das alles für einen Rubin. Oder Rubine. Den Schatz, der ihnen das Essen sicherte. Das ist alles, was ich weiß. Ich mache jetzt Schluss. Ich hoffe, das ist, wonach du suchst. Danke für den netten Besuch. Wer weiß, ob wir das wiederholen können. Wir kommen in die Jahre, Matelda. Traurig, aber so ist das Leben. Es endet wie versprochen. Jedenfalls ist es immer schön, nach Hause zu kommen und Italienisch zu sprechen. Es war schön, dich, Olimpio und die Kinder zu sehen.

»Nino weiß nicht mehr, was aus dem Elefanten geworden ist.« Matelda nahm die Ohrhörer heraus und legte sie in die Box. »Er klingt überhaupt nicht mehr wie wir.«

»Er klingt wie ein Italo-Amerikaner aus New Jersey, weil er genau das ist. Er lebt seit fünfzig Jahren dort. Du bist, was du isst, wo du wohnst und was du fährst.«

»Das ist eine traurige Sichtweise.« Matelda legte ihr Handy auf den Nachttisch. »Das war enttäuschend.«

»Immerhin hat er dich zurückgerufen.«

»Ja, er hat sich bemüht. Er hat etwas *für mich* getan. Das hat mein Bruder noch nie gemacht.«

»Du hast losgelassen. Ihr versteht euch jetzt.«

»Stimmt.« Matelda hatte sich sehr bemüht, den Groll auf Nino zu überwinden. Er hatte im Laufe der Jahre viele

Dummheiten gemacht. Nino hatte nie die Verantwortung für seine Rolle in ihrem Streit übernommen, sondern Matelda die ganze Schuld gegeben. Er hatte ihr vorgeworfen, sie habe das Vermögen ihres Vaters gestohlen, hatte sie auf den Erlös aus dem Verkauf des Ladens in Viareggio verklagt. Sie hatte Nino die Hälfte der Summe gegeben, obwohl nur sie und Olimpio im Geschäft arbeiteten. Nino hatte behauptet, man habe ihn nicht einbezogen und das Haus habe nicht verkauft werden dürfen. Nino hatte die Originalentwürfe ihres Großvaters verlangt. Matelda hatte sie ihm geschickt, nachdem er ihr versichert hatte, dass sich eine Universität dafür interessiere, und sie stattdessen an einen Juwelier in New Jersey verkauft. Matelda hatte die Zeichnungen zurückkaufen müssen, um sie in der Familie zu halten. Nino interessierte sich nicht für die Familiengeschichte, obwohl er mithilfe eines Kredits der Firma Cabrelli nach Amerika gegangen war. Heute verdiente er ein Vermögen mit der Herstellung von Strassperlen für Handtaschen und Schuhe, doch das Darlehen hatte er nie zurückgezahlt. Zeitweise hatten die Geschwister kein Wort miteinander gesprochen. Nino lud Matelda und Olimpio nicht zur Hochzeit seiner Tochter Anna ein, weil er seiner Schwester wegen etwas zürnte, an das sie sich nicht erinnern konnte. Patrizia hatte Nino nicht dazu bringen können, zu Nicolinas Hochzeit zu fahren, weil sie und Olimpio auch nicht bei Annas Hochzeit gewesen waren. Irgendwann hatten Olimpio und Patrizia einen Waffenstillstand zwischen den Geschwistern ausgerufen, der hoffentlich bis an ihr Lebensende halten würde.

»Nino lebt nach dem Motto: wie du mir, so ich dir. So war er schon immer. Nur lässt er sich in letzter Zeit nicht mehr von seiner Wut beherrschen. Vielleicht nimmt er was dagegen ein.«

»Oder er hat das Streiten satt.«

»Ich glaube nicht, dass unsere Probleme mit Papa zu tun hatten. Vielleicht hat Nino es mir übelgenommen, dass ich meiner Mutter so nahestand. Oder dass wir mit meinen Eltern in diesem Haus gewohnt haben. Vielleicht wollte er es haben.«

»Wir haben ihn ausgezahlt.«

»In meinem Bruder ist ein Loch, das nichts füllen kann. Leider glaubt er, ich hätte es gegraben.«

»Weißt du was, Matelda? Vielleicht konnte er einfach nur dein Gesicht nicht leiden.«

»Das ist es! Und für die Erkenntnis hast du fünfzig Jahre gebraucht.«

Olimpio lachte.

Matelda holte ein Nachthemd aus der Kommode. »Ich ziehe mein Programm durch.« Sie schloss die Badezimmertür hinter sich.

»Sollen wir für den Rest unseres Lebens über deine Familie reden?«, rief Olimpio.

Matelda öffnete die Tür. »Ist das ein Problem für dich?«

»Also ja«, grummelte Olimpio.

Matelda stand am Waschbecken und putzte sich die Zähne, als sie eine Schicht hellblauer Blasen am Boden ihres Trinkglases bemerkte. Sie spuckte die Zahnpasta aus und tastete nach der Lesebrille. Sie drehte das Glas um. Ein Armband aus blau schimmernden Aquamarinsteinen, eingefasst in Pavé-Diamanten, glitt in ihre Hand.

»Olimpio!« Sie tupfte sich den Mund ab und ging ins Schlafzimmer. »Was ist das denn?« Sie hielt ihm das Armband hin.

»Alles Liebe zum Geburtstag.«

»Du legst ein teures Armband in ein Glas im Badezimmer? Am Waschbecken? Bist du verrückt?«

»Ich wollte dich überraschen.« Er lächelte.

»Es hätte im Abfluss landen können.«

»Ist es aber nicht.«

»Aber es hätte.« Sie spürte, wie sie vor Wut rot anlief.

»Herrgott noch mal, es sollte eine Überraschung sein. Ich habe es selbst gemacht. Du wolltest ein Armband, das zu deinen Ohrringen passt. Verdirb mir nicht den Spaß. Freu dich ausnahmsweise mal über ein Geschenk.«

Matelda ging zurück ins Bad. Sie setzte sich auf den Rand der Badewanne und weinte. Es klopfte leise. Sie schnappte sich ein Handtuch und trocknete ihre Tränen.

Olimpio spähte herein. »Matelda.«

Verzweifelt sah sie zu ihrem Mann auf.

»Gib es mir.«

Matelda reichte ihm das Armband. »Es tut mir leid.« Sie hielt ihm das Handgelenk hin.

»Mir tut es auch leid. Es war dumm, dich damit zu überraschen.« Olimpio legte ihr das Armband um und ließ die goldene Schließe einrasten. »Es hat einfach Spaß gemacht, so wie früher.«

»Kein Wunder bei einem Mann, der meinen Verlobungsring in einer Sfogliatella versteckt hat.« Matelda drehte die glitzernden Steine sanft um ihr Handgelenk. »Er ist wunderschön. Ich danke dir.«

»Alles Gute zum Geburtstag, Bella.« Er küsste sie und führte sie an der Hand ins Schlafzimmer.

Sie wandte sich ab und setzte sich auf die Bettkante. »Ich kann nicht glücklich sein.«

»Du warst glücklich.«

»Tatsächlich?«

»Leg dich hin. Lass mich dich halten. Du bist müde.«

»Ich meine es ernst. Ich kann mich über gar nichts freuen.

Ich bekomme ein so schönes Geschenk und denke nur, dass ich es verlieren könnte, bevor ich es anprobiert habe.«

»Weil du nichts verlieren möchtest.«

»Du hast immer eine Antwort.«

»Sei nicht so hart mit dir. Vergiss die Vergangenheit. Du kannst sie nicht ändern.«

»Und wenn sie das Einzige ist, an das ich mich erinnere?«

»Dann halte die guten Erinnerungen fest. Ich bin nur der glückliche Mann, der sich vor sechsundfünfzig Jahren am Strand von Viareggio in ein Mädchen in einem weißen zweiteiligen Badeanzug verliebt hat.« Olimpio half Matelda ins Bett.

»Ich bin gesegnet. Die schlimmen Dinge, die mir widerfahren sind, haben sich letztlich als Geschenk erwiesen. Ich habe meinen Vater verloren, bekam aber einen Stiefvater, der gut zu mir war. Er war auch ohne Vater aufgewachsen und hatte Mitgefühl mit allen Kindern, die diese Art von Verlassenheit erlebt hatten. Du weißt, wie das ist. Du willst ein Heilmittel für jene Krankheit finden, unter der du selbst leidest.«

»Das ist alles lange her.«

»Da hast du recht. Und meine Knochen können ein Lied davon singen.« Matelda rutschte unter der Bettdecke umher, um eine bequeme Stellung zu finden.

»Ich gehe kaputt wie ein Gebrauchtwagen.« Sie seufzte.

»Wen kümmert's, solange er noch fährt und dich ans Ziel bringt?« Olimpio gab seiner Frau einen Gutenachtkuss.

Kapitel 11

Viareggio
1929

Die Morgensonne tauchte Pretuccis Praxis in ein so helles Licht, dass er die Arbeitslampe über dem Untersuchungstisch nicht brauchte.

Pretucci saß auf einem Hocker, Schwesternschülerin Domenica Cabrelli stand auf der anderen Seite. Sie hatte die Haare säuberlich unter einem Häubchen versteckt und trug die marineblaue Schürze der Auszubildenden. In ihren Taschen steckten die wichtigsten Pflegeutensilien: Schere, Mull, Faden und Jodtinktur.

»Sind Sie bereit? Dann wollen wir uns mal beeilen. Der Bürgermeister von Pietrasanta hat die Gicht.« Pretucci sah auf die Uhr.

»Schon wieder?«

»Schon wieder, Signorina.«

Domenica war zwanzig Jahre alt und leistete bei Pretucci ihren praktischen Dienst als Krankenpflegeschülerin. Er hatte dafür gesorgt, dass sie bei den Schwestern der Schmerzhaften Mutter lernen konnte, einem Franziskanerinnenorden in Rom.

Pretucci verschränkte die Arme, lehnte sich zurück und beobachtete seine Schülerin.

Domenica legte eine reife Orange auf den Tisch. Die äußere Schale war locker genug, um hineinzukneifen. Sie öffnete das Set mit dem Impfzubehör und nahm eine Spritze heraus.

»Zehn Kubikzentimeter«, wies Pretucci sie an.

Domenica säuberte einen kleinen Bereich der Schale mit einem in Alkohol getränkten Tupfer und hielt das Fläschchen mit dem Übungsserum ans Licht. Sie drehte es um und prüfte die Menge. Dann hielt sie die Spritze ans Licht und zog sie aus dem Fläschchen bis zur Messlinie auf. Sie klopfte dagegen, um eventuelle Luftblasen zu entfernen, und drückte mit dem Daumen den Kolben. Ein Tröpfchen Flüssigkeit trat heraus. Mit einer Hand hielt sie die Orange auf dem Tisch fest, mit der anderen die Spritze.

»Sie müssen in einem Winkel von fünfundvierzig Grad injizieren. Suchen Sie nach dem Fett«, erinnerte Pretucci sie. »Sie wollen nicht den Muskel erwischen. Falls Sie es doch tun, wird der Patient es Sie wissen lassen.«

Domenica drückte die Schale zusammen, bis eine kleine Falte entstand, drückte die Spritze in die Orangenschale und ließ den Kolben los, bis das Serum injiziert war. Dann zog sie die Nadel vorsichtig heraus, legte sie auf das Arbeitstablett und tupfte die Stelle erneut mit Alkohol ab. Sie schaute ihren Chef an.

»Gut. Sind Sie auch so selbstsicher, wenn Sie einen Patienten vor sich haben?«

»Das hoffe ich, Dottore.«

»Bei der Abschlussprüfung in Rom werden die Übungen von den Schwestern durchgeführt. Falls Ihnen Nadeln keine Angst einjagen, werden es die Nonnen tun.«

»Meine Mutter sagt immer: ›Eine gute Näherin hat keine Angst vor Nadeln.‹«

»Ein Meter Satin schreit nicht, wenn man hineinsticht.«

»Ich kann mit Patienten umgehen. Je mehr Chaos, je lauter das Geschrei und Gebrüll, desto ruhiger werde ich.«

»Warum ist das so?«

»Weil ich nicht zweifle, Dottore. Ich mache einfach die Arbeit, die getan werden muss.«

»Schwester Eugenia hat mich nach Ihren Schwächen bei der Arbeit gefragt, und mir sind keine eingefallen. Sie haben eine natürliche Begabung für diesen Beruf und das Talent, eine ausgezeichnete Krankenschwester zu werden.«

»Ich danke Ihnen.«

»Geben Sie acht. Die Nonnen sind hartnäckig. Sie haben Sie gut ausgebildet und erwarten eine Gegenleistung. Sie werden Sie auffordern, in den Orden einzutreten.«

Domenica lächelte. »Die meisten meiner Gebete sind unbeantwortet geblieben, und ich frage mich, ob Gott mir überhaupt zuhört. Warum sollte er ausgerechnet mich berufen, in die blaue Armee einzutreten?«

»Das würde ich Schwester Eugenia gegenüber erst erwähnen« – der Arzt nahm Hut und Tasche –, »wenn Sie Ihr Examen haben.«

»Ja, Dottore.«

»Ich bin da ganz egoistisch. Ich möchte, dass die Nonnen Sie bestehen lassen und nach Viareggio zurückschicken, damit Sie für mich arbeiten können. Ich brauche eine gute Krankenschwester. Falls Sie durchfallen, muss ich die Stelle wohl Signora Maccio anbieten, die zwar eine gute Krankenschwester ist, aber endlos redet. Sie macht mich wahnsinnig. Also sehen Sie zu, dass Sie so schnell wie möglich Ihre Lizenz bekommen und zurückkehren.«

Pretucci ging, und Domenica blieb zurück, um die Praxis für den nächsten Morgen vorzubereiten. Sie ordnete die Tinkturen, reinigte die Instrumente und wischte den Boden.

Die reife Orange, an der sie geübt hatte, lag auf dem Instrumententablett. Sie nähte einen dicken Faden durch die Schale, verknotete ihn zu einer Schleife und ging damit nach draußen.

Domenica stellte sich auf die Zehenspitzen, zog einen Ast der Berberitze heran und hängte die Orange daran auf. Sie ließ den Zweig los, der sofort zurückschnellte.

Bald würden die Vögel an der Orange picken, bis nur der Faden übrig war. Domenica ging hinein, trat ans Fenster und beobachtete, wie die Finken heranflogen.

Kapitel 12

Viareggio
Jetzt

»Mama?«, rief Nicolina, als sie aus dem Aufzug trat. »Mama, ich bin's. Ich habe die Anchovispaste, die du wolltest. Und noch ein paar –«

Die Terrassentür stand offen, die Gardinen wehten in den Raum. Nicolina stellte die Einkaufstüten auf den Tisch und ging nach draußen. Niemand da.

Besorgt rief sie nach ihrer Mutter und ging die Treppe zum Schlafzimmer hinauf. Das Bett war ordentlich gemacht. Sie eilte in die Küche und fand ihre Mutter auf dem Boden.

»Mama!« Nicolina kniete sich neben sie.

»Mir geht es gut«, murmelte Matelda.

»Du liegst auf dem Boden.«

»Mir war schwindelig.«

»Wer bin ich?«, fragte Nicolina und half ihrer Mutter, sich aufzusetzen.

»Du bist meine Tochter Nicolina. Du hast bei deiner Geburt vier Kilo und zweihundertachtzig Gramm gewogen, und das spüre ich fünfzig Jahre später noch.«

»Du hast mich zu Tode erschreckt.« Nicolina schenkte ihrer Mutter ein Glas Wasser ein. »Bleib sitzen. Nicht aufstehen. Ich rufe einen Krankenwagen.«

»Das wirst du nicht!«

»Dann rufe ich deinen Arzt an.«

Matelda widersprach nicht und nippte an dem Wasser.

Nicolina telefonierte, half ihrer Mutter auf und schnappte sich Mantel und Handtasche. Dann gingen sie langsam zum Aufzug. Draußen half Nicolina Matelda in den Wagen und schnallte sie an.

»Du behandelst mich wie ein Kind.«

»Der Augenblick ist gekommen, Mama. Weißt du noch, was du zu mir gesagt hast?«

Matelda nickte. Sie hatte ihre Mutter Domenica bis zu deren Tod gepflegt, und doch schien es unmöglich, dass sie nun der alte Mensch war, um den Nicolina sich kümmern musste.

Nicolina fuhr langsam auf die Hauptstraße und hielt an der Ampel, öffnete eine kleine Wasserflasche und reichte sie Matelda. »Trink das, bitte.«

»Mir geht's gut.«

»Trink es. Älteren Menschen passieren ständig schlimme Dinge, weil sie nicht genug trinken.«

Matelda nippte an dem Wasser. »Es waren sicher die Sfogliatelle. Ich habe die ganze Schachtel gegessen. Ich kann wohl nicht mal mehr essen, was ich liebe.«

»Von Gebäck wird man nicht ohnmächtig.«

»Ich war nur ganz kurz weg.«

»Wir wissen nicht, wie lange du weg warst. Papa ist um sieben zur Arbeit gegangen, und ich bin um neun gekommen.«

»Es waren nur ein paar Sekunden.«

»Woher willst du das wissen?«

»Ich habe an meine Mutter gedacht, als sie Schwesternschülerin war. Was hat das zu bedeuten?«

»Dass du zum Arzt musst?«

»Ich kann auf mich selbst aufpassen«, sagte Matelda abwehrend.

»Das entscheidet der Arzt.«

Ida Casciacarro war gerade auf dem Markt, als sie Matelda in Nicolinas Auto vorbeifahren sah. Sie wollte winken, merkte aber, dass Matelda und ihre Tochter stritten. »Die Cabrellis. Immerzu müssen sie zanken«, sagte sie bei sich.

Olimpio trat vor den Laden und rief Nicolina an.

»Was hat der Arzt gesagt?«

»Er sagt, ihr Herz sei schwach. Das könne auch die Ursache für ihre Stimmungsschwankungen sein. Darum weint sie plötzlich. Und hat Probleme mit dem Gedächtnis. Sie hat ihm erzählt, sie habe lebhafte Träume. Sie träume von ihrer Kindheit. Sie glaubt, dass ihre Mutter sie zu sich ruft. Sie kann sie sehen.« Nicolina brach die Stimme.

»Hat der Arzt noch etwas gesagt? Was können wir tun?«

»Er sagte, dass Mama im ersten Stadium von was auch immer sei.«

»Demenz?«

»Eher nicht. Alzheimer ist es auch nicht.«

»Gott sei Dank.«

»Er sagt, seit den Untersuchungen habe sich nichts verändert.«

»Gut.«

»Die Herzprobleme verursachen wohl Sauerstoffmangel im Gehirn. Er will, dass Mama nachts Sauerstoff bekommt, das würde helfen. Ich gehe jetzt mit dem Gerät rüber und zeige ihr, wie man es benutzt.«

»Ich komme nach Hause.«

»Nein, Papa, ich bekomme das schon hin. Der Arzt hat gesagt, wir sollen beim üblichen Tagesablauf bleiben, sie aber im Auge behalten. Wenn wir uns anders verhalten, macht es sie nur unruhig.«

»Verstehe. Ich rufe deinen Bruder an.«

Olimpio stand auf dem Gehweg. Er hatte damit rechnen müssen, schließlich waren sie in den Achtzigern, und ihnen würde über kurz oder lang etwas passieren. Doch der Zeitpunkt war zu schnell gekommen. Sie mussten noch Erinnerungen sammeln.

Nicolina fuhr mit ihrer Mutter nach Hause. »Mama, alles in Ordnung bei dir?«

»Va bene.«

»Es tut mir leid, dass du das heute durchmachen musstest.«

»Zum Arzt zu gehen ist mein neuer Beruf. Als Buchhalterin hatte ich am Wochenende frei. Alt sein und zum Arzt zu gehen ist eine Plackerei sieben Tage die Woche.«

Nicolina hielt an der Ampel.

»Siehst du die Eisdiele?« Matelda zeigte darauf. »Da war früher die Praxis von Dottore Pretucci. Meine Mutter hat dort gearbeitet. Sie hat als erste Frau im Ort eine Ausbildung gemacht.«

»Ich bin stolz auf sie.«

»Ich auch. Aber sie hat teuer dafür bezahlt, das kannst du mir glauben.«

Nicolina war aufgefallen, dass das Gedächtnis ihrer Mutter am besten funktionierte, wenn sie spazieren gingen oder im Auto fuhren. Es war, als lockte die Bewegung Details hervor und ermutigte Matilda, sie mit ihrer Tochter zu teilen.

»Was ist mit deiner Mutter passiert?«, fragte Nicolina. »Kannst du dich daran erinnern?«

Kapitel 13

Viareggio
Februar 1939

In Viareggio war es still, als Domenica Cabrelli am Tag, bevor der Carnevale endete, zur Arbeit ging. Nur wenige Einheimische waren schon unterwegs. Die Fischer bauten die Marktstände für den Verkauf ihres Fangs auf, und zwei Nonnen feilschten mit einem Bauern um frischen Brokkoli für die Fastenbrühe. Die Essensstände am Pier, der mit roten, weißen und grünen Wimpeln geschmückt war, hatte man mit Planen abgedeckt. Sie hörte nur das Schaben von Metall auf Metall, als der Verkäufer am Würstchen- und Paprikastand den Grill für den lukrativsten Abend des Jahres säuberte.

Goldene Lichtstreifen zogen sich wie Feldspat über den rosa Himmel und beleuchteten die Kämme der grünen Wellen. Die Touristen würden die Periskope der U-Boote nicht bemerken, die in einiger Entfernung ihre Übungsfahrten unternahmen. Italien bereitete sich auf einen Krieg vor, den niemand wollte.

Domenica schloss die Tür der Praxis auf und öffnete die Fenster, um frische Luft hereinzulassen. Der Geruch von alkoholischen Tinkturen, Ammoniak und Formaldehyd wurde zu stark, wenn man nicht regelmäßig lüftete.

Sie machte sich daran, die Praxis für die Sprechstunde vorzubereiten. Sie fegte den Gehweg vor der Tür und den Boden im Raum, reinigte die Oberflächen mit Alkohol und wischte sogar Dr. Pretuccis Füllfederhalter ab. Dann zog sie Häubchen und Schürze an und wusch sich die Hände. Sie legte Mullbinden, Zungenspatel und Thermometer auf den Arbeitstisch und setzte sich an den Schreibtisch. Domenica überflog gerade die Patientenliste, als Monica Mironi mit ihren drei kleinen Kindern die Praxis betrat.

Die junge Mutter trug ihr schlafendes Neugeborenes in einem Körbchen und balancierte das einjährige Kind auf der Hüfte, während der dreijährige Sohn brav hinter ihr hertrottete. Die Wangen der Kinder glühten an diesem kühlen Februarmorgen, genau wie die ihrer Mutter, die zarte Gesichtszüge und den Blick einer traurigen Puppe hatte.

»Was kann ich für Sie tun, Signora?« Domenica zog einen Stuhl heran. Sie gab dem Jungen einen Apfel und stellte den Korb mit dem Säugling auf den Tisch. »Es tut mir leid, wir haben nicht geheizt. Dottore Pretucci hält die Praxis kalt.«

»Sag ›grazie‹, Leonardo.«

»Grazie, Signorina.«

»Prego.« Domenica wuschelte dem Jungen durchs Haar. »Er hat gute Manieren.«

»Das will ich hoffen.«

»Dottore Pretucci ist erst morgen früh zurück.«

»Ich wollte sowieso mit Ihnen reden.«

Domenica setzte sich. »Was kann ich für Sie tun?«

Monica senkte die Stimme. »Ich möchte, dass Sie mir beibringen, wie man kein Kind bekommt.«

»Sie wollen keines mehr?«

»Ich hätte gern noch Kinder, soll aber keine mehr bekommen. Die Hebamme aus Pietrasanta hat gesagt, ich hätte schlechtes Blut. Sie hat vor drei Monaten meine Tochter auf die Welt geholt. Sie hat gesagt, wenn ich noch ein Kind bekomme, ist mein Leben in Gefahr. Ich habe Angst, dass sich niemand um meine Kinder kümmert, wenn ich krank werde oder mir etwas zustößt.«

»Leben Sie bei Ihrer Familie?«

»Bei meinen Schwiegereltern. Deshalb mache ich mir Sorgen.«

»Ich verstehe.«

Monica nickte traurig. »Mein Mann will viele Kinder.«

»Haben Sie Ihrem Mann erzählt, was die Hebamme gesagt hat?«

»Er hält es für eine Lüge.«

»Warum sollte eine Hebamme lügen? Ihr Beruf ist es, Kinder auf die Welt zu holen. Es wäre nicht in ihrem Interesse, Frauen davon abzuraten, oder?«

»Stimmt.« Monica lächelte.

»Dottore Pretucci kann Sie untersuchen, wenn er wieder da ist, und einen Bericht verfassen. Vielleicht glaubt Ihr Mann ja einem Arzt. Sie wissen schon, wenn es schwarz auf weiß geschrieben steht.«

Domenica ahnte, dass Guido Mironi das Wort einer Krankenschwester niemals akzeptieren, vielleicht aber auf Pretucci hören würde. Sie machte sich eine Notiz. »Ich vermerke, dass der Arzt mit einem Besuch Ihres Mannes rechnen muss.« Domenica legte den Stift weg und beugte sich vor. Eigentlich sollte sie keine Patienten beraten, doch in diesem Fall erschien es ihr wichtig. »Signora, verstehen Sie die Wissenschaft, die dahintersteckt, wenn eine Frau ein Kind empfängt?«

»Ich weiß ein paar Dinge.«

»Es ist möglich, die Schwangerschaft mit einer Art Schutzvorrichtung zu verhindern. Wissen Sie, wovon ich spreche?«

Sie nickte.

»Dr. Pretucci kann sie Ihrem Mann zur Verfügung stellen.«

»Er wird sie nicht benutzen.«

»Und wenn der Arzt es empfiehlt?«

»Gibt es etwas, was ich tun kann?«

»Ohne es Ihrem Mann zu sagen?«

Sie nickte.

»Es wäre hilfreich, wenn Ihr Mann an der Familienplanung beteiligt wäre.«

»Guido will nichts davon wissen.« Monica senkte die Stimme. »Ich habe eine Freundin, die mir von einer Maßnahme erzählt hat. Sie hat es mir gezeigt.«

»Darüber muss ich mit Dr. Pretucci sprechen.«

»Würden Sie das tun? Würde er es meinem Mann sagen?«

»Ihre Besuche in dieser Praxis sind vertraulich.«

Monica atmete erleichtert aus.

»Wir vereinbaren einen neuen Termin. Ich kann Ihre Hebamme bitten, dazuzukommen, wenn Ihnen das lieber ist.«

»Sie hat mich zu Ihnen geschickt, daher bin ich sicher, dass es ihr nichts ausmacht. Sie ist Katholikin und hat gesagt, der Priester würde mir die Absolution erteilen.«

»Das hoffe ich. Ihr Zustand ist ernst, und Sie müssen auf den Arzt hören.« Domenica trug einen Termin in den Kalender ein.

»Signorina, Sie sind mit meinem Mann zur Schule gegangen, nicht wahr?«

»Ja.« Domenica zwang sich zu einem Lächeln.

»Wie war er als junger Mann?«

»Guido war sehr temperamentvoll«, sagte Domenica diplomatisch. Guido Mironi war zweimal sitzengeblieben. Während der Schulzeit hatte er entweder in Schwierigkeiten gesteckt oder war kurz davor gewesen. Es hatte viele Vorfälle wie den mit dem Stein gegeben, doch es war nicht ihre Aufgabe, Monica das zu erzählen. Sie kritzelte *Silvio Birtolini* an den Rand des Berichts und schloss ihr Notizbuch. »Guido war voller Elan.«

Domenica hoffte für Monica, dass Mironi sich geändert hatte. Monicas Eltern, die aus einem anderen Ort stammten, hatten der Heirat ahnungslos zugestimmt. »Was für ein Mann ist er jetzt?«

»Il Duce.«

Domenica lachte mit ihrer Patientin. »Oh nein. Es tut mir leid, das zu hören.«

»Er musste heute nach Lucca, darum konnte ich zu Ihnen kommen. Ich kann Ihnen gar nicht genug dafür danken, dass Sie sich Zeit für mich genommen haben.«

»Sicher will er Ihr Bestes. Dass Sie gesund bleiben.«

»Das hoffe ich.« Monica sammelte ihre Kinder ein und wollte gehen.

Domenica trat an Pretuccis Schreibtisch, öffnete die Schublade und entnahm eine Broschüre, die sie Monica gab. »Hier steht etwas über Geburtenkontrolle. Schauen Sie sich die Information vor Ihrem Termin an, dann können Sie mit Dottore Pretucci darüber sprechen.«

Domenica sah der Familie nach, als sie am Ende der Straße um die Ecke verschwand. Ihr Herz zog sich angstvoll zusammen. Domenica war dankbar, dass Pretucci in Pietrasanta arbeitete und nicht Zeuge ihrer Gefühle wurde. Schnell wischte sie die Tränen weg und machte sich wieder an die Arbeit.

Domenica stieß das Tor von Boncoursos Garten auf und nahm einen der Säcke mit Maronen, die unter der Pergola gestapelt waren. Der Garten hatte sich seit ihrer Kindheit verändert. Die Stämme der Kastanienbäume waren so dick geworden, dass Domenica sie nicht mehr mit den Armen umfassen konnte.

Im Sommer war hier ein buntes Durcheinander aus Zier- und Nutzgarten; rote Strandrosen und gelbe Sonnenblumen wuchsen zwischen ordentlichen Reihen von Sommerendivien, Frühlingszwiebeln, Tomaten, Rucola und Paprika. Weinstöcke mit dicken Trauben bildeten einen Baldachin über der Pergola, die den Gärtnern beim Mittagessen Schatten spendete. Im Winter wurden unter derselben Pergola trockene Bohnen sortiert, während man die Sonne genoss, die durch die Holzlatten fiel.

Domenica eilte mit den Maronen nach Hause. Ein paar kullerten aufs Kopfsteinpflaster, doch sie blieb nicht stehen, um sie aufzuheben. Die Scheinwerfer der Bühne schimmerten durchs Geäst der Bäume.

Daheim rief Domenica nach ihren Eltern, bevor ihr einfiel, dass sie schon beim Carnevale waren. Sie lief rasch die Treppe hinauf, stellte den Sack in der Küche ab und nahm zwei Stufen auf einmal zu ihrem Schlafzimmer, das sich nun im Obergeschoss befand. Sie ließ ein heißes Bad ein und putzte sich unterdessen die Zähne. Bald stieg Dampf vom Wasser auf, der Spiegel beschlug. Domenica tröpfelte Lavendelöl in die Wanne, zog die Schwesterntracht aus und ließ sich ins Wasser sinken.

Ihr tat alles weh. Schultern und Hände waren wund von einer langen Woche in der Praxis, ihre Beine müde, weil sie der Hebamme bei einer langen Geburt geholfen hatte. Allmählich kam Domenica wieder zu sich, während sie sich mit Ziegenmilchseife abschrubbte. Dann spülte sie mit kaltem Wasser nach und stieg aus der Wanne. Sie wickelte sich ein Handtuch um und ging in ihr Zimmer, wo ihre Mutter das Tanzkleid auf dem Bett ausgebreitet hatte. Während sie sich anzog, begann sie zu summen, und bald sang sie. Sie zog Strümpfe an, schlüpfte in ihre Tanzschuhe und hüpfte die Treppe hinunter.

Der Ort war voller Touristen. Die Feiernden kamen von der gesamten ligurischen Küste und sogar aus den Dolomiten weit im Norden, um sich von Gauklern, Zauberern und Musikern unterhalten zu lassen. Händler aus Florenz und Mailand boten Seiden-, Stroh- und Lederwaren an den Ständen entlang der Kanäle an. An jedem Sonntag im Februar wurde die Strandpromenade für den Umzug geräumt, bei dem gigantische Pappmaschepuppen mitliefen, die karikaturenhafte Gesichter von Politikern, Filmstars und Heiligen trugen. Die übertriebenen Abbilder der Berühmten und Berüchtigten mit den Glubschaugen und übergroßen roten Mündern, deren Zähne wie riesige Klaviertasten aussahen, trugen die bonbonbunten Harlekin- und Streifenkostüme der Commedia dell'arte und ragten wie eine Schar albtraumhafter Ungeheuer über der Menge empor.

Domenica ging schneller, um rechtzeitig auf der Tanzfläche zu sein. Eine Menschenmenge hatte sich am Bühnenrand versammelt. Die Leute trugen bemalte, mit Strass und Perlen verzierte Masken, eine alte Karnevalstradition. Die Älteren hatte einfache Samtmasken, die mit einem Satinband zusammengebunden waren, und überließen das Glitzern den Jüngeren.

Domenica zog die Schnüre ihres Mieders fest, als sie sich zu den Tänzern gesellte. Ihre zierliche Figur kam in der weißen Bluse mit den weiten Ärmeln und dem traditionellen roten Rock, der die schmale Taille betonte, besonders gut zur Geltung.

Die Brüder Cincotto zogen Domenica in ihren Kreis. Das Schlagen der Trommeln, das Schluchzen der Geigen und das

Jubilieren der Hörner trieben die Tänzer in ihre Formation. Domenica hob die weiten Röcke und bedeutete den Cincottos mit einem einfachen Wechselschritt, ihr im Kastenschritt zu folgen.

»Mach dich bereit zum Fliegen, Domenica«, versprach der ältere Cincotto.

Sie lachte. »Lass mich bloß nicht fallen, Mauro.«

Eine Gruppe Männer stand am Rande der Tanzfläche. Einer lockerte die Bänder seiner Maske und ließ sie hinuntergleiten.

Domenica trat in die Mitte der Bühne, hob die Arme und beschrieb eine Pirouette. Die Lagen ihres Rocks wirbelten im Kreis und enthüllten ihre wohlgeformten Beine. Mauro hob Domenica vom Boden auf. Ihr brauner Zopf schnalzte wie eine Peitsche.

Der Fremde schob die Maske wieder über die Augen und beobachtete die Tänzerin, die durch die Nachtluft segelte.

»Deine Eltern sind am Eisstand«, sagte Amelia LeDonne im Vorbeigehen zu Domenica. »Die Kapelle macht gerade Pause. Danach kommt die Bergamasca. Zwanzig Minuten.« Sie tippte auf ihre Armbanduhr.

Domenica bahnte sich den Weg durch die Menge. Als ihr der Geruch von gegrillten Würstchen, Paprika und Zwiebeln in die Nase stieg, merkte sie, wie hungrig sie war.

Die Schlange bei den belegten Broten war zu lang, also blieb Domenica am Feigenstand stehen. Die besonderen Leckereien, die beim Fest serviert wurden, entschädigten einen beinahe für die vierzig mageren Tage, die nun folgen würden. Fichi su un bastone, mit Schinken und Käse gefüllte Feigen, wurden an Stöcken über einem heißen Kohlefeuer geröstet, bis die Haut zu einer Zuckerkruste karamellisierte. Die Kinder liebten sie, weil sie süß waren, und die Eltern ermunterten sie, die Feigen zu essen, weil sie bis zum Ende der Fastenzeit am Ostersonntag kein Fleisch mehr bekommen würden. Domenica biss in die herzhaft-süße Köstlichkeit und kaute mit geschlossenen Augen.

Vom ersten Februar bis zum letzten Tag des Carnevale bildete sich eine Schlange vor dem Bomboloni-Stand. Der Teig aus Mehl, Hefe und Eiern wurde in riesigen Kübeln von Hand mit großen Holzspateln geschlagen und kunstvoll in brodelnde Bottiche mit heißem Öl gelöffelt, in denen die Kugeln zu schwerelosen Goldblasen explodierten. Der frittierte Teig wurde mit großen Sieben aus den Bottichen gehoben, mit Zucker bestreut und heiß serviert.

Auf dem Pier traten zwei stämmige Männer in die Pedale der Eismaschine und trieben große Metallrührer in einem mit Steinsalz ausgekleideten Fass an. Das Eis wurde aus frischer Sahne, Eiern und zerstoßenen Vanilleschoten hergestellt. Sowie das Gelato dickflüssig war, wurde es in ein warmes Waffelhörnchen geschöpft und mit geschmolzener Schokolade beträufelt, die auf der kalten Masse zu köstlichen Krusten gefror.

Domenicas Eltern saßen mit ihren Hausgästen an einem Tisch vor dem Eisstand. Sie begrüßte die Speranzas aus Venedig, Agnese und Romeo, mit denen ihre Eltern schon ein Leben lang befreundet waren. Das Paar besuchte die Familie jedes Jahr zum Carnevale. Cabrelli und Speranza, inzwischen erfahrene Edelsteinschleifer, hatten sich Jahre zuvor als Lehrlinge auf einer Indienreise angefreundet.

»Deine Tochter ist wunderschön«, sagte Agnese zu Netta. Agnese war eine schlanke Rothaarige, die ein schickes marineblaues Kleid und einen roten Strohhut trug.

Domenica wünschte sich, auch sie trüge die neueste Mode

statt der Tracht. »Danke, Signora. Ihr Kleid und Ihr Hut gefallen mir«, sagte sie und küsste Agnese auf beide Wangen.

»Vergiss mich nicht.« Speranza hielt ihr die Wange hin.

»Wer sollte dich denn vergessen?«, scherzte Cabrelli. »Du warst mit Foto in der Zeitung des Vatikans. Sie nannten dich den größten Edelsteinschleifer Italiens.«

»Dank dir.« Speranza lächelte.

»Ich würde Sie nie vergessen, Signore, ob Sie nun berühmt sind oder nicht.« Domenica küsste Speranza auf beide Wangen.

Netta hielt ihr das Gelato mit der Schokolade hin, die als Löffel diente. »Probier mal«, sagte sie zu ihrer Tochter.

Domenica nahm einen Bissen.

»Wir können es kaum erwarten, dich tanzen zu sehen«, sagte Agnese.

»Kommen Sie zur Bergamasca, wenn ich mich aufgewärmt habe. Hoffentlich hat Mauro Cincotto genügend Kraft, mich zu heben.« Domenica schüttelte die Röcke aus. »Ich will nicht, dass du umsonst so hart an dem Kostüm gearbeitet hast, Mama. Ciao.«

Domenica löste ihren Zopf, als sie durch die Menge zur Bühne ging. Die Haare fielen ihr in Wellen über die Schultern. Sie hatte überlegt, sich einen Bubikopf schneiden zu lassen, wie es gerade Mode war, war aber nicht dazu gekommen.

»So habe ich dich in Erinnerung«, sagte eine Stimme hinter ihr.

Der Carnevale zog Gesindel, Aufreißer und Schlimmeres an. Domenica ging schneller, um den maskierten Mann loszuwerden, doch er umkreiste sie.

Er war groß und schlank, mit einem schwarzen Lockenkopf. Dann löste er die Bänder, nahm die Maske ab und enthüllte sein Gesicht. »Kannst du dich an mich erinnern?«

Domenica vermochte vielleicht nicht seine Nase, die edle Stirn oder die Gesichtszüge zu erkennen, doch sein Lächeln hätte sie überall erkannt. »Silvio Birtolini!« Sie umarmte ihn.

»Ich hätte nicht gedacht, dass du mich erkennst.«

»Was ist denn mit dir passiert? Ich war doch die Große. Habe dich um einen Kopf überragt.«

»Du bist kaum gewachsen, seit ich Viareggio verlassen habe.«

»Als du gegangen bist, habe ich aufgehört zu wachsen«, scherzte sie.

»Du warst am Boden zerstört, nicht wahr?«

»Das wirst du nie erfahren.«

Sie lachten.

»Neunzehn Jahre. Ist das zu fassen?« Silvio seufzte. »Ich dachte, du hättest mich vergessen.«

»Ich würde meinen besten Freund niemals vergessen.«

Das rundliche Engelsgesicht war verschwunden. Silvio sah nicht mehr aus wie eine der geschnitzten Putten, die den Altar von San Paolino schmückten; jetzt war er groß und athletisch wie der heilige Michael, der förmlich aus seinem Schrein herausplatzte. Jedes Mädchen, das je in San Paolino gebetet hatte, war in den heiligen Michael verliebt, und nun hatte Silvio Birtolini sich in ihn verwandelt. Er hatte ein kantiges Gesicht mit kräftiger Nase; das einzige Überbleibsel des kleinen Jungen, den sie gekannt hatte, waren seine Augen. Sie waren vom selben samtigen Dunkelbraun und blickten noch genauso traurig. »Wie hast du mich gefunden?«

»Ich habe überall nach dir gesucht.«

»Du weißt, wo ich wohne.«

»Habt ihr noch die orangefarbene Tür?«

»Du erinnerst dich also doch! Papa hat sie für den Carnevale gestrichen. Er hat alles auf Vordermann gebracht.«

»Gibt es noch Maronen im Garten?«

»Letztes Jahr hatten wir eine reiche Ernte.«

»Da möchte ich als Nächstes hin.«

»Du willst nur die Dinge sehen, die sich nicht verändert haben.«

»Alles hat sich verändert. Du und ich und der Stall hinter der Kirche. Sie haben unser Haus in eine Autowerkstatt verwandelt. Keine Pferde mehr zu sehen.«

»Die leben jetzt in den Bergen.«

»Als wir Kinder waren, konnte sich niemand ein Auto leisten. Bald wird jede Familie eins haben, und niemand kann sich mehr ein Pferd leisten.«

»Du redest wie Papa. Wie lange bist du hier?«

»Nur heute Abend.«

»Das ist aber schade.«

»Bevor ich fahre, möchte ich deinen Mann kennenlernen.«

»Das möchte meine Mutter auch.«

»Das verstehe ich nicht.«

»Ich bin nicht verheiratet.«

»Signora Zanella sagte, du – «

»Du weißt es nicht? Signora Zanella, das arme Ding, denkt sich Geschichten aus. Sie hält sich für eine Gräfin, der die Banca d'Italia gehört.«

»Ehrlich?«

»Sie hat nicht mal ein Konto.«

»Du bist nicht verheiratet?« Silvio trat einen Schritt zurück.

»Ich habe einen Beruf. Ich bin Krankenschwester. Ich arbeite bei Dottore Pretucci.«

»Er lebt noch?«

»Er war ungefähr so alt wie wir jetzt, als er dich zusammengeflickt hat. Er hat mir geholfen, Krankenschwester zu werden.«

»Aber das erklärt nicht, warum du nicht geheiratet hast. Bist du eine Nonne?«

»Sieht das wie ein Habit aus?«

»Du könntest eine Schwester vom Orden der Tarantella sein.«

Domenica lachte. »Was ist mit dir? Bist du verheiratet?«

»Verlobt.«

Domenica sah sich auf dem Pier um, wollte ihre Enttäuschung verbergen. »Wo ist sie? Ich würde sie gern kennenlernen.«

»Sie ist in Parma.«

»Wann werdet ihr heiraten?«

»Diesen Sommer.«

»Herzlichen Glückwunsch. Du hast es verdient.«

»Du bist der einzige Mensch, der das je gedacht hat. Nun ja, du und meine Mutter.«

Der Kapellmeister blies in die Trillerpfeife, um die Tänzer auf die Bühne zu rufen.

»Ich muss gehen. Wartest du auf mich?«

»Tut mir leid, ich muss mit meinen Freunden zurück nach Parma.«

Domenica konnte ihre Enttäuschung nicht verbergen. »Das ist schade. Wir hätten noch so viel zu bereden.« Sie biss sich auf die Lippe. »Ich habe die ganze Zeit für dich gebetet. Pass gut auf dich auf.«

Domenica wandte sich zur Bühne, als Silvio ihre Hand ergriff. »Bevor du gehst« – er beugte sich vor und flüsterte ihr ins Ohr –, »was ist mit dem vergrabenen Schatz?«

Die Kapelle begann zu spielen. Die Tänzer bewegten sich ohne Domenica über das Parkett.

»Ich habe ihn nie gefunden.«

»Wie schade. Ich denke jeden Morgen daran, wenn ich in

den Spiegel schaue.« Silvio strich sich eine Haarsträhne aus dem Gesicht, damit sie die Narbe über seiner Augenbraue sehen konnte. Die schwarzen Härchen waren mit winzigen rosafarbenen Punkten durchsetzt, wo die Stiche gewesen waren.

Domenica beugte sich nahe heran und untersuchte die Narbe, fuhr die Umrisse vorsichtig mit dem Finger nach. Sie kam seinem Mund sehr nah, ihr Finger fuhr die Konturen seines Gesichts bis zu den Lippen nach.

»Domenica«, flüsterte er. Seine Lippen streiften ihre Wange.

»Man kann die Narbe kaum sehen. Sie ist wunderbar verheilt. Du hast klug entschieden. Ich wollte dich selbst nähen, aber du hast mich nicht gelassen.«

Silvio lachte. »Aber ich habe deinen Tipp mit dem Olivenöl befolgt. Darum fällt sie nicht so auf.«

»Das weiß ich gar nicht mehr.«

»Schon gut, ich weiß es ja.« Silvio nahm ihre Hand. »Ich erinnere mich an alles.«

»Erinnere dich lieber an deine Verlobte in Parma.« Sie zog die Hand weg. »Wo arbeitest du?«

»Ich lerne bei Leo DeNunzio, einem Meister der Edelsteinschleiferei in Turin. Ich hatte Glück, dass er mich genommen hat.«

»Papa wird sich freuen, dass du diesen Beruf ergreifst.«

»Wie geht es deinem Vater?«

»Er arbeitet fleißig, und meine Mutter treibt ihn an, noch fleißiger zu arbeiten.«

»Dein Vater genießt in der ganzen Toskana einen guten Ruf.«

»Grazie. Und wie geht es deiner Mutter?«

»Sie hat einen netten Mann aus Florenz geheiratet. Einen

Steinmetz. Nach so langer Zeit hat sie endlich ihr Glück gefunden.«

»Wie schön für sie. War er dir ein guter Vater?«

»Er war sanft und gerecht.«

»Das freut mich«, sagte Domenica aufrichtig. »Deine Mutter ist eine der freundlichsten Frauen, die ich je kennengelernt habe.«

»Ich werde es ihr ausrichten. Aber sag, wie geht es deinem Bruder?«

»Wie immer.«

Silvio lachte. »Aldo hat sich also nicht verändert?«

»Überhaupt nicht.«

»Wo ist er?«

»Bei der Armee. Vielleicht hilft das.«

»Oder macht ihn noch schlimmer.«

»Das hat Mama auch gesagt!«

Mauro Cincotto trat an den Rand der Bühne und winkte sie zu sich. »Domenica. Kastenformation. Wir brauchen dich.« Er senkte die Stimme. »Ich kann Stella Spadoni nicht heben.«

»Doch, kannst du.« Stella, groß und breitschultrig, zerrte ihn zurück in die Formation. »Und das wirst du auch.«

»Jetzt habe ich meinen Partner verloren.« Domenica wandte sich an Silvio. »Möchtest du tanzen?«

»Ich bin kein guter Tänzer.«

»Das ist kein Grund!« Domenica ignorierte Silvio, der sie anflehte, ihn loszulassen, und zog ihn auf die Tanzfläche. »Komm schon, du bist ein Einheimischer! Mach es mir einfach nach«, befahl sie. Sie nahm Silvios Hände und legte sie auf ihre Hüften, dann ihre auf seine Schultern. »Jetzt zähle.« Geduldig brachte sie ihm den Kastenschritt bei, bis er die Fußarbeit beherrschte. »Wir fügen den Sprung hinzu.« Silvio hüpfte im Takt der Musik. »Gut gemacht. Und jetzt beweg dich!«, wies Domenica ihn an.

»Ich dachte, das tun wir schon.«

»Genau so.« Domenica führte Silvio, bis er die Führung übernahm und die Bewegungen umkehrte. Sie lachte, während er sich auf seine Füße konzentrierte.

Silvio und Domenica hüpften über die Tanzfläche bis zum Bühnenrand. Statt sich umzudrehen, hob Silvio sie hoch und schwang sie herum, bevor er sie auf dem Boden absetzte. Von den Tischen, an denen die alten Leute das Geschehen auf der Bühne begutachteten, ertönte anerkennender Beifall.

»Mach das noch mal«, sagte Domenica. Silvio hob sie in die Luft und wirbelte sie hoch über den anderen Paaren dahin.

Das Cabrelli-Mädchen bringt den Birtolini-Jungen immer dazu, Dinge zu tun, die er nicht tun soll. Das hatten die Nonnen in der Schule zu seiner Mutter gesagt, als sie ankündigte, dass sie Viareggio verlassen würden.

Silvio setzte sie sanft auf den Boden.

»Ausgezeichnet! Das hast du gut gemacht, du verdienst einen Preis«, sagte sie, während sie sich vor ihm verbeugte. »Es gibt Bomboloni.«

»Sind die so gut wie früher?«

»Das werden wir sehen.« Sie führte ihn an der Hand von der Tanzfläche.

Silvio kaufte ihr einen Bombolone. »Du willst nicht, dass ich gehe, oder?«

»Aber du musst. Du hast ein hübsches Mädchen, das auf dich wartet.«

»Woher weißt du, dass sie hübsch ist?«

»Weil du sie dir ausgesucht hast.«

»Du hast eine hohe Meinung von mir.«

»Ist das erlaubt?«

»Ja, und ich weiß es zu schätzen. Willst du wissen, was ich von dir halte?«

»Das weiß ich schon.« Domenica fütterte ihn mit einem Stück Gebäck.

»Frech wie immer.«

»Stimmt.«

Er lachte.

»Wer sonst könnte dich dazu bringen, auf dem Carnevale zu tanzen? Filomena Fortunata? Du hast sie sechs Tage lang gemocht, als wir zehn waren.«

Silvio aß nicht weiter, weil er zu sehr damit beschäftigt war, mit Domenica zu reden. Schließlich holten ihn seine Freunde ab. Domenica begleitete sie zum Auto.

»Wie früher musst du dafür sorgen, dass ich sicher nach Hause komme«, scherzte Silvio.

»Pass auf dich auf.« Sie umarmte ihren alten Freund.

Domenica sah ihnen nach und fragte sich, wie lange es dauern würde, bis die vier jungen Männer zum Militärdienst eingezogen wurden. Sie betete für ihre Sicherheit und küsste die Medaille der heiligen Lucia, die sie um den Hals trug. Domenica wünschte, sie hätte sie dem Jungen gezeigt, der sie ihr vor so langer Zeit geschenkt hatte. Doch dafür war keine Zeit gewesen.

Domenica ging barfuß vom Carnevale nach Hause und schwang die Tanzschuhe in den Händen wie die Wassereimer, die sie als Kind für ihre Mutter geholt hatte. Sie konnte sich kaum daran erinnern, wie das Leben gewesen war, bevor die Rohre frisches Wasser vom Berg in ihr Haus leiteten. Das glatte, kalte Kopfsteinpflaster unter ihren schmerzenden Füßen machte ihr nichts aus. Sie hatten wohl schon den ganzen

Abend wehgetan, aber in der Gesellschaft von Silvio Birtolini hatte sie es nicht gespürt.

Im Treppenhaus der Villa Cabrelli duftete es durchdringend nach Zimt und Anis. Sie ging zu ihren Eltern und den Speranzas in die Küche.

Speranza erzählte gerade eine Geschichte, während ihre Mutter in dem Topf mit Maronen auf dem Herd rührte. Der Küchentisch war mit makellosem Musselin bedeckt, in der Mitte prangte ein Häufchen Zucker. Agnese tauchte die Maronen in den Zucker und legte sie zum Abkühlen beiseite. Domenicas Vater schichtete die blanchierten, zarten, in Zucker gewälzten Maronen in einer Dose auf. Sie sahen aus, als hätte man sie mit Schnee bestäubt.

»Das ist eine Menge«, sagte Agnese zu Cabrelli.

»Wer arbeitet, muss essen«, antwortete er.

»Siehst du, wie nutzlos ich bin?«, sagte Speranza zu Domenica. »Ich lasse Papa und Mama die ganze Arbeit machen.«

»Das ist schon in Ordnung, Romeo. Du musst heute Nacht fahren.«

»Ihr fahrt zurück nach Venedig?«, fragte Domenica.

»Romeo hat viel zu tun«, erklärte Agnese. »Er fertigt eine Monstranz für die Kathedrale in Castel Gandolfo.«

Cabrelli klappte den Deckel der Maronendose zu. Domenica ging ins Gästezimmer, holte den Koffer und trug ihn hinunter in die Küche, wo sich die Cabrellis und die Speranzas voneinander verabschiedeten. Cabrelli nahm Domenica den Koffer ab und folgte den Speranzas die Treppe hinunter.

»Probier eine.« Netta bot ihrer Tochter eine Marone an.

»Ich hatte einen Bombolone.«

»Eine Marone schadet dir nicht.«

»Du fütterst mich ständig.« Domenica probierte die buttrige, mit Zucker glasierte Marone. »Mama, warum so viele Dosen?«

»Die werden wir brauchen. Hast du nicht bemerkt, dass ich die Vorratskammer fülle? Im Ort wird viel geredet. Der alte Stampone-Palazzo ist voller Schwarzhemden. Das ist nur ein paar Hundert Meter strandaufwärts. Sie kommen immer näher.«

»Vielleicht geht das alles vorbei.«

»Ich bete darum. Das solltest du auch tun.« Netta tauchte weiter Maronen in Zucker. »Du warst lange unterwegs.«

»Ich habe ein paar alte Freunde getroffen. Erinnerst du dich an Silvio Birtolini?«

Ihre Mutter runzelte die Stirn. »Dieser furchtbare Junge? Lass mich raten. Er wurde ermordet.«

»Mama!«

»So ergeht es kleinen Dieben. Sie fangen jung an und werden mit der Zeit immer schlimmer, bis sie ein schreckliches Ende nehmen.«

Dass ihre Mutter nichts vergaß, war eine ihrer besten, aber auch ihrer schlechtesten Eigenschaften, denn sie hegte jeden Groll so lange, bis er zur Legende wurde. »Er ist zu einem gut aussehenden Mann herangewachsen.«

»Ein gut aussehender Dieb. Na wunderbar. Das Gefängnis von Lucca ist voll von denen.«

»Ich habe mit ihm getanzt.«

»Oh! Er ist wieder in Viareggio?«

»Nur heute Abend.«

»Hat er sich benommen?«

»Er ist mit einem netten Mädchen verlobt. Einer Lehrerin.«

»Was ist er von Beruf?«

»Er lernt Edelsteinschleifer.«

Ihre Mutter verdrehte die Augen. »Noch so einer. Diamanten und Perlen für den Papst, während die Frau Pasta e Fagioli und einen Fingerhut voll selbst gemachten Weins bekommt, wenn sie Glück hat.«

»Pst, Mama. Papa könnte dich hören.«

»Er hört das alles schon seit dreißig Jahren. Und wenn Gott gnädig ist, hört er es noch mal dreißig Jahre. Das Juwelengeschäft ist nur gut für die, die den Schmuck kaufen, nicht für den, der ihn herstellt. Der Kunsthandwerker wird von allen ausgebeutet.«

»Silvio ist stolz auf sein Handwerk.«

»Er hat mehr aus sich gemacht, als man ihm zugetraut hat, das muss ich ihm lassen.«

»Ich habe dem Klatsch nie geglaubt.«

Netta setzte sich zu ihrer Tochter an den Tisch. »Domenica, was auch immer er in dir geweckt hat, lass es auf dem Pier. Du bist zur Schule gegangen, gebildet, eine Krankenschwester. Ich möchte, dass du einen Arzt heiratest, nicht irgendeinen Unruhestifter.«

»Pretucci ist bereits verheiratet.«

»Doch nicht den. Einen jungen Arzt. Aus Mailand. Oder Florenz. Rom wäre auch gut. Wo immer es eine große Auswahl gibt.«

»Vielleicht finde ich nie einen netten Mann. Sei bitte nicht enttäuscht, wenn ich kein Glück habe. Ich bin auch so glücklich.«

»Das glaube ich dir nicht. Du arbeitest zu schwer. Manchmal sieben Tage die Woche.«

»Die Leute werden auch am Wochenende krank.«

»Sollen sie bis Montag warten.«

»Vielleicht liebe ich meine Arbeit zu sehr. Sie erfüllt mich. Aber ich hätte nichts gegen einen netten Mann, der mir den Hof macht. Das würde mir gefallen.«

»Du verdienst den Besten. Gib dich nicht mit *il bastardo* oder Seinesgleichen zufrieden. Es ist besser, eine alleinstehende, berufstätige Frau zu sein, als unter seinem Stand zu heiraten.«

»Mama, von wem redest du?«

»Von diesen Karnevalsschlangen. Du weißt doch, wie sie an den Ständen herumlungern und nach hübschen Mädchen Ausschau halten. Denk an Giovanna Bellanca. Ein hübsches Mädchen. Sie sang wie ein Vogel! Ein Leben voll guter Manieren und hoher Moralvorstellungen zerbrach nach einer Karussellfahrt wie Glas. Der Karneval ging zu Ende, sie verschwand mit einem Jongleur. Ihre Eltern waren verzweifelt! Eine anständige Familie, ruiniert von einem Zirkusartisten. Ich mache mir Sorgen um dich. Wenn es um Birtolini geht, hast du Fischaugen. Weit offen, aber du siehst nichts als ihn!«

»Ich habe seit Jahren nicht an ihn gedacht«, log Domenica. Sie hatte sich ab und an durchaus gefragt, was aus ihm geworden war. Jetzt wusste sie es. Er gehörte leider einer anderen. »Vielleicht kommt Aldo mit einer Prinzessin heim, und dein Traum geht doch noch in Erfüllung.«

»Aldo? Wir können froh sein, wenn er mit Führer und Landkarte nach Viareggio zurückfindet, geschweige denn mit einer Prinzessin.«

»Mach dir keine Sorgen um mich, Mama.«

»Du wirst schon sehen, wie viele Stunden von Sorgen aufgefressen werden, wenn du Mutter bist.«

»Ich habe immer Glück gehabt.«

»Glück ist nicht von Dauer. Genau wie die Schönheit einer Frau. Du bist alt genug, um zu erkennen, worauf es ankommt. Pass auf dich auf.«

Domenica gab ihrer Mutter einen Gutenachtkuss.

»Du wirst den Birtolini-Jungen nicht wiedersehen, oder?«

»Er ist zurück nach Parma gefahren. Ich hatte Glück, dass ich ihn überhaupt gesehen habe.«

»Oder Pech. Nun, da er eine andere heiratet, wünsche ich ihm das Allerbeste.«

Domenica verdrehte die Augen. »Wie nett von dir.«

»Ich habe dein neues Kleid fertig. Es hängt an deiner Zimmertür.«

»Ich habe ein gutes Kleid.«

»Und ich nur eine Tochter. Sie wird besser gekleidet sein als die Principessa Borghese beim Finale des Carnevale. Du musst aus der Menge herausstechen.«

»Was immer dich glücklich macht, Mama.«

»Ich will, dass du auch in Zukunft glücklich bist. Glaub mir, in den alten Sachen findest du keinen Mann.«

Kapitel 14

Der letzte Abend des Carnevale war eine Modenschau; die Damen trugen ihre schönsten Kleider, während die Herren in Westen und Krawatten erschienen. Sänger, Musikgruppen, Jongleure und Akrobaten sorgten für Unterhaltung, und die Essenszelte boten letzte Erfrischungen an. Die Schlangen vor den Zelten wuchsen, als die Uhr Richtung Mitternacht und dem Beginn der Fastenzeit tickte. Die Preise für Souvenirs und Lederwaren sanken im Lauf des Abends, weil die Verkäufer ihre Waren loswerden wollten, bevor sie in die Städte im Norden zurückkehrten.

Das Wetter war kühl und klar. Der Vollmond leuchtete wie ein Perlenknopf am blauen Samthimmel. Die runden Feuerstellen am Strand loderten in der Dunkelheit, als die Feiernden die Flammen mit den letzten Kiefernscheiten fütterten. Die Luft duftete süß nach Anis, Kakao und erdigem Tabak. Die Strandpromenade war überfüllt. Domenica hatte ein Brot mit Wurst und Paprika gegessen, bekam aber schon wieder Hunger, als sie sich durch das Gedränge auf dem Pier zum Gelato-Stand drängte. Die Lichter verschwammen in rosafarbenen Schlieren, als das Karussell zur Drehorgelmusik kreiste.

Gilda Griffo, die Sängerin des Ortes, war fast siebzig Jahre alt und hatte seit dem Ersten Weltkrieg bei fast allen Hochzeiten und Einweihungen gesungen. Normalerweise gab sie am letzten Abend des Carnevale ein A-cappella-Konzert. Da die Bühne am Ende des Piers besetzt war, musste Griffo auf den mit Sand gefüllten Weinfässern singen, an denen die Promenade verankert war und die verhinderten, dass bei Flut Meerwasser auf die Straße schwappte. Am Abend zuvor war auf derselben improvisierten Bühne mit großem Erfolg ein Zauberer aufgetreten.

Griffo hatte nach wie vor eine schöne Stimme, doch ihr Alt war durch Stimmengewirr, Karussellmusik und das Rattern der Eismaschine kaum zu hören. Domenica drängte sich durch die Menge, um Griffos Programm zu hören. Die Sängerin tat ihr leid. Der mit Feuerwerkskörpern beladene Kahn rieb sich laut quietschend an den Pfählen, als er während ihrer Arie langsam aufs Meer hinausglitt.

Bald wäre der Himmel mit bonbonbunten Funken und Rauchschwaden übersät. Griffo beendete ihren Vortrag und verbeugte sich. Domenica applaudierte zusammen mit einer kleinen Schar einheimischer Fans. Griffo sang in einem Stil, den nur wenige zu schätzen wussten. Sie war eine klassische Sängerin – ihr Vortrag wie Kalligrafie in der Luft, ihre Phrasierung voller Schnörkel. Die jungen Italiener bevorzugten den lässigeren amerikanischen Swing und Jazz. Gilda Griffo war aus der Mode. Sie verbeugte sich, sprang vom Fass und landete im Sand. Sie schüttelte den Saum ihres Rocks aus.

»Sie sind gut bei Stimme, Signora«, lobte Domenica.

»Wer kann schon auf einem Weinfass singen? Ich brauche eine richtige Bühne, aber die ist ja besetzt. Da spielen sie Froschhüpfen. Der Carnevale geht vor die Hunde. Früher war es besser. Damals hatte man noch Respekt für die Kunst.« Sie ging davon.

Monica Mironi winkte Domenica von Weitem zu. Sie trug ihren Säugling in einem Korb und den Einjährigen auf der Hüfte. Ihr ältester Sohn ging vor ihnen her.

»La bella famiglia!« Domenica begrüßte die Mironi-Kinder.

»Eigentlich sollten sie schon schlafen, aber Leonardo wollte unbedingt das Feuerwerk sehen.«

»Heute Abend erlebe ich das neunundzwanzigste Abschlussfeuerwerk.« Domenica kniete sich hin und sagte zu dem kleinen Jungen: »Ich kann gut verstehen, dass du es nicht verpassen willst.«

»Was für ein schönes Kleid!« Monica betrachtete Domenicas Kleid mit der tiefen Taille und der Rüsche am Saum. »Smaragdgrün ist meine Lieblingsfarbe.«

»Wie ist es Ihnen ergangen?«, fragte Domenica.

»Ich komme noch einmal zu Ihnen.«

»Sie haben einen Termin, schon vergessen?«

Domenica beobachtete, wie Monica mit ihren Kindern zum Karussell ging. Sie brauchte Hilfe, aber wo war ihr Mann? Es gab Männer im Dorf, die für ihre Familien sorgten, aber kaum Zeit mit ihren Kindern verbrachten. Sie war dankbar, dass ihr Vater anders gewesen war.

Domenica schlenderte über den Pier. Die Waren, die zu Beginn des Festes noch exotisch und neu gewesen waren, wirkten alt und abgegriffen. Der Eismacher rief, er habe kaum noch Zucker. Der Bombolone-Stand hatte noch genügend Teig für eine letzte Ladung, dann würde es bis zum nächsten Fest keine mehr geben. Es schien, als wären die Touristen abgereist und hätten das leckerste Essen und den größten Spaß mitgenommen.

»Cabrelli. Ich muss mit dir reden«, rief Guido Mironi, sprang auf den Pier und vertrat ihr den Weg. Dann gesellten sich weitere Gestalten dazu, die ihr bekannt vorkamen. Sie arbeiteten mit Mironi im Marmorsteinbruch. Alle hatten getrunken, die Krawatten gelockert und die Westen aufgeknöpft. Domenica ging weiter.

»Bist du taub, Cabrelli?«, brüllte Mironi.

Die Männer lachten.

Domenica drehte sich um. »Signore Mironi.«

Die Männer begannen, ihren Freund zu verspotten. »Signore! Signore!«

»Ich war mit ihr in der Schule.« Mironi prostete ihr mit einer Flasche zu.

»Sofern du dir die Mühe gemacht hast, dort zu erscheinen«, sagte sie.

Mironi ließ sie nicht vorbei. »Ich will mit dir reden.«

Domenica schaute sich auf dem Pier um und suchte in der Menge nach Monica und ihren Kindern. Sie waren verschwunden. »Signore.« Domenica verschränkte die Arme vor der Brust und drückte ihre Füße fest aufs Holz. Sie war klein und hatte darum gelernt, Raum einzunehmen und Selbstvertrauen zu verströmen. Bald scharte sich eine Menschenmenge in Erwartung eines Streits um sie und Mironi. Domenica suchte nach einem freundlichen Gesicht, fand aber keins.

»Halt dich gefälligst aus meinen Angelegenheiten raus«, höhnte er, reichte die Grappaflasche an einen Kumpel weiter und wühlte in seinen Taschen. Er stank nach Schnaps, konnte aber gerade noch stehen.

»Was ist das?« Er wedelte mit einer Broschüre.

Domenica erkannte den Ratgeber über Familienplanung, den sie Monica gegeben hatte, und schnappte danach. »Dies ist nicht die richtige Zeit oder der richtige Ort, um private Angelegenheiten zu besprechen. Komm in die Praxis von Dottore Pretucci, wenn du Fragen hast.«

»*Ich* sage ihr, was sie zu tun hat. Nicht du. Nicht Pretucci. *Ich.*«

»Sie weiß genau, dass du der Padrone bist.«

»Ich bin der Padrone!«, brüllte Mironi.

»Und jetzt weiß es der ganze Ort.«

Die Menge lachte, Mironi wurde wütend. Er stürzte sich auf Domenica. Er war groß und schwerfällig, aber sie wich ihm geschickt aus, faltete die Broschüre und schob sie in den Ärmel.

»Bleib weg von meiner Frau!«, warnte Mironi.

Die Menge teilte sich in zwei Lager: Männer und Frauen. Domenica spürte die Spannung, als sie zur Stimme der Frauen wurde. Mironi wandte sich zum Gehen, aber dann drehte er sich abrupt um und spuckte Domenica vor die Füße.

Sie sah vom Boden zu Mironi. »Bist du nicht in jeder Hinsicht ein großer Mann, außer in der, auf die es ankommt?«

Nervöses Gelächter in der Menge. Der Kampf war einseitig, ein Bär und eine Maus. Die Leute schienen wie gebannt angesichts der jungen Frau, die dem Riesen die Stirn bot.

»Guido Mironi, du warst dein Leben lang ein Rohling«, sagte Domenica gleichmütig. »Du hast deinen Unsinn im Verborgenen getrieben, um nicht erwischt zu werden. Aber wir beide wissen, was du getan hast. Du bist zum Säufer geworden, das Schicksal aller Feiglinge, die sich selbst nicht ins Gesicht sehen können.«

»Du hast meine Frau aufgefordert, unser Bett zu verlassen. Du verstößt gegen das Naturgesetz. Gegen die Kirche. Halt dich aus meinen Angelegenheiten raus, Cabrelli.«

Die erste Rakete schoss mit einem lauten Pfiff in den Himmel, wo sie am höchsten Punkt in einem Schauer heißer Blüten explodierte. Das Pfeifen, Knallen und Knattern des Feuerwerks übertönte alles, was Mironi noch zu sagen hatte.

Seine Leute zogen ihn vom Pier zurück an den Strand. Domenica wandte sich ab und ging im Lichtregen nach Hause. In den vergangenen Jahren war sie immer am Strand geblieben und hatte das Spektakel genossen. Sie ließ es sich nicht anmerken, doch sie hatte Angst. Wann immer es in der Schule einen Streit gegeben hatte, war der jähzornige Mironi mittendrin gewesen. Doch vorhin hatte sich etwas verändert. Zum ersten Mal im Leben hatte sich Viareggio nicht wie zu Hause angefühlt. Die Einheimischen hatten den Respekt vor ihr verloren oder waren verärgert, dass sie es wagte, Mironi die Stirn zu bieten. Oder aber es war noch schlimmer, und sie standen auf Mironis Seite, wollten, dass die junge Krankenschwester erkannte, wo ihr Platz im langen Schatten war, den die Heilige Römische Kirche warf.

Kapitel 15

Domenica hatte Pretucci noch nie wütend erlebt. Sicher, sie hatte Fehler gemacht, aber er blieb meist geduldig, während sie nach einer Lösung suchte.

Die Jalousien im Büro waren so weit heruntergelassen, dass kein Licht hereindrang. Die Lampe über dem Untersuchungstisch warf einen Lichtring wie ein Mond auf den Marmor. Pretucci lief auf und ab und wurde zum ersten Mal ihr gegenüber laut. »Sie können keinen medizinischen Rat erteilen, der gegen die Gesetze der Kirche verstößt.«

»Ich habe mich nicht gegen die Kirche ausgesprochen, ich habe versucht, Signora Mironi zu helfen. Sie kann keine weiteren Kinder bekommen, sie hat schwaches Blut.«

»Das geht Sie nichts an.«

»Sie hat mich um Hilfe gebeten. Die Kirche scheint sich nicht für die drei Kinder zu interessieren, die bereits geboren sind. Wer soll sich um sie kümmern, wenn ihre Mutter bei der Geburt stirbt? Ich habe Don Giuseppe noch nie einen Kinderwagen schieben sehen.«

»Signorina!«

»Es ist die Wahrheit. Warum trifft Monicas holzköpfiger Ehemann die Entscheidungen, wenn es um Kinder geht? Reicht es nicht, dass er das Geld, die Wohnung, das Recht auf die Kinder und das Erbe hat? Warum muss er auch noch bei ihrer Gesundheit mitreden?«

»Ich habe klargemacht, dass sie kein weiteres Kind bekommen soll. Gegenüber Mironi, dem Pfarrer und dem Bürgermeister.«

»Il sindaco? Was geht ihn das an?«

»So ist das Gesetz.«

»Bassini ist ein Dummkopf.«

»Das spielt keine Rolle. Er hält das Gesetz dieses Ortes in seinen winzigen Händen.«

»Drei Männer gegen eine Frau? Ihr schwaches Blut ist ein medizinisches Problem, nicht wahr?«

Pretucci war frustriert. »Ja, das ist es.«

»Dann sagen Sie ihnen das. Erklären Sie den Dummköpfen die Situation. Geben Sie ihnen die Broschüre!«

»Die ist für Seeleute, die hier anlegen. Wir wollen nicht, dass sie entlang der Küste Krankheiten verbreiten. Ich verteile diese Broschüre nicht an Ehepaare.«

»Das sollten Sie aber! Sie könnte Frauen helfen, auf sich achtzugeben.«

»Sie haben Guido Mironi in aller Öffentlichkeit gedemütigt.«

»Der Carnevale ist keine Öffentlichkeit, sondern ein Vergnügen. Er war betrunken.«

»Das spielt keine Rolle! Er ist das Oberhaupt seiner Familie!«

»Sollte er nicht sein.«

»Ist er aber! Seine Frau ist seine Sache.«

»Sie traut sich nicht, ihm von der Verhütung zu erzählen. Das habe ich gemerkt.«

»Die Lösung für ihre Familienprobleme bestand nicht darin, der Frau etwas über Verhütungsmittel beizubringen. Das fällt nicht in Ihren Aufgabenbereich als Krankenschwester.«

»Wieso das? Wenn ich etwas in der Schule gelernt habe, darf ich es nicht anwenden?«

»Sie können es anwenden, müssen aber die Tragweite dessen, was Sie einer Patientin sagen, verstehen.«

»Ich soll ihr nicht die Wahrheit sagen?«

»Das könnten Sie mir überlassen.«

»Aber die Frauen überlassen Sie bitte mir. Ich habe mit Ihrer Zustimmung eine Tinktur aus Wanzenkraut für Signora Luccizi empfohlen, die gerade den großen Wechsel durchmacht. Wie kann es einer Mutter von drei Kindern schaden, wenn ich ihr eine Broschüre gebe?«

»In diesem Fall ist Ihre Ehrlichkeit zu einem Problem geworden. Signore Mironi ist zum Pfarrer gegangen, und der ist zu mir gekommen. Er verlangt, dass man Ihnen die Lizenz entzieht.«

»Dazu hat er kein Recht.«

»Der Priester unterstützt Mironis Forderung. Und auch das Gesetz. Auf dem Gebiet der Fortpflanzung müssen wir vorsichtig sein.«

Domenica spürte, wie Wut in ihr aufstieg. »Ich muss vorsichtig sein, weil ich eine Frau bin.« Sie setzte sich auf den Hocker neben dem Untersuchungstisch und versuchte, ruhig nachzudenken.

Pretucci lehnte sich an den Tisch. »Ich fürchte, sie meinen es ernst.«

»Dann gehe ich selbst zum Priester und erkläre es ihm.«

»Tun Sie das nicht. Er ist wütend. Ich kann Sie beschützen, wenn Sie Viareggio verlassen. Ich kann behaupten, ich hätte Sie weggeschickt, um Ihnen eine Lektion zu erteilen. In Marseille gibt es ein Krankenhaus.«

»Frankreich? Meine Mutter braucht mich hier.«

»Sie müssen praktisch denken, Signorina. Sie wollen doch nicht, dass der Priester entscheidet, wohin man Sie schickt. Dann landen Sie am Ende der Welt. Wenn Sie freiwillig gehen, wird man es mit der Zeit vergessen. Hören Sie auf Ihren Chef. Ihren Freund.« Pretucci zog sein Taschentuch hervor und putzte seine Brille. Das tat er immer, wenn er nachdenken musste. »Wenn Sie für ein paar Monate nach Marseille gehen, wird sich der Aufruhr legen, und Sie können in Ihre Heimat und auf diese Position zurückkehren.«

Tränen brannten in Domenicas Augen. Sie wischte sie schnell weg. »Guido Mironi war als Kind schon gemein und ist zu einem grausamen Tier herangewachsen. Ich bereue nicht, dass ich ihm die Leviten gelesen habe.«

Pretucci versuchte, ein Lächeln zu verbergen. Binnen weniger Stunden hatten Klatsch und Tratsch die Geschichte von Domenica Cabrelli und Guido Mironi zu ihm getragen. Die Details wurden ausgeschmückt, doch schwang stets unfreiwilliger Respekt für seine entschlossene Krankenschwester darin mit, die sich gegen einen Tyrannen behauptet hatte. »Sie haben gesagt, was Sie zu sagen hatten.«

»Es war vielleicht nicht die beste Idee, aber mir blieb keine andere Wahl. Die Menschen im Ort müssen wissen, dass sie in die Praxis kommen können, wenn sie Hilfe brauchen.«

»Sie mögen recht haben, und Ihr Standpunkt hat etwas für sich. Aber Sie werden in Viareggio damit nie durchkommen, selbst wenn Ihnen die ganze Stadt zustimmt. Der Pfarrer behält immer das letzte Wort.«

Domenica entzündete den Herd und stellte die Mokka-Kanne auf den blauen Flammenkranz. Die kleine Lampe auf dem Tisch flackerte in der Dunkelheit. Sie setzte sich hin und wartete darauf, dass der Kaffee aufstieg.

Der Lederkoffer, den sie am Abend zuvor gepackt hatte, gehörte ihrem Vater. Als junger Mann hatte Pietro Cabrelli bei einem Goldschmied in Barcelona Löten und Filigranarbeit gelernt. Sein Vater Michele hatte Pietro einen Koffer für seine erste Auslandsreise geschenkt, der ihn später auch nach Indien und Afrika begleitet hatte. Jetzt war er mit Domenicas Kleidern gefüllt, obwohl sie die nicht brauchen würde. Sie würde die weiße Tracht tragen, die von den Schwestern des heiligen Joseph von der Erscheinung zur Verfügung gestellt wurden.

»Hast du geschlafen?«, fragte ihre Mutter von der Tür.

»Keine Sekunde.«

»Vielleicht schläfst du im Zug?« Signora Cabrelli nahm ihre Tochter in die Arme. »Du musst.«

»Bist du je in Frankreich gewesen, Mama?«

»Einmal. Im Süden. Ich war noch jung und bin mit meinen Cousinen hingefahren. Wir haben gelernt, wie man Seife herstellt.«

»Ich wollte dich nie verlassen«, sagte Domenica leise.

»Es ist ja nicht für lange.«

»Nur so kann ich das überleben. Wenn ich weiß, dass es nicht lange dauert, stehe ich es durch.«

»Ich möchte, dass du zur Messe gehst. Und den Rosenkranz betest. Selbst wenn du Zweifel hast, bete für mich.«

»Das werde ich.«

»Und ich bete für dich. Dein Papa wird zurechtkommen. Er hat den Laden und seine Probleme, die nie gelöst werden können, aber das macht nichts. Sie halten ihn auf Trab.«

»Ich weiß, dass du mir helfen wolltest, Mama, aber warum bist du zum Priester gegangen?«

»Du bist mein Kind, und ich bin deine Fürsprecherin. Für dich kämpfe ich gegen jede Armee, jeden Kleriker, sogar den Papst selbst. Ich war so wütend, als der Priester dich bestraft hat, dass ich die Kirche am liebsten mit einer Axt bis auf die Grundmauern niedergerissen hätte. Das ist *meine* Kirche.

Mein Glaube. Ich habe nie die Sonntagsmesse oder einen gebotenen Feiertag versäumt. Dein Vater und ich geben den Zehnten. Die Kirche hat die Jahrhunderte nicht deshalb überdauert, weil es Priester gibt. Die goldenen Gewänder machen mir keine Angst. Die Kardinäle, Bischöfe und Monsignores können mit mir reden, und ich werde ihnen den Kopf zurechtrücken. Ich bin zum Priester gegangen, weil ich dachte, ich könnte ihn umstimmen. Aber er war unmöglich. Er sagte, wenn er dir erlaube zu bleiben, würde jede Frau im Dorf von deinen medizinischen Kenntnissen erfahren und zu dir kommen und sich eine Broschüre holen, und dann würde es in Viareggio bald keine Babys mehr geben! Fast hätte ich ihm gesagt, was er mit seiner unsterblichen Seele tun kann, aber dein Papa macht die Kelche für Rom, und wir können es uns nicht leisten, das Geschäft zu verlieren.«

»Mama, dann hast du ja zum ersten Mal in deinem Leben den Mund gehalten.«

»Na ja, es gibt ja auch noch das Allgemeinwohl, nicht wahr? Ich weiß, wie es funktioniert. Und das ist es nicht wert. Tu Buße, komm nach Hause, und wir reden nie wieder davon.«

Domenica schluckte mühsam. Sie hielt ihre Mutter für naiv und Pretucci auch. Sie wusste, was es bedeutete, in einem kleinen Ort gezeichnet zu sein. Silvio Birtolini hatte man fast gesteinigt, weil er unehelich geboren war. Sie erinnerte sich, wie man seine Mutter Vera Vietro behandelt hatte, und genauso gingen die Einheimischen jetzt auch mit ihr um. Sie schauten an ihr vorbei, als wäre Domenica Luft. Alles Gute, das sie getan hatte, war vergessen. Selbst wenn man beliebt war, selbst wenn man ihnen diente, gab es keine Verteidigung gegen die Mächtigen. Sie konnten dich aus einer Laune heraus verstoßen.

Mama kochte den Kaffee so, wie Domenica ihn mochte. Netta nahm die Moka Express vom Feuer, klappte die Eiskiste, die im Boden eingelassen war, auf und holte einen Blechbehälter mit frischer Sahne heraus. Sie erhitzte die Sahne in einem kleinen Topf, bis sie schäumte, und goss Kaffee und Sahne in eine kleine Schüssel. Zum Schluss maß Netta einen Teelöffel Zucker ab und gab ihn in die Schale, die sie ihrer Tochter reichte.

Domenica trank den süßen Kaffee mit Sahne langsam und genüsslich. Sie wusste nicht, ob man den Caffè in Marseille so zubereitete wie ihre Mutter in Viareggio. Fast ihr ganzes Leben lang war dies ihr Frühstück gewesen. Sie konnte sich einen Morgen ohne den Kaffee nicht vorstellen. »Ich will nicht weg, Mama.«

»Du musst stark sein, Domenica. Du darfst nicht weinen. Lass nicht zu, dass sie dich brechen.«

»Ich werde dafür bestraft, dass ich meine Arbeit mache.«

»Du bist die einzige gebildete Frau in dieser Stadt. Sie ist nicht groß genug für deinen Verstand.«

Domenica sorgte sich wegen der unverblümten Worte. »Mama, du musst aufpassen, was du zu den mächtigen Leuten sagst. Ich habe noch mehr Periskope gesehen. Sie sind hier.«

»Die Deutschen?«

»Noch nicht. Die Italiener. Regia Marina. Die Marine des Duce.«

»Dein Vater und ich werden fleißig arbeiten, egal was kommt.«

»Vertrau niemandem, Mama. Ich meine es ernst.«

Netta setzte sich zu ihrer Tochter an den Tisch. »Wenn sie kommen, wehre ich mich nicht.«

»Ihr solltet jetzt gehen. Wartet nicht länger«, flehte Domenica. »Wir haben unsere Cousins in den Bergen. Sie nehmen euch auf.«

»Ich rede mit deinem Vater.«

»Und mach dir keine Sorgen um mich. Ich tue meine Arbeit und komme nach Hause, sobald ich kann.«

»Bleib in der Nähe der Nonnen.« Netta umarmte Domenica.

»Bleib ihnen fern. Meine Tochter wird keine Nonne«, sagte Cabrelli, der zu ihnen in die Küche getreten war.

»Die wollen mich gar nicht, Papa.«

»Es ist mir egal, ob sie dich wollen. Sie bekommen dich nicht. Du wärst auf Almosen für Kleidung, Essen und neue Schuhe angewiesen. Du wärst nichts weiter als eine keusche Bettlerin. Meine Tochter wird niemals Almosen annehmen. Außerdem tragen sie hässliche Schuhe.«

»Keine Sorge, Papa, ich verdiene selbst Geld, um mir Schuhe zu kaufen. Und zwar schöne. Siehst du?« Domenica zeigte ihrem Vater die schwarzen Lederschuhe, die der örtliche Schuster für sie angefertigt hatte.

»Denk dran, die Nonnen sind schlau. Lass dich nicht zu ihrem Lebensstil überreden. Sie machen viel Aufhebens um das wunderbare Klosterleben, wenn sie missionieren. Als sie hier durchreisten, habe ich dich versteckt. Sie lassen die Familien im Glauben, sie würden ihre Töchter als Dienstmädchen vermitteln, damit sie gut versorgt wären.« Ihr Vater drückte Domenica seine goldene Taschenuhr in die Hand. »Nimm sie.«

»Papa. Du brauchst deine Uhr.«

»Ich möchte, dass du sie bekommst.«

»Sie soll doch an Aldo gehen.«

»Ich entscheide, wer meine Uhr bekommt.«

»Danke, Papa.« Domenica steckte die Uhr in die Tasche. »Wenn du etwas Wertvolles besitzt, nehmen die Leute an, du seist auch etwas wert. Trag die Uhr, damit sie wissen, was du wert bist.« Papa küsste sie auf die Wange und ging zur Haustür, griff nach dem Koffer.

»Es ist Zeit.« Mama stand auf und legte den Arm um ihre Tochter. Gemeinsam gingen sie schweigend zur Haustür.

Es war dunkel, doch im Schimmer der aufgehenden Sonne wurde bereits die Silhouette der Häuser sichtbar. Auf der Straße vor dem Haus hatte sich eine Menschenmenge versammelt. Domenica erkannte ihre Cousins und Cousinen aus der Via Firenze und einige alte Schulfreundinnen. Sogar Dottore Pretucci, der auf dem Weg zur Arbeit war, stand dabei, seine Arzttasche in der Hand.

Ein Jubelschrei ging durch die Menge, als Domenica sie begrüßte. Signora Griffo überreichte Domenica einen Blumenstrauß. »Was man dir angetan hat, ist falsch«, sagte sie, wobei ihr warmer Atem eine kleine Wolke in der kalten Luft bildete, »und wir wissen es.«

Pretucci und Griffo führten die Gruppe zum Bahnhof. Bald war die Straße in Morgenlicht getaucht; jede Tür, jedes Fenster, jede verputzte Wand und jedes Dach schienen vergoldet. Vielleicht wurde Domenica auch dafür bestraft, dass sie ihre Heimat als selbstverständlich betrachtet hatte, nicht dankbar genug gewesen war. Die Gruppe ging schweigend. Man hörte nur die leisen Schritte auf dem Kopfsteinpflaster und das Quietschen von Domenicas neuen Schuhen. Warum hatte ihre Mutter auf neuen Schuhen bestanden? Aus demselben Grund, aus dem ihr Vater ihr seine goldene Uhr aufgedrängt hatte. Wenn Domenica Cabrelli aussah wie eine vermögende junge Frau, würde man sie auch so behandeln.

Sie war nie weiter als nach Sestri Levante am Golf von Genua und in die Vororte von Rom gekommen. Sie hatte Italien noch nie verlassen oder sich allein an einem fremden Ort zurechtfinden müssen. »Ich bin noch nie umgestiegen, Papa. Was ist, wenn etwas schiefgeht?«

»Dir passiert schon nichts«, beruhigte ihr Vater sie. »Schau nach oben, lies den Fahrplan, such die Bahnsteignummer und geh hin.«

Sie nickte. Sie würde den Sieben-Uhr-Zug nach Genua nehmen und dort einen französischen Zug nach Nizza und schließlich nach Marseille. Vielleicht wäre es dort auch warm und vertraut. Vielleicht ginge alles gut.

Als Domenica den Bahnsteig betrat, murmelte die Menge ihre Abschiedsgrüße. Sie drehte sich um und winkte ihnen, gewiss, dass sie alle bald wiedersehen würde. Der Gedanke würde sie vom Weinen abhalten. Sie stieg ein und sah durchs Fenster, wie ihre Mutter lächelnd mit einem Taschentuch winkte, während ihr die Tränen übers Gesicht liefen. Ihr Vater nahm den Hut ab und hielt ihn vor die Brust, als sollte seine Tochter nicht sehen, wie ihm das Herz brach.

Domenica umklammerte den Umschlag mit den Zugfahrkarten und den Blumenstrauß. Der Gepäckträger nahm ihr den Koffer ab und führte sie zu ihrem Sitzplatz. In dem Samtband, das den Strauß zusammenhielt, steckte eine Nadel, deren scharfe Spitze sich in ihre Hand bohrte, doch sie spürte es nicht. Domenica Cabrelli spürte nichts, als sie alles verlor.

Der Zug fuhr durch die Rhabarberfelder und trug sie mit jeder Umdrehung der Räder weiter von zu Hause weg. Wenn sie nach Viareggio zurückkehren wollte, musste sie wachsam bleiben, sich den Weg einprägen. Sie würde die Landschaft betrachten und die Haltestellen zählen. Während der Zug nach Norden ratterte, merkte sich Domenica auffällige Wegzeichen. Eine graue Scheune. Eine Zementfabrik. Einen Zoo. Und sie vergewisserte sich, ob die Züge auch wirklich in beide Richtungen fuhren.

Teil Zwei

Wer sich danach sehnt, das ewige Leben im Himmel zu erlangen, möge das Folgende beherzigen.

Wenn ihr die Gegenwart betrachtet, bedenkt diese Dinge:

Wie kurz das Leben ist

Wie schwer es ist, seine Seele zu retten

Wie wenige gerettet werden

Kapitel 16

Marseille
März 1939

Die Küste Südfrankreichs erschien Domenica ganz anders im Vergleich zu den perlweißen Stränden und dem stillen Glück der ligurischen Küste. Dennoch hatte die Landschaft ihren eigenen Reiz, mit den gedrungenen weißen Häusern neben modernen, hoch aufragenden Bauten und den schroffen Felsen und Buchten in der Region, die sich Calanques nannte.

Als Domenica abends in Marseille ankam, wurde sie von Schwester Marie Bernard von den Schwestern des heiligen Joseph von der Erscheinung am Bahnhof abgeholt. In ihrem schwarzen Habit mit der weißen Haube war die Nonne in der Menge leicht zu erkennen. Ihre leuchtend roten Wangen, das freundliche Lächeln und die klaren blauen Augen verrieten ein fröhliches Gemüt. Domenica sollte bald erfahren, dass sie auch von der guten Konstitution der Nonne zeugten.

»Ciao, Signorina Cabrelli«, begrüßte Schwester Marie Bernard sie, ergriff Domenicas Koffer und führte ihren Schützling durch die Straßen von Marseille. Die Nonne war rundlich wie ein Panettonekuchen gebaut und rollte förmlich dahin. Domenica musste weit ausholen, um mit ihr Schritt zu halten, und versuchte gleichzeitig, einen ersten Eindruck von ihrem neuen Zuhause zu gewinnen. Sie hätte Schwester Marie Bernard gern nach der Arbeit gefragt, die für sie vorgesehen war, denn sie sorgte sich, ob sie mit der Sprache zurechtkommen würde und gut genug ausgebildet war. Doch die Nonne hatte es eilig. Sie nahm Abkürzungen durch enge Gassen und überquerte einen Platz mit gurgelnden Springbrunnen, an denen junge Paare saßen. Die Nonne und Domenica duckten sich unter nasser Wäsche hindurch, die über ihren Köpfen von Wäscheleinen hing. Der Duft von Kiefernteerseife sollte Domenicas erste Erinnerung an Frankreich werden.

Das Fatima-Haus, in dem die Krankenschwestern vom heiligen Joseph wohnten, lag am Ende der Rue de Calais, das Hôpital Saint-Joseph gleich nebenan. Die Nonnen wohnten im Obergeschoss des Krankenhauses. Zu dem Komplex gehörte auch ein großer Garten, der von einer drei Meter hohen Steinmauer eingefasst wurde.

»Benvenuta alla tua nuova casa«, sagte Schwester Marie Bernard fröhlich. »Frühstück gibt es morgens um fünf. Schwester Juliette backt mittwochs frische Croissants und samstags Eclairs. In der Fastenzeit gibt es keine Eclairs.« Sie verzog das Gesicht.

Domenica folgte ihr die Treppe hinauf. »Drei bis vier Krankenschwestern pro Zimmer«, schnaufte Schwester Marie Bernard. »Die Wohnräume werden Ihnen gefallen. Ich weiß nicht, woran Sie gewöhnt sind. Wir stellen Seife und Shampoo zur Verfügung, die mache ich übrigens selbst. Ich baue Lavendel an und halte Bienen und weiß, was gut ist. Einige wollen Saint-Joseph wegen der Seife gar nicht mehr verlassen.«

Domenica lachte. »Ich lasse Sie wissen, ob es auch für mich Grund genug ist, zu bleiben, Schwester.«

»Das Geheimnis ist der Weihrauch. Blumen und Honig können furchtbar süß sein, deshalb gebe ich etwas Weihrauch dazu.« Schwester Marie Bernard klopfte an die Tür von Zimmer 307. »Tut mir leid, die Mädchen sind wohl nicht da. Keine Mitbewohnerinnen, die Sie begrüßen könnten.« Schwester Marie Bernard griff unter ihr Skapulier und holte einen Schlüsselbund hervor. Sie schloss die Tür auf und knipste das Licht an. Im Zimmer standen drei Betten. Auf zwei Nachttischen türmten sich Haarbürsten, Bücher und Aschenbecher. In einer Nische stand ein weiß bezogenes Einzelbett. Der Nachttisch war leer. Die Gardinen blähten sich in der Brise, die durchs offene Fenster wehte. »Sie schlafen hier drüben, Cabrelli.« Die Schwester stellte den Koffer auf die Bank am Fußende. »Sie haben Glück, Sie sind in einem Dreierzimmer.«

»Ich danke Ihnen, Schwester.« Domenica atmete aus. Die Unterkunft war also doch kein Gefängnis.

Schwester Marie Bernard sah Domenica prüfend an. »Ich schicke Ihnen Ihre Tracht, wir stellen zwei Exemplare zur Verfügung. Weißer Pullover und Schürze, dazu Bluse und Strümpfe.« Sie schaute auf Domenicas Füße. »Größe 38?«

»Stimmt.«

»Ruinieren Sie nicht Ihre schönen Schuhe. Ich schicke Ihnen auch Unterwäsche und Häubchen. Die Krankenschwestern waschen selbst. Die Mädchen zeigen es Ihnen.«

Dann ließ die Nonne Domenica allein, damit sie in Ruhe auspacken konnte. Sie nahm den Hut ab, lehnte sich aus dem Fenster und atmete tief ein. Sie schloss die Augen. Wohin sie auf der Welt auch gehen mochte, die Nähe des Meeres bot ihr Zuversicht und Trost.

Domenica war fest entschlossen, sich von den Zehn-Stunden-Schichten im Saint-Joseph nicht überwältigen zu lassen. Sie hatte nach ihrer Ausbildung nie im Krankenhaus gearbeitet, lernte aber schnell. Allerdings fragte sie sich, ob sie jemals die Namen aller Nonnen und Krankenschwestern lernen würde.

Die Schwestern glaubten mit der gleichen Inbrunst an die heilende Kraft der Heiligen und Engel wie an die der modernen Medizin. In der Eingangshalle empfing eine Statue der Muttergottes die Patienten, im Erdgeschoss gab es eine Kapelle.

Die Architektur des Krankenhauses erinnerte an eine gotische Kathedrale. Die breiten Korridore hatten Gewölbedecken und blank polierte Terrazzoböden. Spitzbogenfenster mit bernsteinfarbenem Glas tauchten die Flure und Zimmer in goldenes Licht. In Nischen wachten lebensgroße Heiligenfiguren aus Gips. Über jedem Krankenbett hing ein Kruzifix, neben jeder Tür ein Weihwasserbecken.

Im Schwesternwohnheim blieb die Religion jedoch außen vor. Der einzige Schrein war aus Papier und Robert Taylor, dem gut aussehenden amerikanischen Schauspieler mit den dichten schwarzen Augenbrauen, gewidmet. Nach ihrer Schicht entspannten sich die Mädchen, rauchten und tratschten und hörten Swingmusik im Radio. Sie klebten Hochglanzfotos von Ronald Colman, Spencer Tracy und Clark Gable an ihre Spiegel, und nicht wenige Matinee-Idole trugen einen Lippenstiftfleck auf der schwarz-weißen Wange. Die Krankenschwestern im Saint-Joseph kamen aus der ganzen Welt – von den Philippinen, aus Kuba, den Vereinigten Staaten, Jamaika, Irland, Liberia und Italien – und wurden von den Nonnen über ihr Netz von Schulen angeworben. Doch woher sie auch stammten, alle liebten amerikanische Filmstars.

In Saint-Joseph arbeiteten zwei Gruppen von Schwestern: Die einen trugen Ordenstracht und hatten ihr Gelübde abgelegt, die anderen nähten sich modische Kleider, kannten die neuesten Tänze, brachten einander passables Französisch und Englisch bei und frisierten sich gegenseitig die Haare.

Am Samstagabend legten die Krankenschwestern ihre weißen Trachten ab, zogen ihre schönsten Kleider an und wurden zu unbeschwerten jungen Frauen. Marseille pulsierte bis zum Morgen von lauter Jazzmusik und albernem Geplapper, und das Dröhnen der Maschinen in den Fabriken wich ausgelassenem Gelächter. Die Krankenschwestern amüsierten sich in den Tanzlokalen am Strand und tanzten mit Matrosen, Infanteriesoldaten und Männern in Maßanzügen aus der Savile Row. Sie nannten die Amerikaner »Burmas«, nach dem Rasierschaum, der nach Zedernholz und Vanille duftete.

Domenica und ihre neuen Freundinnen unternahmen auch lange Spaziergänge durch die Stadt, saßen am Brunnen vor dem Palais Longchamp, fuhren mit der Fähre zum Vieux Port und beendeten einen freien Tag in der Rue du Panier, wo sie unter einem Zelt eiskalten Chablis schlürften und zarte, in Knoblauch und Butter gebackene Schnecken aßen.

»Komm mit, Domenica. Auf dem Pier wird getanzt, eine neue Band. Im Club Mistare.« Stephanie Arlette, eine amerikanische Krankenschwester aus Chicago, ließ keine Gelegenheit aus, sich zu amüsieren. So auch an diesem Abend, für den sie sich gerade zurechtmachte.

Domenica legte die Zeitung weg. »Klingt lustig, aber ich bleibe heute zu Hause.«

»Schon wieder?« Stephanie ließ sich neben Domenica aufs Bett fallen. »Du willst doch nicht deinen freien Tag damit verbringen, deiner Mutter zu schreiben?«

»Ich dachte, ich schreibe zur Abwechslung mal Dottore Pretucci.«

»Sieht er gut aus?«

»Er ist alt. Nichts für dich.«

»Man kann nie wissen.« Stephanie entfernte die Stoffstreifen, mit denen sie sich Locken gedreht hatte, und schüttelte die blonden Haare aus. »Ich heirate wegen des Geldes.«

»Ein legitimer Grund«, sagte Josephine Brodeur, eine schlanke vierundzwanzigjährige Jamaikanerin, die sich gerade die Nägel feilte. Stephanie schlüpfte in ihr blaues Partykleid aus Organza und ging in die Knie, damit Domenica den Reißverschluss am Rücken hochziehen konnte. »Bist du sicher, dass du nicht mitwillst?«

Josephine zog ihren Seidenstrumpf hoch. »Du verliebst dich nie in einen hübschen Mann, wenn du nur in diesem Zimmer hockst und kritzelst.«

»Vielleicht will sich Domenica nicht verlieben.«

»Das glaube ich nicht.« Josephine zog den zweiten Strumpf an. »Ich war schon dreimal verliebt. Es ist so: Stell dir vor: du stehst auf dem höchsten Berg der Welt und wirst heruntergestoßen. Verliebtheit ist das Gefühl zwischen Stoß und Aufprall.«

»Ich war auch schon mal verliebt«, gestand Stephanie. »Und ich hoffe, ich sehe ihn nie wieder.«

»Ich bin nicht bereit, mich von einem Berg stoßen zu lassen. Da verschlafe ich lieber meinen freien Tag«, sagte Domenica lächelnd.

»Es war ein schlechter Vergleich.« Josephine setzte sich und befestigte die Strümpfe am Strumpfhalter. »Jede ist anders. Wenn du dich verliebst, fühlt es sich vielleicht wie ein warmes Bad an.«

»Ich habe mich nicht gut ausgedrückt, es kann wirklich wunderbar sein.« Stephanie besprühte sich mit Parfüm. »Es ist nur schrecklich, wenn es endet.« Sie packte alles Nötige in ihre Abendtasche. »Der Absturz ist so schrecklich, wie das Gefühl wunderbar ist. Aber es lohnt sich.«

Domenica griff wieder nach der Zeitung. »Die *Arandora Star* legt heute Abend an. Es heißt, ein Vanderbilt sei an Bord. Und vielleicht der Filmstar William Powell. Morgen läuft die *Avila* ein – alle fünf Schiffe der Blue Star Line kommen nach Marseille.«

»Sagt Bescheid, wenn sie Clark Gable schicken.« Stephanie fuhr sich mit der Bürste durch die Haare. »Die können ihre lausigen Schiffe behalten.«

»Ich hoffe, die Zugverbindungen bleiben bestehen. Ich möchte irgendwann nach Hause«, sagte Domenica leise.

Josephine warf Stephanie einen Blick zu. »Du kommst nach Hause, aber erst solltest du dein Leben genießen. Stephanie und ich machen uns Sorgen um dich. Du musst auch mal Spaß haben. Nimm die dumme Strafe deines Priesters nicht als Ausrede, um dich ins Wohnheim einzusperren. Schwester Marie Bernard hat gesagt, du kannst kommen und gehen, wie du willst. In Frankreich gelten keine italienischen Regeln«, sagte Josephine freundlich.

»Du könntest etwas frische Luft gebrauchen. Und das heißt nicht, am Fenster zu sitzen und Richtung Meer zu starren.« Stephanie zog die Gardinen vor.

»Sie hat recht. Mach einen Spaziergang. Sieh dir die Passagiere auf der Promenade an. Und erzähl uns später, was die schicken Mädchen tragen.«

Domenica winkte fröhlich ab. »Va bene, Mädels.«

»Heb mir einen Vanderbilt auf«, scherzte Stephanie.

Die Frauen hinterließen eine Spur von »My Sin« and »Joy«. Später sollte der Duft von Gardenien und Rosen Domenica an Frankreich erinnern. Die Liebe zur Krankenpflege verband sie mit den anderen, und das gemeinsame Wohnen und Arbeiten schweißte sie zusammen. Domenica hatte Freundinnen gefunden, denen sie vertrauen konnte. Nur Schwester

Marie Bernard und ihre Mitbewohnerinnen wussten, warum sie nach Saint-Joseph gekommen war, und es war ihnen egal. Domenica Cabrelli mochte weit weg von zu Hause sein, war aber nicht allein.

21. März 1939

Liebe Mama,
ich habe kein Heimweh mehr. Die Schwestern halten uns auf Trab. Wir müssen zur Messe gehen – die Mädchen aus Afrika machen Schwester Marie Bernard in diesem Punkt das Leben schwer. Sie sind nicht katholisch und verstehen den Sinn darin nicht. Ich sage ihnen, geht zur Messe, verhaltet euch still und denkt an etwas, was euch glücklich macht. Sie haben sich schon einige lustige Szenen ausgedacht! Ein Mädchen verbringt die Vesper damit, in ihrer Fantasie Kokosmilch herzustellen. Erinnerst du dich an Josephine? Sie hat bald genug gespart, um nach New York City zu gehen. Sie will dort im Saint Vincent's Hospital arbeiten. Die Schwestern schreiben Empfehlungen, um uns zu vermitteln. Wann immer sie mich fragen, ob ich einen Brief brauche, sage ich: Schickt mich heim nach Viareggio! Stephanie ist so lustig. Sie ist eine gute Krankenschwester, aber wenn die Schicht zu Ende ist, muss sie tanzen gehen. Ich werde jetzt für Notfälle ausgebildet. Schwester Marie Bernard bringt uns bei, wie man Kriegsverletzungen versorgt, obwohl in Marseille kaum von Krieg die Rede ist. Sie sagt, Krieg hin oder her, wir müssen wissen, wie man Notfälle behandelt. Wie geht es Papa? Bitte schreib mir. Aldo wird noch in Kalabrien ausgebildet, er hat mir einen Brief geschickt. Er klang so erwachsen! Endlich!

Ti voglio bene, Domenica

Der Wachmann schlief auf dem Stuhl am Eingang des Wohnheims, als Domenica den Brief ins Ausgangsfach auf seinem Schreibtisch warf. Sie band die Bänder ihres Strohhutes unter dem Kinn und machte sich auf den Weg zum Hafen.

Die Musik am Pier wurde vom gelegentlichen Stöhnen eines Nebelhorns und dem Quietschen der Boote untermalt, die sich an den Pfählen rieben. Der verwitterte Pier knarrte, als sie darüberging. Das Geländer war morsch, es fehlten Planken. Domenica konnte durch die klaffenden Fugen sehen, wie das seichte Meer darunter schwappte. Ein sicheres Anzeichen für einen möglichen Krieg: Man hatte die Reparaturen an öffentlichem Eigentum eingestellt. Die Arbeitskräfte wurden an anderer Stelle gebraucht; außerdem schien es sinnlos, Dinge zu reparieren, die ohnehin zerstört werden konnten. Es war besser, das Unnötige zerfallen zu lassen und wichtige Bauten zu verstärken.

Domenica schloss sich der Menschenmenge an, die sich auf dem langen Pier versammelt hatte, um die angedockte *Arandora Star* zu begrüßen. Das Schiff war so gewaltig, dass es den Nachthimmel verdeckte. Die *Arandora* war strahlend weiß gestrichen und auf den beiden jeweils lippenstiftrot und marineblau grundierten Schornsteinen leuchtete ein blauer Stern. Die Sterne wiesen das Schiff als einen der fünf exklusivsten Ozeandampfer aus, die je die Meere befahren hatten. Domenica trat einen Schritt zurück und stellte sich auf Zehenspitzen, um die Pracht zu bewundern. Messingbeschläge funkelten im Schein der Fackeln, die den Pier beleuchteten. Die Oberdecks füllten sich mit elegant gekleideten Passagieren, die sich ordentlich aufreihten, um von Bord zu gehen. Die Gangway wurde an klirrenden Ketten herabgelassen und traf mit einem dumpfen Schlag auf den Boden.

»Da kommen sie!«, rief ein junges Mädchen. Eine Blaskapelle stimmte eine fröhliche Melodie an. Eine Parade eleganter Damen schwebte die Gangway hinunter. Sie trugen Kleider in Pastellfarben mit dazu passenden breitkrempigen, mit Tüll verzierten Hüten, die an Zuckerwatte erinnerten.

Pressefotografen drängten sich um eine junge Frau, die ein weißes Spitzenkleid mit flatternden Ärmeln trug. *Sie muss eine berühmte Künstlerin sein,* dachte Domenica, als die Blitzlichter aufleuchteten und alles in strahlendes Weiß tauchten. Domenica reckte sich, um einen Blick auf die junge Frau zu erhaschen. Zu ihrer Enttäuschung hörte sie, dass es sich nicht um Janet Gaynor oder Myrna Loy handelte, sondern nur um irgendein hübsches Mädchen. Es waren keine Filmstars, Vanderbilts oder Ballerinas von den Ballets Russes an Bord der *Arandora Star* gewesen.

Domenica beschloss, noch ein bisschen spazieren zu gehen, bevor sie ins Fatima-Haus zurückkehrte. Die Band eines beliebten Clubs war ins Freie umgezogen und lockte eine Menschenmenge an. Die Gäste strömten von drinnen auf den Pier und begannen zu tanzen. Domenica war ganz in die Musik vertieft, als sie spürte, wie sich Hände um ihre Taille legten und sie von den Füßen hoben. Sie befahl dem Fremden, sie umgehend abzusetzen.

»Das nächste Mal fragen Sie, bevor Sie mich in die Luft werfen«, schnauzte Domenica.

»Verzeihen Sie. Ich habe gesehen, wie Sie sich zur Musik bewegt haben.«

Der junge Mann verschwand auf der Suche nach einer willigeren Tanzpartnerin. Eigentlich war es nicht Domenicas Art, Leute zusammenzustauchen, die sich von einer Laune hatten mitreißen lassen, vor allem nicht, wenn Musik im Spiel war, doch ihre Füße hatten zuletzt den Boden verlassen, als sie beim Carnevale mit Silvio getanzt hatte.

Als die Mädchen sie gefragt hatten, ob sie schon mal verliebt gewesen sei, hatte Domenica entschieden verneint, war sich aber insgeheim nicht sicher. Die einzige Liebe, die sie erlebt hatte, war weder ungestüm noch dramatisch gewesen. Sie war nicht von einem Berg gestürzt, hatte nicht atemlos in der Luft verharrt. Ihre erste Liebe hatte mit Freundschaft begonnen. Sie liebte Silvio Birtolini vor allem als Freund, und diese Liebe war erdverbunden, unverwüstlich, ewig. Und obwohl er nicht ihr gehörte, liebte sie ihn dennoch. War das nicht die Natur der wahren Liebe? Sich mehr Glück für den anderen zu erhoffen als für sich selbst? Oder machte sie das zu einem Schlappschwanz, zu jemandem ohne eigenen Willen? *Er heiratet eine andere,* mahnte sich Domenica. *Er gehört nicht dir.* Womit alles geklärt war.

Kapitel 17

Der Eimer, den Schwester Marie Honoré in den Korridor im ersten Stock gestellt hatte, weil das Dach undicht war, hatte sich zur Hälfte mit Regenwasser gefüllt. Domenica leerte ihn und stellte ihn zurück.

Sie hängte das Klemmbrett mit den Notizen zur Nachtrunde an den Haken neben der Tür und kehrte an die Empfangstheke zurück. Sie hörte nur das Ticken der großen Wanduhr. 2.05 Uhr in der Nacht. Bei jedem Nachtdienst schaute sie um diese Zeit auf die Uhr, weil der 2. Mai der Geburtstag ihrer Mutter war. Sie gähnte und überlegte, ob sie ins Schwesternzimmer gehen und sich eine Tasse Tee machen sollte. Ein Mädchen hatte Macarons gebacken. Doch sie lehnte sich nur auf dem Stuhl zurück und streckte sich.

Der fünfzehnjährige Olivier Desplierre hatte zusammen mit ihr Dienst. Er arbeitete als Nachtwächter und Hausmeister und kämpfte sichtlich gegen den Schlaf. Domenica hatte Mitleid mit dem Jungen – er erinnerte sie an Aldo. Sie legte ihm sanft die Hand auf die Schulter.

»Tut mir leid, Schwester Cabrelli.« Olivier setzte sich auf.

»Du bekommst einen steifen Hals, wenn du so schläfst. In Zimmer 13 gibt es eine Liege. Na geh schon.«

Domenica zog einen Korb mit frisch gewaschenen Verbänden unter der Theke hervor und hatte gerade begonnen, den Stoff säuberlich in Quadrate zu falten, als sie Licht unter der geschlossenen Kapellentür bemerkte. Vielleicht hatte sich ein Landstreicher hineingeschlichen, während sie die Runde machte. Die Nonnen hatten die Krankenschwestern vor Einheimischen gewarnt, die das Krankenhaus als Nachtasyl nutzten.

Domenica öffnete die Tür der Kapelle und sagte laut »Bonjour«, bevor sie einen Blick hineinwarf. Die Kirchenbänke waren leer. Sie atmete aus. Es war nur das ewige Licht, das auf dem Altar neben dem Tabernakel flackerte. Sie bekreuzigte sich mit Weihwasser und wollte gerade gehen, als die Eingangstür des Krankenhauses aufflog.

Eine lärmende, rußverschmierte Gruppe Männer, die nach Motoröl und Rauch stanken, polterte herein. Domenica tippte spontan auf Feuerwehrleute, doch bei näherer Betrachtung erwiesen sich die Reste ihrer Uniformen als marineblau und weiß. Einige hatten nackte Oberkörper, andere waren barfuß. Sie schlugen viel Lärm, und Domenica konnte ihr schnelles Englisch nicht verstehen. Der Größte trug einen Verletzten, und die Männer traten respektvoll beiseite, um ihn durchzulassen.

Das Gesicht des großen Mannes war ebenfalls rußverschmiert. Sie hätte später kein einziges Detail nennen können, denn als sie zu ihm aufblickte, geschah etwas mit ihr. Die Lichter flackerten. Ihr Magen flatterte. Ihr Puls raste. Die Geräusche im Raum verklangen. Domenica sah auf die Uhr; der Sekundenzeiger tickte wie immer ums Zifferblatt. Sie schaute zur Decke, war sich sicher, dass die Glühbirnen im Kronleuchter durchgebrannt waren und die Wirkung von Licht und Dunkelheit verändert hatten, aber nein, sie erstrahlten in hellem Weiß.

»Es hat gebrannt. Er hier hat das meiste abbekommen. Er braucht einen Arzt«, sagte der große Mann.

Olivier war vom Lärm aufgewacht und drängte sich zu Domenica.

»Ruf Dr. Chalfant. Dann klingelst du in Fatima und holst Schwester Marie Bernard«, befahl Domenica.

»Wird gemacht.«

»Folgen Sie mir.« Domenica führte den Mann, der den verletzten Matrosen trug, in den nächsten Untersuchungsraum. »Legen Sie ihn hier ab, der Arzt kommt gleich. Sie können sich am Waschbecken sauber machen.« Domenica wollte gehen.

Der Fremde hielt sie am Arm fest. »Bleiben Sie bei ihm. Bitte.«

»Ich muss alle, die gekommen sind, aufnehmen«, sagte sie ruhig. »Krankenhausprotokoll.«

»Bitte, sehen Sie nach ihm. Er war im Kesselraum«, erklärte der Mann. »Er ist seit der Explosion nicht aufgewacht.«

»Er hat einen Schock.«

»Bitte. Können Sie nicht einen Blick auf ihn werfen?«

Domenica tastete den jungen Mann ab, untersuchte seine Verletzungen. Als sie sein Gesicht berührte, öffneten sich flatternd seine Augenlider. »Sie werden wieder gesund«, versicherte sie ihm. Dann schob sie ihm ein Kissen unter den Kopf.

Schwester Marie Bernard stürmte herein und band eine Schwesternschürze über ihr Habit. »Was haben wir denn da, Cabrelli?« Sie wusch sich die Hände.

»Er war ohnmächtig. Schürfwunden auf der Brust, eine üble Verbrennung am linken Arm und eine tiefe Wunde am Bein. Auf den ersten Blick ist das alles.«

»Ich verarzte ihn. Räumen Sie die Eingangshalle. Verteilen Sie die Patienten in absteigender Schwere ihrer Wunden auf die Untersuchungsräume.«

»Ja, Schwester.«

Stephanie, deren Haare auf Stoffstreifen gewickelt waren, betrat den Raum. »Melde mich zum Dienst.«

Die Nonne warf einen kurzen Blick auf sie. »Arlette. Sie übernehmen hier. Säubern Sie die Wunde am Arm, und verbinden Sie sie. Der Arzt muss das Bein untersuchen.«

Der Fremde folgte Schwester Marie Bernard und Domenica aus dem Zimmer und blieb ihnen auf den Fersen, als wollte er ihr Gespräch belauschen. Schwester Marie Bernard senkte die Stimme, sodass nur Domenica sie hören konnte. »Schwester Arlette soll ihre Lockenwickler entfernen, wenn sie fertig ist.«

»Ja, Schwester.«

»Und welche Krankenschwester trägt mitten in der Nacht Lippenstift?«

»Eine, die nicht geschlafen hat«, antwortete Domenica leise.

Schwester Marie Bernard drehte sich um und sah den Fremden an. »Wer sind Sie?«

»Captain John Lawrie McVicars von der *Boidoin*.« Er salutierte. »Dies sind meine Männer.«

»Ich brauche die Mannschaftsliste. Wir müssen die Verletzten offiziell registrieren. Sie kümmern sich um den Papierkram, Cabrelli. Und werfen Sie auch einen Blick auf den Kapitän. Sein Hals gefällt mir nicht.«

»Ja, Schwester.« Domenica beugte sich vor. »Sind wir im Krieg?«

»Woher soll ich das wissen?« Schwester Marie Bernard verschwand auf der Station, um die Betten vorzubereiten.

Der Captain folgte Domenica. »Diese Nonne ist gemein.«

»Sie können froh sein, dass sie sich so entschlossen für Ihre Männer einsetzt.« Domenica öffnete die Tür zu einem Untersuchungsraum.

»Bernard ist ein seltsamer Name für eine Frau.«

»Nach dem heiligen Bernhard von Clairvaux. Er war Franzose, gründete die Abtei von Clairvaux und baute den Zisterzienserorden aus.«

»Ach ja, die berühmten Zisterzienser.«

»Ich muss Sie untersuchen.«

»Warum?«

»Um Ihre Verletzungen für Dr. Chalfant zu dokumentieren.« Domenica nahm das Klemmbrett vom Haken und griff nach einem Bleistift. »Können Sie bitte Ihren Namen buchstabieren, Captain?«

McVicars gehorchte.

»Wie alt sind Sie?«

»Wie alt sind *Sie*?«, konterte er.

»Jünger als Sie, offensichtlich.« Sie legte das Klemmbrett auf den Tisch und beugte sich vor, um seinen Hals zu untersuchen. »Wie ist das passiert?«

»Sunterland hatte mich fest im Griff.«

»Sunterland ist der Patient in Zimmer 1?«

»Genau.«

McVicars sah aus wie der Pirat aus einem der amerikanischen Groschenromane, die von den Mädchen im Wohnheim herumgereicht wurden und kostbar wie Zigaretten oder Pralinen waren. Der Captain hatte ein florentinisches Profil. Die kräftige Nase und das ausgeprägte Kinn erinnerten Domenica an ihre Landsleute, obwohl er Englisch sprach. Sein Haar war dicht und braun, er überragte seine Männer, war breitschultrig und kräftig gebaut. Er hatte gerade Zähne, die weiter hinten golden blitzten, und seine Augen waren blaugrün wie das Tyrrhenische Meer an einem Sommertag. Wie konnte ein Fremder sie so sehr an die Heimat erinnern? Sie spürte förmlich die warme Brandung, wenn sie ihn ansah.

Domenica hatte keine Ahnung, woher diese Gefühle rührten, und kam auch nicht dagegen an. In ihrer Ausbildung hatte sie gelernt, den Patienten gegenüber emotionale Distanz zu wahren, doch dieser Mann hatte alle Mauern eingerissen.

»Geht es Ihnen gut, Miss?«, erkundigte sich McVicars.

Domenica wurde rot. »Ich habe Hunger, das ist alles.«

Sie wollte gerade anfangen, das Krankenblatt auszufüllen, als ihr der Bleistift auf den Boden fiel und unter den Untersuchungstisch rollte. Sie kniete sich hin und tastete unter dem Tisch danach.

»Ist das der letzte Bleistift in Marseille?«

»Wir verlieren sie ständig, und dann werden die Schwestern sauer.«

»Ihr Bleistift wird uns dem Sieg sicher näher bringen.«

»Man kann nie wissen, Captain.« Domenica unterdrückte ein Lächeln, griff in den Schrank und reichte McVicars einen grauen Pyjama. »Gehen Sie hinter den Wandschirm und ziehen Sie den an. Werfen Sie Uniform und Unterwäsche in den Korb, wir werden sie waschen und bügeln.«

»Ich brauche mich nicht umzuziehen.«

»Krankenhausvorschrift, Sie müssen. Wenn Sie es nicht tun, steckt die Schwester Sie höchstpersönlich in den Pyjama. Das sollten Sie sich gut überlegen. Ich habe gesehen, wie sie das macht.«

McVicars trat knurrend hinter den Wandschirm.

»Melanie. Hat die Nonne Sie so genannt?«

»*Cabrelli*. Die Schwestern nennen uns beim Nachnamen.«

McVicars kam im Pyjama heraus und setzte sich auf den Untersuchungstisch. Domenica tupfte behutsam die Wunde an seinem Hals ab. Er war ihr so nah, dass er vermutlich die Sommersprossen auf ihrem Nasenrücken zählen konnte. Er wich zurück. »Ich warte lieber auf den Arzt. Vielleicht findet er was«, knurrte McVicars.

»Ich habe eine Ahnung, was er finden wird.« Domenica verband die Wunde mit Mull.

»Eine tiefe Wunde, die operiert werden muss?«

»Nein. Einen schwierigen Patienten.«

»Cabrelli. Eine Italienerin in Marseille. Und warum? Sagen Sie nichts. Es ist eine traurige Geschichte, oder? Keine Familie. Keine Freunde. Kein Zuhause. Die Nonnen haben Sie aufgenommen, weil Sie nicht wussten, wohin. Sie haben für sie gearbeitet und wurden dafür zur Krankenschwester ausgebildet. Sie wussten, wie wertvoll die Ausbildung war, und haben beschlossen, Ihre Schulden bei den guten Schwestern in diesem heruntergekommenen Krankenhaus abzuarbeiten.«

»Ich stamme aus einer anständigen Familie. Die Nonnen haben mich nicht aufgenommen, ich habe meine Krankenpflegeausbildung in Rom gemacht. Dieses Krankenhaus ist nicht heruntergekommen. Wir haben nur viel zu tun, und niemand bezahlt, weshalb die Nonnen kein Geld für Reparaturen haben. Denken Sie daran, wenn Sie gehen. Die Almosenbüchse steht in der Eingangshalle.«

McVicars legte sich auf den Untersuchungstisch, um auf den Arzt zu warten, und schlief prompt ein.

Dr. Chalfant war um die vierzig, schmächtig und sah mit dem roten Haarschopf und dem weißen Kittel von Weitem wie ein Streichholz aus. Er beobachtete, wie Domenica einem Patienten in ein Eisbad half.

»Herr Doktor, ich begleite Sie gleich zu den Untersuchungsräumen«, rief sie ihm zu.

In diesem Moment trat Schwester Marie Bernard zur ihr. »Cabrelli, ich muss draußen mit Ihnen sprechen.«

Nachdem Josephine sie abgelöst hatte, folgte Domenica der Nonne in den Korridor.

»Ich habe die Bäder angeordnet, weil ich nicht wusste, wie ich die schweren Verbrennungen sonst behandeln sollte. Ich weiß aus meiner Ausbildung, dass ein Eisbad der erste Schritt ist, um die Schmerzen zu lindern. Verzeihen Sie, falls ich meine Zuständigkeit – «

»Sie haben ausgezeichnete Arbeit geleistet, Cabrelli. Das wollte ich Ihnen sagen. Ich weiß nicht, wie Sie das machen, aber die Krankenschwestern befolgen Ihre Anweisungen bereitwilliger als meine.« Schwester Marie Bernard nickte ihr freundlich zu, und schon eilte sie davon.

Domenica wischte sich das Gesicht mit der Schürze ab und lehnte sich mit geschlossenen Augen an die Wand.

»Ich habe die meisten meiner Männer besucht. Gut gemacht. Sie sind ein besserer Captain als ich.« McVicars stand plötzlich vor ihr, sie hatte sein Kommen gar nicht bemerkt.

»Ich bin nur eine Krankenschwester«, entgegnete sie.

»Lassen Sie uns Freunde sein, Cabrelli. Ich wollte Sie vorhin nur aufziehen.«

»Tatsächlich? Haben Ihre Männer die Formulare ausgefüllt?«

»Alle außer Donnelly. Er kann weder lesen noch schreiben.«

»Woher haben Sie den Bademantel?«

»Von Schwester Aloysius oder wie sie heißt.« McVicars zog den Gürtel enger. »Gefällt er Ihnen?«

»Der Arzt macht jetzt die Runde durch die Untersuchungsräume.« Sie gingen zusammen den Korridor entlang, wobei Domenica einen überquellenden Wäschebehälter mit den Füßen vor sich herschob. »Sie sollten eigentlich auf dem Untersuchungstisch liegen und auf ihn warten.«

»Falls ich darf, würde ich Sie gern begleiten, um mich im Krankenhaus zu orientieren. Ich werde öfter nach meinen Männern sehen müssen.«

»Es ist ganz einfach. Es gibt zwei Stockwerke und dreißig Zimmer. Wir sind kein schickes, aber ein gutes Krankenhaus.«

»Haben Sie Seeleute in der Familie?«, fragte McVicars.

»Keinen einzigen. Aber wir lieben das Meer und leben am Wasser. Zählt das auch?«

»Kommt drauf an. Von welchem Meer reden wir?«

»Il Tirreno Mare.«

»Dem Tyrrhenischen Meer! Das kenne ich gut. Ich bin auch schon auf dem Ligurischen Meer und dem Mittelmeer gefahren. Der Golf von Genua ist so blau wie der Himmel. Ich erinnere mich gern an diesen Hafen.«

»Da bin ich mir sicher. Kennen Sie Viareggio?«

»Nein, wir haben in Gioia Tauro geankert. Kennen Sie den Ort?«

»An der tyrrhenischen Küste.« Domenica bückte sich, hob vor einer Zimmertür ein Bündel schmutziger Laken auf und warf es in den Behälter.

»Sie sind nicht etwa eine Französin, die den italienischen Akzent nur vortäuscht, oder?«

»Engländer halten jeden Akzent außer ihren eigenen für unecht.«

»Ich bin kein Engländer! Ich bin Schotte. Haben Sie das nicht gemerkt?«

»Woran erkennt man das?«

»An allem! Waren Sie schon mal in Schottland?«

»Nein. Ich kenne meinen Heimatort und Marseille. Ich war in meinem Leben in genau zwei Ländern. Frankreich ist das zweite.« Domenica schob den Behälter in die Wäscherei, McVicars folgte ihr. Im Raum war es brütend heiß. Die Maschinen lärmten, eine Nonne in Kopftuch und Schürze schob ein Bettlaken durch die Mangel. Eine andere in gleicher Arbeitstracht bediente das Bügeleisen, aus dem Dampf aufstieg, wenn sie es auf den Stoff drückte. Sie sahen McVicars und dann einander an.

»Er ist ein Patient«, erklärte Domenica, leerte den Behälter und trennte Krankenhaus-Pyjamas von Handtüchern.

McVicars rief über den Lärm hinweg: »Mögen Sie Regen und Kälte?«

Domenica schüttelte den Kopf.

»Sie werden sich dran gewöhnen. Es gibt viel Schönes. Die grünen Weiden. Die Seen. Mich.«

»Wir sind uns gerade erst begegnet, Captain. Aber es ist sicher nicht die Schuld Ihrer Landsleute, dass Sie so unverblümt sind.«

McVicars lachte. »Bin ich das?«

»Es macht mir nichts aus.« Domenica nahm einen Stapel frischer Laken aus dem Schrank. »Sie haben nur Angst.«

»Wie meinen Sie das?« McVicars folgte ihr in den Korridor. »Sie sollten wissen, dass ich für meinen Mut bekannt bin.«

»Sie haben Ihre Männer heute Abend ins Krankenhaus gebracht. Manche sind schlimmer dran als andere, aber sie werden alle gesund. Sie haben Glück gehabt.«

»Das würden Sie nicht sagen, wenn Sie die *Boidoin* gesehen hätten.«

Er folgte Domenica ins Untersuchungszimmer und sah zu, wie sie ein frisches Laken über den Untersuchungstisch breitete. »Glauben Sie, wir könnten Freunde werden?«

Domenica half dem Captain auf den Behandlungstisch. »So etwas braucht Zeit.«

»Nun, offensichtlich haben Sie einen flinken Verstand. Was meinen Sie? Glauben Sie, Sie könnten meine Freundin werden? Eher ja? Eher nein? Erst überlegen? Alles egal? Unentschlossen?«

»Sie reden zu schnell.« Sie schwang seine Beine auf den Untersuchungstisch.

»Wie haben Sie das gemacht? Ich bin dreimal so groß wie Sie.«

»Warme Handtücher.« Josephine stand in der Tür und lächelte McVicars an.

Er nahm ein Handtuch und wischte sich das Gesicht ab. »Wie sieht das aus, Schwester?«

»Besser«, sagte Josephine.

»Was meinen Sie, Cabrelli?«

»Ich sehe keinen großen Unterschied. Josephine, wie läuft es auf der Station?«

»Wir haben die Jungs versorgt. Dr. Chalfant prüft die Verbände. Schwester Marie Honoré hat bereits drei Männer in Schlaf versetzt, indem sie ihnen aus der Bibel vorgelesen hat.«

»Verzeihen Sie ihnen.« McVicars schüttelte reumütig den Kopf. »Sagen Sie der guten Schwester, sie soll ihnen die Ergebnisse der Wettrennen vorlesen. Dann bleiben sie wach.«

»Ich muss gehen.«

McVicars ergriff Domenicas Hand. »Die Schwester sagte, die Situation sei unter Kontrolle.«

Domenica entzog ihm sanft die Hand. »Sie hat nicht das Sagen, sondern ich. Darum kann ich Sie auch etwas fragen.«

»Und das wäre?«

»Möchten Sie eine Tasse Tee, Captain McVicars?«

Stephanie steckte den Kopf zur Tür herein. »Domenica, du wirst auf der Station gebraucht.«

»Entschuldigen Sie, Captain. Sie finden Tee und Macarons im Schwesternzimmer am Ende des Flurs. Bedienen Sie sich.«

Kapitel 18

Über Marseille ging die Sonne auf und tauchte die Eingangshalle des Hôpital Saint-Joseph in sanftes Licht. Olivier wischte erschöpft mit dem Mopp den Boden.

»Warum bist du noch hier?« Domenica nahm ihm den Mopp ab.

»Schwester Marie Bernard hat gesagt, ich darf erst gehen, wenn es nicht mehr nach Rauch riecht.«

»Das kann dauern. Ich verspritze ein bisschen Kölnischwasser.«

Olivier nahm ihr lächelnd den Mopp ab, um seine Arbeit zu beenden. »Warum sind Sie denn noch hier, Mademoiselle?«

»Weil ich die Verantwortung habe, bis die nächste Schicht beginnt.«

Im Krankenhaus war es still, während Domenica ihre Runde machte. Die Matrosen der *Boidoin* waren untersucht und behandelt worden und schliefen ruhig in ihren Betten. Die Schwestern der Morgenschicht hatten sich bereits in der Küche versammelt, um das Frühstück für die Patienten vorzubereiten. Der Duft von frisch gebrühtem Kaffee und heißen Croissants zog durch den Flur. So hungrig Domenica auch war, der Gedanke an ihr Bett war verlockender als das Essen. Sie meldete sich vom Dienst ab und hielt kurz inne, um sich vor der Kapelle mit Weihwasser zu bekreuzigen, als ihr noch etwas einfiel. Sie betrat die Kapelle, schloss die Tür und kniete sich in der kühlen Dunkelheit vor den Altar. Es roch nach Nelken. Sie legte die Heilige Schrift aufs Lesepult und stellte Kelch, Glocke und Tücher für die Messe bereit.

»Ich konnte den Lichtschalter nicht finden«, sagte eine Männerstimme in die Stille hinein.

Sie blinzelte. »Captain McVicars?«

»Ich bete nicht.«

»Es war kein Vorwurf.«

»Was tun Sie da?«, fragte der Captain unschuldig.

»Schwester Claudette hat mich gebeten, die Kapelle für die Messe vorzubereiten.«

»Ist heute Sonntag?«

»Wir lesen täglich die Messe. Was machen Sie hier?«

»Die Wäscherin bügelt meine Uniform. Ich weiß nicht, wie sie die Ölflecken herausbekommen hat, aber sie sind weg. Ich habe ihr angeboten, sie zu küssen.«

»Hat sie angenommen?«

»Das geht nur Madame Esther DeGuisa Wing und mich etwas an.«

Domenica wandte sich zum Gehen.

»Bleiben Sie. Setzen Sie sich zu mir.«

Er rutschte in die Mitte der Kirchenbank und breitete die Arme wie Flügel über der Lehne aus.

Domenica setzte sich ganz ans Ende, so weit wie möglich von ihm entfernt.

»Sind Sie katholisch?«

»Nein. Nein. Nein. Nein.«

»*Ein* Nein hätte gereicht.«

»Die großen Melodien klingen besser in vierstimmiger Harmonie. Miss Cabrelli, Sie mögen es nicht wissen, aber es gibt kaum Katholiken in Schottland. Sie wurden vertrieben.«

»Ich kenne die Geschichte.«

»Warum fragen Sie dann?«

»Weil eine katholische Kapelle so ziemlich der letzte Ort ist, an dem sich ein guter schottischer Protestant aufhalten möchte. Daher dachte ich, Sie wären vielleicht katholisch.«

»Darf ich hier drinnen lachen?«

»Sie sind der Kapitän. Sie können tun, was Sie wollen.«

»Wer ist der Bursche?« McVicars deutete auf eine Statue.

»Der heilige Bernhard von Clairvaux, den ich bereits erwähnte.«

»Richtig. Er sieht krank aus.«

»Er war Franzose und ein bedeutender Kirchenlehrer.«

»Mir scheint, ein Heiliger sollte stark sein, damit die Gläubigen ihm nacheifern können. Dann gäbe er auch eine bessere Statue ab, finden Sie nicht? Die katholische Kirche sollte sich in Schottland einen Meister im Baumstammwerfen mit kräftigen Beinen suchen, der für ihre Statuen Modell steht. Der heilige Bernhard war die Bronze nicht wert. Ich würde meine Seele jedenfalls keinem mickrigen Kerl mit schiefen Schultern und schwachem Kinn anvertrauen.«

»Zu spät. Ich habe zu ihm gebetet.«

»Sie haben genau sieben Sommersprossen auf der Nase.«

»Und Ihnen fehlt ein kleines Stück vom Schneidezahn. Vom linken«, konterte Domenica.

»Ich bin vom Pferd gefallen.«

»Wie geht's dem Pferd?«

»Längst tot, fürchte ich. Ich war zehn.«

»Die Schwestern wollten Sie zum Frühstück einladen. Da Sie nicht im Bett lagen, nahm ich an, Sie hätten das Krankenhaus verlassen. Sie müssen hungrig sein. Ich zeige Ihnen auf dem Weg nach draußen den Speisesaal.«

»Wenn diese heiligen Frauen einen Keks in der Schublade hätten, wäre ich nicht so hungrig.«

»Ich hätte Ihnen wohl doch Tee und Macarons servieren sollen.«

»Sie lassen nach, Cabrelli, aber egal. Ehrlich gesagt, ich habe von einer hübschen Blondine einen Macaron bekommen.«

»Also haben Sie sich doch noch im Krankenhaus zurechtgefunden.«

»In der Tat. Und dann hatte ich noch eine Natronbrause mit Schwester Marie Honoré. Sind Sie auch Nonne?«

»Nein.«

»Gut. Die machen mir nämlich Angst.«

»Dazu gibt es keinen Grund.«

»Aber sie treten in Rudeln auf. Bewegen sich in Formation wie ein Bienenschwarm.«

»Sie sind schon der zweite Mann in einem Monat, der mich fragt, ob ich Nonne bin. Soll ich das als Zeichen nehmen, eine zu werden?«

»Kommt darauf an. Was halten Sie von Bienen?«

Der Speisesaal der Nonnen war hell und fröhlich. Im großen steinernen Kamin knisterten orangefarbene Flammen, darauf drei Teekessel. Im großen Spiegel darüber waren die Schwestern an ihrer langen Tafel zu sehen.

»Die Mutter Oberin möchte Sie kennenlernen«, flüsterte Domenica. »Gehen Sie.«

»Welche ist es?«

»Die mit dem größten Kreuz. Am Kopfende.«

Domenica sah zu, wie sich McVicars in Schlafanzug und Bademantel zögernd der Mutter Oberin näherte. Sie versuchte, ihre Belustigung zu verbergen.

»Danke, Mutter Mama, dass Sie sich so gut um meine Männer gekümmert haben.« McVicars winkte Domenica heran. »Schwester, verzeihen Sie, wie ist Ihr Name?«

»Cabrelli.«

Er schnippte mit den Fingern. »Und wie war doch gleich Ihr Vorname?«

»Domenica.«

»Schwester Domenica Cabrelli hat wunderbare Arbeit geleistet.«

»Sie ist eine unserer talentiertesten Novizinnen.«

»Das Wort Novizin deutet auf fehlende Erfahrung hin. Miss Cabrelli hat die Station wie ein General geführt.«

»In ihrem Fall bedeutet *Novizin,* dass sie dabei ist, eine Schwester des heiligen Josef von der Erscheinung zu werden.«

McVicars sah Domenica an. »Sie haben doch gesagt, Sie seien keine Nonne.«

»Bin ich auch nicht. Ich befrage mich noch im Gebet.«

Die Mutter Oberin musterte McVicars von oben bis unten. »Dürfte ich Ihre Hände sehen?«

Sie waren gerötet und leicht verbrannt.

»Captain, ich bestehe darauf, dass Sie die Wunden von Schwester Cabrelli verbinden lassen. Sie wollen doch keine Infektion.« Die Mutter Oberin wandte sich an Domenica. »Bringen Sie ihn zum Frühstück wieder her, nachdem Sie ihn versorgt haben.«

Der Untersuchungsraum war makellos sauber, der Kachelboden ebenso rein wie die Fenster, die so klar und sauber geputzt waren, dass man das Glas nicht bemerkte.

McVicars schaute nicht hin, als Domenica die verbrannte Haut vorsichtig abtupfte und die Schürfwunden reinigte. Dann tauchte sie seine Hände in eine Schale mit Eis und Wasser. »Es tut mir leid, aber wenn ich Ihre Verbrennungen verbinde, ohne sie gründlich zu reinigen, bleiben Narben zurück. Sie haben wunderschöne Hände – das wäre nicht richtig.«

»Ich danke Ihnen nicht für die Schmerzen, wohl aber für das Kompliment. Sie sprechen gut Englisch, Miss Cabrelli.«

»Jedenfalls besser als Französisch. Ich arbeite oft mit Mary Gay Mahoney zusammen, sie ist auch Schottin und hat eine wunderbare Wolldecke auf ihrem Bett. Die sei dort gemacht worden.«

»Wie wollen Sie auf schöne Dinge verzichten, nachdem Sie ihr Gelübde abgelegt haben?«

»Eine Nonne muss nicht auf Schönheit verzichten. Sie ist doch eine der größten Gaben Gottes. Hier ist Ihr Ehering.« Domenica steckte ihn in die Tasche des Pyjamas und knöpfte sie zu.

»Es ist ein Siegelring. Den habe ich mir im Ersten Weltkrieg verdient.«

»Aber da waren Sie doch noch ein Junge.«

»Sechzehn. Darum trage ich ihn am kleinen Finger. Meine Hände sind in der Zwischenzeit ganz schön gewachsen. Ich wollte ihn schon lange anpassen lassen.«

»Mein Vater könnte das machen. Er ist Goldschmied. Und Edelsteinschleifer.«

»Oh, Sie sind also wie die heilige Katharina – ein reiches Society-Girl, das das vergnügliche Leben aufgibt und ins Kloster eintritt. Verzeihen Sie, aber das nennen wir Schotten Feuerversicherung. Man tut Gutes und erkauft sich damit die Chance, in der Stunde des Todes der Hölle zu entgehen.«

»Für einen Protestanten wissen Sie eine ganze Menge über Heilige.«

»Ich lese.«

»Dann wissen Sie auch, dass nicht alle Juweliere wohlhabend sind. Mein Vater verdient seinen Lebensunterhalt und wartet wie jeder Handwerker auf seinen Lohn. Unterdessen leidet seine Familie Mangel, und meine Mutter kocht vor Wut.«

»Also eher Hungersnot als Festmahl.«

»Italiener hungern nie. Wir sind schlau. Wir leben am Meer, also fischen wir. Wir essen Maronen, Löwenzahnblätter und Eier. Tomaten. Wir backen Brot. Das wissen Sie doch, Sie waren schon in Italien.«

»Meine Mutter hat nur Fleisch und Haferbrei gekocht, hatte aber immer eine gute Flasche Whisky im Haus, um das schlechte Essen runterzuspülen.«

»Das ist eine gute Ernährung für ein kaltes Klima.«

»Ich habe noch nie eine Marone gegessen.«

»Sie sind köstlich.« Als sie an ihre Mutter dachte, die am Herd Maronen röstete, kamen Domenica die Tränen.

»Jetzt habe ich Sie traurig gemacht.« McVicars nahm die Hände aus dem Wasser. »Nicht weinen.«

»Lassen Sie die Hände drin.« Sie wischte eine Träne mit dem Ärmel weg.

»Ich benehme mich, wenn Sie mir sagen, warum Sie geweint haben.« Er tauchte die Hände wieder ins Eisbad.

»Ich habe an meine Mutter gedacht.«

Domenica ergriff eine Hand, trocknete sie behutsam ab und bestrich die Schürfwunden mit einer dicken antiseptischen Salbe.

»Was ist das?«

»Honig.«

»Wie der, den man in Tee tut?«

»Er wird auch in der Medizin verwendet. Die Nonnen haben Bienenstöcke im Garten und stellen daraus ihr eigenes Antiseptikum her. Man sagt, es kämen Leute aus ganz Frankreich, um den Honig zu kaufen.« Domenica verband behutsam seine Hand. »Ich verwende ihn als Gesichtscreme.«

»Die sollten das klebrige Zeug in Flaschen abfüllen und an Frauen verkaufen, die so schön werden wollen wie Sie.«

Domenica wandte sich ab und unterdrückte ein Lachen. Sie hatte schon viele männliche Patienten versorgt, und manche waren so dankbar, dass sie sie als ihren schönen Engel bezeichneten. Vermutlich sagten sie das zu allen Krankenschwestern.

Domenica verband die andere Hand. »Wie fühlt es sich an?«

»Es tut nicht mehr weh.«

»Die Schwestern geben Ihnen etwas zu essen. Wenn Sie satt sind und Ihre Uniform gebügelt ist, können Sie aufs Schiff zurück und fahren, wohin Sie wollen.«

»Miss Cabrelli? Ich liebe Sie.«

Domenica lachte.

»Nein, ich meine es ernst. Meine Hände standen in Flammen, und jetzt sind sie eingewickelt wie ein neugeborenes Baby.« McVicars hielt sie hoch. »Ich weiß ein bisschen über Ihren Beruf. Ich habe auf dem Schlachtfeld mal einem Mann eine Kugel aus dem Bauch geholt – na ja, es war kein richtiges Schlachtfeld, sondern der Boden meiner Lieblingskneipe, Tuck's in Glasgow, aber ich habe ihm das Leben gerettet. Doch ich habe noch nie die Schmerzen eines Menschen gelindert. Sie schon.«

McVicars folgte Domenica zurück in den Speisesaal. Ihm war mittlerweile schwindelig vor Hunger, doch er verspürte keinen Appetit. Sein Körper schmerzte, aber er spürte den Schmerz nicht. Er war nicht er selbst und verstand nicht, warum.

Die Mutter Oberin war mit den Verbänden zufrieden, dankte Domenica und bot ihr an, ebenfalls im Speisesaal zu frühstücken. Der Captain setzte sich mit ihr an den Kamin und ließ sich Geschichten aus ihrer Heimat erzählen. Er hörte aufmerksam zu, während er die beste Mahlzeit seines Lebens genoss. Die Erdbeermarmelade auf dem Croissant explodierte in seinem Mund wie ein süßer Sommertag. Das schaumige Omelett war mit frischen Kräutern gewürzt und zerging auf der Zunge. Derart heißen Kaffee hatte er zuletzt getrunken, als die *Boidoin* in Kolumbien gewesen war. Dies war kein gewöhnlicher Hunger, der durch eine gute Mahlzeit gestillt wurde; auch seine Seele wurde gesättigt. Er fragte sich, ob es etwas mit der braunäugigen italienischen Krankenschwester zu tun hatte.

McVicars trat beiseite, als die Schwestern sich in die Kapelle begaben. Schwester Marie Honoré, die letzte in der Reihe, lächelte ihm zu, dann bückte sie sich, entfernte den Holzkeil unter der Kapellentür und schloss sie hinter sich. Er lauschte dem Klang des Eröffnungsgebets, der durch die Tür drang, und wandte sich dann zum Gehen. Auf dem Weg zum Ausgang von Saint-Joseph fiel sein Blick auf eine Marienstatue. McVicars hielt kurz inne, klopfte auf die Brusttasche seiner Uniformjacke und holte den goldenen Siegelring hervor. Er schnappte sich Papier und Bleistift von der Empfangstheke und schrieb:

23. März 1939

Liebe Mutter Oberin,
ich danke Ihnen. Die Männer der Boidoin stehen auf ewig in Ihrer Schuld. Bitte nehmen Sie diesen Ring als Bezahlung für Ihre hervorragenden Dienste.

Mit freundlichen Grüßen
Captain John Lawrie McVicars

Er wickelte den Ring in den Zettel und warf ihn in die Almosenbüchse. Der Captain hatte Schwester Cabrellis Anweisung befolgt. Er verließ das Krankenhaus und kehrte zum Hafen zurück, in die Welt, in der er sich auskannte.

Kapitel 19

April 1939

Stephanie schaltete die Nachttischlampe aus. Josephine streifte die Hausschuhe ab und schlüpfte unter die Decke.

»Die Nonnen müssen die Heizung nachts höher drehen«, beklagte sich Josephine.

»Bald wird es so heiß, dass du vergisst, wie kalt der Winter war.« Stephanie faltete eine zusätzliche Decke auseinander und zog sie über sich.

Domenica griff unter der Decke hervor und drückte das Fenster fest zu.

»Daher also kam die kalte Luft.«

»Tut mir leid, Mädels.«

»Gab's heute Post?«, fragte Stephanie.

»Ich habe sie dir auf den Schreibtisch gelegt«, sagte Domenica.

»Für dich, meine ich.«

»Nein, keine Post.«

»Dabei war ich mir so sicher, dass wir deinen Captain nicht zum letzten Mal gesehen haben«, meinte Josephine.

»Er ist nicht *mein* Captain«, wehrte Domenica ab.

»Manche Männer sind eben langsam.« Josephine knuffte ihr Kissen und drehte sich auf die Seite.

»Meine Damen, es ist erst eine Woche her«, mahnte Stephanie. »Er kämpft noch.«

»Mit wem?«

»Mit sich selbst. Gegen seine Gefühle.«

»Warum sollte er?« Domenica setzte sich im Bett auf.

»Weil sie uns nicht wirklich wollen. Männer wünschen sich, es gäbe uns nicht. Sie ziehen lieber ungebunden durch die Welt. Warum sonst sollte ein Mann freiwillig auf dem Meer leben?« Stephanie trug ihre Gesichtscreme ohne Spiegel auf.

»Du verfügst über ein geradezu enzyklopädisches Wissen über die männliche Spezies«, sagte Josephine ehrfürchtig.

»Es ist mir egal, ob er mir schreibt. Ich lasse mich nicht mit einem Matrosen ein«, beharrte Domenica.

»Das hast du doch schon. Außerdem ist er kein einfacher Matrose«, bemerkte Josephine.

»Heirate nie einen Matrosen«, legte Stephanie los. »Die schippern mehr raus als rein. Domenica müsste einen Haufen Kinder allein großziehen, während der Captain sich auf und davon macht.«

Domenica drehte sich um. Immerhin wusste sie, wie ihre engsten Freundinnen über den Kapitän dachten. Es war ein langer Tag gewesen. Während sie betete, bekam das Klosterleben in ihrer Vorstellung eine tröstliche Patina. Beim Einschlafen dachte sie erneut daran, Nonne zu werden. Wäre es denn ein solches Opfer, wenn die Welt draußen in Aufruhr war? Domenica sehnte sich nach Gelassenheit und dem Frieden, der entstand, wenn man sein eigenes Herz kannte. Sie würde bald herausfinden, ob es den Schwestern vom heiligen Joseph oder dem Captain gehörte.

Die Glocke läutete dreimal im Fatima-Haus und meldete einen Gast in der Eingangshalle. Domenica hatte an ihrem freien Tag das Zimmer geputzt und trug eine verblichene

Latzhose und eine Baumwollbluse. Stephanie hatte ihr die Haare auf Stoffstreifen gewickelt, um sie zu locken, und die Schleifen standen in alle Richtungen vom Kopf ab.

»Sie haben Besuch, Mademoiselle Cabrelli«, sagte der Hausmeister, als sie in die Eingangshalle trat.

Captain McVicars erhob sich. »Guten Morgen, Miss Cabrelli.« Er trug keine Uniform, sondern einen dezenten grauen Anzug und eine blaue Krawatte.

»Ist jemand gestorben?«

»Nein, das ist mein bester Anzug.«

»Sie sehen gut aus.«

»Ich war letzte Woche beschäftigt.«

»Elf Tage«, korrigierte sie ihn.

»Ist es schon so lange her? Ich habe im Hafen gearbeitet, rund um die Uhr, versteht sich. Wir versuchen, die alte *Boidoin* wieder seetüchtig zu bekommen.«

»Mit Erfolg?«

»So ziemlich.«

Domenica ließ sich seine Entschuldigung durch den Kopf gehen. Als sie sich vor elf Tagen nach dem Frühstück verabschiedet hatten, hatte sie gehofft, ihn bald wiederzusehen. Doch genesene Patienten kehrten selten ins Krankenhaus zurück.

McVicars lieferte schon die nächste Ausrede. »Es sind seltsame Zeiten für die Handelsmarine. Einige Routen wurden stillgelegt oder sind in Gefahr – «

»Ich verstehe.«

»Ich habe mir Urlaub genommen, als mir einfiel, dass Sie samstags frei haben. Wie ich sehe, sind Sie nicht im Dienst.«

Domenica deutete auf die Schleifen in ihrem Haar. »Es ist der einzige Tag, an dem ich mir die Haare machen muss«, sagte sie verlegen.

»Ich fand, Sie sahen letztes Mal ein wenig blass aus, und habe mich gefragt, ob Sie wohl Lust auf einen Ausflug hätten. Ich habe mir ein Auto geliehen, ein Cabrio. Es fährt nicht schneller als fünfzig Stundenkilometer, aber wir wollen ja nicht ans Ende der Welt.«

»Schön.«

»Schön, dass ich mir ein Auto geliehen habe, oder schön, dass Sie eine Runde mit mir drehen können?«

»Beides. Ich hole meinen Hut.«

Domenica ging nach oben in ihr Zimmer und erstarrte.

»Was ist los?«, fragte Josephine.

»Der Captain ist hier. Er hat mich zu einem Ausflug eingeladen.«

»Stephanie!«, rief Josephine.

Stephanie kam mit dem Wäschekorb auf der Hüfte herein. »Was gibt's?«

»Domenica ist mit dem Captain verabredet.«

Josephine drückte Domenica auf einen Stuhl. Stephanie ließ den Wäschekorb fallen, und dann machten sie sich an die Arbeit. Josephine löste die Stoffstreifen aus Domenicas Haar und bürstete die Locken, während Stephanie den Kleiderschrank durchsuchte und Sandalen sowie ein Sonnenkleid in Madraskaro hervorholte. Die Mädchen halfen ihr beim Anziehen. Vor dem Spiegel trug Domenica noch Lippenstift auf.

»Hier ist deine Handtasche. In der Seitentasche sind Münzen, die brauchst du vielleicht. Und jetzt geh.«

»Warte!« Stephanie griff nach ihrem »Joy«-Flakon und sprühte etwas auf Domenicas Hals. »Ab mit dir.«

Domenica trat in die Eingangshalle, umgeben von einer Wolke aus Rosen und Vanille. Der Captain stand auf.

»Gut so?« Sie berührte ihr Haar.

»Eine Vision.«

»Danke sehr.«

»Aber Sie haben den Hut vergessen.«

Die Route de la Gineste entrollte sich wie ein silbernes Band, eingefasst von grünen Hügeln und steilen weißen Klippen. In jeder Haarnadelkurve lugte das blaue Mittelmeer zwischen den Felsen hindurch.

McVicars fuhr an einem verschnörkelten Schloss vorbei. »Dort hat Napoleon gewohnt.«

»Nach der Legende war Napoleon auch in meinem Heimatort«, sagte Domenica. »Seine Schwester Pauline wohnte mit ihrem italienischen Fürsten in einer Strandvilla. Und eine andere Schwester, Elisa, macht er zur Großherzogin der Toskana.«

»So ein großzügiger Bruder. Hat für die Seinen gesorgt.«

»Despoten sind dafür bekannt, dass sie sich um ihre Familien kümmern. Uns anderen ergeht es leider nicht so gut.«

»Sie sind nicht freiwillig in Marseille, oder?«

»Ich verbüße eine Strafe.«

»Was haben Sie denn verbrochen?«, fragte McVicars lächelnd.

»Das ist nicht lustig, Captain.«

»Sie sind hoffentlich keine Spionin?«

»Nein. Meine Geschichte ist nicht besonders spannend. Ich habe bei der Arbeit gegen die Lehren meiner Kirche verstoßen. Mein Chef, Dottore Pretucci, hat mich hierhergeschickt, damit ich weiter als Krankenschwester arbeiten kann. Er glaubt, der Priester in Viareggio werde meinen Fehltritt irgendwann vergessen. Aber ich fürchte, der Doktor versteht den Priester nicht.«

»Worin bestand denn Ihre schreckliche Sünde?«

»Ich habe eine junge Mutter bei der Familienplanung beraten.«

McVicars pfiff durch die Zähne. »In einem katholischen Land?«

»Es ist das einzige Land, das ich kenne.«

Der Captain schaltete und nutzte die Gelegenheit, nach ihrer Hand zu greifen, doch sie zog sie weg und wandte sich zu ihm.

»Sind Sie verheiratet, Captain McVicars?«

Er legte die Hand wieder ans Lenkrad. »Miss Cabrelli! Wie unanständig. Würde ich Sie zu einer Spritztour einladen, wenn ich ein verheirateter Mann wäre?«

»Ich hoffe nicht.«

»Sie haben nichts zu befürchten. Ich bin nicht verheiratet und habe auch nicht vor, daran etwas zu ändern. Dafür verbürge ich mich. Außerdem habe ich den guten Schwestern von Saint-Joseph meinen Ring als Dank für die Versorgung meiner Mannschaft dagelassen.«

»Sie sind übrigens Gesprächsthema Nummer eins im Kloster und im Fatima-Haus.«

»Tatsächlich?«

»Sie haben die freie Wahl unter den jungen Damen. Alle finden Sie faszinierend. Sie seien gut aussehend und großzügig obendrein, heißt es.«

»Vielen Dank, sie haben recht.«

»Und trotzdem sind Sie Junggeselle. Ich nehme an, wenn Sie heiraten wollten, hätten Sie es längst getan.«

»Wie meinen Sie das?« McVicars wandte den Blick von der Straße und schaute sie an.

»Mit vierzig Jahren ist ein Mann in seinen Gewohnheiten festgefahren.«

»Wer hat Ihnen diesen Quatsch erzählt?«

»Meine Mutter.«

»Sie müssen wohl auf Ihre Mutter hören.«

»Ich hoffe, Sie finden die Frage nicht unhöflich, aber warum haben Sie nicht geheiratet?«

»Frauen, die Seeleute heiraten, sorgen dafür, dass ihre Männer die Seefahrt aufgeben. Das war für mich Grund genug, die Ehe zu meiden. Ich schätze meine Freiheit.«

»Ich auch.« Domenica nahm seine Hand. »Wussten Sie, dass es gut fürs Herz ist, wenn man jemandem die Hand hält? Es senkt den Blutdruck.«

»Ich wusste nicht, dass ich ein Problem damit habe.«

»Jetzt haben Sie es auch nicht mehr.«

Das Café Normande stand auf einem Hügel oberhalb von Cassis, ein altes Bauernhaus mit Gemüsegarten, umgeben von Lavendelfeldern. Domenica hörte die Bienen leise in den violetten Blüten summen. Sie ging zum höchsten Punkt der Klippe und schaute über die französische Landschaft, sah die Dächer von Cassis und dahinter das Meer. Die heiße Sonne tat ihr gut. Endlich hatte sie in Frankreich das gefunden, was sie in Italien zurückgelassen hatte: Wärme. Als McVicars sie rief, setzte sie sich zu ihm an den Gartentisch, auf dem er ihr Mittagessen angerichtet hatte.

»Hier, bitte. Ich hoffe, es schmeckt Ihnen.« McVicars bediente sie.

»Es sieht köstlich aus.«

»Nur zu, probieren Sie.« Sie nahm einen Bissen von der Brioche, die mit Butter bestrichen und mit dünnen Schinkenscheiben belegt war.

Er schenkte ihnen Wein ein und hob sein Glas. »Den Wein machen Sie hier auf dem Hof. Auf Sie.«

»Wir machen auch unseren eigenen Wein.«

»Ist der auch so gut?«

»Und ob.«

»Es ist riskant, einer Italienerin Tafelwein zu servieren.«

»Ich war vier Jahre alt, als ich ihn zum ersten Mal probiert habe. Natürlich war er mit viel Wasser gemischt. Die Weinlese und das Keltern der Trauben sind Teil unseres Lebens.«

»In Schottland bekommen wir erst Alkohol, wenn wir alt genug sind, um ihn schon heimlich zu trinken. Und das tun viele dann ihr Leben lang. Die Italiener und Franzosen machen es richtig, sie trinken von Anfang an und töten damit das Verlangen.«

»Und jetzt sind die Italiener eingeschworene Feinde der Franzosen. Wie konnte das passieren?«

»Der Feind nebenan ist immer am gefährlichsten«, sagte er. »Ich wünschte, ich könnte sie aufhalten.«

»Sie werden Ihre Chance bekommen.«

»Bin ich zu aufgetakelt?« Er biss in sein Brot.

»Ich glaube nicht. Aber ich musste mich umziehen, als ich Sie in diesem Anzug gesehen haben.«

»Sie haben sich also nicht aufgehübscht, um mir zu gefallen? Falls doch, hätten Sie sich das sparen können. Sie gefallen mir auch so.«

John McVicars beugte sich über den Tisch und küsste sie. Der Kuss war eine Überraschung. Sie schmeckte den Wein auf seinen Lippen. Er küsste sie erneut sehr zärtlich. Als sie die Augen öffnete, spürte sie die warme Sonne auf ihrer Haut und die kühle Brise, die sie umstrich. Die Welt hatte heute genau die richtige Temperatur.

»Ich hätte um diesen Kuss bitten sollen«, sagte er. »Verzeih mir.«

Domenica beugte sich vor und küsste ihn zurück. »Es sei dir verziehen.«

»Komm mit«, sagte er, stand auf und nahm ihre Hand.

Domenica folgte dem Captain über einen schmalen Pfad in den Wald hinter dem Bauernhaus. Die Bäume beiderseits des Weges waren riesig, und die Sonne drang kaum durchs Laub. Sie hörte Wasser rauschen, drehte sich um und suchte in der Schlucht nach einem Fluss, doch es gab keinen.

Der Captain führte Domenica zur Quelle des Geräuschs. Vom Berggipfel stürzte ein Wasserfall in klaren Bändern an ihnen vorüber in die Tiefe.

»Ich habe eine Idee«, sagte er über das Rauschen hinweg. »Sie sollten Generäle aus allen Ländern herbringen, bevor sie Bomben werfen.«

Der Wasserfall war ein Wunder. Domenica trat hinter den Captain, legte die Arme um ihn und lehnte den Kopf an seinen Rücken. Er zog ihre Arme fest um sich und verschränkte seine Finger mit ihren. So blieben sie stehen, bis die Sonne die Farbe eines reifen Pfirsichs annahm.

Domenica Cabrelli hatte viele Stunden ihres Lebens im Gebet verbracht. Die Rituale ihres Glaubens hatten ihr Trost gespendet, aber nichts ließ sich mit der Ruhe dieses Augenblicks vergleichen. Daheim hatte sie immer Trost gefunden, doch selbst der reichte nicht an den Frieden heran, den sie in seinen Armen fand. Vielleicht würde John McVicars ihr die Welt zeigen und sie vergessen lassen, was sie verloren hatte. Vielleicht war er der Kompass, der ihr den Weg weisen würde.

Kapitel 20

Domenica schaute auf ihre weißen Arbeitsschuhe. Gestern Abend war sie zu müde gewesen, um sie zu putzen, doch sie hatten es nötig. Sie schüttelte die Flasche mit der weißen Schuhcreme, gab etwas auf ein Tuch und betupfte damit die Abnutzungsspuren.

»Hey, Cabrelli, Post für dich.« Mary Gay Mahoney reichte Domenica ein Päckchen. »Sieht aus, als hättest du einen Verehrer in Schottland.«

»Grazie.«

»Prego. Ein Monat in einem Kloster in Bologna und das schottische Mädchen spricht Italienisch.«

»Ich würde gern mehr über dein Land erfahren«, sagte Domenica.

»Nur zu, frag mich. Ich bin in Drimsynie geboren und aufgewachsen. Wir waren die einzige katholische Familie im Dorf. So haben mich die Nonnen entdeckt. Gleich neben einem See. Sie suchen nach den Gestrandeten.«

»Woran erkennt man, ob ein schottischer Mann für einen schwärmt?«

»Der einzige Beweis für die Liebe eines Mannes ist, wie er sich um die Kuh der Familie kümmert.«

»Und wenn er keine Kuh hat?«

»Dann hast du Pech gehabt.«

Domenica öffnete das Päckchen und las den Brief.

9. April 1939

Liebe Signorina Cabrelli,
ich wünsche Dir einen herrlichen Ostersonntag. Ich bin Dir sehr dankbar für die Verbände und die Pflege. Meine Mutter hat über meine Hände gestaunt, da sie nach meiner Geburt als Erste die kleinen Schinkenfäustchen gehalten hat. Deine Honigsalbe hat mir Narben erspart – alle Wunden sind verheilt und die Haut ist glatt wie der Popo eines Säuglings, genau wie vor dem Unfall. Ich habe den Tiegel Honigserum, den Du mir geschenkt hast, mit den Männern der Boidoin geteilt. Sie sind voll des Lobes für die Nonnen und ihre Truppe exzellenter Krankenschwestern, »jede einzelne eine perfekte Rose« – ihre Worte, nicht meine.
Die Schinkenbrioche in Cassis bleibt meine Lieblingsmahlzeit und liebste Erinnerung. Deine Küsse am Wasserfall werden alle Küsse, die ich noch erleben werde, in den Schatten stellen. Mit Dir zusammen zu sein, ist wunderbar. Anbei ein kleines Geschenk von den Webstühlen in Dundee.

Captain John L. McVicars
Boidoin Star

Sie holte einen verschnürten Papierumschlag aus der Schachtel. Als sie die Schleife löste, fiel ein Kaschmirschal in Flieder- und Violetttönen heraus. Die Farben erinnerten an die Lavendelblüten in Cassis. Domenica fragte sich, ob der Captain ihn deshalb ausgewählt hatte.

»Schwester Marie Bernard hat die Glocke geläutet«, sagte Josephine und zog ihr gutes Kleid über.

»Wir haben es gehört.« Stephanie steckte einen Schleier an ihren Haaren fest. »Bist du fertig?«, fragte sie Domenica. »Andiamo. Siehst du? Ich habe mir das Italienisch, das du mir beigebracht hast, gemerkt.«

Domenica legte den Schal von McVicars um die Schultern und ging mit den anderen Krankenschwestern zum Klostergarten.

»Der Schal ist so schick«, lobte Josephine.

»Endlich habe ich Gelegenheit, ihn zu tragen.«

»Endlich hat Mademoiselle Cabrelli ihr Herz verloren!«, zog Stephanie sie auf. »Wir hatten schon befürchtet, du könntest den Schleier nehmen.«

»Nicht doch«, sagte Darlene Heck, eine OP-Schwester, die sie am Eingang zum Garten erwartete. »Man darf niemals wichtige Entscheidungen treffen, wenn man erschöpft ist. Die Nonnen verstehen sich darauf, uns Mädchen auf Trab zu halten.« Darlene überreichte jeder Krankenschwester einen Samtbeutel mit einem Rosenkranz. »Ein Geschenk der Schwestern.«

»Glaubst du, der heiligen Bernadette würde es gefallen, dass man von ihrem Feiertag so viel Aufhebens macht?«, flüsterte Stephanie. »Sie wirkt so bescheiden.«

Josephine wickelte den Rosenkranz ums Handgelenk und durch die Finger. »Es ist eine gute Ausrede für Schwester Marie Honoré, um an den alten Champagner aus dem Klosterkeller zu kommen.«

»Gott sei Dank trinkt sie nicht gern allein.« Stephanie bekreuzigte sich.

An den Zweigen der Zitronenbäume lockten blassgrüne Frühlingsknospen. Die Nonnen knieten sich ins weiche Gras, die Krankenschwestern taten es ihnen nach. Als die Frauen die Köpfe zum Gebet neigten, begleitete das Summen der Bienen Schwester Marie Bernard, die den Rosenkranz vorbetete.

Woher sie auch kommen mochten, am Feiertag der heiligen Bernadette von Lourdes, der Schutzpatronin der Heilkunst, wurden alle Krankenschwestern zu Französinnen. Als der Priester sie aufforderte, still für ihre Anliegen zu beten, schaute sich Domenica im Garten um und betete für die kleine Armee ihrer Mitschwestern und Nonnen, die sie in Saint-Joseph beschützten. Und hoffte, dass ein gewisser Seemann an sie dachte.

John Lawrie McVicars ging durch den Kelvingrove Park in Glasgow. Er hatte ein Buch dabei, das er aber nicht lesen wollte, sondern aus rein praktischen Gründen bei sich trug. Zwischen den Seiten lagen Florpost-Briefbögen und blaue Briefumschläge. So konnte er mitten in Glasgow sitzen und mit dem Buch als Unterlage schreiben.

Seeleute lernten, sich einzuschränken, weil auf Schiffen wenig Platz war, und behielten die Gewohnheit auch an Land bei. Die meisten Dinge, die McVicars besaß, dienten mehreren Zwecken. Das Militär hatte ihn geformt. Er war mit achtzehn in die Handelsmarine eingetreten und hatte mehr Zeit im Dienst verbracht als im zivilen Leben. Er nahm sein Taschenmesser heraus und öffnete behutsam den Brief mit dem Poststempel aus Marseille. Er lächelte voller Vorfreude, denn es war der erste Brief, den Domenica Cabrelli ihm geschrieben hatte.

17. April 1939

Lieber Captain,
ich hoffe, Deine Hände heilen weiterhin gut. Am Feiertag der heiligen Bernadette habe ich ein kleines Fläschchen mit Weihwasser aus Lourdes gekauft. Mary Gay meint, das Weihwasser käme sicher aus dem Wasserhahn der Kirche von Saint-Joseph, aber es ist gesegnet, selbst wenn es nicht aus Lourdes stammt.

Du bist hier in Saint-Joseph sehr beliebt. Wenn Du mal traurig bist, dann denk daran, dass die Schwestern für Dich beten. Sie beten auch für meine Familie.

Mein Bruder Aldo dient in der italienischen Armee und wurde zu einem Einsatz in Tunesien abkommandiert. Auf der Postkarte, die er mir geschickt hat, stand nur: »Ich bin hier.« Ich weiß nicht, ob das etwas zu bedeuten hat oder mein Bruder nur unfähig ist, einen Brief zu schreiben. Ich habe auch von meiner Mutter gehört. Bei uns im Ort heißt es, dass eine Ankündigung bevorsteht. Ein altes Sprichwort sagt: Wenn du wissen willst, was der König vorhat, frag den Bauern, oder, in meiner Situation, frag meine Mutter.

Mama hat geschrieben, dass die Villa Borghese in Viareggio von den Fascisti übernommen wurde. Die Schwarzhemden haben sich die prächtigste Residenz des Ortes ausgesucht. Sie hat auch erfahren, dass die Faschisten an der gesamten italienischen Küste Stützpunkte errichten. Lucca, die nächstgrößere Stadt, verändert sich rapide. Die Seidenwebereien wurden auf die Produktion von Militäruniformen umgestellt. Ich bete, dass sie nur die Muskeln spielen lassen.

Danke für den Schal, der mich an Dich und die alten Zeiten erinnert.

Mit einem dicken Kuss
Domenica

McVicars war besorgt. Eine italienische Emigrantin, die in Frankreich in einem katholischen Krankenhaus arbeitete, wäre bald arbeits- und heimatlos. Er wusste, was passieren konnte. Die Nonnen wären nicht in der Lage, die Krankenschwestern zu schützen, und würden sie entlassen müssen. Domenica wäre weder in Frankreich noch in Italien sicher.

McVicars ahnte, dass ihn sein nächster Einsatz in die südliche Hemisphäre führen würde. Die *Boidoin* war von der britischen Regierung requiriert worden, man würde ihn auf ein anderes Schiff versetzen. Genau wie Domenica wäre er gezwungen, den Weg ins Ungewisse anzutreten. Weit weg, sehr weit weg von zu Hause und von Domenica Cabrelli.

Kapitel 21

Glasgow
Mai 1939

Die ersten italienischen Einwanderer, die Ende des neunzehnten Jahrhunderts nach Schottland kamen, machten sich gleich nach dem Auspacken selbstständig. Sie stellten Eis her, eröffneten Pizzerien und erlernten das Frittieren von Fish and Chips, einer lokalen Delikatesse. Mit ihren dunklen Augen und Haaren und der olivbraunen Haut hoben sie sich von den robusten, blassen, blauäugigen Schotten ab. Die italienischen Frauen waren ebenso ehrgeizig wie ihre fleißigen Männer und arbeiteten zusammen mit ihnen in den Restaurants und Pubs. Sie heirateten und bekamen Kinder. Innerhalb von drei Generationen hatten sich die Britaliener ins schottische Tuch eingewoben und verliehen der heimischen Wolle Gewicht, Stärke und Farbe.

Arcangelo Antica war mit der ersten Welle gekommen, um in Glasgow Eis zu verkaufen. Sein Bruder Francesco, der klügere Antica, hatte das Verkäuferdasein satt und lieh sich Geld, um eine Eisfabrik zu gründen. Sie lief gut genug, um seine Familie in Schottland zu versorgen und auch noch Geld ins heimische Bardi zu schicken. Arcangelo war damit zufrieden, die Produkte seines Bruders zu verkaufen.

Antica befuhr eine feste Route, die im Westen Glasgows begann und am Hafen endete. Er fragte sich, wie lange er das mit seinen siebzig Jahren noch machen konnte. Er hatte treue Kundschaft, doch die Konkurrenz war größer geworden. Die neuen italienischen Einwanderer boten neue Leckereien wie Erdnusskrokant, Zuckerwatte und Waffeln mit Sahne. Antica hielt hingegen auf Tradition, sang unterwegs italienische Volkslieder und lockte damit Kunden an. Er wusste, dass die Kinder nicht zu ihm kamen, weil sein Gelato am besten war, sondern weil sie den Mann mit den drei Fingern sehen wollten. Als junger Mann hatte Antica bei einem Unfall in einem Steinbruch zwei Finger der rechten Hand verloren und nutzte den Verlust zu Werbezwecken.

»General Antica!« McVicars salutierte von der anderen Straßenseite und kam zu dem Eisverkäufer herüber.

»Wo sind Sie gewesen, Captain?«

»Ach, Sie wissen schon, auf hoher See. Und wir lagen eine Zeit lang in Marseille vor Anker.«

»Freut mich für Sie, McVicars. Frankreich. Schöne Frauen.«

»Mir tun noch die Augen weh.« McVicars griff in die Tasche. »Wie wär's mit einem Gelato?«

»Gute Idee.« Antica gab eine Kugel Vanilleeis in den Becher und reichte ihn McVicars. »Behalten Sie Ihr Geld. Wir brauchen starke Matrosen.«

»Glauben Sie, es geht los?«

»Bald. Und nicht nur ich. Das sagen sie im Pub. Und die liegen meist richtiger als die Zeitungen.«

»Ich weiß nicht, ob Ihr Freund, der Duce, den Mumm hat.«

»Er ist nicht mein Freund, sondern eine Schande für mein Volk. Meine Mutter hatte ein Sprichwort: ›Nur weil sie Italiener sind, heißt es nicht, dass sie gut sind.‹ Es gibt überall gute und schlechte Menschen. Wie geht es Ihrer Mutter? Ich habe sie lange nicht gesehen.«

»Signora McVicars hockt hinter geschlossenen Fensterläden im Haus. Sie hat den Ersten Weltkrieg miterlebt und beschlossen, sich zu verkriechen, bis England Rückgrat zeigt. Wenn wir gegen Deutschland in den Krieg ziehen, versteckt sie sich im Keller, bis es vorbei ist.«

»Es tut mir leid, das zu hören.«

»Es ist alles zu viel für sie.«

»Sie sollte lieber aufs Land ziehen. Kann Ihr Bruder nicht auf sie aufpassen, während Sie weg sind?«

»Das wohl kaum. Reverend McVicars ist in Neuseeland, um die Heiden zu bekehren.«

»Er sollte dort bleiben, bis sich der Ärger gelegt hat.«

»Wenn Sie meinen Bruder kennen würden, wüssten Sie, dass er dem Ärger gar nicht fern genug bleiben kann.«

»Also das genaue Gegenteil von Ihnen.«

McVicars lachte. »Stimmt. Ich habe in Frankreich übrigens eine Landsfrau von Ihnen getroffen, eine Krankenschwester.«

»Wie heißt sie?«

»Domenica.«

»Das bedeutet ›Sonntag‹.«

»Domenica Cabrelli.«

»Cabrelli. Hmm. Dann ist sie aus der Toskana.«

»Aus Viareggio. Kennen Sie den Ort?«

»Bella! Der kilometerlange Strand.«

»Ich bin schon auf dem Ligurischen Meer gefahren.«

»Darum haben Sie solche Glubschaugen. An der Küste wartet jemand auf Sie.«

»Da bin ich mir nicht so sicher. Ich habe seit Wochen keinen Brief bekommen. Gut, möglicherweise lassen die Nonnen sie Schützengräben ausheben, und sie hat deshalb keine Zeit zu schreiben.«

»Sie machen Witze, die Sie selbst nicht lustig finden«, sagte Antica. »Sie mögen die junge Dame.«

McVicars überlegte kurz. »Sehr sogar, mein Freund.«

»Die, die man will, ist meist die, die man nicht haben kann.«

»Tatsächlich? Das kann ich nicht akzeptieren. Wissen Sie, wie viele Häfen es an der Küste gibt? Unzählige. Und wie viele Frauen in diesen Hafenstädten leben? Unzählige. Ich stehe vor Ihnen, ein einzelner Mann in einem Meer von Frauen, die ihn ertränken wollen.«

»Va bene! Hunderte. Tausende. Aber Sie wollen nur ein Mädchen. Und nur ein Mädchen kann Sie retten.« Antica läutete die Glocke und schob den Eiswagen in Richtung Pier. »Das Cabrelli-Mädchen. Ihr Name klingt wie eine Glocke.« Antica zog an der Schnur und klingelte. »Bellissima!«

Kapitel 22

Marseille
Juli 1939

Der Garten der Engel im Hôpital Saint-Joseph diente den Schwestern als Zufluchtsort und bot dem Orden eine zusätzliche Einnahmequelle. Innerhalb seiner Mauern bauten die Nonnen Gemüse und Lavendel an, beteten am Schrein der Muttergottes den Rosenkranz und züchteten Bienen. Die Bienenvölker waren in schwarzen Holzkästen an der hinteren Mauer untergebracht, an der orange blühender Trompetenwein anmutig emporrankte.

»Schwester Cabrelli, hierher!«, rief Schwester Marie Bernard und entzündete den Smoker.

Domenica schirmte die Augen vor der Sonne ab und bewegte sich behutsam durch Reihen von Salat, Gurken und gelben Paprika. Etwas Schwarzes wolkte durch die Luft, das sich bei näherem Hinsehen als Bienenschwarm entpuppte, der über seinem Stock schwebte. Die Schwester schwenkte den Smoker, der aus einem rostigen Blechkanister mit Tülle bestand. Darin verbrannten Zedernspäne, die einen sauberen weißen Rauch erzeugten, der die Bienen zurück in den Stock trieb.

»Mögen Sie den Duft auch so gern?«, fragte die Schwester, als sie die Tülle schloss. »Erinnert mich an meinen lieben Vater, der Zigarren rauchte. Zedernholz verbrennt wie Tabak, schnell und sauber. Raucht Ihr Vater?«

»Nein. Er schnupft ab und zu Tabak.«

»Also genießt er gelegentlich Tabak, wie Gott es gewollt hat. Hier und da schadet es nicht, aber der tägliche Genuss kann schädlich sein.«

»Ich rauche nicht, Schwester.«

Sie lächelte. »Das ist gut. Ich wünschte, Sie würden Ihre Mitschwestern davon überzeugen, es aufzugeben. Aber ein freier Tag, eine Kneipentour und Zigaretten scheinen zusammenzugehören. Auch Krankenschwestern brauchen ein wenig Ablenkung.«

»Rauchen hält schlank. Das sagen sie jedenfalls«, lachte Domenica. »Die Mutter Oberin hat mich zu Ihnen geschickt.«

»Ich muss Ihnen leider mitteilen, dass die Schwestern vom heiligen Joseph das Krankenhaus nicht länger betreiben werden. Die Mutter Äbtissin hat angeordnet, das Hospital ins Mutterhaus bei Tours zu verlegen. Ich wünschte, ich könnte Sie mitnehmen, aber das ist nicht möglich. Es gibt allerdings eine Stelle in unserem Kloster in Dumbarton in Schottland, wo Sie den Rest Ihrer Strafe abarbeiten können.«

»Bitte, Schwester, ich will nicht in Schottland arbeiten. Schicken Sie mich woandershin.«

»Es ist die einzige Stelle, die wir Ihnen anbieten können Die Schwestern dort leiten eine Schule namens Notre Dame de Namur und brauchen eine Schulschwester. Die Mutter Oberin hat bereits alles veranlasst.«

Domenica Cabrelli hatte ihr Leben nicht selbst in der Hand, solange sie bei der Heiligen Römischen Kirche Buße tun musste. Das Schicksal spielte mit ihr. Schottland war so ziemlich der letzte Ort auf Erden, an den sie wollte. Sie hatte McVicars treu geschrieben und keinen einzigen Brief erhalten. Offenbar hatte er es sich anders überlegt. Sie kam sich dumm vor, weil sie sich in ihn verliebt hatte. Wenn sie an ihn dachte, verlor sie sich in einer Spirale der Reue, die durch die Erinnerung an ihre gefühlvollen Briefe nur noch schlimmer wurde.

»Wir geben Ihnen für die Reise angemessene Kleidung, die mit dem Abzeichen vom Roten Kreuz versehen ist. Wir besorgen Fahrkarten, auch für die Kanalfähre. Es ist geplant, dass Sie am Nationalfeiertag abreisen.«

»Ich danke Ihnen, Schwester.« Aber Domenica war nicht dankbar; sie fühlte sich manipuliert. In ihren Augen war die Stelle in Schottland nur eine weitere Bestrafung. Vielleicht verbannte sie der Orden, weil sie der Mutter Oberin mitgeteilt hatte, dass sie keine Postulantin werden würde. Dies wäre der letzte Schritt vor dem Gelübde gewesen. Doch nun, da der Captain sie im Stich gelassen hatte, fragte sie sich, ob sie richtig entschieden hatte.

Domenica ging wie benebelt zurück zum Krankenhaus. Sie hörte weder die Vögel im Garten noch das Hupen der Autos oder die Musik, die aus einem vorbeifahrenden Cabrio drang. Sie würde erneut entwurzelt, und wieder gegen ihren Willen.

In wenigen Wochen würden die Nonnen das Krankenhaus schließen und ins Mutterhaus zurückkehren. Vorher mussten sie noch die Patienten verlegen, alles packen und den Papierkram erledigen.

Die Krankenschwestern aus dem Fatima-Haus würden in die Heimat zurückkehren oder wie Domenica in eine andere Stadt versetzt. Wie Perlen von einer zerrissenen Schnur zerstreuten sich die jungen Frauen in alle Richtungen. Domenica verabschiedete sich von Josephine und Stephanie, die nach London gingen. Sie versprachen, in Kontakt zu bleiben. Die Nonnen besorgten offizielle Dokumente und Pässe, holten Genehmigungen ein und trafen die notwendigen Vorkehrungen für alle Krankenschwestern. Domenica wünschte, sie hätte eines der Mädchen überzeugen können, mit ihr nach Schottland zu gehen. Der Verlust ihrer Freundinnen schmerzte ebenso sehr wie die Tatsache, dass der Captain sich von ihr abgewandt hatte. Über eine unglückliche Romanze käme sie hinweg, aber sie wusste nicht, ob sie es verwinden würde, die Freundinnen nicht mehr zu sehen.

Als Domenica Cabrelli in Marseille in den Zug stieg, trug sie ihr Schwesternhäubchen und ein rotes Kreuz auf ihrer Tracht. Sie fuhr nach Paris und von dort nach Calais, wo sie die Fähre über den Ärmelkanal nach Dover nehmen würde. Von dort würde sie mit dem Zug nach London und schließlich Richtung Norden nach Glasgow fahren. Die Fahrt von Marseille nach Glasgow dauerte fünfzehn Stunden, und mit jeder Drehung der Räder entfernte sie sich weiter von daheim. Italien war nur noch ein Traum.

Schwere Gewitter verursachten Verspätungen, weil die Gleise überflutet waren und die Waggons von stürmischen Winden durchgerüttelt wurden. Es war so heiß, dass sie nicht schlafen konnte. Sie verlor den Appetit. Als sich die Gewitter verzogen hatten, ging sie auf die Plattform zwischen den Waggons und genoss die kühle Brise nach dem Regen. Als der Zug in London einfuhr, fühlte sich Domenica Cabrelli so einsam wie noch nie in ihrem Leben.

London

Domenica erreichte die Verbindung nach Schottland. Nachdem sie sich gesetzt und der Schaffner ihre Fahrkarte nach Glasgow entwertet hatte, weinte sie. Sie war erleichtert, dass sie die komplizierten Schritte der Reise trotz des schrecklichen Wetters gemeistert hatte. Sie gönnte sich eine Tasse Kaffee und ein weiches Brötchen. Bislang war ihr Magen zu unruhig gewesen, um etwas zu essen, doch nun, da sie sich dem Ziel näherte, hatte sie Bärenhunger.

Der Zug war voller Männer in Uniform, was sie nachdenklich stimmte. Andererseits war Liverpool eine Industriestadt, in der Schiffe gebaut und Soldaten ausgebildet wurden. In Friedenszeiten zeugte ein Zug voller Soldaten lediglich vom Fleiß der Engländer. Die Stimmung war fröhlich; die Männer lachten, redeten und spielten Karten. Die meisten Soldaten stiegen in Liverpool aus. Domenica war erleichtert, als sie weiterfuhren. Der Hafen war wie eine graue, stählerne Wand aus Kriegsschiffen, so gewaltig, dass sie weder den Himmel noch das Meer sehen konnte. Die Klaustrophobie, die sie im Hafen verspürte, schwand jedoch, als der Zug nach Norden in Richtung Schottland dampfte, wo die hügelige Landschaft grün und der Himmel weit war.

Domenica sorgte sich um ihre Eltern und hoffte, dass sie ohne sie zurechtkämen. Sie hatte die U-Boot-Manöver vor der Küste von Viareggio mit eigenen Augen gesehen. Wenn sie auf dem Tyrrhenischen Meer übten und sich wie Schlangen an die ligurische Küste schmiegten, bereiteten sich die Italiener ganz gewiss auf einen Krieg vor. Ihr Vater war kein Kämpfer, und ihre Mutter redete zu viel. Die Faschisten waren grausam zu älteren Menschen, voller Verachtung und unerbittlich wie Guido Mironi.

Domenica öffnete die Papiertüte, die Schwester Marie Bernard ihr mitgegeben hatte. Sie enthielt ein Töpfchen Himbeermarmelade, eine Packung Kräcker, eine Tafel Schokolade, ein Fläschchen Whisky und einen Tiegel mit der wundersamen Bienensalbe. Sie brach ein Stück Schokolade ab und ließ es auf der Zunge zergehen. Sie sprach ein kurzes Dankgebet für die Leckereien und hoffte, dass ihr Glück anhalten möge. Falls sie ein Zeichen brauchte, dass alles gut würde, fand sie es unten in der Tüte. Denn dort hatte die Schwester einen Rosenkranz versteckt.

Marseille
August 1939

Als die Türglocke am Eingang des Hôpital Saint-Joseph läutete, fiel Mary Gay ein, dass sie versprochen hatte, die Glocke abzuschrauben und mit den letzten Kisten ins Mutterhaus zu schicken. Als Postulantin des Ordens war sie mit Aufgaben betraut, die Jugend und Ausdauer erforderten.

Mary Gay schlängelte sich zwischen aufgestapelten Kartons hindurch und öffnete die Tür. Ein attraktiver junger Seminarist in langer schwarze Soutane und breitkrempigem Saturno fischte einen Stapel Post aus einer abgenutzten Ledertasche und reichte ihn Mary Gay.

»Wirst du bestraft, Bruder?«, scherzte sie.

»Sie hielten es für klug, einen Geistlichen statt eines Laien zu schicken. Manche Leute fürchten den Hut.« Er tippte an die Krempe. »Es wird zunehmend schwieriger, Post durch Frankreich zu befördern.«

Mary Gay bedankte sich, verriegelte die Eingangstür, setzte sich auf einen Umzugskarton und ging die Post durch. Sie pfiff leise, als sie einen blauen Umschlag aus Florpost entdeckte, der an Mademoiselle Domenica Cabrelli adressiert war. Sie erinnerte sich, wie die italienische Krankenschwester damals ins Fatima-Haus gekommen war. Mary Gay hatte gehofft, Domenica werde mit ihr in den Orden eintreten, aber bald erkannt, dass aus Domenica keine Nonne würde. Was der Brief bestätigte. Der Absender war Captain John L. McVicars aus Glasgow, der Poststempel der 10. August 1939. Mary Gay strich die Krankenhausadresse durch und adressierte den Brief ans Kloster in Dumbarton. Bevor sie ihn auf den Stapel legte, malte sie als Glücksbringer noch ein kleines Herz Jesu auf die Rückseite.

Kapitel 23

Viareggio
Jetzt

Anina erwartete ihren Großvater am Eingang des Krankenhauses. »Der Arzt ist gerade bei ihr. Komm mit.« Anina hielt Olimpio die Fahrstuhltür auf. Als sich die Türen schlossen, drückte sie die Drei.

»Was ist passiert?«

»Sie hat mir gezeigt, wie man Strudel macht, und musste sich setzen. Dann wurde sie ohnmächtig.«

»Hast du ihr eine Pille gegeben?«

»Was für eine Pille? Sie hat nichts von einer Pille gesagt. Ich habe sie so schnell wie möglich hergebracht.«

»Gott sei Dank.«

Sie verließen den Aufzug.

»Hier entlang, Nonno.«

Olimpio ging schneller; als er den Namen seiner Frau an der Zimmertür las, stürmte er hinein, gefolgt von Anina.

»Matelda!« Olimpio war außer Atem.

»Warum japst du so?«, sagte Matelda ruhig. Sie saß aufrecht im Bett.

»Du hast mich zu Tode erschreckt.« Er küsste sie.

»Ich hatte einen kleinen Aussetzer. Es war nichts. Anina hat darauf bestanden, mich ins Krankenhaus zu bringen, aber es gab keinen Grund – «

»Du warst ohnmächtig, Nonna.«

»Ich hatte noch nichts gegessen.«

»Wir hatten gerade zu Mittag gegessen.«

»Nun, ich hatte nicht viel gegessen.«

»Du hast Hühnerbrust gegessen, eine Schüssel Suppe und einen Salat mit Tomaten und Mozzarella. Oh, und zwei Scheiben Brot.«

»Na, dann habe ich wohl zu viel gegessen.«

»Hast du heute Morgen deine Pille genommen?«, fragte Olimpio.

»Die habe ich nicht gebraucht.«

»Offenbar doch.« Olimpio küsste sie auf die Stirn. »Du bringst mich noch ins Grab.«

»Hol mich vorher lieber hier raus. Du weißt, Krankenhäuser sind kein Ort für gesunde Menschen.«

Anina und Olimpio sahen sich an.

»Ich weiß, ihr findet das lustig«, verkündete Matelda, »aber es ist mir ernst. Hier gibt es mehr Keime als auf dem Bahnhof.«

Eine Krankenschwester kam mit einem Rollwagen voller Geräte herein, um Mateldas Vitalwerte zu überprüfen. »Würden Sie bitte kurz hinausgehen, während ich die Signora untersuche?«

»Ich kann bleiben«, bot Anina an.

»Raus!«, befahl Matelda. »Soll die Krankenschwester doch ihre Zahlen sammeln. Je eher ihr geht und sie an mir herumbohren kann, desto eher gehe ich nach Hause, wo ich hingehöre.«

Olimpio und Anina traten auf den Flur.

»Sie wird schon wieder«, sagte Anina nervös.

Olimpio nickte, war sich aber nicht sicher, ob seine Enkelin recht hatte. Matelda war nicht zum ersten Mal mit Herzproblemen im Krankenhaus, doch nun wusste jemand außer ihm davon.

Nicolina sprang auf der Beifahrerseite in den Wagen, als Giorgio den Motor anließ, und schnallte sich an.

»Immer mit der Ruhe, Nic.«

»Ich bringe beide um.«

Giorgio nahm ihre Hand. »Hör auf.«

»Wie können sie mir das antun? Sie rufen wegen jeder Kleinigkeit an, nur nicht, wenn es um Leben und Tod geht.« Nicolina riss die Hand weg wie ein bockiges Kind. »Zum Glück war Anina bei ihr, sonst wüsste ich immer noch nichts. Mein Vater ist ein Heimlichtuer, und meine Mutter hält sich für unsterblich. Die beiden leben in ihrer eigenen kleinen Welt, die treuen Turteltäubchen. Wir anderen bleiben außen vor, bis es eine Krise gibt.«

»Sicher wollten sie dich nicht beunruhigen«, sagte Giorgio.

»Wenn sie mich auf dem Laufenden halten würden, wäre ich nicht beunruhigt und könnte mich vorbereiten. Aber ich erfahre ja alles erst im Nachhinein. Das ist unhöflich. Letztes Jahr hatte meine Mutter einen kleinen Schlaganfall, und mein Vater hat mir nichts davon gesagt. Ich habe es auf der Straße gehört. Ida Casciacarro hat mich bei Ennico darauf angesprochen.«

»Es gab keine bleibenden Schäden.«

»Das ist keine Entschuldigung. Außerdem, woher wollen sie denn wissen, dass sie keine bleibenden Schäden hat? Wer hat sie untersucht? Wo sind die Ergebnisse?«

»Ich bin kein Arzt. Ich wiederhole nur, was dein Vater mir gesagt hat.«

»Also weiß niemand was.«

»Sie hat ein schwaches Herz. Das ist die Diagnose.«

»Es wurden Entscheidungen getroffen, und ich wurde außen vor gelassen. Ihr hättet es mir sagen müssen. Ich will doch wissen, was vorgeht«, weinte Nicolina. »Ich bin ihre einzige Tochter.«

»Deine Familie hat ein Problem. Wenn Menschen krank werden, haben sie kein Mitgefühl. Sie werden wütend – als würde jemand krank, nur um sie zu ärgern.«

»Du meinst *mich*. Sag es doch. Ich kann nicht damit umgehen, dass meine Mutter krank ist.«

»Du bist wütend, das ist alles.«

»Natürlich bin ich wütend. Ich springe, wenn sie mich brauchen. Mein Bruder kommt zum Essen und wird wie ein Prinz behandelt. Ich bekomme nur das Schlechte und nie das Gute.«

»Matteo und Rosa haben angerufen und gefragt, wie sie helfen können.«

»Das war nicht ernst gemeint. Sie bieten ihre Hilfe an und hoffen insgeheim, dass wir sie nicht in Anspruch nehmen. Mein Bruder, der Goldjunge. So war es schon immer. Matteo kann machen, was er will. Und ich werde für alles verurteilt. Was hätte meine Mutter wohl gesagt, wenn ich mich hätte scheiden lassen und wieder geheiratet hätte? Aber dazu wäre es gar nicht erst gekommen. Denn das hätte ich meinen Eltern nicht angetan. Bin ich die Einzige, die sieht, was hier passiert?«

»Sie mögen deinen Bruder lieber.«

Nicolina Tizzi knurrte am Empfang ihren Namen und marschierte zum Aufzug, während Giorgio sich registrierte. Oben angekommen, raste sie den Flur entlang zum Zimmer ihrer Mutter.

Matelda war allein und schlief. Alles im Zimmer hatte einen Grünstich, auch das Gesicht ihrer Mutter. Bei Krankenhauslicht sah niemand gut aus.

Mateldas linke Augenbraue war perfekt geschwungen, doch es fehlten ein paar Härchen, die ihre Mutter gewöhnlich mit einem hellbraunen Augenbrauenstift nachzeichnete. Von ihrem Lippenstift war nur ein blassrosa Hauch zu sehen. Ihre Nase war kerzengerade und betonte das edle Profil. Der Kratzer, den die Möwe auf der Wange hinterlassen hatte, war verblasst.

Matelda wirkte engelsgleich, wie sie so schlief. Nicolina vermisste ihre Mutter schon, obwohl sie noch bei ihr war. Ihr Groll wich tiefem Schamgefühl. *Wie konnte ich so denken?*

Nicolina weinte wie ein Kind, das sich verirrt hat und die Nacht allein im Wald verbringen muss. Die Sonne sank schnell. Es würde bald dunkel, und ohne Licht bestand keine Hoffnung, den Heimweg zu finden. Nicolina fiel auf die Knie und vergrub ihr Gesicht im Laken, das lose über das Bett gebreitet war.

Anina stieß die Tür auf und fand Nicolina in Tränen vor. »Mama!«

Olimpio kam herein. »Nicolina, was machst du da?«

Matelda wachte erschrocken auf. »Was ist los?«

Es folgten Giorgio in Polizeiuniform, sein Schwager Matteo und dessen Frau Rosa.

»Was ist los?« Giorgio trat neben seine Frau und nahm die Mütze ab.

»Nicolina, warum weinst du?«, fragte Matteo verwirrt.

»Matteo!«, sagte Matelda strahlend.

Rosa, eine hoch gewachsene Neapolitanerin, tröstete derweil Nicolina.

»Mama.« Matteo gab seiner Mutter einen Kuss und nahm ihre Hand. Sie lächelte ihren Sohn an, als blickte sie ins Antlitz Gottes. »Du bist hier.« Sie seufzte selig und erleichtert.

»Ja, Mama, ich bin hier. Und jetzt sag mir, was du mit Nicolina gemacht hast.«

»Ich habe gar nichts gemacht. Ich war endlich eingeschlafen, wollte mich ausruhen, und als ich aufwachte, kniete Nicolina hysterisch neben meinem Bett.«

»Sie macht sich Sorgen um dich«, sagte Anina leise.

»Es ist alles in Ordnung, Nicolina. Nicht weinen.« Matelda winkte ihrer Tochter zu. »Mir geht es gut.«

»Siehst du, Nic? Mama geht es gut«, sagte Matteo, ohne die Augen von seiner Mutter zu wenden.

Anina brachte ihrer Großmutter eine Tasse Brühe. »Ich hole Kaffee. Möchte jemand welchen?« Alle hoben die Hand. »Ich bin gleich zurück«, versprach Anina.

Draußen im Flur schickte sie Paolo eine Nachricht.

Ich habe Nonna ins Krankenhaus gebracht.

Geht es ihr gut?

Weiß nicht.

Hab dich lieb.

Olimpio, Nicolina und Matteo saßen um Mateldas Krankenbett, während sie von der Brühe nippte. »Ihr starrt mich alle so an.«

»Wir sind nur zu viert, so wie früher«, sagte Matteo. »Das ist schön.«

»Es tut mir leid, Nicolina«, sagte Olimpio. »Ich mag es einfach nicht, wenn du dich aufregst.«

»Du hast nichts falsch gemacht, Papa. Du hast nur Befehle befolgt.«

»Was für Befehle?«, fragte Matelda.

»Lassen wir das lieber«, sagte Matteo leise.

»Ich verstehe das nicht. Ich will es aber verstehen.« Matelda tupfte sich den Mund mit einer Papierserviette ab. »Offenbar bin ich schwierig.«

Olimpio setzte sich aufs Bett und nahm die Hand seiner Frau. »Ich weiß, du liebst Nicolina – «

»Olimpio, sei bitte nicht so gönnerhaft.« Matelda zog die Hand weg. »Ich liebe meine Tochter und meinen Sohn. Meine Kinder sind mein Leben. Komm zur Sache.«

»Papa will sagen, dass wir freundlich zueinander sein sollten«, sagte Matteo. »Vor allem jetzt, Mama. Wir wollen Frieden. Keine Streitereien. Das ist besser für deine Gesundheit.«

»*Ich* habe sie nicht zum Weinen gebracht.«

»Schon gut, Mama.« Nicolina lehnte sich auf dem Stuhl zurück. Ihr Gesicht war vom Weinen geschwollen. »Es ist gut, Papa. Matteo, es ist gut. Mir geht es gut.« Sie wandte sich an ihre Mutter. »Sehen wir zu, dass du gesund wirst.« Die roten Flecken auf ihrem Gesicht verdunkelten sich zu Burgunderrot.

Das Klicken der Geräte, an die Matelda angeschlossen war, erfüllte den stillen Raum wie der Flügelschlag eines Schmetterlingsschwarms. »Dir geht es *nicht* gut, Nicolina. Du hast ein Problem mit mir.«

»Weil du netter zu Matteo bist als zu mir.«

»Das ist nicht meine Schuld«, sagte Matteo.

»Und in welcher Weise bin ich netter zu ihm?«, fragte Matelda.

»Für die Frauen in dieser Familie gelten andere Regeln. Als Sohn darf er sich den Luxus erlauben, auch mal zu scheitern. Eine Tochter darf das nicht. Töchter müssen tugendhaft und fleißig sein, schön und schlank, la bella figura! Perfetto! Der Sohn kann tun, was er will. Matteo hat das heitere Wesen und die glatte Stirn eines Prinzen, der nur gute Zeiten erlebt hat. Ich bin drei Jahre jünger und sehe zwanzig Jahre älter aus, weil ich ständig beurteilt werde. Ich habe es satt. Ich gebe auf.« Nicolina umklammerte ihr Taschentuch und gestikulierte heftig.

»Nicolina.«

»Lass sie ausreden, Olimpio. Offenbar muss sie etwas loswerden. Nur zu, Nicolina.« Matelda öffnete die Hände, als wollte sie ihre Tochter segnen. »Was möchtest du noch sagen?«

»Warum soll ich die ganze schwere Arbeit tun, wenn ich ohnehin nicht gut genug bin? Ich weiß, dass du mich liebst, aber deine Liebe war immer an Bedingungen geknüpft. Bis heute.«

»Wie sonst kann ein Mensch lieben?«, fragte Matelda. »Du liebst, weil du gezwungen bist zu lieben. Es ist nicht, als hätte ich da mitzureden.«

»Doch, Mama, das hast du«, widersprach Nicolina.

»Nicolina, hör sofort auf.« Olimpio hatte die ewige Spirale des Schmerzes satt. »Verdammt. Sie ist deine Mutter. Sie ist, wie sie ist. Du kannst nicht erwarten, dass sie sich jetzt noch ändert. Von allen Müttern auf der Welt ist sie diejenige, die du bekommen hast. Und soweit ich das beurteilen kann, bist du trotz ihrer Fehler gesegnet. Es ist zu spät, um etwas zu ändern. Dieser Teil deines Lebens ist vorbei. Du bist selbst Mutter. Es gibt eine neue Generation. Du hast Anina und Giacomo. Matteo, du hast Arturo und Serena. Ihr werdet bald erkennen, wohin das Leben führt. Eure Mutter und ich wissen, was auf euch zukommt, denn wir haben es bereits erlebt. Wir sind als Eltern überflüssig, und das werdet ihr auch sein. Unsere Arbeit ist getan. Falls eure Mutter oder ich unzulänglich waren, macht es besser – macht es ruhig besser als wir! Aber hör auf mit diesem Unsinn, Nicolina. Er tut weder dir noch ihr gut. Er wird nichts ändern. Und er tut auch deinem Bruder und mir weh. Wir wollen Frieden.«

Nicolina stand auf und ging zur Tür. »Entschuldigt mich.«

Matteo hielt seine Schwester fest und flüsterte ihr etwas ins Ohr. Nicolina drehte sich um und ging zurück zum Bett, beugte sich vor und küsste ihre Mutter auf die Wange. »Es tut mir leid, Mama.«

Dann verließ Nicolina das Zimmer und schloss die Tür hinter sich.

Kapitel 24

Lucca

Anina zog ihr bestes Seidennachthemd an. Die dünnen Träger rutschten von den Schultern, als sie sich die Zähne putzte. Sie besprühte sich mit Parfüm, tupfte etwas Gloss auf die Unterlippe, ging ins Wohnzimmer und hatte sich gerade ein Buch genommen, als die Wohnungstür aufgeschlossen wurde.

Paolo zog die nach Rauch stinkende Jacke aus, und Anina wedelte mit der Hand vor dem Gesicht.

»Häng sie nach draußen.«

»Ich habe nicht geraucht. Aber alle anderen.« Er warf die Jacke auf einen Stuhl.

»Wo warst du?«

»Im Pazzo.«

»Du hast dich mit deinen Freunden getroffen.«

»Nein. Ich war allein.«

»Heute. Aber gestern Abend?«

»Da war ich mit Freunden weg. Was soll die Fragerei?«

»Es ist mir egal, ob du ausgehst. Aber du gehst jeden Abend aus.«

»Allein langweile ich mich.« Paolo setzte sich aufs Sofa.

»Meine Großmutter liegt im Krankenhaus. Es muntert sie auf, wenn ich sie besuche.«

»Ich wünschte, du würdest auch mal daran denken, was mich glücklich macht.«

»Ist das dein Ernst? Ich habe eine kranke Großmutter. Du weißt, dass du mich glücklich machst. Keine Ahnung, was es da zu diskutieren gibt.«

»Ich habe den Job nicht bekommen.«

»Das tut mir leid.« Sie setzte sich neben ihn. »Schon gut, Paolo. In Rom wäre es ohnehin schwer geworden, die Stadt ist teuer. Und wir wären weit weg von der Familie.«

»Du glaubst, ich finde keinen Job, der uns ein anständiges Leben ermöglicht, oder?«

»Das stimmt nicht. Die richtige Stelle wird sich schon finden.« Sowie die Worte ihren Mund verließen, wurde ihr klar, wie oft sie sie schon ausgesprochen hatte. Paolo glaubte ebenso wenig daran wie sie. Anina hob seine Jacke auf.

»Lass mich«, brummte er und machte Anstalten, sie aus dem Fenster zu hängen.

»Geht schon.« Anina holte einen Kleiderbügel, öffnete das Fenster und hängte die Jacke zum Auslüften über die Gardinenstange.

»Ich habe heute Abend in der Bar ein Mädchen geküsst.«

Aninas Mund wurde ganz trocken, ihr Herz pochte. »Warum?«

»Einfach so.« Paolo stützte den Kopf in die Hände. »Ich weiß es nicht.«

»Warum erzählst du es mir?«

»Weil ich dir alles erzähle.«

Paolo ging ins Bad.

Anina spürte, wie ihre Beine nachgaben, und musste sich setzen.

Kurz darauf kam er zurück und setzte sich ihr gegenüber. »Es tut mir leid.«

»Warst du betrunken?«

»Ein bisschen.«

»Nüchtern genug, um zu wissen, was du getan hast.« Sie verschränkte die Arme vor der Brust.

»Ich habe herumgealbert. Sowie es passiert war, wurde mir schlecht. Ich liebe dich, du bist alles für mich.«

»*Alles*. Was soll das bedeuten?«

»Was es immer bedeutet hat. Ich will mein Leben mit dir verbringen.«

Anina wurde wütend. »Was für ein Kuss war das?«

»Was meinst du?«

»Was für ein Kuss?«

»Kein guter. Wir haben geredet.«

»Worüber?«

»Sie hatte sich von ihrem Freund getrennt und beschlossen, jeden Tag einen Mann zu küssen, bis sie einen findet, mit dem sie zusammen sein kann.«

»Wie heißt sie?«

»Ich weiß es nicht.«

»Du hast dich mit einer Frau unterhalten und sie geküsst und weißt nicht mal, wie sie heißt?«

»Ich habe nicht danach gefragt.«

Sie starrte ihn an.

»Was willst du denn? Ich habe einen Fehler gemacht. Ich wollte es dir eigentlich gar nicht sagen. Wäre wohl besser gewesen.«

»Die Alternative ist also, Geheimnisse zu haben? Besser wäre gewesen, keine andere Frau zu küssen und mich zu respektieren. Es geht nicht nur um dich.«

Anina ging ins Schlafzimmer und holte Decke und Kissen. »Du schläfst heute Nacht hier.«

Er griff nach ihrer Hand. »Es tut mir leid.«

»Tatsächlich?«

Paolo hatte Tränen in den Augen. Anina hatte ihn noch nie

weinen sehen. Er sah hässlich aus. »Du kannst nicht irgendein Mädchen in einer Bar küssen, nur weil du wütend auf mich bist«, sagte sie leise.

Anina ging ins Schlafzimmer, schloss die Tür und riss das Poster von dem romantischen Strand in Montenegro von der Wand. Es würde keine Flitterwochen geben, in denen Katamarane im Mondlicht auf dem stillen Wasser schaukelten. Sie setzte sich auf die Bettkante, alle Zukunftspläne glitten ihr wie Sand durch die Finger. Paolos Tränen waren eine Sache, aber wo waren ihre? Wenn sie sich ausweinen konnte, fühlte sie sich immer besser, irgendwie gereinigt. Aber Anina konnte nicht weinen, und das hieß, dass der wahre Schmerz erst später kommen würde.

Matelda saß im Sessel neben ihrem Krankenhausbett, brach ein Stückchen Biscotto ab und tunkte es in ihren dünnen Tee. »Hast du die gemacht?«, fragte sie Nicolina.

»Nein, Rosa. Nicht gut?« Nicolina hatte das Bett mit ihrer eigenen Wäsche bezogen.

Matelda nahm noch einen Bissen. »Ein bisschen zu viel Backpulver.«

»Sie kann besser kochen als backen.« Nicolina schob das Kopfkissen in einen Satinbezug. »Matteo kümmert das nicht. Er hält sie für die Venus.«

»In der Tat. Es heißt, die Liebe sei im zweiten Anlauf besser. Ich werde es nie erfahren.«

»Ich auch nicht, Mama.«

»Mit deinem Bruder und dir ist es so ähnlich wie mit Nino und mir.«

»Findest du?«

»Du nicht?«

»Wir streiten nicht so viel, Mama.«

»Ich streite überhaupt nicht mehr mit Nino.«

»Ehrlich?«

Matelda nickte. »Er hat mir geholfen, mich an eine Geschichte über Indien zu erinnern, die mein Großvater uns erzählt hat.«

»Die Elefantengeschichte?«

»Sag bloß, du kennst sie.« Matelda stellte den Tee beiseite.

»Klar. Nonno Silvio hat sie Matteo und mir immer vorgespielt. Er kannte sie von Bisnonno.«

»Wann war das?«

»Wenn du und Papa auf Reisen wart und wir bei ihnen übernachtet haben. Wir haben die Geschichte geliebt, weil sie gruselig war, aber auch eine Moral hatte. Wie alle guten Geschichten.«

»Ich konnte mich an den Anfang erinnern, und Nino hat die Geschichte um den Einsturz der Mine ergänzt. Aber keiner von uns erinnert sich an das Ende. Du vielleicht?«

»Mal überlegen.« Nicolina setzte sich auf die Bettkante. »Es hat gebrannt. Die Elefantenkuh zog eine Pritsche mit Rubinen. Sie war so hoch beladen, dass sie das Dach der Mine wegriss und einen Felssturz auslöste, der den Eingang blockierte.«

»Ist der Mahut dabei gestorben?«, fragte Matelda.

»Er hielt sich fest, aber dann atmete er den Rauch ein, rutschte vom Elefanten und starb.«

»Wurde er nicht von der Pritsche niedergewalzt?«

»Das weiß ich nicht mehr, Mama. Jedenfalls war die Elefantenkuh frei, kein Mahut, keine Ketten, keine Schläge mehr. Sie rannte los, gelangte in die Stadt – «

»Karur!«

»Ja, genau. Alle Leute kamen aus ihren Häusern, um der Elefantenkuh zuzujubeln. Die Rubine waren unbezahlbar, und sie rettete mit ihnen die Stadt. Sie brachten das Tier zum Fluss. Sie tauchte den Rüssel ein und bespritzte sich mit frischem Wasser. Die Stelle hat mir gefallen. Nonno Silvio war so lustig, wenn er den Rüssel nachmachte.«

»Mein Großvater war auch lustig«, sagte Matelda lächelnd.

»Nonno Silvio hat Bisnonno Pietro sicher dabei zugesehen, wie er die Geschichte vorgespielt hat.«

»Es ist so schön, wenn alle Generationen einer Familie im selben Haus leben«, sagte Matelda wehmütig. »Jeder kennt dieselben Geschichten. Mach weiter.«

»Dann kam der traurige Teil. Die Elefantenkuh erinnerte sich an ihre Babys und wie sie sie im Fluss gebadet hatte. Sie erinnerte sich an die Gesichter ihrer Kinder, obwohl sie längst fort waren. Das war schon düster, aber es kam noch schlimmer. Die Elefantenkuh legte sich ans Flussufer, mit dem Kopf auf dem Boden. Sie hörte, wie der Berg durch das Feuer in sich zusammenbrach. Sie verstand, was geschehen war, und weinte.«

»Die Elefantenkuh ist am Ende also nicht gestorben?«

»Nicht in der Version, die ich kenne. Warum, Mama? Bist du enttäuscht?«

»Ganz und gar nicht. Es ging ja darum, dass man nur ein Leben hat und darin anderen Gutes tun soll, egal wie hoch der Preis ist. Die edle Elefantenkuh hat ihr Leben für die Stadt gegeben.«

»Ich habe die Geschichte ganz anders verstanden. Für mich ging es darum, wie Frauen, symbolisiert durch die Elefantenkuh, missbraucht werden und ihre Kinder verlieren, weil sie beim Steineschleppen wertvoller sind als in Freiheit.«

»Nicolina, Gutenachtgeschichten haben keine politische Botschaft. Jedenfalls nicht für deinen Großvater, das kannst du mir glauben. Ihr solltet verstehen, woher die Edelsteine stammen, die wir geschliffen haben. Dass dafür große Opfer nötig waren.«

»Danach wollte ich nach Indien reisen.«

Anina kam herein, schloss die Tür und fing an zu weinen.

»Was hat es bloß mit diesem Zimmer auf sich?« Matelda sah Nicolina an. »Ich muss umziehen.«

»Es liegt nicht am Zimmer! Der Schmerz folgt uns, wohin wir auch gehen.« Nicolina trat zu ihrer Tochter. »Was ist denn passiert?«

»Ich hatte viel zu tun und Paolo kaum gesehen, und er ist ausgegangen und hat in einer Bar ein Mädchen geküsst.«

»Das war falsch von ihm. Es tut mir leid, Liebes.« Nicolina nahm Anina in die Arme.

»Hat er außer dir noch anderen Frauen nachgestellt?«, wollte Matelda wissen.

»Ja. Nein. Nur der einen, sagt er. Er hat sie gerade erst kennengelernt. Angeblich weiß er nicht mal ihren Namen.«

Matelda zwinkerte ihrer Tochter zu und klopfte aufs Bett. »Komm, setz dich zu mir. Wenn die Geschichte vom Elefanten alt ist, dann ist die vom italienischen Mann, der Frauen in Bars küsst, wann immer er will, noch viel älter.« Matelda ergriff Aninas Hand.

»Es klingt harmlos«, sagte Nicolina.

»Nicht für mich. Ich habe ihm vertraut.«

»Er muss es wiedergutmachen«, sagte Matelda.

»Manche Dinge sind unverzeihlich. Ich kann keinen Mann heiraten, der mich so schnell vergisst.«

»Hat er es zugegeben?«, fragte Nicolina.

»Ja, sofort.«

»Er hat einen einzigen Fehler gemacht. Willst du dich wirklich deswegen von ihm trennen?«

»Soll ich bis zum achten Fehler warten? Oder bis wir ein

Baby haben und er nachts ausgeht und mir nicht sagt, wohin? Wo ist da die Grenze?« Anina schaute von ihrer Mutter zu ihrer Großmutter.

»Die ziehst du«, sagte Matelda. »Aber es ist eine Grenze, kein Stacheldrahtzaun. Du kannst deinen Verlobten nicht überwachen. Du solltest keine voreiligen Schlüsse ziehen und dich erst dann endgültig entscheiden, wenn du mit einem Priester gesprochen hast.«

Nicolina umarmte Anina. »Das ist Mamas Lösung für die meisten Probleme.«

»Weil sie das alles schon mal im Beichtstuhl gehört haben«, sagte Matelda. »Es gibt keine Sünde, die noch nicht gebeichtet wurde. Warte ab, der Priester wird den Fehltritt für dich ins rechte Licht rücken.«

Don Vincenzo war Pfarrer in Lucca. Er stammte aus der nördlichen Lombardei, nahe den Alpen, und machte in seinen Predigten gelegentlich Insiderwitze über Polenta, die die älteren Gemeindemitglieder, die Verwandte im Norden hatten, zu schätzen wussten. Obwohl der Pfarrer noch keine fünfzig war, kam er Anina alt vor. Wenn ihre Großmutter jemanden als *robusto* bezeichnete, bedeutete das in der Regel, dass er nicht mehr jung, aber für sein Alter gut in Form war. Don Vincenzo war definitiv *robusto*. Er erinnerte an einen Bären, war hoch gewachsen und breit, mit einem großen Kopf.

Paolo war religiöser als Anina und interessierte sich daher auch mehr für den Priester und seine vorehelichen Belehrungen. Abends vor dem Schlafengehen und morgens beim Aufstehen küsste er die Medaille, die er um den Hals trug. Er verehrte die Muttergottes von Fatima, ging bei ihrer Prozession mit und betete an ihrem Feiertag den Rosenkranz.

»Beginnen wir mit einem Gebet«, sagte Don Vincenzo, der am Schreibtisch saß. Anina und Paolo senkten die Köpfe. »Ihr könnt euch an den Händen nehmen.«

Paolo legte seine Hand auf ihre, die auf der Armlehne des Stuhls ruhte.

»Süßes Herz Jesu, lehre uns zu beten, hilf uns zu denken und führe uns zur Liebe.«

Paolo und Anina murmelten »Amen«.

»Ich bin verwirrt.« Der Priester schwang die Füße auf den Schreibtisch und lehnte sich zurück. »Ihr habt euren Brautunterricht beendet. Das Aufgebot wurde veröffentlicht. Euer Hochzeitstermin steht in meinem Kalender. Wie ihr vielleicht wisst, stehen Jungverliebte bei mir Schlange, um den Unterricht zu besuchen. Anina hat angerufen und gesagt, es gäbe ein Problem. Wie kann ich euch helfen?«

»Wir hatten eine stressige Zeit«, begann Anina.

»Was Sakramente angeht, sind Hochzeiten am schlimmsten. Ich habe etwa hundert Trauungen hinter mir, und das sind gewöhnlich stressige Situationen. Zwei Familien – eine Seite trägt Smoking und hat einen Benzinkanister dabei, die andere trägt ein Rüschenkleid und hält das Streichholz.«

»Ich habe immer geglaubt, Hochzeiten seien magisch«, sagte Anina leise.

»Entweder das oder der Tiefpunkt in der Beziehung des Paares, von dem es nur aufwärtsgehen kann. Ich spreche vom Stress, va bene? Der verfliegt irgendwann. Habt ihr den Grund für eure Ängste herausgefunden?«

Paolo und Anina schwiegen.

»Was ist denn mit euch los?«

»Anina ist wütend auf mich. Ich habe etwas Falsches getan.«

»Etwas Unverzeihliches«, korrigierte sie Paolo.

»Das gibt es nicht.« Don Vincenzo schwang die Beine vom

Tisch und beugte sich vor. »So hat man es uns gelehrt. Man gesteht die Sünde, schüttet mit der Gnade Gottes sein Herz aus und ersucht um die aufrichtige Vergebung des Menschen, den man verletzt hat. Die Kurzfassung: Vergeben. Vergessen. Wiederholen.«

»Wir sind nicht über Schritt eins hinausgekommen. Sie will mir nicht vergeben.«

»Ist das wahr, Anina?«

»Ich bin verletzt und wütend.«

»Ich habe gesehen, wie du die Armlehne umklammert hast, als Paolo deine Hand nehmen wollte.«

»Paolo war mir untreu.«

»Ein Kuss! Ein Kuss in einer Bar.« Paolo warf die Hände in die Luft. »Ich weiß nicht einmal, wie sie heißt.«

»Du bist ein schwacher Mensch«, konterte Anina.

»Ich versuche, mich zu bessern. Die einzige Person, die ich ändern kann, bin ich selbst.«

»Ich wünschte, du würdest dich beeilen«, schnauzte Anina.

Don Vincenzo erhob die Stimme. »Ist das etwas Festes? Mit der jungen Dame ohne Namen?«

»Nein, Don Vincenzo, ist es nicht. Aber das kümmert Anina nicht. Sie will mich für einen einzigen Fehler ans Kreuz nageln.«

»Tut es dir wirklich leid, Paolo?«, fragte der Priester.

»Das wissen Sie doch. Ich habe bei Ihnen gebeichtet. Sie haben mich letzten Samstag von meiner Sünde freigesprochen. Ich habe sie wiederholt um Vergebung gebeten. Wie oft und auf wie viele Arten kann ich es denn noch sagen? Ja, es tut mir leid. Und ich schäme mich. Unsere Familien wissen davon, und ich bekomme es von allen Seiten zu hören.«

»Paolo, ich spreche dich von aller Schuld frei, zum zweiten Mal. Anina, ich ermutige dich, Paolo zu vergeben.«

Anina war fassungslos. »Wollen Sie keine Einzelheiten wissen?«

»Die brauche ich nicht.«

»Aber Sie müssen es verstehen – sein Vater, die Männer in seiner Familie. Die Ulianas haben alle Schwierigkeiten mit der Treue.«

»Ein einziger Onkel! Der hat eine Geliebte in Foggia.« Paolo rang wieder die Hände.

»Ich wüsste es zu schätzen, wenn Sie sich um meinetwillen aufregen und mich verteidigen würden, Don Vincenzo«, beharrte Anina.

»Wozu soll das gut sein?«

Anina keuchte auf. »Ich würde mich unterstützt fühlen.«

»Ich unterstütze dich. Aber es ist auch meine Aufgabe, die Liebe zu unterstützen. Eure Liebe füreinander.«

»Ich habe um Vergebung gebeten. Ich bin nicht mehr in die Bar gegangen. Ich habe nicht nach der Frau gesucht. Sie ist mir gleichgültig. Ich liebe Anina.«

»Fragen Sie ihn, warum es passiert ist.« Anina ließ den Priester nicht aus den Augen.

»Ich glaube, er weiß es. Er will sich ändern.«

»Ich habe mich geändert!« Paolo wandte sich zu Anina. »Du willst nur, dass ich leide. Du willst mich kontrollieren. Du musst immer recht behalten.«

»Ich habe das Recht, gekränkt zu sein.«

»Solche Ansprüche sind etwas für Könige. Den König von Italien sind wir vor fünfundsiebzig Jahren losgeworden. Außerdem sind wir in den Augen Gottes alle königlich. Was glaubst du, was Gott sich in dieser Situation wünscht? Paolo? Du zuerst«, sagte der Priester.

»Er will, dass ich mich bessere.«

»Ziemlich gute Antwort. Anina?«

»Er will, dass ich das Richtige tue.«

»Und wenn ich dir sage, dass er will, dass *auch du* dich besserst?«

»Dann wäre ich verwirrt«, gestand Anina. »Ich habe nichts falsch gemacht.«

»Darum geht es hier nicht. Selbstgerechtigkeit macht stolz, aber auch einsam. Ich glaube, Paolo bereut aufrichtig, dass er dich verletzt hat.«

»Ich habe nicht mit ihr geschlafen«, jammerte Paolo.

Der Priester holte tief Luft. »Paolo, geh und trink einen Schluck Wasser. Und bleib bitte draußen, bis ich dich rufe.«

Paolo gehorchte.

Don Vincenzo setzte sich auf Paolos Stuhl. »Männer werden nie begreifen, dass dumme Sprüche wie ›Ich habe nicht mit ihr geschlafen‹ in einer solchen Situation nicht helfen. Darum geht es auch gar nicht, oder?«

»Nein, es geht um den Betrug.«

»Anina, es ist mir egal, ob du Paolo Uliana heiratest.«

»Es ist Ihnen egal?«

»Was geht er mich denn an? Er ist nur irgendein Gemeindemitglied, das ich lieben muss. Ich muss über seine Fehler hinwegsehen und ihm verzeihen, wenn er zur Beichte kommt. Mir geht es nur um die Rettung seiner ewigen Seele. Und deiner. Also, erzähl mir von Paolo. Warum wolltest du ihn heiraten?«

»Er kann liebevoll und mitfühlend sein.«

»Aber auch schwierig, das sehe ich.«

»Da bin ich aber froh! Manchmal glaube ich, ich sei verrückt. Meine Freundinnen sehen nur das Gute in ihm.«

»Warum bist du noch mit ihm zusammen?«

»Weil ich ihn liebe.«

»Wirklich? Was, wenn ich dir sage, dass die meisten Paare,

die herkommen, nicht ehrlich zueinander sein können? Sie schleichen um die Wahrheit herum wie eine Katze um eine Alukugel, manchmal jahrelang. Die *Wahrheit* macht den Unterschied zwischen ihnen und dir und Paolo aus. Er ist sofort nach Hause gekommen und hat dir gesagt, was er getan hat.«

»Ist es denn so wichtig, dass er es mir erzählt hat, statt sich erwischen zu lassen?«

»Sehr sogar. Er wusste, dass er falsch gehandelt hat. Paolo hat sein Gewissen geprüft. Er hat um Vergebung gebeten und versprochen, sich zu ändern. Das ist so ziemlich das Beste, was man von einem Menschen erwarten kann.«

»Wie wäre es, wenn er erst gar keine Dummheiten machte?«

»Dann würde ich ja arbeitslos.«

Anina lachte. »Sie sind mir vielleicht einer, Don Vincenzo.«

»Ich weiß. Deshalb bekomme ich auch nicht die schicken Posten. Ich bin der Schnellschusspriester, der Kaugummi, mit dem sie die Löcher eines Bootes stopfen, das zu kentern droht.«

»Es tut mir leid, Don Vincenzo. Sie stehen ganz schön unter Druck.«

»Du auch. Genau wie jeder Mensch, der zu lieben versucht. Aber darin besteht auch deine Aufgabe. Willst du eine Ehefrau sein? Dann sei bereit, wie ein Bauer zu schuften. Wenn du ein Problem gelöst hast, kommt gleich das nächste. Wer es mit der Liebe ernst meint, muss sich ernsthaft um sie bemühen. Daran arbeiten. Nicht weglaufen. Nicht ausziehen. Nicht untertauchen. Das würde sowieso nicht helfen. Du kannst vor deinem Schmerz nicht davonlaufen, er ist ebenso hartnäckig wie die Liebe.«

»Soll ich Paolo heiraten?«

»Nur wenn du mit dem Schlimmsten rechnest. Eine weise Frau hat mal gesagt, dass die Braut Schwarz und die Witwe Weiß tragen sollte. Die Braut betrauert den Verlust der Hoffnung, und die Witwe ist endlich frei von ihrem Schmerz.«

»Ich bekomme das, was er getan hat, nicht aus dem Kopf.«

»Die Erinnerung ist oft das Ungeheuer, nicht der Fehltritt selbst. Untreue ist kein Teil der Liebe und auch keine Ablenkung, sondern Willensschwäche. Die hast du sicher auch schon an dir erlebt.«

»Ja.«

»Dann weißt du also, dass sein Wille versagt hat und nicht seine Liebe.« Don Vincenzo nahm ein Nicorette-Kaugummi aus der Schreibtischschublade und steckte es in den Mund. »Was erwartest du vom Leben, Anina?«

»Ich wollte heiraten und mit dem Mann, den ich liebe, eine Familie gründen.«

»Es ist ein Job.«

»Das ist es wohl, Padre.«

»Und zwar ein harter Job, wenn du nicht weißt, wer du bist. Eine Mutter ist nicht nur eine liebevolle Gegenwart in einer Familie, die kocht, aufräumt und die Kinder tröstet. Sie geht mit gutem Beispiel voran und lehrt die Familie, einschließlich ihres Mannes, wie man liebt. Sie muss sich selbst kennen. Tut sie das nicht, erwartet sie von den Menschen, die sie liebt, Erfüllung. Das ist eine schreckliche Last für den Mann und die Kinder. Unsere Arbeit kann hingegen viel von unserem Ehrgeiz und unserem Ego absorbieren, sodass wir frei sind, zu lieben, wenn wir nach Hause kommen. Es ist wie mit dem Kanten Brot, der am Ende der Mahlzeit die Soße aufsaugt. Man isst den letzten Bissen, und der Teller ist sauber. Hat Paolo eine Stelle?«

»Noch nicht.«

»Und du?«

»Ich vertrete die Verkäuferin bei Cabrelli, wenn sie in Mutterschaftsurlaub geht.«

»Hm.« Der Priester verschränkte die Arme vor der Brust.

»Hat Paolo mich betrogen, weil er keine Arbeit hat?«

»Das weiß ich nicht.« Don Vincenzo schaute sie prüfend an. »Glaubst du, er hat die andere Frau geküsst, weil *du* eine Arbeit hast?«

»Ich weiß es nicht.« Anina war verwirrt. »Was hat meine Arbeit damit zu tun?«

»Wenn du deinen Sinn im Leben entdeckst, verändert dich das. Du siehst die Dinge anders. Klarer. Du liebst mehr und besser. Du löst Probleme und kannst anderen helfen, ihre Probleme zu lösen, weil du Kraft besitzt. Du lebst in der ganzen Welt, nicht nur in deiner kleinen Ecke. Du dienst.«

Don Vincenzo ging zur Tür und rief Paolo herein. Anina hatte gehofft, Don Vincenzos Büro mit einer Antwort zu verlassen, und die hatte sie nun gefunden. Und war überrascht, dass sie beschlossen hatte, ihrem Herzen zu folgen.

Kapitel 25

Als Anina pünktlich um acht die Eingangstür des Juweliergeschäfts aufschloss, stand ihr Großvater schon in der Werkstatt an der Schleifscheibe. Das schrille Summen der Scheibe war untrennbar mit ihrer Kindheit verbunden. Sie und ihr Bruder hatten jeden Tag nach der Schule im Laden gewartet, dass ihre Mutter sie abholte. Anina begrüßte Olimpio, verschloss die Tür und hängte die Handtasche an einen Haken unter der Theke. Dann schaltete sie das Licht in den leeren Vitrinen ein.

Anina öffnete den Tresor, holte die Präsentiertabletts heraus und stellte sie auf die Glastheke. Sie zählte Diamantringe und goldene Creolen und glich sie mit der Inventarliste ab. Dann richtete sie die LED-Strahler auf die mit Saphiren besetzten Platinohrringe.

Sie schob die Broschen wie Schachfiguren hin und her, bis jede optimal zur Geltung kam. Die meisten Kunden hatten keine Ahnung, wonach sie suchten. Es war Aufgabe der Verkäuferin, die Möglichkeiten zu präsentieren, das hatte sie von Olimpio gelernt. Die Kunden kauften ein Schmuckstück und eine Geschichte dazu. Anina hatte festgestellt, dass Frauen Stücke kauften, die sie an glückliche Zeiten erinnerten, während Männer immer das Beste verlangten.

»Alles fertig, Nonno.«

Olimpio nahm die Schutzbrille ab, kam in den Verkaufsraum und prüfte Aninas Arbeit. »Du hast einen guten Blick.«

Sie begann zu weinen. »Tut mir leid, aber ich habe schon lange kein Kompliment mehr bekommen.«

»Macht Paolo dir keine Komplimente?«

»Wir haben oft Streit. Nachdem wir bei Don Vincenzo waren, lief es besser, aber das ist vorbei. Er sagt, ich würde ihm nicht genug Aufmerksamkeit schenken. Es liegt wohl daran, dass ich mir Sorgen um Nonna mache. Ich würde gern zu euch ziehen und euch helfen.«

»Der Tag mag kommen, an dem wir dich brauchen, aber noch nicht jetzt. Ich kümmere mich um meine Matelda, und du kümmerst dich um deinen Paolo.«

Anina zog die Rollläden hoch und öffnete die Tür, vor der schon eine Kundin wartete. »Willkommen bei Cabrelli.« Die Glocke bimmelte, als Anina hinter die Theke trat und mit der Arbeit begann.

Anina riss ein Stück Alufolie ab und schaute in den Ofen. Hähnchenschenkel, -flügel und -brust waren gebräunt und lagen auf einem Bett aus Reis mit frischem Knoblauch und Pilzen. Sie legte die Alufolie über das Gericht, drehte den Ofen herunter und stellte das frische Gemüse beiseite. Dann deckte sie den kleinen Tisch vor der Küchenecke für eine Person und richtete den Salat an. Der Schlüssel drehte sich im Schloss; ihr Magen flatterte nervös.

»Du hast gekocht?« Paolo stand in der Tür und schaute Anina an, die sich extra hübsch gemacht hatte.

Sie nickte.

Paolo schaute zum Tisch. »Bist du verabredet?«

»Nein.«

»Du siehst aber so aus.«

»Ich verlasse dich.« Anina öffnete die Schlafzimmertür, hinter der ihre Koffer auf dem Bett lagen. »Mein Verlobungsring ist auf der Kommode. Ich wollte dir einen Brief schreiben, aber ich dachte, das wäre feige, also habe ich gewartet.«

»Du meinst es ernst.« Paolo klappte förmlich im Sessel zusammen.

»Ich halte es für wichtig, persönlich zu sagen, was man denkt«, sagte sie leise.

»Okay.«

»Wir können kontrollieren, wie wir leben. Und ich beschließe hiermit, nicht mehr so zu leben.«

»Wir machen eine schwierige Phase durch, Nina. Auf einmal wird alles real.« Paolo betrachtete seine Hände.

»Das stimmt.« Am liebsten hätte Anina gesagt *Für mich war es die ganze Zeit real,* widerstand aber dem Drang, den nächsten Streit anzufangen. Sie war es leid. Also trug sie die Koffer zur Wohnungstür und zog die Stiefel an.

»Es regnet.«

»Ich weiß.«

Anina zog den Regenmantel über. Paolo ging zu ihr. »Tu das nicht. Bitte. Bleib bei mir.«

»Diesmal geht es um mich.« Sie lächelte. »Ich weiß, das sagen Leute gern, wenn sie sich trennen, aber in diesem Fall ist es die reine Wahrheit.«

»Du kannst mir nicht verzeihen.«

»Ich habe dir verziehen. Und dann habe ich erkannt, dass es nicht reicht.«

Paolo war verwirrt, Anina blieb ruhig.

»Ich musste mir erst selbst verzeihen. Und habe dann den Mut gefunden, mehr aus mir zu machen als das, was ich bei dir bin. Es war falsch, mein Leben um dich herumzubauen. Es war nicht fair.«

»Ich weiß, dass wir zu viel streiten, aber wir lieben uns doch.« Paolo nahm ihre Hände.

Anina liebte Paolo, aber sie konnte nicht bleiben, denn jemand anders brauchte sie mehr. »Verzeih mir«, sagte sie, öffnete die Tür trat mit den Koffern in den Sturm hinaus.

Der Krankenhausaufzug war voller Assistenzärzte. Anina, die zwei Tassen Tee und einen Behälter Suppe für ihre Großmutter dabeihatte, sagte fröhlich: »Ich warte auf den nächsten.«

Ein gut aussehender Assistenzarzt musterte sie wohlwollend. »Wir machen Platz.«

Anina quetschte sich in den Aufzug. Der Assistenzarzt hielt ihr die Tür auf, als sie ausstieg, und sie ging lächelnd durch den Flur zum Zimmer ihrer Großmutter.

Anina stellte die Handtasche auf den Stuhl und küsste Matelda.

»Du musst mich nicht jeden Tag besuchen.«

»Das möchte ich aber.«

»Nonno hat gesagt, du gießt meine Pflanzen. Wie geht es dem Hibiskus?«

»Wenn die Sonne scheint, hat er große rote Blüten.«

»So soll es sein.«

»Bei euch zu Hause ist es so friedlich.«

»Bleib, solange du möchtest. Manchmal braucht man ein bisschen Abstand«, sagte Matelda. »Mit dem Abstand bekommt man eine neue Perspektive und findet eine Lösung.«

»Vielleicht«, sagte Anina. »Jedenfalls bin ich froh, dass ich mehr Zeit mit dir verbringen kann.«

Sie schob den Stuhl dicht ans Bett. »Ich möchte wissen, was passiert ist, als deine Mutter nach Schottland gegangen ist.«

»Du willst wirklich hören, wie eine Frau es überlebt hat, den Mann zu verlieren, den sie liebt?«

»Das muss ich wohl, Nonna.« Anina reichte ihrer Großmutter eine Tasse Tee, nahm die andere und setzte sich.

Matelda stellte das Kopfteil hoch, sodass sie im Bett sitzen konnte, und strich die Decke glatt. Dann schloss sie die Augen und beschwor das erste Zuhause herauf, das sie je gekannt hatte, und den Ort, der in ihren Träumen lebte.

Kapitel 26

Dumbarton
Herbst 1939

Die Schule der Schwestern von Notre Dame de Namur befand sich in einem alten Schloss mit Blick auf den Clyde. Sie lag nördlich von Glasgow bei Havoc, wo der Fluss breiter wurde. Dank der Lage konnten die Nonnen die tägliche Prozession von Flugzeugträgern, Schiffen und Lastkähnen beobachten, die vom bevorstehenden Krieg zeugten. Sie waren angesichts dieser Machtdemonstration zuversichtlich, dass der Krieg rasch enden würde, beteten aber vorsichtshalber täglich einen Rosenkranz für den Sieg.

Die Blumengärten von Notre Dame prangten wie Juwelen in den weiten Feldern, die das Kloster umgaben. Sie bauten Mais, grüne Bohnen, Salat, Gurken und Kartoffeln an und hatten am Weg zum Fluss einen Obstgarten angelegt. Es gab Kühe, die täglich Milch und nach der Schlachtung Pökelfleisch lieferten.

Das Schuljahr hatte planmäßig begonnen; am 5. September 1939 waren alle Zimmer belegt. Domenica bewohnte ein Zimmer, das von der Eingangshalle abging. Ein Vorhang trennte den kleinen Behandlungsraum vom Wohnbereich, einer Zelle mit Fenster, Bett und Waschbecken. All dies wäre eine gute Übung gewesen, hätte Domenica ein Leben als Nonne erwogen. Das Einzige, was sie von den frommen

Schwestern unterschied, waren die freien Tage, die sie in Glasgow statt in Klausur verbrachte.

Am Samstagmorgen holte Domenica ihre Post am Empfang ab und lächelte, als sie Umschläge aus Indiana und Paris entdeckte. Sie erkannte Mary Gays Gekritzel auf einem blauen Umschlag, den Saint-Joseph weitergeleitet hatte. Ihr Herz schlug schneller, als sie den ursprünglichen Absender sah. Mit zitternder Hand öffnete Domenica den Umschlag, der den Poststempel vom 10. August 1939 trug. Der Brief selbst war auf blassblauem Briefpapier mit dem Wappen der Handelsmarine getippt.

Liebe Domenica,
ich hoffe, Du bist gesund und wohlauf.
Mit diesem Brief möchte ich Dir mitteilen, dass ich unsere Korrespondenz beenden muss. Ich habe einen Einsatz und kann Dir unmöglich antworten. Daher wünsche ich Dir alles Gute und danke Dir für Deine Freundschaft.

Captain John Lawrie McVicars

Domenica faltete den Brief und steckte ihn zurück in den Umschlag.

Sie zog den Mantel über, schob den Brief in die Tasche und machte sich auf den Weg zum Fluss. Mit jedem Schritt wurde sie wütender auf sich selbst, weil sie sich trotz aller Warnungen in einen Seemann verliebt hatte. Sie hatte geglaubt, John McVicars sei anders, aber sie hatte sich getäuscht.

Domenica krümmte sich vor Scham bei dem Gedanken, dass der Captain den Brief womöglich in die Maschine diktiert hatte, es also einen fremden Menschen gab, der vor ihr erfahren hatte, dass McVicars sie nicht liebte. Der Mann, von dem sie gedacht hatte, er sei zu großer Zärtlichkeit fähig, besaß ein kaltes Herz. Er war nicht mutig, sondern versteckte sich hinter Siegel und offiziellem Briefpapier. Domenica begriff nicht, wie sie sich so hatte täuschen können.

Sie erreichte das Ufer des Clyde, wo die Nonnen eine Plattform errichtet hatten. Sie nahm den Brief, faltete ihn zu einem Papierflieger und ließ ihn über die Wellen segeln. Er flog durch die Luft und landete auf der Wasseroberfläche, ein winziger blauer Fleck, der rasch von den Stromschnellen verschluckt wurde. Kalte Gefühle verdienten ein eisiges Ende. Domenica ging leichteren Herzens zum Kloster zurück. McVicars hatte ihr einen Anlass geliefert, ihn zu vergessen. Nun konnte sie ihn für immer aus ihrem Herzen tilgen.

Als Domenica ein Kind gewesen war, hatten ihre Mutter und ihre Tante von einer Frau erzählt, die einen Polen im Zug kennengelernt und später geheiratet hatte. Nach allem, was man hörte, war er fleißig und wohlhabend, aber eben kein Italiener. Die Unterschiede hätten beide letztlich unglücklich gemacht. Worauf ihre Mutter gesagt hatte: »Wenn du einen Mann aus deinem Dorf heiratest, weißt du, wie er sein Essen salzt.«

Domenica verbrachte den Herbst damit, sich in der Schule einzugewöhnen. Die Nonnen begingen jeden Feiertag von Allerheiligen bis Weihnachten mit Dekorationen, Messen und Gebetszyklen. Domenica blieb keine Zeit für Heimweh, denn neben der Arbeit musste sie auch an sämtlichen Schulveranstaltungen teilnehmen, weil die Nonnen dies so wünschten. Dennoch vermisste sie Saint-Joseph und die Freundinnen aus Marseille. Als der Winter kam, fühlte sie sich wieder so einsam wie bei ihrer Abreise aus Italien.

Das schottische Wetter trug nicht dazu bei, sie aufzuheitern. Der Winteranfang war brutal gewesen und hatte alle

Bewohnerinnen ans Haus gefesselt. Die Schülerinnen, die in Notre Dame de Namur wohnten, konnten über Weihnachten nicht nach Hause fahren, weil ein heftiger Schneesturm den Verkehr zum Erliegen brachte. Schwestern und Personal taten ihr Bestes, um die Kinder bei Laune zu halten. Dann machte eine Grippe die Runde und hielt Domenica auf Trab, ein Vorgeschmack darauf, wie es sein musste, Mutter vieler Kinder zu sein. Sie befand, dass manche Frauen dafür geboren waren und sie nicht dazu gehörte.

Domenica schürte das Feuer in der Klosterküche und warf ein paar Klumpen schwarz glänzender Kohle auf die Scheite. Das Feuer spuckte blaue Flammen, weiße Rauchschwaden stiegen aus dem Schornstein.

Domenica backte den Weihnachtskuchen ihrer Mutter aus dem Gedächtnis nach. Der Gärtner hatte sie mit Butter und Eiern versorgt, die sie mit zwei Tassen Mehl und zwei Tassen Zucker in einer Schüssel vermengte. Sie gab einen Esslöffel Wasser dazu. Letzten Sommer hatten die Schwestern Kirschen in Likör eingelegt, und das letzte Glas würde den Teig verfeinern. Sie fischte die Kirschen heraus, gab sie nach und nach in den Teig und fügte noch eine halbe Tasse Kirschsaft hinzu. Dann stellte sie den Teig beiseite, setzte sich ans Feuer und knackte Walnüsse. Es dauerte länger, weil sie zwischendurch naschte. Dann hob sie Walnüsse unter den Teig, kippte ihn in eine Form und schob sie in den Ofen.

Es klopfte. Domenica rechnete mit dem Gärtner, der das Schmalz für die Weihnachtsgans brachte, doch stattdessen begrüßte sie ein Fremder, der in einer Hand einen großen Eimer und in der anderen einen Beutel Flaschen trug. Er trat in die Küche und stampfte den Schnee von den Stiefeln.

Domenica nahm einen kleinen Besen und bürstete seinen Mantel ab. »Geben Sie ihn mir. Wir trocknen ihn am Feuer.«

»Perdona mi. Ich mache Ihnen Arbeit.« Der alte Mann reichte ihr den Mantel.

»Sie sind Italiener.«

»Ich bin ein in Italien geborener Schotte. Man nennt uns Britaliener. Oder Tallies, wenn sie Gelato wollen. Arcangelo Antica mein Name.«

»Woher in Italien kommen Sie?«

»Bardi.«

»Das kenne ich. Ich bin aus Viareggio.«

»Das ist nicht wahr!«

»Und in der Weihnachtszeit fehlt es mir besonders. Was haben Sie mitgebracht?«

»Gelato und Prosecco für das Weihnachtsessen der Nonnen. Das Gelato wird mit dem Eisblock im Keller gekühlt«, erklärte Antica. »Was backen Sie da?«

»Toskanischen Weihnachtskuchen.«

»Ich bin aus der Emilia-Romagna, wir machen Käsekuchen.«

»Den mit gezuckerter Zitrone?«

»Ja, genau. Sind Sie Postulantin?«

»Nein, nein, ich bin die Schulschwester.« Sie streckte die Hand aus. »Domenica Cabrelli.«

»Bellissima.« Statt ihr die Hand zu schütteln, küsste er sie. »Cabrelli! Ich weiß alles über Sie. Sie kennen meinen Freund Captain McVicars.«

Sie nickte höflich.

»Ein guter Mann.«

Domenica lächelte gezwungen. Denkbar, dass McVicars ein guter Mann war, auch wenn sie ihn anders erlebt hatte.

»Sagen Sie Bescheid, wenn die Schwestern noch etwas aus Glasgow brauchen.«

»Das mache ich.« Domenica half dem alten Mann in den Mantel. »Buon Natale.«

Domenica sah vom Fenster aus, wie Antica dem geräumten, mit frischem Schnee bedeckten Pfad zur Straße folgte. Über den silbernen Feldern hing der Vollmond wie ein milchiger, blassblauer Cabochon am dunklen Himmel. Einen Moment verspürte sie den Drang, ihren Mantel zu nehmen und ihm nachzulaufen. Sie wollte mit einer italienischen Familie zusammen sein, selbst wenn es nicht ihre eigene war. Stattdessen wickelte sie Geschirrtücher um die Hände und holte den Weihnachtskuchen aus dem Ofen. Und hoffte, dass ihre Familie daheim das Gleiche tat.

Kapitel 27

Dumbarton
Frühjahr 1940

Der Frühling ließ Schottland in Farben explodieren. Braune Kühe lagen auf leuchtend grünen Weiden. Die gelblich weißen Schafe, die auf den Hängen grasten, hatten schwarz-weiße Gesichter und schwarze Beine. Die Frauen von Glasgow legten ihre schweren Mäntel und Wolljacken ab und flatterten in pastellfarbenen Kleidern wie Schmetterlinge durch die Straßen.

Domenica zog ihr schönstes Sommerkleid an und fuhr mit der Straßenbahn nach Glasgow.

Sie schlenderte entspannt durchs West End und stöberte in den Geschäften. In den italienischen Läden gab es Keramik aus Deruta, in Prato gewebte Stoffe und Olivenöl aus Kalabrien. Domenica hatte versprochen, einen echten italienischen Tomatenkuchen fürs Abendessen mitzubringen, und am späten Nachmittag war es Zeit, das Versprechen einzulösen.

Die Gebrüder Franzetti in der Byres Road backten einen Tomatenkuchen nach toskanischer Art aus dünnem Teig, der mit langsam gerösteten, karamellisierten Tomaten belegt und mit Parmigiano Reggiano überbacken war. In der Saison gaben sie noch eine hauchdünne Schicht Trüffel auf den Kuchen und backten ihn im Holzofen, sodass der erdige Pilzgeruch durchs ganze West End zog. Domenica lief bei dem Gedanken daran das Wasser im Mund zusammen, und sie sehnte sich nach der heimischen Küche ihrer Mutter. Nicht mehr lange, dann konnte sie nach Hause.

Domenica gab ihre Bestellung bei einem der beiden Franzetti-Söhne auf. Der Junge lachte, wobei ihm eine schwarze Locke in die Stirn fiel, die sie an einen alten Freund erinnerte. Domenica setzte sich an einen Tisch auf der Straße, während ihr Tomatenkuchen im Holzofen gebacken wurde. Im Restaurant herrschte reger Betrieb; draußen rannten Kinder auf und ab und jagten mit knorrigen Stöcken einem Ball hinterher. Ihr Spiel erinnerte sie an Viareggio, und es kam ihr vor, als wäre es noch gar nicht so lange her, dass sie als Mädchen dort getobt hatte. Sie hob den Gummiball auf, als er neben ihrem Stuhl landete, und war einen Moment lang versucht, mitzuspielen. Sie warf ihn zurück, und die Jungen fingen ihn mit einem »Grazie« aus der Luft.

Dieses Stückchen Italien mitten in Glasgow war Balsam für ihre Seele, und erst hier merkte sie, wie sehr sie ihre Sprache und ihre Landsleute vermisste. Das Leben vor der Verbannung kam ihr jetzt idyllisch vor, und manchmal genügte schon der Duft von Tomaten und Knoblauch, um sie an die vergeudete Zeit fern ihrer Familie zu erinnern.

Franzetti brachte Domenica ein Glas vom hausgemachten Wein und ein Stück Pizza, um ihr die Wartezeit zu versüßen. Sie schloss die Augen und nippte an dem Wein, der rustikal roch wie der selbst gekelterte Tafelwein ihres Vaters.

Die Jungen auf der Straße kreischten vor Lachen, als ein groß gewachsener Mann sich den Ball schnappte und hoch über ihre Köpfe hielt. Sie sprangen um ihn herum und versuchten, an den Ball zu kommen. Der Mann machte ein Spiel daraus und wirbelte flink um sie herum.

Die Franzetti-Frauen mahnten die Kinder, den Kunden nicht zu belästigen. Der Mann gab einem der Jungen den Ball zurück und drehte sich um. Domenica stockte der Atem.

Es war Captain John Lawrie McVicars. Sie konnte nicht mehr weglaufen; er hatte sie bereits bemerkt.

Wann immer sie an den Captain dachte, stellte sie sich vor, dass er weit entfernt auf See war. So konnte sie ihn ganz gut verdrängen. Sein Brief hatte sie tief verletzt, und sie hatte weder gehofft noch erwartet, ihm in Glasgow zu begegnen. Doch da sich die Gelegenheit bot, würde sie ihm gründlich die Meinung sagen.

Die Straßenjungen umringten den Captain und flehten ihn an, weiter mit ihnen zu spielen. Einer klammerte sich an seinen Unterarmen fest, und er hob ihn wie eine Hantel hoch und runter. »Das reicht, Nunzio«, sagte er zu dem Jungen. »Du wirst allmählich zu schwer.«

Die Frauen entschuldigten sich und vertrieben die Jungen.

Der Sohn brachte Domenica die bestellte Tomatentorte an den Tisch. Sie bezahlte und versprach, wiederzukommen. In diesem Moment trat der Captain vor sie hin.

Er stand unbeholfen da und wusste offenbar nicht, was er sagen sollte. Ihr ging es genauso. Er rieb sich die Unterarme, die vom Griff des Jungen gerötet waren. Sie erinnerte sich, wie es gewesen war, diese Arme um sich zu spüren, und wurde rot. Sie schämte sich, weil sie tatsächlich geglaubt hatte, er habe sie gern. Doch dann verwandelte sich ihre Verlegenheit in Wut.

Domenica erhob sich, nickte ihm zu und wollte gehen.

»Miss Cabrelli?«

Da sie kein Aufsehen erregen wollte, blieb sie stehen und drehte sich um.

»Was machst du in Schottland?«

»Arbeiten.«

»Du siehst gut aus. Bist du in den Orden eingetreten?«

»Sehe ich so aus?«

»Ich würde sagen, nein. Es sei denn, sie hätten die Regeln komplett geändert und Armut und Keuschheit abgeschafft.«

Domenica lachte nicht über den Scherz.

»Das ist ein schönes Kleid.«

»Ich habe es selbst genäht.«

»Du hast Talent.«

»Meine Mutter meint, jedes Mädchen *und jeder Junge* müssten nähen können. Mein Bruder kann seine Hemden selbst nähen. Kannst du das auch?«

»So weit ist es mit uns gekommen? Smalltalk über deinen furchtbaren Bruder Aldo?«

Domenica bereute, dass sie ihm von ihrem Bruder oder überhaupt von ihrer Familie erzählt hatte. »Entschuldige, ich muss los.« Sie ließ ihn stehen.

»Che bella, no?«, sagte der Franzetti-Junge, als er die Markise über dem Eingang herunterließ.

McVicars antwortete nicht und schaute sich nach Domenica um, doch sie war verschwunden. Ein anderer Junge zeigte auf die Ecke. Der Captain dankte ihm und entdeckte Domenica, die gerade die nächste Straße überquerte. Der Rock ihres blassblauen Kleides bauschte sich wie eine Glocke.

»Domenica!«, rief er und beschleunigte seinen Schritt.

Sie stieg gerade die Stufen zur Straßenbahnhaltestelle hinauf. Er rannte los. Die Straßenbahn fuhr ein, die Türen öffneten sich, Fahrgäste stiegen aus. Domenica erklomm den überfüllten Wagen und setzte sich. Die Türen gingen zu, doch McVicars konnte sie noch einmal aufreißen und sich hineinquetschen. Er drängte sich bis zu ihr durch.

»Hast du Bekannte in Dumbarton?«, fragte sie, ohne ihn anzusehen.

»Nur dich.«

Die Straßenbahn ratterte los. Das Klappern der Räder und der Lärm im überfüllten Wagen machten ein Gespräch unmöglich, doch Domenica schaute ohnehin starr geradeaus, den Tomatenkuchen auf dem Schoß.

McVicars folgte ihr, als sie ausstieg.

»Ich möchte mit dir reden.«

»Du solltest zurück nach Glasgow fahren.« Sie beschleunigte ihre Schritte. »Es gibt nichts zu sagen.«

»Warum bist du so böse auf mich?«

»Ich bin nicht böse auf dich. Ich dachte, wir wären Freunde, und finde dein Verhalten nicht gut.«

»*Mein* Verhalten?«, fragte McVicars verwirrt.

»Die Bahn kommt gleich. Es gibt eine bequeme Bank an der Haltestelle, auf der du warten kannst. Auf Wiedersehen, Captain.«

»Hast du jemand anderen kennengelernt? Sag es mir einfach.«

»Warum sollte dich das interessieren? Du hast mir geschrieben, dass du keinen weiteren Kontakt wünschst.«

»Das stimmt nicht! Zeig mir den Brief.«

»Den habe ich in den Clyde geworfen.« Domenica ging über das Feld zur Küchentür des Klosters, McVicars auf den Fersen.

»Warte doch. Nein. Hör mir zu. Ich habe den Brief nicht geschrieben. Im Gegenteil, *du* hast aufgehört, *mir* zu schreiben.«

»Ich habe dir jede Woche geschrieben.«

»Ich habe keine Briefe bekommen«, beharrte McVicars.

»Ich habe dir nach Hause geschrieben.«

»Schreib bitte weiter.«

»Auf gar keinen Fall.«

»Nur noch einen Brief an die Tulloch Street. Bitte. Falls ich nichts von dir höre, weiß ich, dass du nichts mehr von mir wissen willst.«

Domenica betrat die Klosterküche und schloss die Tür. Sie stellte den Tomatenkuchen auf die Arbeitsplatte und sagte der Köchin Bescheid, bevor sie in ihr Zimmer ging. Sie zog die Vorhänge auf, öffnete das Fenster und sah McVicars nach, der im einsetzenden Regen zum Bahnhof ging.

Kapitel 28

McVicars passte den Postboten täglich an der Ecke ab und ging die Briefe durch, bevor sie zugestellt wurden. Er behauptete, er wolle seinen Gestellungsbefehl abfangen, damit sich seine Mutter nicht aufregte. Gegen Ende der Woche traf ein blauer Umschlag von Domenica aus Dumbarton für ihn ein. Er war glücklich, öffnete ihn aber nicht, sondern wies den Postboten an, ihn mit der übrigen Post zuzustellen. Als McVicars sicher war, dass seine Mutter die Post durchgesehen hatte, ging er heim. Die Post lag auf dem Tisch. Domenicas Brief war verschwunden.

Er hörte ein seltsames Geräusch aus dem Garten hinter dem Haus und spähte aus dem Küchenfenster. Seine Mutter klopfte gerade einen Ziegelstein in der Gartenmauer fest. McVicars verließ das Haus und streifte bis zum Tee durch die Straßen von Glasgow.

Es waren die längsten Stunden seines Lebens. Er fühlte sich um sein Glück betrogen, was er kaum ertragen konnte, weil seine eigene Mutter es ihm geraubt hatte. Gegen Abend kehrte er schweren Herzens heim und wartete in seinem Zimmer, bis sie die Treppe heraufstieg, um schlafen zu gehen. Es war leicht, seiner Mutter aus dem Weg zu gehen, da sie nicht seine Gesellschaft suchte, für ihn kochte oder wusch. Das Heim seiner Kindheit war nur noch der Ort, an dem er sich aufhielt, bis seine Befehle eintrafen. Er zündete sich eine Zigarette an und wartete, bis seine Mutter eingeschlafen war.

Dann öffnete McVicars seine Zimmertür. Als Kind war er oft genug herumgeschlichen und wusste, wie er unauffällig am Schlafzimmer seiner Eltern vorbeikam. Auf Zehenspitzen schlich er die Treppe hinunter und ging durch die Küche in den Garten. Er zündete ein Streichholz an und entdeckte den Stein, den seine Mutter liegen gelassen hatte. Er klopfte damit gegen die Mauer, bis er den losen Ziegel gefunden hatte, und zog ihn heraus. In der Nische dahinter lag eine Papiertüte mit Briefen.

In seinem Zimmer legte McVicars sich aufs Bett und begann zu lesen. Er fing mit dem letzten Brief an, den Domenica ihm aus Marseille geschickt hatte und der auf den 9. Juli 1939 datiert war.

Lieber Captain McVicars,
es gibt nicht mehr viel zu schreiben. Meine Gedanken stehen in den unbeantworteten Briefen. Ich verstehe, oder glaube zu verstehen, warum Sie mir nicht geantwortet haben. Ich muss etwas geschrieben haben, mit dem ich Sie beleidigt habe. Dafür bitte ich um Verzeihung. Es ist möglich, dass Sie einer anderen, passenderen Frau begegnet sind. Ich hoffe, dass es so ist und Sie eine gute Freundin in ihr gefunden haben.

Mit den besten Wünschen
Domenica Cabrelli

Seine Mutter hatte die Umschläge fein säuberlich mit der Haarnadel geöffnet. Er stapelte die Briefbögen aufeinander und setzte sich an den Tisch am Fenster. Dann zog er die Lampe näher heran und las in aller Ruhe Domenicas Briefe. Er las alle dreimal, damit er sie auch wirklich verstand.

Er lehnte sich zurück und balancierte auf den Hinterbeinen des Stuhls, verschränkte die Hände hinter dem Kopf, schaute zum Mond und dachte an das italienische Mädchen. Nun, da er ihre Briefe gelesen hatte, konnte er Domenica verstehen und schämte sich für seine Mutter. Er musste Domenica unbedingt erklären, was sie getan hatte. Welche junge Frau mit einer vielversprechenden Zukunft wollte schon zu solch einer Familie gehören? Wenn er eins über Domenica wusste, dann, dass die Familie der Mittelpunkt ihres Lebens war. Da stand er nun, ein Mann von fast vierzig Jahren, dessen Mutter es geschafft hatte, den einen Sohn nach Neuseeland und den anderen aufs Meer zu treiben. John McVicars verbrachte mehr Monate auf See als daheim. Sein Vater war auf See geblieben, worauf seine Frau behauptet hatte, er sei nur gestorben, um sie zu ärgern. Grizelle war verbittert, weil sie sich betrogen fühlte, und setzte alles daran, ihre Familie ebenso unglücklich zu machen, wie sie es war. Dass sie die Privatsphäre ihres Sohnes nicht respektierte, war ihr letzter Versuch, John an sich zu binden, nachdem alle anderen Männer sie verlassen hatten.

McVicars drückte die letzte Zigarette aus, die er am Nachmittag gedreht hatte. Es war zwei Uhr morgens. Er legte Domenicas Briefe in der Reihenfolge, in der sie geschrieben worden waren, beiseite und holte Briefpapier, Umschläge und Stift aus der Schublade.

Er rieb sich die Augen. Lange saß er nur da, doch als er einmal zum Stift gegriffen hatte, hörte er nicht auf zu schreiben, bis der Brief fertig war. Er bezweifelte, dass seine Worte etwas ändern würden, doch schreiben musste er sie.

3. April 1940

Liebe Domenica,
ich habe Deine Briefe gelesen, alle dreizehn. Meine Mutter hatte sie versteckt, warum, weiß ich nicht. Ich kann ihr jedoch nicht die alleinige Schuld an unserer Entfremdung ge-

ben. Briefe hin oder her, ich hätte nach Marseille zurückkehren und mit Dir persönlich sprechen müssen. Ich bin schuld, dass wir so viel Zeit vergeudet haben.

Mir ist klar geworden, dass ich nur mit Dir jemals glücklich gewesen bin. Falls Dir das seltsam vorkommt, dann denk Dir einen Mann, der das Leben auf dem Meer vorzieht und nur im Urlaub zu seiner Mutter heimkehrt. Wenn ich dort war, warf ich den Seesack in die Ecke und verbrachte meine Zeit in der Kneipe, bis ich wieder an Bord konnte. Die Heimat ist für mich nicht so erfreulich wie Viareggio für Dich. Aber ich glaube, das ist der einzige Unterschied zwischen uns. Wir sind simpatico, wie es bei Euch heißt.

Vor dem Schlafengehen stelle ich mir immer die Nacht vor, in der wir uns kennengelernt haben. Ich sitze mit Euch in der Kapelle von Saint-Joseph. Ich erinnere mich an jedes Wort, das Du zu mir gesagt hast. Ein Hauch von Weihrauch lag in der Luft, und ich fühlte mich in einen exotischen Hafen versetzt, in dem es nur uns beide gab. Meine Hände brannten in jener Nacht, doch ich spürte den Schmerz nicht, weil mich Deine Gedanken zu allen Themen dieser Welt interessierten. Wir haben uns unterhalten, und doch reichte die Zeit nicht aus, um alles so eingehend zu besprechen, wie ich es mir gewünscht hätte. Unser Gespräch hat mir geholfen, die Dinge für mich zu ordnen, und ich war Dir dankbar, dass Du Dir Zeit für mich genommen hast. In den folgenden Monaten fand ich Frieden, wenn ich an dieses Gespräch zurückdachte. Ich dachte beim Einschlafen daran, und die Erinnerung erleichterte mein Gewissen. Eine solche innere Ruhe habe ich zuletzt als kleiner Junge erlebt.

Du hast viele Möglichkeiten und sicher auch viele Verehrer, die es ehrlich meinen. Ich bin so ziemlich der letzte Kandidat inmitten dieser erstklassigen Auswahl von Männern. Und doch bezweifle ich aus tiefster Seele, dass irgendein Mann Dich jemals so sehr lieben könnte, wie ich Dich auf meine unvollkommene Art liebe. Und ich bete, dass Du mich auf Deine unvollkommene Art auch lieben kannst.

John

»Hier ist noch ein blauer Brief von Ihrem Captain.« Schwester Matelda kam zu Domenica in den Garten und reichte ihr den Umschlag. »Einer pro Tag. Zwei Wochen lang. Der Mann muss einen gewaltigen Krampf in der Hand haben.« Schwester Matelda rieb sich die Hände. »Wenn das so weitergeht, werden Sie ihn entweder heiraten oder umbringen.«

»Was würden Sie tun, Schwester?«

»Mit einem Mann?« Schwester Matelda war ungefähr in Domenicas Alter. Wenn eine junge Frau auf die dreißig zuging, nahmen ihre Heiratschancen dramatisch ab, doch das schien Domenica nicht zu kümmern. »Ich habe einen anderen Weg gewählt, besser gesagt, er hat mich gewählt. Daher kann ich keine romantische Ratschläge erteilen.«

»Wenn Sie einen Mann liebten, der Ihnen nichts als Kummer bereitet hat, würden Sie dann zu ihm zurückkehren?«

»Falls es um George Garrity aus der Grafschaft Cork geht, so habe ich ihn verlassen, als ich Novizin wurde. Er blieb zutiefst erschüttert in Macroom zurück. Man sagte mir, er sei nutzlos wie ein Stuhl ohne Beine gewesen, nachdem ich ihm das Herz gebrochen hatte. Aber irgendwie hat er sich wieder gefasst und geheiratet, nachdem ich fünf Jahre später mein endgültiges Gelübde abgelegt hatte. Ein reizendes Mädchen, Mary Rose McMasters aus Killarney. Sie hatte rotes Haar wie der Sonnenuntergang, sagte man mir. Sie haben jetzt sechs Kinder. Die Liebe findet ihren Weg, sie überwindet alle Hindernisse.«

»Sie bereuen also nicht, Nonne geworden zu sein.«

»Bisweilen schon. Ich habe mein Elternhaus verlassen, um Abenteuer zu erleben. Die gab es in Macroom nicht. Aber Gott hat gewollt, dass ich hier Abenteuer erlebe. Ich unterrichte gern und habe meine Kalligrafie, meine Interessen. Die Liebe Gottes lässt mich mein Leben hinterfragen, und dieselbe Liebe liefert mir Antworten, wenn ich sie brauche.«

»Ich wünsche mir Frieden.« Domenica stand auf und trat ans Fenster.

»Haben Sie noch einmal darüber nachgedacht, Novizin zu werden?«

»Wenn all das vorbei ist, möchte ich einfach nur nach Hause. Ich bin Italienerin und gehöre dorthin. Mir fehlen Viareggio, meine Familie, die Arbeit in der Praxis. Als Nonne müsste ich das alles aufgeben. Und ich fürchte, dafür bin ich nicht selbstlos genug.«

Schwester Matelda nickte verständnisvoll. »Einige finden überall ihren Weg. Sie aber haben einen Ort, nach dem Sie sich sehnen – das ist ganz und gar nicht egoistisch. Es bedeutet nur, dass Sie wissen, wo Sie am meisten geliebt werden und am nützlichsten sind.«

Schwester Matelda kehrte ins Haus zurück. Domenica steckte Johns Brief in die Schürzentasche und ging zum Fluss hinunter.

In McVicars' Zimmer waren die Vorhänge zugezogen, nur durch den Spalt darunter drang ein wenig Licht. Er drehte sich im Bett um und kniff die Augen zu, um an seinem Traum festzuhalten, an die Stelle zurückzukehren, an der ihn das Licht geweckt hatte.

»Wohin gehst du?«, rief er Domenica zu, die in der Luft schwebte.

Der Wind ließ ihr Kleid flattern und hob sie höher in die Wolken. Er konnte sie nicht erreichen.

»Wohin gehst du?«, rief John wieder zu ihr hinauf.

Als er aufwachte, fühlte er sich fiebrig, sein Mund war trocken. Er erinnerte sich an den Traum. Domenica war für ihn unerreichbar.

Noch eine Chance, dachte er, zog sich hastig an und packte seinen Seesack. Er faltete die Briefe, schob sie wieder in die Umschläge und verschnürte den Stapel. Er steckte ihn in die Uniformjacke und stieg die Treppe hinunter. Den Seesack ließ er neben der Tür liegen und ging zu seiner Mutter in die Küche.

»Willst du Bohnen und Toast? Speck?«, fragte sie.

»Nichts.«

»Wie hast du geschlafen?«

»Schlecht. Mutter, ich verlasse dieses Haus.«

»Wohin gehst du?«

McVicars zog wortlos die Briefe aus der Tasche. »Was hast du getan, Mutter?«

Sie wurde blass, wandte sich ab und nahm den Teekessel vom Herd.

»Du hast mir diese Briefe vorenthalten. Warum?«

»Keiner meiner Söhne heiratet eine Itakerin.«

»Sie ist Krankenschwester. Und ein guter Mensch.«

»Ich weiß alles über sie.« Sie kicherte boshaft.

»Weil du meine Briefe gelesen und sie dann vor mir versteckt hast.«

»Sie sind in meinem Haus angekommen.«

McVicars war wütend, wusste aber aus Erfahrung, dass er seine Mutter nicht umstimmen konnte. »Ich gehe zu ihr, falls sie mich nach dem, was du getan hast, noch will.«

»Das wird sie nicht.«

»Hast du auch nur einen Moment lang geglaubt, du könntest mich davon abhalten, die Frau zu heiraten, die ich liebe, indem du in meinem Namen einen Brief auf deiner alten Underwood getippt hast?«

McVicars schnappte sich den Seesack und verschwand.

Grizelle schlug die *Daily Mail* auf, las die Titelseite und blätterte langsam weiter. Sie rückte die Brille zurecht, als ihr Bick auf einen Artikel fiel.

The Daily Mirror

Von John Boswell

In Großbritannien leben über 20 000 Italiener, davon allein 11 000 in London. Der Londoner Italiener ist ein unverdaulicher Teil der Bevölkerung. Er lässt sich mehr oder weniger vorübergehend nieder und arbeitet, bis er genug Geld hat, um sich ein kleines Stück Land in Kampanien oder der Toskana zu kaufen. Oft vermeidet er es, britische Arbeitskräfte zu beschäftigen. Es ist viel billiger, Verwandte aus der alten Heimat nach England zu holen. Und so entluden die Schiffe allerlei braunäugige Francescas und Marias und Ginos, Titos und Marios mit dicken Augenbrauen … Heutzutage ist jede italienische Kolonie in Großbritannien und Amerika ein brodelnder Kessel italienischer Politik. Schwarzer Faschismus. Heiß wie die Hölle. Selbst der friedliche, gesetzestreue Cafébesitzer steigert sich in einen unerhörten patriotischen Rausch, sobald der Name Mussolini fällt … Wir sind vollkommen mit kleinen Zellen potenziellen Verrats durchsetzt. Am Mittelmeer braut sich ein Sturm zusammen. Und wir tragen mit unserer trägen, lächerlichen Toleranz dazu bei, dass er an Stärke gewinnt.

Grizelle McVicars nahm einen Bleistift zur Hand und kreiste das Wort »Verrat« ein. *Er kommt zurück,* versicherte sie sich.

Der Juwelier Amedeo Mattiuzzi hatte am 28. April 1940 ein Telegramm von seinem Cousin in London erhalten: *Wir sehen uns in Brighton. L.M.*

Das Telegramm war verschlüsselt und enthielt eine dringende Warnung. Mattiuzzi solle sein Inventar umgehend aus dem Laden schaffen. Seine Frau las Zeitung und schnitt Artikel über *Britaliener* und *Itaker* aus, die auf den Straßen Londons wegen kleinerer Vergehen oder des bloßen Verdachts auf solche aufgegriffen worden waren. In den Artikeln war von Glücksspiel, illegaler Weinherstellung und dem Handel mit schwarz gebranntem Schnaps und Hehlerware die Rede. In Wahrheit aber reichte ein italienischer Nachname, um beschuldigt zu werden.

Mattiuzzi hatte bald Beweise dafür, dass etwas Schlimmes bevorstand. Der Oberstallmeister von Holyroodhouse tauchte unangekündigt auf und verlangte ohne jede Erklärung die Rubinbrosche und die Anstecknadel, die von der königlichen Familie in Auftrag gegeben worden waren. Eigentlich hatte Mattiuzzi sie bis zu einer Zeremonie im nächsten Frühjahr aufbewahren sollen. *Sie müssen etwas wissen,* dachte er sich und übergab ihnen die Schmuckstücke.

Aufgrund der dringenden Warnung seines Cousins entnahmen Mattiuzzi und sein Sohn in den nächsten zwei Tagen nach und nach die Schmuckstücke aus den Vitrinen und ersetzten sie durch Kopien, um keinen Verdacht zu erregen.

Wenn der Feind unsichtbar war, musste man selbst es auch sein.

Mattiuzzi wickelte die edlen Juwelen in Musselin, verbarg

sie in seinem Mantel und begab sich zur Morgenmesse in die St. Andrew's Cathedral. Nach dem Gottesdienst schlich er hinunter in die Krypta und versteckte die Schmuckstücke in einer Mauerspalte. Dann kehrte er in den Laden zurück.

Die Türglocke bimmelte. Vater und Sohn, die gerade das Werkzeug aufräumten, sahen einander an. Mattiuzzi gab seinem Sohn ein Zeichen, in der Werkstatt zu bleiben, zog die Schürze aus und ging nach vorn.

»Womit kann ich dienen, mein Herr?«

»Arcangelo Antica hat mich zu Ihnen geschickt.« Der Captain hatte sich rasiert und trug seine Uniform. »Captain John McVicars. Ich bin auf der Suche nach einer Damenuhr.«

Mattiuzzi zog ein Samttablett aus der Vitrine und legte zwei goldene Uhren, eine mit Lederband, die andere mit einer Kombination aus Leder und Metall, auf die Glastheke. Es waren die letzten beiden Wertgegenstände im Laden.

»Sie ist ein besonderes Mädchen. Solche Armbanduhren trägt jede zweite Frau in Glasgow. Verstehen Sie mich nicht falsch, sie sind schön, aber ich möchte ihr etwas Unvergessliches schenken.«

»Was für ein Geschenk ist es denn?«

»Ein besonderes.«

»Erzählen Sie mir von ihr.«

»Sie ist wunderschön.«

»Freut mich für Sie.«

»Und sie ist Krankenschwester.«

»Sie liegen richtig, wenn Sie ihr eine Uhr schenken wollen. Sie braucht eine Schwesternuhr. Ich habe eine aufgearbeitet, aber die ist teuer, eine Antiquität. Ein Unikat. Möchten Sie die sehen?«

McVicars nickte. Mattiuzzi ging ins Hinterzimmer und kam mit der Schwesternuhr zurück. Er wollte sie eigentlich über einen Zwischenhändler auf Kommission verkaufen, falls er dringend das Geld brauchte.

»Warum ist das Zifferblatt verkehrt herum?«, wollte McVicars wissen, als er die Uhr betrachtete.

»Eine Krankenschwester braucht einen Zeitmesser, den sie rasch ablesen kann, ohne das Handgelenk zu bewegen. Es gibt auch einen Sekundenzeiger. Das Uhrwerk ist sehr genau – es weicht um keine Sekunde ab. Das ist wichtig, wenn man den Puls misst.«

»Mir gefällt der Stein.«

»So etwas finden Sie auf den ganzen Britischen Inseln nicht.«

»Würden Sie die Uhr gravieren?«

Mattiuzzi schaute zu seinem Sohn. Gravierstift und Platte waren bereits eingepackt. Piccolo schüttelte den Kopf.

»Es tut mir leid, Sir, das können wir nicht.«

»Sie muss aber graviert werden. Ich möchte, dass *Domenica und John* darauf steht. Ich bin zu Ihnen gekommen, weil sie Italienerin ist. Ich dachte, Sie würden Ihr Bestes für sie geben.«

»Ist sie in Italien?«

»Nein, Sir, sie arbeitet im Kloster in Dumbarton.«

Mattiuzzi spielte mit dem Gedanken, den Mann zu warnen, dass seine künftige Verlobte in Gefahr sein könnte. Eine italienische Staatsangehörige war in Schottland nicht sicher. Doch Mattiuzzi musste befürchten, dass der Captain herausfinden wollte, wie viel die italienischen Schotten über die mögliche Razzia wussten. Und der Eisverkäufer Antica kannte Gott und die Welt, sodass seine Empfehlung nicht viel wert war.

»Sie müssen nicht unsere vollen Namen eingravieren, die Initialen reichen auch. *J und D*. Bitte. Ich werde sie bitten, mich zu heiraten.«

»Wenn das so ist …« Mattiuzzi brachte seinem Sohn die Schwesternuhr.

Piccolo flüsterte: »Papa, ich habe das Werkzeug eingepackt.«

»Pack es aus. Tu, worum der Mann bittet.«

Die sanft gewellten Hügel und Rasenflächen auf dem Gelände von Notre Dame de Namur schimmerten grün. Die roten Rosen, die um die Statue der Gottesmutter rankten, standen in voller Blüte. Die Knospen der Pfingstrosen baumelten von zarten Zweigen entlang der Wege, bereit, sich jeden Augenblick zu öffnen. Im Garten blühten rosa Azaleen und blaue Hyazinthen. Im Teich trieben weiße Seerosen auf mitternachtsblauem Wasser. Die Schwestern, die dort beteten, nannten den Teich einen »Himmelsspiegel«.

John McVicars ging vor dem Kloster auf und ab.

Schwester Matelda spähte durch die Vorhänge. »Er läuft sich noch die Sohlen ab.«

Domenica schaute aus dem Fenster. »Irgendetwas stimmt nicht mit ihm.«

»Er ist verliebt, das ist alles.«

»Und das erkennen Sie von hier aus, Schwester?«

»Sie sollten mit ihm reden, bevor er völlig erschöpft ist. Haben Sie ihn nicht lange genug gequält?«

»Mag sein.« Domenica zwinkerte Schwester Matelda zu, legte den Schal um, den McVicars ihr geschenkt hatte, und ging zu ihm nach draußen.

McVicars fühlte sich prachtvoll in seiner marineblauen Uniform. Ein hochrangiger Offizier der Handelsmarine hatte einmal zu ihm gesagt: »Unsere Uniformen sind so robust, die halten einen aufrecht, wenn man den Mut verliert.« An diesem Morgen fehlte es McVicars ganz schön an Mut. Als

Domenica auf ihn zukam, schlug sein Herz mit jedem ihrer Schritte schneller. Seine ganze Zukunft lag in ihren Händen.

»Die Nonnen sorgen sich um ihren Rasen«, sagte Domenica.

»Verstößt es gegen die Regeln, hier spazieren zu gehen?«

Sie hatte Mitleid mit ihm. Er war nicht wie sonst zu Scherzen aufgelegt, sondern wirkte verletzlich. »Warum bist du gekommen, John?«

Er holte tief Luft. »Domenica, ich weiß, ich bin deiner nicht würdig.«

»Und du bist den ganzen Weg von Glasgow gekommen, um mir das zu sagen?«

»Nein, ich bin den ganzen Weg von Glasgow gekommen, um dich zu bitten, mich zu heiraten.«

Domenica vergrub die Hände in den Schürzentaschen. Einen Heiratsantrag hatte sie nicht erwartet. Sie hatte gedacht, er sei hergekommen, um sie wiederzusehen. Hätte sie geahnt, dass McVicars ihr einen Antrag machen würde, hätte sie ihr blaues Kleid angezogen. Stattdessen trug sie Schwesterntracht und Schürze. Offenbar war sie nie richtig gekleidet, wenn er ihr etwas Wichtiges zu sagen hatte. Vielleicht war das der Punkt. Für Künstlichkeit blieb keine Zeit; ihre Verbindung war das Ziel, nicht der Tanz, der ihr vorausging. Sie wog ab: ein Leben ohne ihn gegen ein ganzes Leben mit ihm. Domenica war gewöhnlich nicht impulsiv, doch in diesem Moment konnte sie es sein. Sie wollte ihn; das hatte sie in der Nacht entschieden, in der sie ihm zum ersten Mal begegnet war.

»Was ist?«, fragte er.

»So habe ich mir das nicht vorgestellt.«

Er sah sich um. »Kein Regen. Es ist warm. Ich war beim Friseur und trage Uniform. Ich habe sogar einen Spritzer Eau de Cologne gewagt.«

»Alles nur für mich?«, neckte sie ihn.

»Falls es nicht reicht, sag, was du willst, und ich tue es.«

»Es reicht, John. Ich heirate dich mit Freuden.«

McVicars nahm Domenica in die Arme, drückte sie an sich und bedeckte ihr Gesicht mit zärtlichen Küssen. Sie küsste ihn fieberhaft zurück, bevor sie ihr Gesicht an seinem Hals verbarg. Der Zitronenduft des Eau de Cologne erinnerte sie an Italien, und sie fühlte sich innerlich zerrissen. Nach ihrer Tradition wurde ein Heiratsantrag von der ganzen Familie gefeiert.

McVicars wirbelte sie durch die Luft, was sie zum Lachen brachte und vergessen ließ, dass die Umstände ihrer Verlobung nicht ideal waren. Dann setzte er sie sanft ab und griff in die Tasche. »Das ist für dich.« Es war ein samtbezogenes Kästchen von Mattiuzzi.

Sie nahm die Schwesternuhr heraus. Es gab kein besseres Verlobungsgeschenk, denn Domenica war praktisch veranlagt und die Uhr funktional und elegant zugleich.

»Der Juwelier hat mir auch von diesem Stein erzählt. Es ist ein Aventurin. Es kommt aus Mosambik, das Gold wohl aus Argentinien, und sie ist mit indischen Rubinen besetzt. Kleine Steine, aber immerhin.«

»Sie glitzern wie rote Tränen.«

»Oder Regentropfen. In dieser Schwesternuhr stecken Edelsteine aus aller Welt. In gewisser Weise ist sie größer als die Welt. Ich habe vor, dir die Welt zu zeigen. Es gibt Orte, an die ich dich unbedingt mitnehmen möchte.«

»Liebend gern.«

»Und sie läuft.« John hielt sie ihr ans Ohr. »Sie wird deinem Herzen näher sein als jeder Ring. Das gefällt mir sehr. Sie ist wie eine Schutzmedaille.« McVicars heftete ihr die Uhr an die Schürze. »Möge uns nie die Zeit ausgehen.«

Domenica legte die Hand auf den grünen Aventurin. »Was habe ich getan, um etwas so Schönes zu verdienen?«

»Du hast Ja gesagt.«

»Ich hätte schon früher Ja gesagt.«

»Ist das wahr? Wann hast du dich in mich verliebt?«

»Als du dich in der Kapelle versteckt hast. Wann hast du dich in mich verliebt?«

»Nach dem Frühstück«, gab er zu. »Auf vollen Magen treffe ich die besten Entscheidungen.«

Domenica umarmte und küsste ihren Verlobten. Als sie die Augen schloss und seine Lippen schmeckte, war sie nicht mehr in Schottland. Auch Frankreich war in ihrem Gedächtnis bereits verblasst. Stattdessen war sie daheim in Viareggio, wo sie die Häuser und Straßen kannte und genau wusste, wie viele Schritte es von einem Ende des Piers zum anderen waren. Wo sie die warme Küche ihrer Mutter im Winter und die erste kühle Frühlingsbrise unter der Pergola in Boncoursos Garten kannte, in dem man mit etwas Glück unter den Trauben geküsst wurde, die in der Sonne reiften. John McVicars gehörte zu allem, was ihr wichtig war, und ihr altes und ihr neues Leben fanden in seinem sanften Kuss zueinander.

Domenica Cabrelli war glücklich mit Captain McVicars verlobt, eine gute Nachricht für die Schwestern von Notre Dame, weil es bedeutete, dass er bei Bedarf Reparaturen durchführen konnte. Innerhalb weniger Tage beseitigte McVicars eine undichte Stelle in der Klosterküche, verkabelte den Kronleuchter im Speisesaal neu und machte sich die Mühe, ein großes Schlagloch in der Auffahrt zu füllen. Der Captain merkte sich den Namen jeder Nonne, obwohl es nicht einfach war, sie auseinanderzuhalten. Die Schwestern lachten über seine

Witze und freuten sich über die Energie, die er ins Kloster trug. Es schadete auch nicht, dass McVicars gut aussah und seine Augen so blau wie das Gewand der Muttergottes in der Klosterkapelle waren. Die Schwestern schätzten Schönheit in jeglicher Gestalt und nahmen den charmanten McVicars als ein Geschenk Gottes.

Domenica und McVicars verhielten sich im Garten stets sittsam, denn die Nonnen schlenderten vorüber und behielten die Liebenden im Auge.

»Wenn wir verheiratet sind, kommen die Schwestern dann auch mit?«

Domenica lachte. »Du scheinst sie magisch anzuziehen. Sie haben dich liebgewonnen.«

John beugte sich vor, um Domenica zu küssen, als ein schwarzer Schleier zwischen den Bäumen flatterte, und ging wieder gebührend auf Abstand. »Sie sind wie Heuschrecken. Wir müssen die Flucht ergreifen.«

»Meine Eltern wären schlimmer.«

»Das bezweifle ich.« McVicars bot ihr den Arm an.

»Wann kommt dein Einsatzbefehl?«

»Angehörige der Handelsmarine werden zuletzt eingeteilt.«

»Wir haben also noch Zeit?«

»Das kommt auf Italien an.«

Domenica zuckte zusammen. Sie verabscheute die Faschisten und die bösen Absichten ihres Führers. Mussolini war vom König ernannt, nicht gewählt worden, und doch würde sein Wille über das Schicksal ihres Volkes entscheiden. Sie verachtete ihn, weil er sie daran hinderte, nach Viareggio zurückzukehren.

»Bringst du mich irgendwann nach Viareggio zurück?«

»Natürlich.«

»Nicht nur zu Besuch. Um dort zu leben.«

»Ich würde mit Freuden überall auf der Welt leben, wenn du dort sein möchtest.«

»Manchmal wünsche ich mir, wir könnten irgendwo neu anfangen. Amerika wäre schön.«

»Tatsächlich?« McVicars lächelte.

»Wir könnten zusammen ein neues Land entdecken. Ich habe wunderbare Dinge darüber gehört. Man sagt, die Karussells hätten echte goldene Ringe zum Ringelstechen.«

Er schaute sich verstohlen um und zog sie an sich. »Weißt du, was ich an dir liebe? Dass du diesen Unsinn glaubst. Aber wenn du es mit eigenen Augen sehen willst, nehme ich dich mit. Ich habe einen Cousin in New York. Er arbeitet auf einer Werft.«

»Könntest du das auch?«

»Ich würde alles tun, um für dich zu sorgen. Wenn wir heiraten, brauchst du nicht mehr als Krankenschwester zu arbeiten. Du brauchst nie wieder alte Männer abzuwaschen, ihre blutigen Pranken zu verbinden und ihre Wunden zu nähen. Das ist dann vorbei. Ich will, dass du meine Kinder bekommst.«

»Der Captain befiehlt, und es wird erledigt?«

»Normalerweise«, sagte er verlegen.

Domenica lächelte. »Würdest du für mich die Seefahrt aufgeben?«

»Na gut, du entscheidest, ob du Krankenschwester bleiben willst«, brummte McVicars. »Ich verlange nicht, dass du etwas aufgibst, das du liebst.«

»Ich auch nicht«, versprach Domenica.

John McVicars sah zu, wie die Fronleichnamsprozession vorbeizog. Der Priester hob die goldene, in weißen Satin gehüllte Monstranz in die Höhe. Die Mutter Oberin trug die Pyxis, die goldene Dose, in der die Hostien aufbewahrt wurden. Die Schülerinnen folgten in weißen Kleidern, sie trugen kleine Sträuße roter Rosen, dahinter gingen Domenica und die Lehrerinnen.

Der Gärtner löste das Samtseil, das die Schaulustigen zurückhielt. Die Gäste, darunter der Captain, betraten die Kirche. Als guter Protestant hatte er noch nie einen Fuß in eine katholische Kirche gesetzt und bewies nun, dass er für die Liebe, für Domenica Cabrelli, alles tun würde.

John wartete nach dem Gottesdienst auf sie. In der Tasche hatte er die goldenen Eheringe, die er am Morgen bei Mattiuzzi gekauft hatte. Schwester Matelda sollte für den nächsten Morgen eine vom Vatikan genehmigte militärische Trauung arrangieren. Domenica war ins Gästehaus des Klosters gezogen, und McVicars würde ihr folgen, sobald sie verheiratet waren.

John gefiel ihr Gesichtsausdruck nicht, als sie nach dem Gottesdienst auf ihn zukam.

»Der Priester weigert sich, uns zu trauen.«

»Was soll das heißen? Das ist sein Job. Es bekommt vier Shilling dafür. Na gut, sagen wir fünf.«

»Er meint es ernst.«

»Können die Schwestern ihn umstimmen?«

»Schwester Matelda sagte, wir sollen nach Manchester fahren.«

»Das sind drei Stunden mit dem Zug.«

»Sie hat dort einen Pfarrer angerufen. Wenn wir jetzt losfahren, sind wir bei Einbruch der Dunkelheit dort. Don Fracassi erwartet uns.«

Don Gaetano Fracassi klappte das Kontenbuch zu und sah sich schweren Herzens in der Sakristei von Saint Alban's in Ancoats um. Sosehr er sich bemühte, war er doch mit allen Rechnungen im Rückstand. Der Heizkessel war kaputt, das Dach undicht, und die alte Steinmauer, die den Friedhof umgab, bröckelte vor sich hin.

Die Kirche brauchte Geld. Der Bischof überließ es den örtlichen Priestern, das Geld durch den Zehnten und Veranstaltungen aufzubringen. In seiner Verzweiflung hatte Fracassi im vergangenen Herbst mit dem Gedanken gespielt, den Gemeindesaal für zivile Versammlungen zu vermieten. Sein bester Kunde waren die örtlichen Faschisten, meist englische Anhänger von Oswald Mosley, aber auch Gemeindemitglieder italienischer Abstammung, die den Gemeindesaal bis auf den letzten Platz füllten. Fracassi hielt sich aus der Politik heraus, ließ aber die Politiker herein, solange sie zahlten.

Der Priester stand vom Schreibtisch auf und stieß versehentlich die leere Büchse um, in der er das Wasser auffing, das durchs Dach kam. Er schnappte sich den Besen, band einen Lappen über die Borsten und schrubbte den Steinboden. Dann setzte er sich ans Feuer, griff in die Tasche seiner Soutane und schälte die Orange, die er vom Mittagessen aufgehoben hatte. Fracassi probierte zuerst die Schale, obwohl sie leicht bitter war. Dann aß er langsam die süßen Viertel und ließ sich den Saft auf der Zunge zergehen. Die Früchte schmeckten nach seiner Heimat Italien, wo Orangen und Zitronen üppig gediehen. Das Erste, was er in England gelernt hatte, war, dass Zitrusfrüchte teuer und schwer zu bekommen waren. Als er aufgegessen hatte, warf er die Kerne ins Feuer und rieb sich die Hände. Das Orangenöl an seinen Händen duftete wie das Parfüm einer schönen Frau. Er lehnte sich zurück und legte die schmerzenden Füße auf den Rost.

Seine Kindheit in Armut hatte Fracassi dazu gebracht, Priester zu werden. Er hatte seine Ambitionen demütig zurückgestellt und beschlossen, sich nützlich zu machen. Als Gemeindepfarrer in Manchester diente er einer großen italienischen Einwanderergemeinde und predigte an Feiertagen auf Italienisch, was die Britaliener tröstete. Mit vierundsechzig Jahren hielt Fracassi Italien für seine Gemeinde lebendig, während er sich selbst nach der Heimat sehnte.

Er schreckte auf, als es klopfte, obgleich er die Besucher erwartete. Er wischte sich die Hände an der Soutane ab und schlurfte zur Tür. Es waren die Bittsteller, auf die er gewartet hatte. Er lächelte, als die junge Frau auf Italienisch und mit großer Leidenschaft ihr Dilemma erklärte. Ihr Verlobter, ein attraktiver, kräftiger Schotte in Uniform, folgte ihr in den Raum.

Don Fracassi vollzog die Trauungszeremonie und segnete die goldenen Ringe im Schein des Feuers. Die Braut kniete für den Segen vor der Statue der Muttergottes, während ihr Mann mit gesenktem Kopf dastand, die Hand auf ihrer Schulter.

Der Bräutigam schenkte dem Priester eine Krone, ein großzügiger Obolus für ein inniges Sakrament. Der Priester nahm die Gabe dankend an und wünschte ihnen alles Gute. Von der Tür aus sah er zu, wie die Frischvermählten im Regen davongingen.

Domenica und John waren durchnässt, als sie das Zimmer in dem Gasthaus außerhalb von Manchester betraten. John machte Feuer, während Domenica die Mäntel zum Trocknen an den Kamin hängte. Dann öffnete sie den Korb mit Essen, den sie mitgebracht hatten. Sie hatte Taralli gebacken, die sie mit Hartkäse und Oliven essen wollten. Es gab einen frischen

Laib Brot, ein Glas Paprika und zwei Dosen Sardinen. Dazu eine Flasche Wein und in Sirup eingelegte Kirschen aus der Vorratskammer der Nonnen. Sie legte die gebügelten Baumwollservietten neben die kleinen Weingläser.

Sie zitterte, während John das Feuer schürte. Bald brannte das Holz, orangefarbene Flammen loderten empor. Endlich wurde ihr warm nach einem nassen, kalten Tag.

»Was ist das?«, fragte er.

»Dein Hochzeitsschmaus.«

John schloss seine Frau in die Arme. »Ich bin nicht hungrig. Noch nicht.«

Er küsste sie leidenschaftlich wie nie zuvor. Dann trug er sie zum Bett und legte sie sanft darauf, als wäre sie zerbrechlich wie zartes Kristall. Domenica umfasste sein Gesicht und führte seine Lippen zu ihren. Der Moment erfüllte ihr Herz, den ganzen Raum, ihr Leben. Es gab nur John Lawrie McVicars und die Wärme des Feuers, das er für sie entzündet hatte.

Als seine Lippen ihren Hals fanden, entschädigten die sanften Küsse sie für die Einsamkeit, die sie seit der Abreise aus Italien empfunden hatte. Nichts, und sei es noch so wunderbar, hatte diese Leere füllen können. Bis jetzt. Sie war nicht mehr allein auf der Welt, hatte einen Partner, einen Mann, dem sie vertraute, an den sie glaubte und den sie bewunderte. Seine Liebe entschädigte sie für alles, was sie verloren hatte. Eines Tages würde sie ihre Familie wiedersehen, und er würde ein Teil von ihr werden.

Schwester Matelda hatte Domenica einen Brief ins Gästehaus gelegt. Ihre Hände zitterten, als sie sich ans Fenster setzte, den Umschlag öffnete und den Brief entfaltete.

6. Juni 1940

Meine liebe Domenica,
die Herz-Jesu-Schwestern in Lucca haben mir versprochen, dass Dich dieser Brief erreicht. Ich möchte nicht, dass Du Dir Sorgen machst. Papa und ich sind gesund. Wir gehen auf den Berg, wo wir sicher sind. Die Gregorios und die Mamacis gehen mit. Wir haben die Speranzas gebeten, sich uns anzuschließen. Ihre Lage ist schwierig, aber Papa glaubt, dass Speranzas enge Bindung an die Kirche helfen wird. Wir haben Hoffnung. Dein Bruder Aldo ist noch in Afrika. Reggimento Puglia. Sein letzter Brief war kurz, aber auch er ist wohlauf. Wir vertrauen darauf, dass die guten Schwestern für Dich sorgen, bis wir wieder zusammen sein können. Bete. Wir beten auch. Deine Mutter, Dein Vater und Dein Bruder lieben Dich. Dies ist der letzte Brief, den ich schreibe, bis der Krieg vorbei ist. Die Schwestern können keine weitere Post zustellen.

Mama

Der Captain kam herein, setzte sich auf den Schemel neben der Tür und zog die Arbeitsstiefel aus. »Wie war dein Tag?« Dann: »Mrs. McVicars?« Als sie nicht antwortete, ging er zum Tisch, sah den Brief und las ihn.

Domenica stand in der Tür. »Ich sehe sie nie wieder.«

Kapitel 29

Venedig
Frühsommer 1940

Die Schleifscheibe kreischte grell, als Romeo Speranza behutsam den Rubin polierte. Rote Staubpartikel schwebten durch die Luft und auf die Arbeitsplatte, während der Edelsteinschleifer das Pedal unter dem Tisch betätigte. Ein Karat. Peruzzi-Schliff. Noch ein paar letzte Umdrehungen der Schleifscheibe, dann hielt er den Stein im Nachmittagslicht ans Fenster. Der Rubin hatte die satte Farbe von Burgunder, so rot, dass er fast schon violett war. Er polierte den Edelstein mit einem Baumwolltuch.

Agnese holte den polierten Rubin, kniete sich vor den Tresor und legte den Edelstein in die Schließkassette. »Romeo, deine Schuhe.«

Speranza musterte sie kritisch. Das ochsenblutfarbene Leder war voller Staub. Er wischte sich die Hände an einem Lappen ab, den er in der Gesäßtasche seiner Arbeitshose aufbewahrte.

»In der Calle Sant'Antonio gibt es einen Schuhputzer.«

»Soll ich jetzt gehen?«

»Von allein werden sie nicht blank.« Agneses Lippen verzogen sich fast zu einem Lächeln. »Komm so schnell wie möglich wieder. Kein Zwischenstopp in der Bar Maj. Ich würde mitgehen, aber ich muss Challa für Schabbes backen.«

»Va bene.« Speranza griff nach seinem Hut.

Er knöpfte die Weste zu und ging am Kanal entlang zur Piazza. Der Himmel über ihm passte sich dem trüben Blau des Wassers an. Er kam an Gitterkörben vorbei, die im eiskalten Wasser an den hölzernen Stoßfängern der Kanalwände befestigt waren. Sie waren mit silbernen Fischen gefüllt, und bald würde holziger Rauch in die Luft steigen, wenn sie fürs Freitagsmahl gegrillt würden.

Die schwarze Marmormadonna mit den schweren Lidern blickte vom Dach von Santa Filippa herab. Unter ihr hielt einer der Schwarzhemden Wache, die Hand am Gewehrkolben. Speranza erinnerte sich an eine Zeit, in der es in Venedig weder Wachposten noch Waffen gegeben hatte. Jetzt wimmelte es von Soldaten in Behelfsuniformen.

Auf der Piazza tummelten sich Händler aus aller Welt. Ihre Stimmen hallten von den Wänden wider, während sie feilschten. Die Käufer wuselten auf der Suche nach besonderen Schätzen zwischen den Tischen hin und her. Die Verkäufer präsentierten ihre Waren – Silber, feine Stoffe, Lederwaren und Keramik – mit viel Fingerspitzengefühl und hofften, bis Sonnenuntergang gute Geschäfte zu machen. Speranza ging an den Ständern mit Textilien vorbei. Nonnen in marineblauem Habit und frisch gestärkten weißen Hauben verglichen die Qualität der Wolle, während sie mit den schottischen Händlern feilschten. Hier ging es lebhaft zu, Speranza konnte sich kaum denken hören.

Wo steckt der Kerl?, fragte sich Romeo, als er durch die Calle Sant'Antonio ging. Seine Frau hatte wie immer recht. Der Schuhputzer wartete auf ihn. Der Junge war dünn, seine Haut hatte die Farbe von Mahagoni. Er winkte und verbeugte sich, als sein Kunde zum Stuhl ging.

»Wachsen und polieren?«, fragte der Junge. »Sechs Lire.«

»Grazie.« Romeo ließ sich auf den Stuhl sinken. Der Junge lockerte die Schnürsenkel und machte sich ans Werk. »Meine Frau mag keine schmutzigen Arbeitsschuhe, auch wenn sie dafür da sind.«

»Ihre Frau ist schön.«

»Sagst du das über alle Venezianerinnen? Woher kommst du?«

»Äthiopien.«

»Aus dem Land des weißen Sandes und des saphirblauen Meeres.«

»Sie kennen es!«

»Dort gibt es eine Aventurinmine. Ich war mal in Nordafrika, um Aventurine und Spinelle zu kaufen. Danach war ich im Süden in einer Diamantenmine.«

»Am Kap der Guten Hoffnung. Dort gibt es nichts Gutes und keine Hoffnung. Das sind Piraten. Da werden mehr Steine gestohlen als abgebaut.«

»Woher weißt du das?«

»Mein Vater und mein Bruder arbeiten in einer Mine. Unter schrecklichen Bedingungen. An manchen Tagen zahlen die Besitzer keinen Lohn. Sie bestehlen die Arbeiter. Darum bin ich hergekommen. Ich verdiene mit Schuheputzen mehr als mein Vater. Eines Tages kann ich mit dem Geld nach Hause fahren und meiner Familie helfen. Ich hätte gern einen Bauernhof. Ich kenne mich damit aus.«

»Dann musst du in den Norden gehen.«

»Ihre Frau sagt, es gäbe Bauernhöfe bei Treviso. Felder mit Mais und Weizen.« Der Junge schaute zu Speranza auf.

»Ja. Grüne Felder. Blauer Himmel. Und in der Ferne die weißen Gipfel der Dolomiten. Ich verbringe jeden Sommer mit meiner Frau auf einem Bauernhof außerhalb von Treviso.«

»Arbeiten Ihre Kinder auch auf dem Hof?«

»Wir haben keine Kinder.« Speranza lächelte, doch die Erwähnung von Kindern war ein wunder Punkt. Er konnte Agnese kein Kind schenken, was ihr größter Wunsch gewesen wäre.

»Die Signora ist stark.«

»Ja, das ist sie. Sie ist allen eine Mutter.«

Der Junge lächelte. »Ich habe eine starke Mutter.« Er trat mit seinem Lappen zurück. »So.«

Romeo sah auf seine Schuhe. »Ich kann die Farbe wieder erkennen. Und was noch wichtiger ist: Signora Speranza auch.«

»Feines Leder.«

»Florentiner Leder, das beste überhaupt.« Speranza kramte in seiner Tasche. »Schuhe sollten bequem sein. Dann kann man besser arbeiten.«

Der Schuhputzer hatte nackte Füße.

»Ich habe ein Geschäft in der Calle Soranzo. Ein Juweliergeschäft. Komm morgen früh vorbei, dann sehen wir, was wir aus deinem Traum vom Bauernhof machen können.« Speranza gab dem Jungen sieben Lire.

»Mille grazie, Signore. Mille grazie.«

»Vielleicht überlegst du es dir anders, wenn du meine Kuh siehst.«

»Ich werde fleißig arbeiten.«

»Das musst du auch. Die Kuh ist widerspenstig, das Schwein dumm, und der Esel hat einen kranken Fuß.«

»Ich verstehe.«

»Wo schläfst du?«

»Unter der Brücke.« Der Junge zeigte hin.

»Wie heißt du?«

»Emos.«

»Komm mich morgen besuchen, Emos.«

»Das werde ich, Signore.«

Speranza ging zurück zum Laden und blieb abrupt stehen, als ihm klar wurde, was es mit dem Schuhputzer auf sich hatte. Agnese hatte ihn nicht zum Schuheputzen in die Calle Sant'Antonio geschickt. Er sollte den Jungen kennenlernen, damit es aussah, als wäre das Hilfsangebot seine Idee gewesen. Wahrscheinlich hatte sie bereits einen Vertrag mit Emos geschlossen. Er grinste. Das wäre typisch Agnese.

Die Kirchenglocken läuteten, die Sonne ging unter. Der blaue Schatten der Nacht legte sich langsam über die Stadt. Venedig schimmerte silbern im Licht. Nacheinander tauchten Palazzi und Kanäle in Schatten, wie Heilige in ihren Nischen, wenn in der Kirche die Kerzen erloschen.

In der Ferne glitzerte die Insel Murano, schien von innen her zu leuchten, als die Flammen in den Glasöfen tanzten. Die Öfen loderten, ihre Glut zeichnete einen weißen Heiligenschein an den violetten Himmel. *Jeder Ort ist heilig, wenn die Sonne untergeht*, dachte Speranza, während er durch die heraufziehende Dunkelheit nach Hause zu Agnese und zum Schabbes eilte.

Liverpool
9. Juni 1940

Der Ozeandampfer ragte so hoch auf, dass er den Mond verdeckte. Das Knarren der Vertäuung klang wie wehklagende Geister. Der Hafen von Liverpool war wenig glanzvoll, selbst wenn prächtige Schiffe hier ankerten. Ein Arbeitstrupp arbeitete rund um die Uhr, um die *Arandora Star* für die Kriegsflotte herzurichten.

Zunächst hatte das Schiff alliierte Truppen aus Norwegen

und Frankreich evakuiert. Die Umnutzung der *Arandora* wurde von der Royal Navy schnell geplant und von den Arbeitern in Devenport umgesetzt. Das requirierte Schiff sollte nun zusammen mit der Handelsflotte Staatsangehörige der Achsenmächte und Kriegsgefangene transportieren.

Bald strömten arbeitssuchende Iren in den Hafen von Liverpool. Die Requirierung von Schiffen war nur ein Teil der Kriegsanstrengungen; es wurden auch neue Schiffe gebaut. Die Fließbänder liefen Tag und Nacht, während Schiffsbauer, Techniker und Arbeiter eine neue Flotte aus U-Booten und Kreuzern fertigstellten. Im Hafen drängten sich Boote jeglicher Größe, die von der Krone beschlagnahmt oder gebaut worden waren.

Großbritannien hatte Deutschland im September 1939 den Krieg erklärt. Im Mai 1940 hatte Deutschland die Benelux-Staaten und Frankreich angegriffen. Die Männer auf den Werften mussten viel und schnell arbeiten. Alle seetüchtigen Schiffe, vom Ruderboot bis zum Ozeandampfer, wurden zur Verteidigung der Insel beschlagnahmt. Die Briten hatten Verluste in Frankreich erlitten, waren in Dünkirchen gedemütigt worden und somit entschlossen, alles für den Sieg zu tun. Sie wollten der Welt zeigen, dass in Liverpool die besten Schiffe gebaut wurden.

Zwischen den Schichten drängten sich die Männer in den Pubs. Die Hafenarbeiter kamen, mit grauer und weißer Farbe verschmiert, zum Bier, ein Beweis, dass der letzte Anstrich der *Arandora* im Gange war und der Einsatz unmittelbar bevorstand. Der Zweite Weltkrieg würde bald wie ein Vulkan über ihre Insel hereinbrechen, die Brandbomben der Luftwaffe auf sie niederregnen.

Liverpool war ein wichtiger militärischer Knotenpunkt an der englischen Nordwestküste. Wenn man keine Seeleute verpflegte, Uniformen für sie nähte oder sie bei sich beherbergte, war man kein loyaler Untertan. Liverpool war nicht länger eine Stadt der arbeitenden Menschen, sondern ein Drehkreuz für das Kriegsgeschäft.

Man versuchte, die Pracht der *Arandora Star* und ihresgleichen zu bewahren und zugleich ihre Größe und Kraft in den Dienst der Alliierten zu stellen. Handgeschnitztes Mahagoni und William-Morris-Tapeten wurden dick gepolstert. Die extravaganten Kristalllüster, die einst die Prunkzimmer geschmückt hatten, waren mit Hauben aus Musselin verhüllt. Sie abzubauen, hätte eine Neuverkabelung des gesamten Schiffes erfordert, und dafür war keine Zeit. Die übrige Pracht aus den Tagen, in denen die *Arandora Star* zum Vergnügen übers Meer gefahren war, wurde entfernt. Nur der private Speisesaal des Kapitäns blieb unangetastet.

Die Decks, wo früher Liegestühle gestanden, Passagiere Karten gespielt und sich gesonnt hatten, wurden mit Stacheldraht gesichert. Bald wäre der elegante Ozeandampfer vollständig damit verkleidet, geradezu selbst ein Gefangener.

Kapitel 30

Glasgow
10. Juni 1940

Das frischgebackene Ehepaar wohnte seit der Hochzeit in der Gästewohnung auf dem Klostergelände. Domenica arbeitete weiter als Schulschwester, während ihr Mann sich überall nützlich machte.

Domenica kümmerte sich gerade um eine Schülerin, die sich auf dem Spielplatz die Hand aufgeschnitten hatte, als sie Schwester Matelda auf sich zukommen sah. Sie wusste sofort, was die Nonne ihr sagen wollte.

»Er hat es getan?«

Schwester Matelda nickte. »Mussolini hat aufgrund seines Paktes mit Deutschland England und Frankreich den Krieg erklärt.«

Domenicas Herz zog sich zusammen. Also würde Johns Schiff bald auslaufen. Ihre Eltern müssten sich weiter verstecken. Familien und Freunde würden in alle Winde zerstreut, niemand war mehr sicher. Die Flitterwochen waren vorbei, und es war nicht abzusehen, wie ihr Leben sich entwickeln würde.

Amedeo Mattiuzzi sah sich in seiner Wohnung über dem Juweliergeschäft um. Seine Frau Carolina hatte eine Teetasse auf dem Tisch und den heißen Kessel auf dem Herd gelassen. Er berührte den Kessel, um sich zu vergewissern, dass seine Frau seine Anweisungen befolgt hatte. Ja, er fühlte sich warm an. Er schaltete das Licht ein und hob die Jalousie ein wenig, bevor er die Treppe zum Laden hinunterrannte.

Piccolo schloss gerade die Vitrinen mit den Nachbildungen der Schmuckstücke ab. »Ich höre sie, Papa. Beeil dich.«

»Geh«, flüsterte Mattiuzzi, schaltete das Licht aus und ließ die Jalousien herunter. Er war schon im Hinterzimmer, als ihm die goldenen Uhren einfielen. Er schlich in den Verkaufsraum zurück und suchte nach dem Schlüssel. Ach, der war in seiner Tasche. Zitternd öffnete er die Schublade. Er konnte den Mob schon auf der Straße hören, Geschrei und splitterndes Glas. *Sie haben die Franzettis.*

»*Jetzt,* Papa!«, flüsterte Piccolo eindringlich von der Tür.

Mattiuzzi folgte ihm nach hinten und gab seinem Sohn die goldenen Uhren. Während Piccolo die Leiter hinunterstieg, verstreute Mattiuzzi harmlose Papiere auf dem Schreibtisch und Werkzeuge auf dem Arbeitstisch, den er eigentlich hatte verkaufen wollen. Dann huschte er ebenfalls zur Leiter, die in den Keller führte. Er sah sich ein letztes Mal um und vergewisserte sich, dass er alles entfernt hatte, das Wert besaß.

»Papa! Andiamo!«, flüsterte Piccolo von unten. Mattiuzzi zog die Falltür über seinem Kopf zu, verriegelte sie und stieg mithilfe seines Sohnes die Leiter hinunter.

Er hatte die Falltür von oben mit einem Teppichstück getarnt, das sich nicht vom übrigen Teppich abhob, und das Pedal der Schleifscheibe darüber platziert. Er betete, dass der Trick funktionierte.

Carolina bekreuzigte sich, als ihr Mann sich im feuchten Keller neben sie setzte. Piccolo löschte die flackernde Öllampe. Mattiuzzis zwölfjährige Tochter Gloriana hatte Angst in der Finsternis, und ihre Mutter zog sie tröstend an sich.

Das Mädchen saß auf dem Essenskorb. Sie hatten auch eine große Wasserflasche, von deren Hals ein einsamer Zinnbecher baumelte. Unter der Bank lagerten Decken und Kissen. Sie hatten das Radio und einen Reservekanister Öl für die Lampe mitgebracht. Mattiuzzis Frau hatte Geschirr und Kristallglas in Kisten verpackt und im Keller verstaut, wodurch es schrecklich eng wurde. Er fürchtete sich zu sehr, um ihr böse zu sein. Geld und Papiere trug er am Körper. Ihr Kater Nero miaute.

»Die Katze?«, lachte Amedeo leise. Seine Tochter hob das Tier auf und drückte es an sich. Nero hörte auf zu miauen, als hätte er sie verstanden.

»Was, wenn sie Feuer legen?«, flüsterte seine Frau.

»Die zünden doch nicht ihr Eigentum an.« Er deutete nach links und rechts, auf das Kaufhaus und die Kneipe, die beide Schotten gehörten.

Piccolo legte den Finger an die Lippen und deutete nach oben.

Die Mattiuzzis hörten, wie ihre Schaufensterscheibe eingeschlagen wurde. Dann Hiebe mit einer Axt, als sie die Eingangstür aufbrachen. Stimmen ertönten. Auf den Ruf »Drecks-Itaker«, der von der Straße herunterschallte, folgte das Splittern der Vitrinen. Amedeos Frau schloss die Augen, umklammerte ihre Tochter und betete leise den Rosenkranz, während ihr Lebenswerk zerstört wurde. Piccolo wurde wütend; sein Vater musste ihn davon abhalten, nach oben zu stürmen und sich den Plünderern entgegenzustellen.

»Matjuzi«, rief einer der Männer in einem Singsang. »Matjuzi?« Dass sie den Familiennamen falsch aussprachen, verriet ihnen, dass der Mob sie nicht kannte. Der Boden über ihnen bebte, als die Plünderer durch die Werkstatt trampelten.

Sie waren wie erstarrt, konnten kaum noch atmen. Jemand lachte, es jagte ihnen einen Schauer über den Rücken.

Statt der vertrauten Geräusche von Schleifscheibe und Werkzeug brach eine hässliche Ouvertüre der Gewalt los. Krachend wurde Mattiuzzis Hab und Gut zerstört. Er spürte buchstäblich am eigenen Leib, wie sie die Fenster einschlugen und Bilderrahmen und Spiegel zertrümmerten.

»Nach oben!«, hörte er einen Mann brüllen. »Seid gründlich!«

Die Wohnung war Carolinas Reich. Sie umklammerte die Hand ihres Mannes und stellte sich vor, wie Federbetten zerrissen wurden und der Schaukelstuhl zerstört wurde, den ihr Mann vor Piccolos Geburt für sie gebaut hatte. Wie die handgeschnitzten Streben aus den Halterungen gerissen wurden und die Kufen in zwei Hälften brachen. Carolina dachte an Glorianas Zimmer und ihr Puppenhaus. Sie hatte ihrer Tochter vor Jahren eine Stoffpuppe gebastelt. »Ich habe Fissay dabei«, flüsterte sie ihrer Mutter zu. Gloriana war zu alt, um mit Puppen zu spielen, hing aber an ihrem Kinderspielzeug, weil ihre Mutter es für sie gemacht hatte. Das Mädchen würde nicht zulassen, dass ein Schlägertrupp das Werk ihrer Mutter zerstörte.

Offenbar drangen weitere Männer ins Haus ein, polterten die Treppe hinauf und kurz darauf in den Laden zurück. Der Boden bebte. Die Familie hörte Schritte über ihren Köpfen, dann das Bimmeln der Türglocke, als verschwände der Mob.

Mattiuzzi vergrub das Gesicht in den Händen. Die Eingangstür war ein Kunstwerk aus feinstem schottischem Bleiglas gewesen, hergestellt in den Manufakturen von Edinburgh. *Sie zerstören ihre eigene Schöpfung*, dachte Mattiuzzi.

Als sie weg waren, flüsterte Piccolo: »Lass uns raufgehen, Papa«, und zündete die Öllampe an.

Mattiuzzi schüttelte den Kopf, blies die Lampe aus und schaute hoch, als der Boden der Werkstatt über ihren Köpfen knarrte. Hatte jemand ihr Versteck gefunden?

Wieder polterten Schritte über den Boden, als kämen mehrere Männer dazu.

Die Mattiuzzis wagten nicht, sich zu bewegen. Bald vernahmen sie zögernde Schritte, die sich quer durch die Werkstatt Richtung Ausgang bewegten. Erneut bimmelte die Glocke.

»Sie sind weg«, flüsterte seine Frau.

»Ich sehe nach«, sagte Piccolo.

»Wir gehen erst bei Sonnenaufgang rauf.«

»Ich habe Angst, Papa«, wisperte Gloriana.

»Keine Sorge, das sind Feiglinge. Die zeigen sich nicht bei Tageslicht.«

»Aber, Papa …«, setzte Piccolo an.

»McTavish kommt bei Tagesanbruch. Wenn er sagt, es ist sicher, gehen wir rauf. Vorher nicht.«

Also richtete sich die Familie Mattiuzzi in ihrem Versteck ein.

Mattiuzzis Vater hatte nach seiner Ankunft in Glasgow eine Italienerin geheiratet. Er hatte das Gefühl, Großbritannien etwas schuldig zu sein, weil er mit Frau und Kindern ein so gutes Leben führte. Die Familie hatte es in Glasgow zu etwas gebracht. Als stolzer Schotte war Mattiuzzi in die britische Armee eingetreten, hatte im Ersten Weltkrieg in

Frankreich gedient und an der Somme gekämpft. Sie waren gesellschaftlich aktiv. Carolina leitete den örtlichen Thistle Sewing Circle, einen der ältesten schottischen Frauenclubs. Seine Tochter hatte in der Schule einen Aufsatzwettbewerb mit dem Titel »Schottland für alle« gewonnen. Sein Sohn Piccolo war in Margaret Mary McTavish verliebt, deren Familie einen eigenen Tartan besaß und deren Vater der Laden nebenan gehörte. Lester McTavish selbst hatte Mattiuzzi vor den geplanten Übergriffen gegen die italienischstämmigen Schotten gewarnt. Er hatte nach der Kirche mitangehört, wie Leute davon sprachen, und war nach Hause geeilt, um seinen Freund zu warnen. Für eine Flucht blieb keine Zeit; stattdessen hatten sie rasch einen Plan ausgeheckt.

Mattiuzzi zündete die Öllampe wieder an. Er dachte an die Heimat, aber nicht an die mit Sonnenblumen bedeckten grünen Hügel von Bardi, sondern an die schottischen Highlands, wo er mit Piccolo seit Kindertagen im Sommer wandern ging. Mattiuzzi hatte seinem Sohn im selben Fluss das Angeln beigebracht, in dem er es als Junge gelernt hatte. Sie zelteten und aßen Himbeeren in der Sonne. Das Heidekraut ließ die Hügel violett in der Sonne schimmern. Die Luft in den Highlands war die süßeste, die Mattiuzzi je geatmet hatte. Doch diese Berge gehörten ihm nicht mehr. Der Schotte in ihm wollte sich wehren, während der Italiener in ihm hoffte, durchzuhalten. Mattiuzzi war ein Mann ohne Land, obwohl er bereit gewesen war, für dieses Land zu sterben.

15. Juni 1940

Während Mattiuzzi Schottland als sein Land betrachtete, blieb Domenica Italien treu. Sie hatte immer vorgehabt, nach

Viareggio zurückzukehren, aber das Schicksal hatte sie in weite Ferne geführt. Sie war jetzt mit dem Captain verheiratet und somit Schottin. Doch tief im Herzen, jenseits von Politik und der Hybris mächtiger Männer, blieb sie Italienerin und würde als solche sterben. Ihr Bruder würde gegen ihren Mann kämpfen. Ihre Eltern versteckten sich in den Bergen, und da die Familie ihr Leben war, versteckte sich ein Teil von ihr mit ihnen.

Domenica hatte angefangen, sich in Schottland zu verlieben, obwohl sie gelegentlich unter Heimweh litt. Sie war sich der Schönheit des Landes zunächst nicht bewusst gewesen, weil sie die warmen Wellen der italienischen Küste unfreiwillig gegen das kalte, grüne Wasser des Clyde eingetauscht hatte. Irgendwann jedoch schloss sie ihren Frieden damit. Die Liebe hatte ihren Blickwinkel verändert und sie an ihre Erziehung und ihre Pflichten erinnert. In ihrer Tradition stand der Ehemann an erster Stelle, und das galt auch für sie. Domenica kümmerte sich um John, kochte für ihn, putzte das Häuschen und arbeitete in der Schule, damit sie sich eines Tages ein eigenes Haus kaufen konnten. Sie wollte ihren Teil dazu beitragen. An diesem Morgen hatte sie Johns Seesack gepackt. Seine Uniform lag auf dem Bett. Blieb nur noch eine Aufgabe, bevor er aufbrach.

»Bringen wir es hinter uns, Domenica«, sagte ihr Mann.

Er folgte ihr in Unterhemd und Hose in den Garten. Sie hüllte ihn bis zum Hals in ein Bettlaken, kämmte ihn, hob eine Haarsträhne an und schnitt sie ab.

»Vorsicht mit dem Ohr, Liebling«, sagte er. »Ich brauche es, um den Feind zu hören.«

»Die Bögen sind schwierig. Halt still.«

»Ich bin sicher, du machst das gut.«

»Ich gebe mein Bestes.«

»Mehr verlange ich nicht. Lass uns heute Morgen mal so tun als ob. Ich gehe nicht an Bord, und wir bleiben für den Rest unseres Lebens in dem Häuschen.«

»Sie würden dich holen.«

»Es ist doch nur ein Spiel. Sei mal nicht so praktisch.«

»Das muss ich aber sein. Ich bin ein Problem. Eine Italienerin in Schottland.«

»Du hast einen Schotten geheiratet, also bist du auch Schottin. Außerdem glaube ich nicht, dass die Deutschen an den Nonnen vorbeikommen.«

Domenica nahm das Bettlaken herunter und schüttelte es im Gebüsch aus.

»Passabel«, sagte John und betrachtete im Handspiegel den Haarschnitt, den Domenica ihm verpasst hatte. »Für mich reicht es. Aber du darfst unseren Kindern nie die Haare schneiden, sonst sehen sie wie Trottel aus.«

Domenica umarmte ihren Mann und drückte ihn fest an sich. Sie küsste seinen Hals.

»Mrs. McVicars.« Der Captain hätte seine Frau gern geliebt. Er küsste sie. »Das ist vorerst nicht mehr drin.«

»Für lange Zeit nicht.« Sie wuschelte ihm durch die frisch geschnittenen Haare.

Er sah auf die Uhr. »Wir haben noch den Vormittag.«

»Tatsächlich?« Domenica rannte lachend ins Haus. John folgte ihr und verschloss die Tür.

Grizelle McVicars stand am Fenster und sah zu, wie ihr Sohn John seiner Frau das Gartentörchen öffnete. Beim Anblick des Paares stöhnte sie auf. Ihr Sohn besaß tatsächlich die Frechheit, seine Itakerbraut in ihr Haus zu bringen.

»Was hat sie gesagt, als du angerufen hast?«, fragte Domenica.

»Nicht viel. Das hier war deine Idee. Jetzt ist es zu spät für einen Rückzieher.«

Im Vorgarten wucherten langhalsige Lilien zwischen knorrigem Buchsbaum. Die alten Dachschindeln des Hauses waren verwittert, und die Farbe an Tür und Fensterrahmen blätterte ab.

»Du hättest das Holz mal streichen sollen.«

John funkelte seine Frau an und klopfte.

Grizelle McVicars öffnete die Tür und hielt ihrem Sohn zur Begrüßung die Wange hin. Sie trug ein schlichtes schwarzes Kleid und braune Schuhe. Das weiße Haar hatte sie zu einem Zopf geflochten.

»Mutter, ich möchte dir meine Frau Domenica vorstellen.«

Domenica streckte die Hand aus, doch Grizelle ergriff sie nicht. »Na, dann kommt rein.« Sie schaute in beide Richtungen, um sich zu vergewissern, dass die Nachbarn nichts bemerkt hatten.

John verdrehte die Augen.

Die beiden folgten ihr in die Küche, wo sie Kekse bereitgestellt hatte. Der Teekessel pfiff auf dem Herd. Domenica und John setzten sich.

»Mutter, ich habe meinen Einsatzbefehl erhalten.«

»Ich sehe, du trägst Uniform. Wohin fährst du?«

»Das darf ich nicht sagen.«

»Aber ich bin deine Mutter.«

»Es ist verboten. So kann nichts in falsche Hände geraten.«

»Verstehe. Weiß sie es?« Sie schaute Domenica nicht an.

»Ja, Mum.«

»Aber deiner Mutter kannst du es nicht sagen?«

»Nein, Mum.«

»Was wird sie machen?«

»Ich arbeite weiter als Krankenschwester.«

»Mutter, willst du uns keinen Tee anbieten?«

»Da ist die Kanne«, sagte Grizelle und verließ das Zimmer.

»Habe ich was Falsches gesagt?«, fragte Domenica besorgt.

John stand auf. »Bleib hier.«

Er ging ins Wohnzimmer. Seine Mutter war nicht da. Er schaute auf die Veranda. Dort war sie auch nicht. Er ging die Treppe hinauf und klopfte behutsam an ihre Zimmertür. »Mutter?«

Keine Antwort.

John drückte die Klinke und öffnete die Tür. Grizelle stand am Fenster.

»Mutter?«

»Verschwinde aus meinem Haus und komm nie wieder.«

»Aber Mutter.« Sie zerrte so fest an ihrem Taschentuch, als wollte sie es zerreißen.

»Ich habe gesagt, du sollst nicht wiederkommen. Du hast hinter meinem Rücken geheiratet. Eine Katholikin. Eine Itakerin. Du stellst sie mir nicht vor, bevor du mit ihr wegläufst, sondern jetzt, wo ich nichts mehr daran ändern kann. Und du erwartest, dass ich das hinnehme?«

»Du hast getan, was du konntest, um diese Heirat zu verhindern. Ich bin hier, damit du dich entschuldigen kannst.«

»Ist dir klar, dass sie sie zusammentreiben? Sie schicken die Itaker weg, weil sie Verräter sind. Man darf ihnen nicht trauen. Sie sind schmutzig. Sie spielen, sie verkaufen Alkohol, sie nehmen unseren jungen Männern die Arbeit weg, weil in Schottland dunkle Haut exotisch ist. Nun, du wirst schon sehen, wie exotisch sie sind, wenn sie als gewöhnliche Verbrecher deportiert werden. Meiner Meinung nach hat Churchill nicht schnell genug gehandelt.«

»Mutter.«

»Ihre Frauen sind Huren. Das weißt du sicher.«

»Ich lasse nicht zu, dass du meine Frau beleidigst. In Glasgow sind gute Menschen nicht mehr sicher. Du und deinesgleichen seid schuld an der Gewalt.«

»Es gibt mehr Menschen, die so denken wie ich, als du ahnst.«

»Das bezweifle ich nicht. Aber mein Vater hätte sich für dich geschämt.«

»Glaubst du, das kümmert mich? Er war ein Feigling. Wie oft hast du ihn denn gesehen? Er war doch immer auf See. Und wenn er daheim war, hat er getrunken.«

»Mit gutem Grund. Er hatte eine hinterhältige Frau. Er hätte niemals fremde Post geöffnet. Wie konntest du das tun? Weißt du, wie viel Zeit wir deinetwegen verloren haben?«

»Ich wünschte, ich hätte sie verbrannt. Aber ich konnte die Briefe nicht vernichten, weil ich wusste, dass sie eines Tages alles sein würden, was mir von dir bleibt. Doch jetzt ist es mir egal. Ich habe dich für immer verloren, als du sie geheiratet hast.«

Domenica wartete an der Haustür, als er die Treppe herunterkam. »Lass uns gehen«, sagte er und schaute sich ein letztes Mal in seinem Elternhaus um. »Ich komme nie wieder her.«

»Sie wird sich beruhigen«, versicherte ihm seine Frau. Dafür würde Domenica Cabrelli McVicars schon sorgen.

John hielt Domenicas Hand, als sie mit der Straßenbahn zum Kloster fuhren. Sie gab sich ungerührt, weil sie ihren Mann nicht weiter aufwühlen wollte. Was hätte ein Gefühlsausbruch schon genützt? Entscheidungen wurden von Männern getroffen, die Frauen wie sie nicht einkalkulierten. Die Glocke bimmelte, sie stiegen aus. Die Gesichter der Fahrgäste, die auf dem Bahnsteig warteten, waren so düster wie der bedeckte Himmel.

»Es wird regnen«, sagte Domenica.

»Ja«, erwiderte John. »Ein elender Tag.«

»Deine Stiefel und Regensachen sind im Seesack. Ich habe die Hemden gebügelt und die Uniformknöpfe nachgenäht. Sie waren lose.«

»Das habe ich bemerkt.« Er klopfte auf seine Jacke. »Danke.«

Sie näherten sich dem Eingang des Klosters. Domenica wollte nicht durchs Tor gehen, und er wollte sie nicht dort zurücklassen. Also standen sie nur da und sahen sich an, hielten jeden Moment fest wie ein kostbares Juwel.

Als Mädchen hatte Domenica einmal einen seltenen sechskarätigen Sternsaphir in der Hand gehalten. Ein Zwischenhändler hatte ihn zu ihrem Vater ins Geschäft gebracht und ihr erlaubt, ihn in die Hand zu nehmen. Schließlich hatte er sie bitten müssen, ihn wieder herzugeben, damit er ihn in die Schließkassette legen konnte. Domenica hatte erst wieder eine solche Farbe gesehen, als sie dem Captain begegnet war, dessen Augen vom gleichen tiefen Blaugrün waren.

Domenica umarmte ihren Mann. Er lehnte sich an sie.

Es gab eine Stelle in der Halsbeuge zwischen Domenicas Ohr und Schulter, die McVicars besonders liebte. Dort roch es nach ihr, nach Rosen und Vanille. Seit sie verheiratet waren, hatte er sich jeden Abend an diese Stelle geschmiegt und beim Aufwachen überrascht bemerkt, dass er die ganze Nacht in ihren Armen durchgeschlafen hatte. Früher hatte er unruhig geschlafen und fragte sich, ob er überhaupt ein Auge zutun würde, bis er sie wiedersah.

»Ich will nicht weg«, sagte er. »Zum ersten Mal in meinem Leben fürchte ich mich vor dem Meer.«

»Und du hattest Angst, ich würde es dir wegnehmen.«

»Jetzt wünschte ich, du könntest es.«

»Aber du liebst das Meer.«

»Nicht so sehr wie dich.«

»Weißt du was, Captain McVicars? Das glaube ich dir fast.« Domenica trat zurück und musterte seine Uniform. »Ruh dich aus, wann immer du kannst.«

»Das werde ich.«

»Und iss Orangen, wenn es welche gibt.«

»Das werde ich.«

»Sei ein Friedensstifter. Pass bitte auf dich auf.« Er musste es versprechen. »Und bete.« Domenica griff in die Tasche und hielt John eine Kette mit einer goldenen Medaille hin. »Damit du dran denkst. Unsere Liebe Frau von Fatima. Sie wird dich beschützen.« Sie legte ihm die Medaille um den Hals. »Nimm sie nie ab.«

John nahm seine Frau in die Arme und küsste sie zum Abschied. »Wenn wir uns das nächste Mal sehen, ist der schreckliche Haarschnitt rausgewachsen.«

Sie winkte ihm lachend.

Als er die Auffahrt hinunter zur Straßenbahn ging, die ihn nach Glasgow und zum Zug nach Liverpool bringen würde, wo die *Arandora Star* vor Anker lag, verspürte John McVicars einen Schmerz im Herzen. Das Letzte, was er hörte, war Domenicas Lachen, das wie eine Glocke klang.

Kapitel 31

Liverpool
15. Juni 1940

McVicars stand auf der Gangway der *Arandora Star* und blickte nach oben. Als Seemann kannte er die wilde Welt und die Grausamkeit der Menschen. Aber noch nie hatte er erlebt, dass man ein Schiff derart entweihte. Die *Arandora Star* war komplett in Stacheldraht gewickelt. Scham überkam ihn, als er sich zum Dienst meldete. Zorn trieb seine Schritte an, als er in seine Kabine ging. Man hatte ihn als Ersten Offizier eingeteilt, er würde den Kapitän bei der Navigation unterstützen.

McVicars hängte seine Ausgehuniform in den Schrank. Die Schuhe stellte er in den dafür vorgesehenen Kasten im Boden und schloss die Klappe. Er sah aus dem Bullauge. Nichts als Blau. Das Fahrwasser war frei. Zahllose Schiffe warteten im Hafen auf ihren Einsatz. McVicars klopfte ans dicke Glas des Bullauges und öffnete es. Der Rahmen war aus Kirschholz. Scharniere und Riegel waren aus blank poliertem Messing. Für die Ozeandampfer der Blue Star Line hatte man nur die besten Materialien verwendet. McVicars erkannte sofort, dass es sich um einen Luxusliner handelte, den die Regierung seiner Größe wegen requiriert hatte. Er malte sich Flitterwochen auf einem solchen Ozeandampfer aus. Er wollte unbedingt erfahren, wohin das Schiff fuhr, denn dann könnte er genau berechnen, wann er wieder bei seiner Frau wäre. Bislang hatte er nur vage Informationen. Es gab Gerüchte, das Schiff fahre nach Kanada, doch er wusste nicht, was der Zweck der Überfahrt sein sollte. Als Erster Offizier blieben ihm zwei Wochen, um das Schiff vorzubereiten und die Besatzung zu organisieren. Er schloss das Bullauge und machte sich auf den Weg an Deck.

Beim Gang durchs Schiff stellte McVicars fest, dass die Tapeten samt Wandgemälden abgedeckt und gepolstert und die Böden mit Gummimatten ausgelegt waren, um das Walnussparkett zu schützen. Es roch durchdringend nach frischer Farbe, tristes Militärgrau und strahlendes Weiß herrschten vor.

»Melde mich zum Dienst, Sir.« McVicars salutierte vor Captain Moulton, einem älteren Herrn mit weißem Haar und Koteletten, dem ein Stückchen Ei auf der uniformierten Brust klebte. *Traditionelles englisches Frühstück,* dachte McVicars, *und er trägt es wie einen Orden.*

Moulton salutierte ebenfalls. »Ich bin zu alt für diesen Job.« Er lächelte. »Ich war schon vor zehn Jahren zu alt dafür.«

»Sir, Sie sehen aus, als wären Sie in ausgezeichneter Form«, flunkerte McVicars.

»Gut genug, um diesen Kahn zu steuern. Die aufregenden Einsätze bekommen die jüngeren Männer, und das ist richtig so. Es erklärt, warum Sie und ich der *Arandora* zugeteilt wurden«, sagte Moulton lachend.

»Vielleicht brauchen sie unsere Weisheit, Sir.«

»Wofür? Um Gefangene zu transportieren? Seit wann ist die britische Regierung ein Gefängniswärter? Freiwillig hätte ich diesen Einsatz nicht übernommen.«

»Was denn für Gefangene?«, fragte McVicars.

»Ein paar echte Nazis und natürlich die deutschen Intellektuellen, insgesamt etwa fünfhundert. Keine der beiden

Gruppen unterstützt England. Die größte Gruppe besteht aus italienischstämmigen Schotten und Italienern aus anderen Gegenden Großbritanniens.«

»Italienischstämmige Schotten?« McVicars wurde bleich.

»Jungen und Männer bis zum Alter von achtzig Jahren. Insgesamt etwa siebenhundertdreißig. Die Behörden treiben sie zusammen und verhaften sie.«

»Was haben sie getan?«

»Es gibt Bedenken wegen der fünften Kolonne. Wir können nicht riskieren, dass Spione unter uns leben. Wir setzen sie in St. John's in Neufundland, ab. Dort hat man Gefangenenlager eingerichtet.«

»Warum Kanada? Wie wäre es mit den Orkney-Inseln?«

»Dorthin geht auch ein Schiff«, sagte Moulton.

McVicars hatte schon so einige Britaliener gekannt, bevor er Domenica begegnete. Hatte er nicht gerade erst ihre Eheringe bei Mattiuzzi gekauft? »Diese feindlichen Ausländer sind unsere Mitbürger. Nur weil sie einen italienischen Nachnamen tragen, heißt das nicht, dass sie Italien unterstützen.«

»Die Behörden können einen guten Itaker aber nicht von einem schlechten unterscheiden, also müssen alle gehen«, erklärte Moulton und betrachtete seinen Ersten Offizier über die Brille hinweg. »Warum interessiert Sie das so, McVicars?«

»Meine Frau kommt aus Italien. Wird man sie zwingen, Schottland zu verlassen?«

»Während Sie auf See sind, sollte sie sich vorsehen.«

McVicars beschloss, seiner Frau zu telegrafieren, sobald er wusste, wie lange die Reise dauern würde. Dies war weder die Handelsmarine, die er liebte, noch das Schottland, das er kannte, aber er wollte sich deswegen nicht quälen. Sein Ziel war es, zu seiner Frau zurückzukehren. Domenica liebte ihn, und nur das zählte.

London
17. Juni 1940

Ettore Savattini, der adrette Oberkellner, fand sich in der Küche des Hotels Savoy ein, um sich mit einem leichten Frühstück für den Arbeitstag zu stärken. Er nahm den schäumenden Milchtopf vom Herd und wollte gerade den cremigen Schaum in seinen Espresso gießen, als ein Tropfen auf seinen Lackslipper fiel. Fluchend stellte er den Topf ab und wischte mit dem Geschirrtuch den Schuh sauber. Er goss die aufgeschäumte Milch in die Tasse, stellte eine Pfanne auf den Herd und gab einen Klecks Butter hinein. Dann schlug er zwei Eier darüber und ließ sie brutzeln, während er Pfeffer aus der Mühle dazugab.

Savattini lehnte sich an die Arbeitsplatte, verschränkte die Arme vor der Brust und zog eine Bilanz seines Lebens. Er hatte eine Frau in Italien und ein neugeborenes Baby. Seiner Mutter ging es gut. Savattini hatte genug Geld nach Hause geschickt, um ein Haus in den Hügeln bei Florenz zu bauen. Vom Savoy hatte er gerade eine Gehaltserhöhung bekommen. Es ging ihm richtig gut. Savattini ließ die Eier aus der Pfanne auf einen Teller gleiten. Er hatte Besteck und Leinenserviette auf den Tisch gelegt, daneben wartete die Zeitung. Er wollte es sich gerade bequem machen, als es laut klopfte – ganz untypisch für den Milchmann. Savattini öffnete.

Zwei befreundete Polizisten betraten die Küche. Chapman und Walker aßen nach ihrer Doppelschicht am Samstagabend regelmäßig in der Hotelküche. Das Savoy pflegte gute Beziehungen zur örtlichen Polizei.

»Meine Herren. Sie sind ein bisschen früh dran fürs Abendessen.«

»Wir bitten um Entschuldigung, Sav«, begann Chapman und sah seinen Partner an.

Savattini lächelte. »Wofür?« Er wusste bereits, dass sie ihn abholen würden, wollte die Anschuldigungen aber aus erster Hand hören. Dieses Recht hatten doch wohl alle Untertanen des Königs.

»Alle feindlichen Ausländer sind umgehend zu deportieren«, erklärte Chapman.

Savattini zündete sich eine Zigarette an. Er arbeitete seit siebzehn Jahren in England, bewohnte ein kleines Zimmer im Hotel, arbeitete sieben Tage die Woche und diente der Londoner Elite mit Bravour. Er war kein Feind oder Ausländer, sondern ein Diener.

»Nun ja, so nennen sie es eben«, erklärte Walker. »Wir glauben das natürlich nicht.«

»Natürlich nicht. Weil es nicht stimmt.« Savattini lächelte. Der Oberkellner hatte oft genug in der Klemme gesteckt, um zu wissen, dass Panik jetzt nicht half. Er verbarg seine Emotionen, wie es sein Beruf verlangte. »Soll ich meinen Anwalt anrufen, damit er aufs Revier kommt?«

»Leider nicht. Wir bringen Sie zum Zug nach Liverpool.«

»Ich bin kein Schiffsbauer, meine Herren.«

»Von dort aus werden Sie in ein Kriegsgefangenenlager überstellt. Der Premierminister will alle Italiener sofort von der Insel schaffen.«

Savattini nickte. Es gab keinen Ausweg. Sein Heimatland hatte sich auf die falsche Seite geschlagen, und er bezahlte nun den Preis dafür.

»Es tut uns leid«, sagte Walker leise. »Wir haben Ihren Namen auf der Liste gesehen und dafür gesorgt, dass Sie von Freunden abgeholt werden, um es so würdevoll wie möglich zu gestalten.«

Savattini atmete aus. »Darf ich zu Ende frühstücken, bevor wir gehen?«

Walker und Chapman setzten sich an den Tisch. Savattini reichte jedem eine Leinenserviette und goss zwei Tassen Kaffee ein, stellte Zucker und Milchkännchen dazu. Er erinnerte sich an einen amerikanischen Gast, den er vor Jahren bedient hatte. Der Amerikaner hatte von seinem eigenen Unglück erzählt und gesagt: *Wer hat, der hat, bis er nichts mehr hat.* Jetzt verstand Savattini, was er gemeint hatte. Der Oberkellner setzte sich, entfaltete die Leinenserviette, legte sie auf seinen Schoß und aß die kalten Eier.

Manchester

Don Gaetano Fracassi blickte von der Kommunionbank auf, als zwei Polizisten die Saint Alban's Church betraten. Sie nahmen die Uniformmützen ab und stellten sich rechts und links des Weihwasserbeckens auf, ein Spiegelbild der Statuen des heiligen Petrus und des heiligen Paulus neben dem Altar.

Der Priester teilte weiter die Kommunion an die Gläubigen aus, die auf der Bank knieten. Ein älteres Gemeindemitglied war Messdiener und hielt die Hostiendose in der Hand. Er begann zu zittern, als er die Polizisten bemerkte.

Nachdem alle Gläubigen die Hostie empfangen hatten, bekreuzigten sie sich und kehrten in ihre Bänke zurück. Fracassi brachte die verbliebenen Hostien zum Altar, legte den Deckel auf die goldene Hostiendose und stellte sie beiseite. Dann trank er den restlichen Wein aus dem Kelch und wischte ihn mit dem Altartuch ab, das er dann ordentlich faltete und zusammen mit der Hostiendose in den Tabernakel stellte.

Während des Gebets saß Fracassi mit dem Rücken zu den Gläubigen. Nach einer Weile erhob er sich, segnete die Gemeindemitglieder und schlug das Kreuzzeichen über ihnen.

Gewöhnlich ging Fracassi als Erster zur Tür, um seine Gemeinde zu verabschieden, doch diesmal sagte er: »Meine Freunde, ich möchte, dass ihr die Kirche heute vor mir verlasst.«

Die Gemeindemitglieder sahen sich verwirrt an, wandten sich um und bemerkten die beiden Polizisten.

»Macht euch keine Sorgen«, sagte der Pfarrer freundlich. »Die Herren befolgen nur ihre Befehle.«

Doch statt die Kirche zu verlassen, reihten sich die Gemeindemitglieder vor dem Altar auf, um ihre Dankbarkeit auszudrücken. Der Pfarrer segnete jeden Einzelnen und bat sie, Werkzeuge des Friedens zu sein und die Kirche ohne Widerstand zu verlassen. Als sie leer war, trat der Priester zu den Polizisten.

»Don Fracassi, Sie sind verhaftet.«

Er nickte, drehte sich um und beugte das Knie vor dem Altar. In seiner Eile hatte er die Tür des Tabernakels offen gelassen. Die guten Schwestern würden sie schließen, wenn sie die Altarwäsche abholten.

Glasgow

Amedeo und Piccolo Mattiuzzi warteten vor ihrem Geschäft auf die Polizei. Sie hatten je einen Koffer gepackt, wie es das Gesetz vorschrieb, und ihre Sonntagsanzüge und die besten Schuhe angezogen. Mattiuzzi trug den Borsalino, den ihm seine Frau zum letzten Geburtstag geschenkt hatte, sein

Sohn den alten braunen Filzhut seines Vaters, der noch gut in Schuss war.

Lester McTavish gesellte sich zu ihnen. »Am besten stellt ihr euch gut mit ihnen. Ihr seid bald wieder zu Hause. Ich rede mit den Behörden. Macht euch keine Sorgen.«

»Weißt du, wohin sie uns bringen?«, fragte Mattiuzzi.

»Isle of Man oder eine der Orkney-Inseln.«

»Und für wie lange?«, wollte Piccolo wissen.

»Es kann ein, zwei Wochen dauern, bis sie die guten von den schlechten Italienern getrennt haben.«

»Zwei Wochen«, brummte Mattiuzzi. »Ich habe keine Zeit für diesen Unfug. Mein Geschäft wird darunter leiden.«

»Ich helfe deiner Frau, wo ich kann. Sie kann den Laden offen halten und Bestellungen entgegennehmen, bis ihr zurückkommt. Betrachtet eure Verhaftung als kleine Panne. Ihr werdet euch sonnen, ausruhen, und der Krieg ist im Nu vorbei«, versicherte McTavish. »Immerhin haben wir Sommer.«

Mattiuzzis Frau und Tochter standen drinnen am Fenster. Er hatte befürchtet, die Polizei könnte es sich anders überlegen und auch die Frauen mitnehmen, wenn sie draußen blieben.

Nun trat Margaret Mary McTavish zu den Männern.

»Ich wollte mich verabschieden«, sagte sie lächelnd.

Piccolo bedeutete ihr, ihm ins Juweliergeschäft zu folgen. Im hinteren Teil des Ladens zog er sie an sich und vergrub das Gesicht in ihren welligen rotbraunen Haaren, atmete den vertrauten Duft von Jasmin ein und küsste sie zärtlich. »Wenn ich heimkomme, spreche ich mit deinem Vater.«

»Wird auch Zeit.« Margaret Mary versetzte ihm einen spielerischen Klaps auf den Arm und bedeckte das Gesicht ihres Geliebten mit Küssen.

»Du kannst das Fernrohr nicht mitnehmen, Arcangelo. Dafür ist kein Platz«, sagte seine Frau Angela, als sie seinen Koffer ein letztes Mal ordnete.

»Es passt schon.«

»Tut es nicht. Käse oder Fernrohr? Essen oder träumen? Du musst dich schon entscheiden. Du brauchst nicht unbedingt die Sterne zu betrachten, aber essen musst du. Also nimm den Käse. Ich will wissen, dass du isst. Da ist auch noch ein Brot.«

»Ich bin in ein, zwei Tagen wieder da. Das ist zu viel Brot und Käse.«

»Warte ab, andere haben Unsinn eingepackt und ihren Käse vergessen. Dann brauchst du eine Extraportion. Du wirst mir dankbar sein.«

Antica stand seiner Frau gegenüber, zwischen ihnen das Bett, das sie siebenundvierzig Jahre geteilt hatten. »Ja, Angela. Ich werde den Käse teilen. Und die Wurst.«

»Und den Grappa.«

»Sogar den Grappa.«

»Du hast drei Paar Socken. Drei Unterhosen – «

»Bitte. Nach all den Jahren weiß ich, wie man sich morgens anzieht.«

»Du sollst nur wissen, was ich eingepackt habe.« Sie klappte den Koffer zu.

Seine Frau verließ das Schlafzimmer. Antica hielt das selbst gebaute Fernrohr hoch. Den Tubus hatte er aus Birkenholz gefertigt, das weich genug war, um es zu einem Zylinder zu biegen. Okular und Linse hatte er in der Werkstatt geschliffen und mehrere Versuche gebraucht, um es genau richtig hinzubekommen. Antica hatte alles zusammengesetzt und das Fernrohr auf das selbst gebaute Stativ montiert. Seither ging er an jedem trockenen Abend aufs Dach und betrachtete die Sterne.

Er horchte, ob seine Frau in der Nähe war. Dann packte er das zusätzliche Hemd und eine Unterhose aus, legte das Fernrohr neben Käse und Socken und klappte den Koffer wieder zu.

»Arcangelo!«, rief sie. »Sie sind hier.« Ihr brach die Stimme. Angela wartete am Fuß der Treppe auf ihren Mann, umarmte und küsste ihn.

»Es reicht.« Er umfasste das Gesicht seiner Frau. »Ich komme wieder.«

Bury

Savattini saß am Fenster des überfüllten Zuges, der durch die englische Landschaft dampfte. Der Morgen hatte wie ein Spaß begonnen, doch dann hatte sich das Blatt gewendet. Savattini hatte zusammen mit anderen Britalienern in einer langen Schlange gewartet und den Gesprächen der britischen Soldaten gelauscht, musste aber beunruhigt feststellen, dass sie noch weniger wussten als er selbst.

Der Zug fuhr an einer Pferderennbahn vorbei, wo jetzt Gefangene untergebracht waren, und passierte ein Zirkusgelände. Die Elefanten und Tiger waren längst verschwunden. Im Zelt mit den orangefarbenen Streifen hausten, wie es hieß, deutsche Kriegsgefangene bis zum Abtransport in Internierungslager. Im Zug empörten sich viele darüber, dass man sie als italienischstämmige Briten mit Nazis gleichsetzte.

Verstehen die das nicht?, dachte Savattini bei sich. *Im Krieg gibt es nur zwei Seiten. Und zu meinem Pech steht Italien auf der falschen.* Savattini hielt sich gewöhnlich aus der Politik heraus, machte sich aber wie jeder vernünftige britische Arbeitnehmer seine Gedanken über das starre Klassensystem. Entweder man diente oder man wurde bedient, dazwischen gab es nicht viel.

Die Textilfabriken hatte man auf Militärproduktion umgestellt, statt Röcken und Blusen wurden jetzt Uniformen genäht. Privathäuser waren zu Rekrutierungszentren und öffentliche Gebäude zu Lazaretten geworden. Wo einst Wollwaren, Kristall und Porzellan hergestellt wurden, herrschte nun gähnende Leere, die darauf wartete, mit feindlichen Ausländern gefüllt zu werden. Nicht nur die Regierung wollte die italienischen Männer und Jungen außer Landes schaffen, auch die öffentliche Meinung verlangte danach. Wo sonst Kinder auf Schulbänken saßen, waren jetzt Gefangene in Klassenzimmern eingesperrt, bis entschieden war, was mit ihnen geschehen sollte. Deutsche. Österreicher. Italiener. Nazis. Faschisten. Intellektuelle. Allesamt Verdächtige, die als feindliche Ausländer eingestuft wurden.

Unter den italienischstämmigen Schotten hatten sich die bevorstehende Verhaftung und Deportation rasch herumgesprochen, viele wurden von ihren schottischen Nachbarn und Freunden gewarnt. Die meisten waren so darauf bedacht, sich der englischen Regierung von ihrer besten Seite zu zeigen, dass sie im Voraus packten und schon am Straßenrand auf ihre Abholung warteten. Einige wenige versteckten sich vor der Polizei, würden aber bald gefunden.

Die Bahnstrecken aus dem Norden und Süden verzweigten sich vor den Toren Manchesters zu einem Spinnennetz. Auf den Gleisen entlang des River Irwell waren noch nie so viele Lokomotiven gefahren. Sie hatten immer neue Waggons zu den Bahnsteigen von Bury gezogen, auf denen sich bereits Hunderte Jungen und Männer drängten.

Die italienischstämmigen Gefangenen wurden aus ganz England zusammengetrieben und leisteten keinen Widerstand. Sie hörten aufmerksam zu und befolgten die Anweisungen der bewaffneten Wachen.

Die verlassenen Felder bei Warth Mills waren laut den Männern, die solche Dinge planten, der ideale Ort für ein Gefangenenlager. Die Männer wurden im Freien abgefertigt, warteten in einer langen Schlange wie Vieh, das zur Schlachtung transportiert wird. Nachdem man ihre Namen und persönlichen Daten aufgenommen hatte, trieb man sie in das Fabrikgebäude. In die behelfsmäßige Unterkunft passten zweitausend Männer, doch an diesem Tag wuchs ihre Zahl auf dreitausend, die sich alle in die verlassene Baumwollspinnerei quetschten. Gelände und Gebäude waren von Stacheldraht umgeben, die Eingänge von bewaffneten Posten bewacht.

Als die Gefangenen eintraten, fanden sie keine Stühle, Bänke oder Betten vor, nur eine riesige verdreckte Halle. Ganz am Ende saßen die Gefangenen, die als Erste angekommen waren und für die Nachfolgenden immerhin den Boden gefegt hatten. Bald sprach sich herum, dass es sich um Professoren und Dozenten aus Oxford handelte, Männer jüdischen Glaubens mit deutschen und österreichischen Wurzeln, die womöglich Spione waren. Die Britaliener glaubten nicht, dass die Gelehrten eine Bedrohung für die englische Regierung darstellten, ebenso wenig wie sie selbst, doch das spielte keine Rolle. Die andere Seite hatte die Waffen.

In der Fabrik herrschte Tristesse. In der Luft hingen noch Baumwollfasern. Der Boden war voller Schmieröl von den Maschinen. Die Scheiben der Oberlichter waren so schmutzig, dass man nicht hindurchsehen konnte. Das Glas war zerbrochen und gesprungen und ließ jedes Wetter herein. Die Wände waren mit schwarzem Schimmel überzogen.

Die Gefangenen erhielten als Betten Leinwandsäcke, die sie mit Stroh füllen mussten. Jungen saßen auf Seesäcken.

Einige Männer stellten ihre Koffer aufrecht hin und setzten sich darauf.

Verwirrung war die Mutter der Angst, und der Mangel an Informationen verstärkte sie noch. Niemand hatte den Gefangenen erklärt, warum sie in Warth Mills waren und wohin man sie von hier aus bringen würde.

Antica stellte sich in die Schlange für Säcke und Stroh.

Mattiuzzi und sein Sohn Piccolo bekamen ihr Essgeschirr: Blechteller, Schüssel und Tasse, Messer und Gabel. Essen gab es keins.

Savattini betrat die Fabrik, er war mit der letzten Fuhre vom Bahnhof gekommen. Er versuchte, sich ein Bild der Lage zu machen, und schaute sich in der riesigen überfüllten Fabrik um. Fragte sich, wo die Küche sein mochte.

Fracassi war knapp hinter ihm. Er war mit dreißig Männern in einem Armeelaster hergekommen, dessen Bänke gerade mal Platz für zehn Leute boten. Er bewegte sich in seiner langen schwarzen Soutane durch die Menge. Die Gefangenen blieben respektvoll stehen und machten ihm Platz, verneigten sich und begrüßten den alten Priester, der den Männern freundlich zunickte.

Savattini hielt Ausschau nach bekannten Gesichtern, wohl wissend, dass es zu den wichtigsten Aufgaben eines Oberkellners gehörte, Kontakte zu pflegen. Er bemerkte eine Gruppe unter einem Fenster, drei Männer, die einen Kreis gebildet hatten. Das sah gut aus. Er brauchte einen Drink, und sie hatten Grappa. Savattini griff in die Tasche und zählte seine Zigaretten. Er hatte noch genau dreizehn, die bis zum Morgen reichen mussten.

»Meine Herren«, sagte Savattini, als er zu Antica, Mattiuzzi und Piccolo trat. »Woher kommen Sie?«

»Glasgow.« Piccolo streckte die Hand aus und stellte sich und die anderen vor.

»Nein, ich meinte in Italien.«

Anticas Gesicht leuchtete auf. »Aus Bardi. Kennen Sie das?«

»Ich bin auch aus der Emilia-Romagna. Aus den Bergen.«

Antica machte Platz auf seinem Koffer. »Setzen Sie sich, setzen Sie sich.«

Savattini setzte sich. »Was halten Sie von alldem?« Er beschrieb mit der Zigarette einen Kreis in der Luft.

»Ich habe im Weltkrieg gedient«, erwiderte Mattiuzzi, »und nichts davon ergibt irgendeinen Sinn.«

»Sie haben mich in der Hotelküche verhaftet. Ich wollte meinen Tag beginnen, wie ich es immer tue.«

»Ich habe noch nie einen Koch in Lackschuhen getroffen.« Mattiuzzi bot den Männern würzige Taralli an, die seine Frau gebacken hatte.

Savattini lachte. »Ich bin Oberkellner im Savoy und wohne im Hotel. Ich dachte, ich würde verhaftet, weil ich etwas über das Glücksspiel weiß, das dort stattfindet. Die Hälfte von Churchills Kabinett ist dabei.«

»Schreiben Sie ihm«, sagte Antica. »Wenn Sie den Mann kennen, schreiben Sie ihm, dass dies ein schrecklicher Fehler ist.«

»Sollen sie doch ihre Spiele spielen. Es ist eine Botschaft an Mussolini, sonst nichts. Churchill kann keine Spione dulden und hat die Italiener geopfert, um ein Zeichen zu setzen.«

»Aber wir sind nicht der Feind. Wir sind loyale Bürger«, beharrte Mattiuzzi.

»Es ist nahezu unmöglich, seine Loyalität zu beweisen. Das ist wie mit der Liebe, man kann sie nur gegenseitig beweisen«, erklärte Savattini.

Antica schenkte ihm einen Becher Grappa ein. Der Zinnbecher stammte aus den Beständen der britischen Marine. Savattini bedankte sich und ließ den Alkohol kreisen, nippte daran. Der Grappa brannte in seiner Kehle, dann breitete sich Wärme in seinem Körper aus.

»Ein Mann, der es gewohnt ist, aus Kristallglas zu trinken, wird den Metallgeschmack nicht mögen«, sagte Antica.

»Es kommt nicht darauf an, was ich mag oder woran ich gewöhnt bin, sondern was ich ertragen kann.« Savattini schaute sich in der Fabrik um. »Was *wir* ertragen können. Ich bin froh, neue Freunde zu finden.«

Fracassi hatte den Abend damit verbracht, die Gefangenen zu trösten. Am nächsten Morgen suchte er sich eine Ecke und errichtete auf seinem Koffer einen behelfsmäßigen Altar. Er ordnete Altartuch, Kelch, Hostienteller und Hostiendose so an wie auf dem Marmoraltar in seiner Kirche. Die Polizei war so freundlich gewesen, ihn im Pfarrhaus das Nötigste einpacken zu lassen, bevor sie ihn in den Zug nach Warth Mills verfrachtete. Fracassi schlug das Gebetbuch auf und machte das Kreuzzeichen. Einige Männer nahmen die Hüte ab und traten dazu.

In der Fabrik sprach sich herum, dass der Priester die Messe las. »Lasset uns beten«, sagte Mattiuzzi und wandte sich zum Altar.

Savattini war skeptisch und flüsterte Antica zu: »Ich glaube an den Bauern, der die Butter für meine Scampi herstellt.«

Dann aber verstummte das Gerede in der Fabrik, und es trat ehrfürchtige Stille ein, die nur von Fracassis Stimme unterbrochen wurde. »Meine Herren, wir mögen uns hilflos fühlen, aber ich versichere Ihnen, Gott hört zu.«

Antica beugte sich vor, Piccolo Mattiuzzi legte seinem Vater die Hände auf die Schultern. Savattini nahm eine Zigarette aus dem Etui, schaute zum Altar und legte sie verlegen zurück. Danach lauschte auch er dem Priester.

»Er wird euch nicht verlassen. Er wird euch nicht aufgeben. Aber ihr müsst beten. Gott kennt euer Herz. Der heilige Bernhard von Clairvaux hat uns ermutigt, über die Vergangenheit nachzudenken. Schließt Frieden mit ihr. Ihr könnt das Böse, das euch angetan wurde, nicht beherrschen. Ihr könnt nicht umkehren und das Gute, das ihr nicht getan habt, nachholen. Ihr könnt die vergeudete Zeit nicht zurückholen. Aber ihr könnt euch eure Erlösung verdienen. Öffnet euer Herz für seine Liebe. Alles ist vergeben. Wir finden Kraft in unserem Bekenntnis. Und die brauchen wir, meine Herren. Die brauchen wir.«

Antica zitterte, als er Fracassis Worte hörte. Wusste der Priester mehr als sie?

»Vergebt mir, meine Brüder, ich habe nicht genug Hostien für euch alle. Als man mich gestern in der Kirche abholte, habe ich nur das Nötigste eingepackt.«

Den Männern machte das nichts aus. Sie knieten für den Segen nieder.

Antica öffnete seinen Koffer und lächelte beim Gedanken an seine Frau, die darauf bestanden hatte, dass er genügend Brot mitnahm. Sie hatte wieder einmal recht gehabt. Antica tippte seinem Vordermann auf die Schulter und reichte ihm das Brot. Der gab es weiter, und so gelangte es schließlich zu Fracassi. Er bedankte sich und fuhr mit der Messe fort, betete über Anticas Gabe und weihte das Brot. Dann brach er es und lud die Männer ein, die Kommunion zu empfangen. Ein Gefangener in der ersten Reihe stellte sich als Messdiener zur Verfügung. Andere halfen, die Warteschlangen zu ordnen, damit alle Männer in Warth die Kommunion empfangen konnten.

Fracassi brach immer ein Stückchen ab und legte es den Männern auf die Zunge. Als Antica schließlich vor ihm stand, war nur noch ein kleines Stück geweihtes Brot übrig.

»Sie haben das Brot gespendet?«

Antica nickte.

»Ich danke Ihnen.«

Er hielt den Kopf gesenkt. Er war nicht mehr in der Kirche gewesen, seit seine Hand bei dem Unfall verletzt worden war. »Ich bin nicht würdig, Vater.«

»Du bist würdig, mein Sohn.«

Fracassi hielt den geweihten Krümel zwischen Daumen und Zeigefinger und legte ihn Antica auf die Zunge. Der schmeckte das Brot des Lebens und fühlte sich erlöst.

Mondlicht drang durch die zerbrochenen Oberlichter. Antica saß auf seinem Strohbett an die Wand gelehnt und konnte nicht schlafen. Er schaute durch die gewaltige Fabrikhalle. Die Umrisse der Männer, die in der Dunkelheit schliefen, erinnerten ihn an die Erntezeit auf dem Bauernhof seines Vaters außerhalb von Bardi. Antica pflegte seinen Vater zu beobachten, wenn er im Mondlicht über die Felder ging, den Weizen streichelte und vor sich hin pfiff. Damit etwas in dieser Welt wachsen konnte, musste man es erst einmal lieben. Antica fragte sich, ob er je wieder etwas wachsen sehen würde. Er musste das hier überleben, doch tief in seiner Seele war Antica sich nicht sicher, ob das möglich war.

Kapitel 32

1. Juli 1940

Nach zwei Wochen forderte man die Internierten von Warth Mills zum Packen auf. Savattini beschloss, sich erst noch zu rasieren. Er benutzte das Waschbecken, das sich die vier Männer geteilt hatten, trug den Schaum mit dem Pinsel auf und rasierte sich sorgfältig den Bart. Dann reinigte er die Utensilien und verstaute sie in einem ledernen Reiseetui. Er zog sein saubersten Hemd an, dazu die Manschettenknöpfe, deren Edelsteine im Licht schimmerten, und band sich die Krawatte um.

»Sind das Rubine oder Granate?«, fragte Mattiuzzi.

»Du bist hier der Juwelier, sag du es mir.«

»Ich brauche eine Lupe. Meine Augen sind nicht mehr die besten.«

»Dann musst du mir wohl glauben. Es sind Rubine.«

»Weißt du, woher sie stammen?«

Savattini zuckte mit den Schultern. »Spielt das eine Rolle?«

»Nur, wenn du sie eines Tages verkaufen willst. Die besten Rubine kommen aus Indien.«

»Hatte ich das nicht erwähnt? Die Rubine sind aus Indien.«

Sie lachten miteinander.

Die Gefangenen erfuhren, dass sie zu Fuß zum Bahnhof gehen mussten.

Die polierten Schuhe, gebügelten Hemden und gut geschnittenen Anzüge, in denen sie angekommen waren, wirkten mittlerweile schäbig. Ihre Koffer waren leichter geworden, nachdem sie Wein, Wurst und Käse verzehrt hatten, die ihre Frauen und Mütter für sie eingepackt hatten. Nach zwei Wochen Internierung waren sie ganz schön hungrig. Mattiuzzi flüsterte Piccolo, Antica und Savattini zu: »Bleibt zusammen.«

Die Schlange zerknitterter Männer reichte von der Fabrik hinaus bis zum Bahnhof von Bury.

Die Britaliener wurden in Waggons verladen, die sie nach Liverpool brachten. Während der Fahrt, die keine Stunde dauerte, sprachen sie kaum miteinander. In Liverpool stiegen sie schweigend aus und wurden in zwei Reihen eingeteilt und zur Gangway der *Arandora Star* geführt.

Dann standen sie im Schatten des gewaltigen Rumpfes. Selbst die beiden Schornsteine, die jetzt grau gestrichen waren, wirkten klein dagegen.

Savattini betrachtete das majestätische Schiff, und seine Stimmung hob sich. »Jungs, das ist ein Luxusliner.«

»Immerhin ist er sicher«, erwiderte Mattiuzzi erleichtert.

»Die Blue Star Line«, bestätigte Savattini, der Ruf und Pracht der Schiffe kannte. »Das Essen dürfte jedenfalls besser sein«, sagte er halb im Scherz. »Dafür werde ich sorgen.«

»Ich hatte die Nase voll von Warth. Es ist mir egal, wo sie uns hinbringen«, meinte Piccolo.

»Es sollte dir aber nicht egal sein. Wir sind nicht die einzigen Gefangenen auf diesem Schiff«, sagte Savattini, als er die Gangway hinaufging. »Non guardare in alto. Tedeschi.« Auf dem zweiten Deck saßen deutsche Kriegsgefangene hinter Stacheldraht. Rasch sprach sich herum, dass man die italienischstämmigen Schotten, treue britische Untertanen, für ebenso gefährlich hielt wie Nazis.

»Wir bekommen nicht mal unser eigenes verdammtes Schiff«, seufzte Mattiuzzi. »Die zwingen uns, mit dem deutschen Gesindel zu fahren.«

»Das ist aber ein furchtbar großes Schiff, wenn es uns nur auf eine schottische Insel bringen soll«, bemerkte Piccolo.

»Das alte Mädchen war früher eine Schönheit«, staunte Savattini, als er das Schiff betrat. Die Vergangenheit als Luxusliner war nicht zu übersehen. Breite Decks und Korridore, die schnittigen Linien von Rumpf und Aufbauten.

»In Stacheldraht gewickelt sieht sie nicht so schön aus«, sagte Mattiuzzi.

Britische Soldaten standen mit aufgepflanztem Gewehr in der Eingangshalle. Die Gefangenen gingen, flankiert von den Wachen, weiter zur Treppe, die sie zu ihren Quartieren führte.

»Itaker nach unten«, bellte der Zahlmeister. »Padre, Sie gehen beiseite und warten.«

Fracassi gehorchte.

»Italiener im Zwischendeck, wo sonst«, scherzte Antica, als sie die schmale Treppe hinunterstiegen, dorthin, wo sich Kesselraum, Kohlelager und Mannschaftskabinen befanden. Die Temperatur stieg, je weiter die Männer ins Innere des Schiffes vordrangen. Es roch nach Öl und Kohle, die in den Kesseln brannten.

Savattini führte die Männer in die erste Kabine am Fuß der Treppe, die am weitesten vom Kesselraum entfernt war. Sie befanden sich jetzt unterhalb der Wasserlinie, ohne Tageslicht und Frischluft. Die Bullaugen waren versiegelt. Sie legten ihr Gepäck in die Kojen und zogen Jacken und Krawatten aus.

»Vier Mann in einem Raum für zwei.«

»Kommt ungefähr hin.« Piccolo legte sich auf eine Pritsche.

Die Männer hatten sich in Warth angefreundet, teilten Informationen, Brot und Rasierseife. Das ungleiche Quartett hatte viel Zeit damit verbracht, über ihre Aussichten zu diskutieren. Die Angst vor der Verlegung hatte sie erschöpft, die beengten Verhältnisse und die Hitze machten sie schläfrig. Sie lagen auf den Pritschen, kaum einen Zentimeter Abstand zwischen ihnen. Es war noch nicht Abend, doch der Schlaf lenkte sie von ihrem Leiden ab. *Zu viel* Schlaf macht einen Menschen weich, mahnte Savattini. Sie wachten auf, als ein Wachposten rief.

»Der Captain hat erlaubt, dass die Gefangenen an Deck gehen.«

Savattini blickte den Gang entlang. Die Kabinen waren voll. Wenn alle Männer gleichzeitig auf den Gang traten, gäbe es einen Stau. Savattini rief: »Meine Herren, beginnen wir mit der Kabine, die dem Kesselraum am nächsten ist. Die Latrine befindet sich am Ende des Niedergangs. Die Treppe führt an Deck. Gehen wir der Reihe nach vor.«

»Aye-aye, Captain!«, rief einer. Die Männer lachten und folgten Savattinis Vorschlag. Als sich die Kabinen leerten, sah Savattini sechzehnjährige Jungen und siebzigjährige Männer vorbeitrotten.

»So kommen wir als Letzte an Deck«, sagte Piccolo.

»Und machen uns beliebt. Vertraut mir, das wird uns später nützen«, sagte Savattini.

»Was würde ich für eine Tasse Tee geben«, seufzte Antica. »Richtiger Tee aus einer Lady-Carlyle-Tasse mit Untertasse.«

»Ich hätte lieber ein Bier.« Piccolo wischte sich den Schweiß aus dem Gesicht.

»Meine Mutter hat mir beigebracht, wenn es heiß ist, nichts Kühles zu trinken, sondern noch Heißeres, dann kühlt man ab«, riet ihm Antica.

»Träum weiter«, sagte Savattini.

»Ich habe meinen Tee. Dann rollt ein Servierwagen mit einem ganzen Turm von Keksen, Sandwiches und Pralinen heran. Ich nehme mit der kleinen Silberzange eine mit Zucker bestreute Brioche und bestreiche sie mit frischer Butter, die an diesem Morgen geschlagen wurde. Ich schließe die Augen und atme den Duft des Tees ein. Madagaskar. Ceylon. Die Inseln«, sinnierte Antica.

Plötzlich betrat McVicars die Kabine. »Sieh einer an. Die Glaswegians aus dem West End!«

»McVicars, du alter Hund!« Antica stand auf, um seinen Freund zu begrüßen. »Wie hast du uns gefunden?«

»Ich habe eure Namen auf der Liste gesehen«, verkündete McVicars fröhlich, wurde aber ernst, als er die enge Kabine sah. Er konnte nicht aufrecht stehen und bückte sich, während er mit ihnen sprach. So durfte man Menschen nicht behandeln, so durfte man seine Freunde nicht behandeln.

»Ettore Savattini.« Er streckte McVicars die Hand entgegen.

»Unser neuer Freund«, erklärte Antica. »Er ist Oberkellner im Savoy.«

»Ich wünschte, wir könnten Ihnen eine bessere Unterkunft bieten.« McVicars gab ihm die Hand.

»Wir kommen zurecht und danken Ihnen, dass Sie nach uns gesehen haben.«

»Wie adrett Sie in Ihrer Kapitänsuniform aussehen«, rief Antica.

»Ich bin nur Erster Offizier. Das mit dem Captain ist vorläufig vorbei.«

McVicars steckte den Kopf in den Gang. Vor Latrine und Niedergang hatten sich Warteschlangen gebildet. Er schloss die Tür und holte aus den Innentaschen seiner Jacke eine

Packung Kekse, ein Stück Cheddar und zwei halbmondförmige Fleischpastetchen mit Kartoffeln und Zwiebeln, die in Stoff gewickelt waren. Die Männer reichten das Essen herum. Dann zog McVicars einen Flachmann mit Whisky aus der Gesäßtasche und legte den Finger an die Lippen.

»Du bist ein Heiliger!«, flüsterte Antica. »Ich bin nicht mehr seefest. Ein Schuss Whisky hilft, meinen Magen zu beruhigen.«

»Wenn Sie später trinken, dann stoßen Sie auf Ihren alten Freund an. Ich bin jetzt ein verheirateter Mann. Ich habe das Cabrelli-Mädchen geheiratet.«

»Auguri! Ich habe sie an Weihnachten im Kloster kennengelernt. Bellissima.«

»Davon hat sie mir erzählt.« McVicars ahnte, dass es Domenica gefallen würde, wenn er die Italiener mit Essen versorgte. Also kramte er in seinen Taschen und holte noch ein Stück Butter hervor. »Fürs Brot morgen früh. Verratet es aber niemandem. Leute haben schon wegen weniger gemeutert. Zum Frühstück gibt es Kaffee und einfache Brötchen, die schmecken mit Butter besser. Der Kaffee ist stark, aber es gibt genügend Sahne, um ihn zu strecken. Ich sorge dafür, dass ihr über die Wasserlinie verlegt werdet. Gebt mir ein bisschen Zeit.«

Savattini rieb sich die Hände. »Können Sie ihnen sagen, dass ich kochen kann?«

»Was ist dein bestes Gericht?«

»Alles. Eier. Kartoffeln. Braten. Spaghetti! Ich brauche nur Wasser und Mehl.«

»Ich verständige die Kombüsencrew.« McVicars schaute in den Gang. »Ich muss los.«

Antica ergriff McVicars' Arm. »John, können Sie uns sagen, wohin sie uns bringen?«

Er tätschelte beruhigend Anticas Hand. »Kanada. Sieben bis zehn Tage Überfahrt. Manchmal brauchen diese Kähne länger, also nagelt mich nicht drauf fest.«

Es las die Verzweiflung in den Gesichtern der Italiener.

»Na, na, macht euch keine Sorgen. Ich bin ja an Bord.« McVicars lächelte. »Es gibt noch mehr Kekse! Und ich hole euch hier raus.«

Als John McVicars ging, waren die Männer besser gestimmt als zuvor.

»Heute Nacht werde ich gut schlafen«, sagte Mattiuzzi, während er den letzten Bissen Fleischpastete genoss. »Die Pasty ist der Stolz Schottlands.«

»Sie sind ziemlich gut«, gab Savattini zu. »Ich wünschte, ich hätte die Highlands besucht, aber ich habe sieben Tage die Woche gearbeitet. Bin nie aus London rausgekommen.«

Die Männer ließen die kleine Whiskyflasche kreisen. Antica nahm einen Schluck. »Wie kann etwas so Perfektes nicht italienisch sein?«

»Weil die Schotten den Schnaps erfunden haben. Das muss man ihnen lassen. Im Augenblick gibt es nichts Schlimmeres, als Italiener oder ein Nachkomme eines Italieners zu sein«, erklärte Mattiuzzi. »Die Nazis da oben werden besser behandelt. Sie haben immerhin Licht und Luft.«

»Niemand hat Anklage gegen uns erhoben. Sie haben uns ohne Grund verhaftet.« Piccolo war entschlossen, Gerechtigkeit zu fordern. »Das ist ein Irrtum, und sie werden es merken.«

»Vielleicht auch nicht. Churchill isst gelegentlich im Savoy zu Mittag. Ein angenehmer Mensch. Eines seiner Kabinettsmitglieder, ein mittelmäßiger Spieler, hat nie den Blackjack-Mittwoch ausgelassen. Er erzählte mir, dass die Bedrohung durch die fünfte Kolonne real sei. Sie haben von Anfang an geplant, alle Italiener in England bis Kriegsende einzusperren. Und weil das nicht möglich war, haben sie uns zusammengetrieben und schaffen uns von der Insel. Es kümmert sie nicht, ob wir unschuldig sind; wenn du aus Italien kommst, kann man dir nicht trauen. Ich habe freundlich angedeutet, dass es kein Eis und keine Pizza geben würde, wenn Churchill uns verbannte. Ich habe gescherzt, er aber nicht. Er hat den Befehl gegeben und gesagt: ›Packt den ganzen Haufen am Kragen.‹ Dieser Haufen sind wir. Sie haben uns alle verhaftet, wer immer wir sind und was immer wir getan haben.«

»Wenn wir uns anständig benehmen, wird alles gut«, versicherte Mattiuzzi. »Wir folgen ihren Befehlen und sind bald wieder zu Hause.«

»Wenn wir uns an deinen Freund McVicars halten, geht es uns noch besser«, sagte Savattini.

Ein Mann kann schlafen, wenn er Hoffnung hat.

Mattiuzzi, Piccolo und Savattini schliefen tief und fest in Unterhosen und Unterhemden und der Gewissheit, dass sie das Schlimmste überstanden hatten. Die *Arandora* folgte Moultons Route, nördlich vorbei an der Isle of Man, durch den North Channel zwischen Mull of Kintyre und Nordirland und an Malin Head vorbei nach Westen. Am Morgen würde das Schiff den Atlantik erreichen und von dort in Richtung Kanada fahren, wo sie bis zur Beilegung des Konflikts interniert würden.

Antica drehte sich um. Er fürchtete, in der Kabine unter der Wasserlinie zu ersticken, glitt von der Pritsche und zog sich lautlos an. Dann schnappte er sich das Fernrohr und schlich auf Zehenspitzen aus der Tür. Er genoss die frische Seeluft, als er die Stufen zum ersten Deck hinaufstieg. In der kalten

Meeresbrise verließ ihn alle Furcht. Antica stellte sich hinter dem Stacheldraht an die Reling und atmete tief durch.

Zwischen dem Deck darüber und dem Stacheldraht gab es einen Zwischenraum, vielleicht ein halber Meter, der ausreichte, um das Fernrohr hindurchzuschieben und auf den dunklen Himmel zu richten. Antica beobachtete Venus und Jupiter, zwei glitzernde Achate am pfauenblauen Himmel. Angesichts solcher Majestät verflüchtigte sich seine Verzweiflung.

Antica nahm die Sterne als Zeichen, dass alles gut würde. Er verspürte eine gewisse Erleichterung, nachdem McVicars versprochen hatte, sich um sie zu kümmern. Der Schotte war vertrauenswürdig. Antica legte sich gähnend aufs Deck, das Fernrohr im Arm. Der Stacheldraht vor seiner Nase störte ihn nicht. Er hatte seinen Frieden mit der Gefangenschaft gemacht. Bald würde sich herausstellen, dass die Männer mit den italienischen Wurzeln anständig und fleißig waren und ihre Familien ernährten. Die Wahrheit leuchtete hell wie der Mond, und dann würden alle sie erkennen. Antica gähnte erneut. Die Luft an der Küste Irlands war sauber und süß. Er schlief ein.

Schwer beladen glitt die *Arandora Star* dahin. Die Meeresoberfläche kräuselte sich kaum, als sie im Morgengrauen die Nordwestküste Irlands passierte. Die felsigen Klippen der grünen Insel färbten sich golden, als die Sonne aufging. John McVicars stand auf der Brücke und zündete sich eine Zigarette an.

Donegal
2. Juli 1940

Das deutsche U-Boot U 47 mit seiner modernen Ausrüstung und der gut ausgebildeten Besatzung war der Stolz der deutschen Flotte.

Kapitänleutnant Günther Prien schürzte die schmalen Lippen, als er die Route zurück zum Schwarzen Meer studierte. Er überprüfte gerade die Zahlen auf dem Navigationspanel, als er einen Ozeandampfer entdeckte, der seine Route kreuzte.

Verblüfft stellte er fest, dass die *Arandora Star* unbegleitet dahindampfte wie die *Queen Mary* am ersten Weihnachtstag. Er konnte sein Glück kaum fassen, hielt die Engländer ohnehin für Idioten. Kein Wunder, dass das Schiff allein unterwegs war.

Prien hatte nach einigen tödlichen Angriffen im Nordatlantik noch einen Torpedo übrig. Es wäre eine persönliche Genugtuung, einen schönen Ozeandampfer in die Luft zu jagen. Außerdem wollte er den Feinden Deutschlands eine Botschaft senden: *Ihr kennt weder Tag noch Stunde.* Aber ich, dachte Prien grinsend.

Er ließ sich Zeit, um die *Arandora* ins Visier zu nehmen, rechnete mehrmals nach.

Ein Torpedo. Ein unbegleitetes 15500-Tonnen-Schiff auf offener See. Ein Schuss.

Prien gab den Befehl zum Feuern. Der massive Stahlzylinder schoss durchs Wasser und bohrte sich in den Rumpf der *Arandora Star,* riss ihn auf und drang in den Kesselraum ein, zerschmetterte Elektrik und Mechanik.

Die deutsche Besatzung brach in Beifall aus, als schwarzes Öl aus der *Arandora Star* in den Ozean wolkte und das Schiff verhüllte.

Prien befahl, den Kurs zu ändern. U 47 glitt wie eine Schlange in die Tiefe und fuhr nach Süden, Richtung Portugal und weiter in spanische und italienische Gewässer, wo man ihnen freundlich gesinnt war.

McVicars hatte die Zigarette über Bord geworfen und war gerade auf dem Weg in die Kombüse, um sich den Morgenkaffee zu holen, als er ein Rumpeln hörte, gefolgt von einem lauten Knall. Das Schiff schwankte heftig. Er verlor den Halt und klammerte sich an die Reling. McVicars fragte sich, warum ein Schiff mit vollen Ballasttanks von einer Seite zur anderen kippte. Er schlitterte zum Niedergang, um sich unten mit dem Ingenieur zu besprechen.

Die Sirenen gingen los, durchbrachen die Morgenstille. Die italienischen Gefangenen strömten aus den Kabinen tief im Bauch des Schiffes und drängten sich in den schmalen Gängen. Nach kurzer Hektik stiegen die Männer geordnet die Treppe zum ersten Deck hinauf. Manche waren vollständig bekleidet, andere trugen nur Unterhemden und kurze Hosen, die meisten waren barfuß.

Wachposten kamen hinzu und begannen, Rettungswesten zu verteilen. McVicars erschien und wies der Menge den Weg zu den Rettungsbooten auf dem dritten Deck. Er suchte nach den Freunden, konnte sie aber nicht entdecken.

Savattini streifte eine Schwimmweste über und zog die Kordel an der Taille fest. Mattiuzzi und Piccolo legten ebenfalls Schwimmwesten an. Die Wachposten trieben die Italiener zu den Öffnungen, die man in den Stacheldraht geschnitten hatte, damit die Gefangenen von Bord springen und sich retten konnten. Es war eine Ironie des Schicksals, dass ebenjene Soldaten, die die Gefangenen bewachen sollten, sie nun freiließen.

»Wo ist Antica?«, brüllte Mattiuzzi über das Chaos hinweg.

»Er war nicht unten«, antwortete Piccolo.

»Ich finde ihn schon«, rief Savattini. »Sichert euch oben einen Platz im Rettungsboot!«

Das Schiff bebte, als die Kessel explodierten und die Männer zu Boden geschleudert wurden. Der Laderaum fing Feuer. Mattiuzzi sah, wie Rauch über den Niedergang aus dem Schiffsbauch hervorquoll. Orangefarbene Funken zischten in der dicken Luft. Falls Antica noch dort unten war, würde er nicht überleben.

Savattini stürzte sich in den Rauch und rief nach Antica. Er rannte über das ganze Deck und griff dabei in den Stacheldraht, weil er nichts sehen konnte, riss sich die Hände auf, fluchte. Der Wachposten schrie, die Männer sollten die Treppe hinaufgehen. Savattini bekreuzigte sich und reihte sich in den Strom von Menschen ein, der sich die Treppe hinauf zum zweiten Deck schob.

»Auf geht's!«, riefen die Wachposten und schoben die Italiener, die sich vor der Treppe stauten, durch die Löcher im Stacheldraht. Man hörte, wie der Rosenkranz gebetet wurde, wenn sie sprangen. Sie flehten die Muttergottes um Hilfe an, und als kein Wunder geschah, riefen die Männer nach ihren Müttern. Viele brachen sich beim Aufprall aufs Wasser Genick und Rückgrat und sanken hinab in ihre kalten Gräber.

Das Feuer wütete im Kesselraum, dann kam die Flut. Schwarzes Öl trat aus den Kesseln aus und nährte die Flammen. Das Meerwasser, das in die Gänge strömte, geriet in Brand, weil es mit einem Ölfilm überzogen war. Rauch wogte in so dichten Wolken über das Meer, dass sich die Sonne verdunkelte.

Auf das Grollen der Explosionen folgte das Krachen zerreißender Stahlträger. Auf allen Decks rannten die Gefangenen an die Reling, als die *Arandora* langsam auf die Seite kippte. Die es nicht in die Rettungsboote geschafft hatten oder ins Meer gesprungen waren, hörten das Gluckern des Wassers, als die *Arandora* kenterte, und mit diesem Geräusch lief auch ihre Zeit ab.

Antica stand an der Reling. Seine Entscheidung stand bereits fest. Er reagierte auf das Chaos mit Gelassenheit. Als Mann von siebzig Jahren hatte er ein erfülltes Leben hinter sich. Sollten sich die anderen ruhig retten.

Außer ihm waren nur noch einige weitere Gefangene und die Wachen auf dem ersten Deck. Er stahl sich davon und suchte sich einen Platz, an dem er allein sein konnte.

In dieser Nacht hatte er von dem Unfall im Marmorsteinbruch geträumt, der ihn für immer verstümmelt hatte. Als der Torpedo explodiert war, war das auf unheimliche Weise wie damals im Steinbruch gewesen. Antica hatte mit zwanzig Jahren als Sprengmeister gearbeitet, weil er im Steinbruch am besten bezahlt wurde. Es war furchtlos gewesen. *Hunger macht Mut.* Am Tag des Unfalls hatte er bereits am frühen Morgen den Sprengstoff vorbereitet, den Zylinder abgemessen und mit Pulver gefüllt, die Kapsel dazugelegt und den langen Docht hineingesteckt. Er hatte die Papierhülse sorgfältig um den Zylinder festgedrückt, als würde er den Rand einer Pastete umschlagen. Alles war nach Plan gelaufen. Antica wurde an einem Seil an der glatten Marmorwand herabgelassen, wo er den Zylinder platzieren und zünden sollte. Antica hatte den Sprengstoff säuberlich in eine vorbereitete Öffnung geschoben.

Doch dann war er vor den Augen seiner entsetzten Kollegen

explodiert, bevor er ihn überhaupt gezündet hatte. Die Explosion hatte Antica zwei Finger der rechten Hand abgerissen, außerdem hatte er vorübergehend das Gehör verloren. Er fand nie heraus, wie es zu dem Unfall gekommen war, doch über ihm hatten Männer Marmor bearbeitet und dabei geraucht. Vielleicht war Asche herabgefallen. Oder es war irgendwo Methan ausgetreten, das den Sprengstoff gezündet hatte.

Anticas Mutter hatte versucht, ihn aufzumuntern, und gesagt: »Du solltest Gott danken. Du hast noch drei Finger. Sie werden dich an die heilige Dreifaltigkeit erinnern.« Die Reaktion seiner Mutter hatte ihn gekränkt, doch als er selbst Vater wurde, hatte Antica verstanden, dass sie ihm damit geholfen hatte. Ihr Sohn sollte nicht in Selbstmitleid versinken. Nachdem seine Mutter gestorben war, hatte er erfahren, dass sie für den Rest ihres Lebens jede Nacht wegen des Unfalls geweint hatte.

Antica hatte geglaubt, dass keine Frau ihn jemals lieben würde, dann aber seine große Liebe in Angela Palermo gefunden, der die Verletzung völlig gleichgültig war und die sich bereit erklärte, ihn zu heiraten. Sie bekamen sechs Kinder – fünf Töchter und einen Sohn –, die zum Glück nach Amerika gegangen waren, um bei seinem Cousin zu arbeiten. Beim Gedanken an seine Kinder musste er lächeln. Er schob die rechte Hand in die Hosentasche, als ihn plötzlich eine seltsame Empfindung überkam. Er spürte, wie das Gefühl in die Phantomfinger zurückkehrte. Seine Hand fühlte sich genau so an wie in seiner Jugend, wie vor dem Unfall.

Antica schätzte, dass der *Arandora* nur noch wenige Minuten blieben. Es war seltsam, sich in sein Schicksal zu ergeben, wo er doch sein Leben lang gekämpft hatte. Antica würde seine Familie nie wiedersehen. Er würde nie nach Schottland zurückkehren. Er würde nie eine letzte Reise nach Bardi antreten. Wie sonderbar, dass diese lang gehegten Träume niemals in Erfüllung gehen würden. Doch schon bald fühlte Antica sich von der Sehnsucht nach etwas, das er nie haben konnte, befreit. Die Mühen des Lebens waren nicht mehr die seinen. Antica beobachtete das große Finale des schrecklichen Angriffs, als junge Männer wie Akrobaten nacheinander ins Wasser sprangen. Ein Jugendlicher machte einen eleganten Kopfsprung und tauchte unter, ohne dass sich die Wasseroberfläche kräuselte. Ein Ring aus weißem Schaum erschien, mittendrin sein Kopf, als wäre es eine Zirkusnummer. Der Junge öffnete den Mund und schnappte nach Luft. Antica flüsterte: »Atme.«

Er blickte in den Morgenhimmel. Nun, da ihn kein Stacheldraht mehr davon trennte, konnte er seine ganze Weite erfassen. Nicht eine einzige Wolke war zu sehen. Er schloss die Augen, betete das Ave Maria und bekreuzigte sich andächtig.

»Na los, alter Mann.« Ein Soldat mit ölverschmiertem Gesicht versuchte, Antica in eine verdreckte Schwimmweste zu manövrieren. »Sie sinkt«, sagte er nüchtern, als würden jeden Tag Schiffe dieser Größe untergehen.

Antica riss sich los. »Die brauchen Ihre Hilfe.« Er deutete nach oben. Der Mann überließ Antica die Schwimmweste und stieg die Treppe hinauf.

Ein italienischer Junge rannte an ihm vorbei zur Treppe und blieb abrupt stehen. »Andiamo!«

Antica lächelte aufmunternd und reichte dem Jungen die Schwimmweste.

»Zieh sie an.«

Der Junge gehorchte. »Komm mit«, sagte er. »Ich helfe dir.«

»Geh nur!« Antica deutete auf das Loch im Stacheldraht. »Mach dir keine Sorgen um mich. Wir treffen uns im Wasser.« Der Junge sprang.

Antica schaute über die Reling, sah ihn im Wasser treiben. Er hatte es geschafft! Er hatte sein ganzes Leben vor sich.

Antica suchte die Wasseroberfläche nach seinen Freunden ab, konnte aber keine Gesichter unterscheiden. Ein Mann war nur so glücklich wie die Freunde, die er gefunden hatte. Ihr Schicksal, dein Schicksal. Was das betraf, fühlte sich Antica selbst in der Stunde seines Todes gesegnet. Er war als Gefangener nicht angekettet oder geschlagen worden. Er hatte nicht gehungert. Er war am Abend zuvor eingeschlafen, nachdem er mit seinen Freunden eine Fleischpastete gegessen und Whisky getrunken hatte. Antica hatte sogar, was bei erwachsenen Männern selten vorkam, in Savattini einen neuen Freund gefunden. Sogar die Sorge um sein Seelenheil hatte Don Fracassi ihm abgenommen und ihm die Absolution erteilt. Seine Seele war makellos wie ein Altartuch aus weißem Leinen.

Warum also sollte er sich beklagen? Er war leicht verwirrt angesichts der Wendung, die sein Leben genommen hatte, doch das war in Ordnung. Antica hatte nichts zu befürchten, da er wusste, wie sein Leben enden würde. Er konnte sich nur fügen, und das tat nicht weh. Antica, der in Italien geborene Immigrant, hatte es in Schottland gut gehabt. Die Straßen von Glasgow knisterten von Leben: seinem Leben. Er hatte die Namen der Kinder gekannt, die bei ihm Eis kauften, und sich gefreut, wenn es klingelte und sie für eine Portion Eis heranstürmten. Er hatte genug verdient, um seine Familie zu ernähren. Seine Kinder waren fleißig, und seine Frau war ihm eine treue und liebevolle Partnerin gewesen. Er hatte ein gutes Leben gehabt. Dankbarkeit erfüllte sein Herz wie warmer Honig.

»Bist du taub, alter Mann? Spring!«, rief der Soldat, der über ihm auf dem Treppenabsatz wachte.

Antica gab vor, nichts zu hören, und klemmte sich das selbst gebaute Fernrohr wie einen Regenschirm unter den Arm. Er hielt sich an der Reling fest und wartete, dass die *Arandora Star* sank.

Die Schreie der Männer klangen gedämpft, als die Überlebenden vom sinkenden Schiff wegpaddelten. Die Männer, die keinen Platz mehr in den Rettungsbooten gefunden hatten, klammerten sich an die nächstbesten Gegenstände. Antica erkannte ein Stück hölzernes Geländer, eine Tischplatte und die Rückenlehne eines Korbstuhls – und an allen klebte menschliches Leben.

Das Wasser reichte Antica jetzt bis zu den Knien.

Er setzte sich aufs Deck und stützte sich mit den Händen ab. Das ohrenbetäubende Krachen, mit dem das Innenleben des Schiffes verrutschte, als sich der Bug der *Arandora Star* aus dem Wasser hob, ließ sein Herz schneller schlagen.

Das Wasser kroch Antica bis zur Brust, dann bis zum Hals. Als die *Arandora Star* im Atlantik versank, hielt Arcangelo Antica nicht die Luft an, rief nicht um Hilfe und geriet nicht in Panik. Stattdessen ließ er zu, dass das Meer ihm das Leben nahm. Das Wasser war kalt, aber Antica spürte es nicht. Er ließ los.

McVicars und die Besatzung standen hinter Captain Moulton. Don Fracassi kam über den Niedergang dazu, seine öldurchtränkte schwarze Soutane schleifte über die Planken. Er hatte die Männer gesegnet, bevor sie von Bord gesprungen waren. Für viele Italiener war ein Gebet in ihrer Muttersprache das Letzte, was sie hörten.

John McVicars stand aufrecht da, als die *Arandora Star* im Meer versank. Das Krähennest wurde von der Tiefe verschluckt. In den letzten Momenten seines Lebens schaute

John nicht aufs Meer, sondern nach oben in den Himmel. Seine letzten Gedanken galten Domenica Cabrelli, der Italienerin, die zu lieben und zu heiraten er das Glück gehabt hatte. Ein Lächeln umspielte seine Lippen, als er sich die zarte Frau mit dem Willen eines Generals und dem Herzen einer Heilerin vorstellte. Sie war der beste Mensch, den er je gekannt hatte. Er sprach ein Gebet. McVicars würde seinen Weg zu Gott finden und war sicher, dass er seine Frau wiedersehen würde. Er griff in seine Uniformjacke, hielt die Medaille, die Domenica ihm geschenkt hatte, an die Lippen und küsste sie.

Domenica erwachte in dem Bett, das sie mit ihrem Mann geteilt hatte, weil Donner die Fenster des Häuschens erbeben ließ. Die Haustür flog auf und schlug heftig gegen die Wand. Regen prasselte nieder, Blitze zuckten durch die schwarzen Wolken. Domenica sprang aus dem Bett und stolperte zur Tür. Eine starke Bö drückte sie zurück ins Haus und riss sie von den Füßen. Sie rappelte sich auf, schlug die Tür zu und verriegelte sie.

Dabei hatte sie die Tür am Abend abgeschlossen. Und alle Fenster zugemacht. Etwas stimmte nicht. Sie fürchtete, das Haus könnte einstürzen. Domenica war eigentlich nicht ängstlich, doch nun erfasste sie ein Grauen, sie konnte sich nicht rühren. Die Welt schien unterzugehen. Sie würde warten, bis der Sturm nachließ, und dann ins schützende Kloster laufen.

Piccolo klammerte sich an ein Stück vom prächtigen Treppengeländer der *Arandora Star*, das ein verzweifelter Soldat, dem die Rettungswesten ausgegangen waren, ins Wasser geworfen hatte. Piccolo war ein guter Schwimmer und trug eine Weste, aber um ihn herum rutschten andere gute Schwimmer aus ihren Westen und ertranken.

Als die *Ettrick* eintraf, um die Überlebenden nach Liverpool zu bringen, zog man Piccolo zwischen Wrackteilen aus dem Wasser. Er machte sich auf die Suche nach seinem Vater, rief so lange nach ihm, bis er heiser wurde. Er fand einen Mann, der Mattiuzzi zuletzt auf dem Oberdeck gesehen hatte, fragte weiter, ohne Ergebnis. Seine schlimmste Befürchtung wurde Gewissheit. Amedeo Mattiuzzi war tot. Darüber würde er nie hinwegkommen.

Piccolo erfuhr nicht, was aus Antica geworden war, wusste aber nur zu gut, dass ein Mann seines Alters den Sprung ins Meer nicht überlebt hätte. Auch Savattini war nicht unter den Überlebenden, doch wenn jemand den Untergang eines mächtigen Ozeandampfers überleben konnte, dann der elegante Oberkellner aus London. Er war ein Lebenskünstler, glitt unbekümmert durch alle Schwierigkeiten und löste sich mühelos von allen Fesseln, die ihn hielten.

Piccolo schrieb weinend an seine Mutter und Schwester und erklärte, wie sein Vater gestorben war. Dann schrieb er einen zweiten Brief an Margaret Mary McTavish und legte ihn dazu. Darin berichtete er, dass er den Angriff auf die *Arandora Star* überlebt hatte, das Schicksal aber noch nicht mit ihm fertig sei. Denn die *Ettrick* sollte in Kürze mit Überlebenden der *Arandora Star* von Liverpool nach Australien auslaufen. Den italienischstämmigen Schotten blieb keine Zeit zum Durchatmen.

Strand von Dunmore, Irland
8. Juli 1940

Eleanor King ging wie jeden Morgen nach der Messe in der Saint Patrick's Church am Strand spazieren. Schwarze und graue Muschelsplitter knirschten unter ihren Füßen. Für eine Frau von siebenundsiebzig Jahren hielt sie sich sehr aufrecht und bewegte sich zügig am Ufer entlang, die Hand am Rosenkranz in ihrer Tasche. Dann blickte sie hoch.

»Nicht noch einer«, murmelte sie. Wieder war eine Leiche angespült worden, die elfte in dieser Woche.

Eleanor kniete sich neben den Mann. Sie war erschrocken, dass seine Augen offen standen; sie waren blau wie der Himmel. Er hatte gut ausgesehen. Seine Haut war aufgedunsen und wächsern und grünlich verfärbt, doch das störte Eleanor nicht. Er sah aus wie ein Gemälde. Die Hand des Fremden war bleich, der goldene Ehering unversehrt. Die Uniform hing ihm in Fetzen vom Körper, nur die goldenen Rangabzeichen waren noch erkennbar.

»Ein Katholik. Gott segne ihn«, sagte sie laut, als sie die Medaille an seinem Hals erblickte. *Unsere Liebe Frau von Fatima*. Eleanor schloss die Augen und betete zur Muttergottes. Dann stand sie auf, sah sich um und bemerkte ein Paar oben auf den Dünen. Sie winkte. »Polizei!«, rief sie, und die beiden eilten los.

Eleanor King blieb bei der Leiche, bis der Rechtsmediziner eintraf, und arrangierte ein ordentliches katholisches Begräbnis für den Fremden. Nur sie, ihr Mann Michael, der Priester und der Organist waren zugegen, als die Totenmesse für das unbekannte Opfer der *Arandora Star* gelesen wurde.

Und irgendwo hoch im Himmel lachte John Lawrie McVicars angesichts der Ironie, dass ein lebenslanger Protestant in einem anonymen Grab auf einem katholischen Friedhof in Irland gelandet war.

Kapitel 33

Viareggio
Jetzt

Anina putzte sich die Nase, zog weitere Taschentücher aus der Schachtel und trocknete sich die Tränen. »Meine Urgroßeltern hatten eine tragische Liebesaffäre.«

»Weinst du um sie oder um dich selbst?«

»Nonna, ich habe viel über mein Leben nachgedacht. Ich treffe immer schlechte Entscheidungen.«

»Weil du noch keine treffen musstest. Genieß deine Jugend. Wenn du Glück hast und es dir wie mir geht, bist du viel länger alt als jung und kannst die Weisheit genießen, die aus der Erfahrung erwächst. Aber du musst es planen. Darum ist es auch so wichtig, etwas zu finden, das du gern tust. Ich liebe Zahlen, also wurde ich Buchhalterin. Ich war keine Künstlerin und konnte keinen Schmuck entwerfen, auf diese Weise aber Teil des Unternehmens sein. Macht es dir Spaß, Orsola zu vertreten und Schmuck zu verkaufen?«

»Und wie. Es macht mir nichts aus, wenn die Kunden wählerisch sind. Ich versetze mich in ihre Lage, verstehe, dass jedes Detail stimmen muss, wenn sie so viel Geld investieren.«

»Wie gefällt dir die Zusammenarbeit mit Nonno?«

»Er vergisst nie meine Mittagspause.«

»Ein Künstler arbeitet immer, er hört nicht mal fürs Essen auf. Du kannst viel von deinem Großvater lernen.«

»Leider habe ich lange gebraucht, um das zu merken.«

»Du hast Zeit. Nutze die Gelegenheit und baue darauf.«

Anina nahm die Kissen aus dem Sessel.

»Was machst du da?«, fragte Matelda.

»Ich kann hier schlafen. Er lässt sich ausklappen.«

»Geh nach Hause und schlaf in einem richtigen Bett.«

Die Krankenschwester brachte Mateldas Medikamente. »Schwester, sagen Sie meiner Enkelin, sie soll nach Hause gehen. Eine von uns muss ausschlafen. Nach Mitternacht ist dieses Krankenhaus ein einziger Zirkus. Sagen Sie ihr das.«

»Gehen Sie nach Hause«, sagte die Schwester.

»Brauchst du noch was, Nonna?«, fragte Anina.

»Giancarlo Giannini.«

»Wir sehen uns morgen.« Anina küsste Matelda und dimmte das Licht, bevor sie zur Tür ging. »Wir haben alle Zeit der Welt.«

Sicher, dachte Matelda. Alle Zeit der Welt, das konnten auch wenige Minuten sein. Sie entspannte sich unter der Bettdecke. Die Geräusche der Maschinen, die ihren Atem überwachten, markierten mit ihrem Ticken und Pfeifen die Zeit und wiegten sie in einen tiefen Schlaf.

Matelda träumte von ihrer Mutter und hatte sie so klar vor Augen, als stünde sie lebendig vor ihr.

Durchsichtige Wolken schwebten über dem Strand wie zarte Brautschleier.

»Was hast du gefunden?«, rief Domenica ihrer Tochter zu, die am Ufer entlanglief. Sie streckte die Hand aus, und Matelda rannte zu ihr. Sie war fünf Jahre alt. Sie öffnete die Hände und zeigte eine Sammlung zerbrechlicher Muscheln, die die Farbe des Wassers hatten.

»Hast du den anderen Kindern welche übrig gelassen?«

»Da sind noch ganz viele. Ich habe nicht alle mitgenommen«, sagte Matelda und kippte die Muscheln in die Schürzentasche ihrer Mutter.

Mateldas Haare waren ein Nest aus braunen Locken, die sich in der Sommersonne golden färbten. Ihre Mutter schob ihr eine Locke aus den Augen. »Das Meer bringt neue, wenn die Flut kommt«, sagte das Mädchen.

»Du hast auf alles eine Antwort.«

»Schwester Maria Magdalena hat gesagt, man muss Antworten suchen«, erwiderte Matelda.

Domenica sah zu, als ihre Tochter in die Brandung stürmte. »Lauf nicht zu weit hinaus!«, rief sie ihr nach. »Bleib in der Nähe des Ufers!« So hatte sich Netta Cabrelli auch angehört, wenn sie mit ihren Kindern an den Strand gegangen war. Alles hatte sich verändert und ähnelte doch der Vergangenheit. Ihre Eltern wohnten wieder in der Villa Cabrelli. Sie wusste, wie viel Freude es ihnen bereitete, sie und Matelda bei sich zu haben; es war fast wie früher. Aldo war in Tunesien gefallen, doch ihre Mutter tat, als wäre er dauerhaft in der Armee, statt sich der Trauer über seinen Verlust zu stellen. Netta war nicht die Einzige, die sich nach dem Krieg etwas vormachte. Niemand im Dorf nannte sie Signora McVicars; in der Vorstellung der Menschen war sie erlöst worden und nach Viareggio zurückgekehrt. Der Priester, der sie verbannt hatte, war ebenfalls tot. Matelda war der einzige Beweis dafür, dass Domenica Viareggio je verlassen hatte.

Sie schaute resigniert über den Strand, der nicht mehr der unberührte Spielplatz ihrer Jugend war. Der weiße Sand, an den sie sich erinnerte, war jetzt aschgrau mit schwarzen Flecken, wo Panzer über ihn gerollt waren und Öl ausgelaufen war.

Überall am Ufer gab es Zeugnisse der Zerstörung. Der Splitter eines gesprengten Landungsstegs steckte im Sand. Es gab tiefe Gruben, in denen die Feinde Feuer entzündet hatten, um ihren Bombern Signale zu geben. Am Pier stapelten sich Sandsäcke, hinter denen sich deutsche Soldaten bei ihrem vergeblichen letzten Kampf gegen die Alliierten verschanzt hatten. Den Hafendamm hatte man gesprengt. Die Felsbrocken, an denen der Pier verankert gewesen war, hatten die Granaten zertrümmert. Die Holzplanken des Piers waren zersplittert oder fehlten ganz, wo Soldaten sie herausgebrochen hatten, um sich darunter zu verschanzen. In der Treppe klafften Lücken wie im Gebiss eines Preisboxers. Letztlich war alles nur Bühnentechnik. Als ob selbst der größte General irgendjemanden oder irgendetwas von einem offenen Strand fernhalten könnte! Bei Kriegsende hatten die Italiener keine Waffen mehr besessen, nicht einmal ein Küchenmesser, mit dem sie sich hätten verteidigen können. Mussolini hatte ihnen alles genommen, um sich zu retten. Und selbst das war ihm nicht gelungen. Was für eine Verschwendung. Armes Viareggio. Der Krieg hatte ihm die Schönheit geraubt. Die vergeudete Zeit war unermesslich.

Viareggio war Domenicas Heimat, aber bis in den letzten Winkel von Enttäuschung, Hunger und Verzweiflung durchdrungen.

Matelda lief zu ihrer Mutter.

»Schau mal.« Sie stellte sich auf die Zehenspitzen und hielt ihrer Mutter eine Muschel vors Gesicht. »Scungilli!«, sagte sie stolz. Die weiße Muschel war von einem hellen Blau durchzogen wie ein Opal. »Bella!«

»Bella, bella«, stimmte ihre Mutter zu. »Komm, wir gehen zum Pier.« Domenica nahm die Hand ihrer Tochter. »Eines Tages wirst du diesen Strand so sehen, wie ich ihn in Erinnerung habe. Als Mädchen habe ich auf dem weißen Sand gespielt. Er war glatt wie eine Seidendecke. Überall standen rotweiß gestreifte Sonnenschirme, so weit man sehen konnte. Der Strand sah aus wie ein Feld voller Pfefferminzbonbons. Wenn ich bei Ebbe am Ufer in den seichten Wellen stand, schwammen kleine rosa Fische um meine Füße und kitzelten mich.«

»Ich habe keine rosa Fische gesehen«, sagte Matelda und rannte zu den Stufen des Piers. Zum Glück war sie jung genug, um den Zauber der Welt zu entdecken. Die verrostete Ausrüstung, die man am Strand zurückgelassen hatte, wurde in Mateldas Fantasie zum Königreich. Als sie die klapprigen Stufen hinaufstieg, kniete sie sich plötzlich hin und hob eine kleine, dicke Glasscherbe auf, die zwischen den Latten eingeklemmt war. »Mama! Eine Uhr!«, rief Matelda.

Domenica rannte zu ihrer Tochter. »Was hast du gefunden?« Domenica streckte die Hand aus, und Matelda ließ die dicke Scherbe hineinfallen. »Matelda, du darfst am Strand nur Muscheln aufheben. Und du musst aufpassen, wohin du trittst.«

»Sie guckte raus«, sagte das Kind trotzig.

»Geh von nun an um solche Dinge herum.«

»Ja, Mama.« Matelda kletterte die restlichen Stufen hinauf. Domenica drehte das Glas in der Hand. Es sah aus wie die Anzeige vom Armaturenbrett eines Flugzeugs – oder war es doch eine kleine Uhr? Sie wusste es nicht. Es hatte Ziffern, ein kleiner Metallschaft ragte seitlich heraus. Sie wickelte das Glas in ein Taschentuch. Sie würde ihren Vater fragen, woher die Uhr kam, die keine Zeit mehr anzeigte.

Mateldas Erzählungen waren voller Tod und Sterben, doch daran führte kein Weg vorbei. Anina konnte Matelda nicht loslassen und träumte nachts von ihr. Allerdings handelten ihre Träume nicht von der Vergangenheit, sondern von der Zukunft. Es waren Träume, in denen Anina flog, über Dächern und Meeren dahinsegelte. In ihnen suchte sie nach etwas und wachte auf, bevor sie es gefunden hatte. Am liebsten hätte Anina in die kommenden Jahre gegriffen und ihre Kinder in die Gegenwart geholt, damit ihre Großmutter sie kennenlernte. Sie sollten die Familiengeschichte aus erster Hand hören. Denn ihre Großmutter erzählte nicht nur Familiengeschichte, sie *war* die Geschichte. Matelda hatte ein reiches Leben gelebt, das nicht verloren oder vergessen werden durfte. Ihr Leben – alles, was sie gelernt und erlebt hatte – war der eigentliche Schatz und nicht die schönen Dinge, die sie gesammelt hatte. Endlich schenkte Anina diesem Leben Beachtung und lernte daraus. Sie würde die Weisheit der Älteren nie wieder abtun, sondern auf sie hören. Diese Lebenslektion war wichtiger als die Frage, wie viel Salz ihre Großmutter in die Tomatensoße tat. Anina spürte, dass ihr die Familiengeschichte wie ein Seidenfaden durch die Hände glitt. Sie musste sie irgendwie festhalten. Also zog sie sich an diesem Morgen rasch an, verzichtete auf Make-up und Haarstyling und fuhr ins Krankenhaus.

Sie durfte keinen Moment verschwenden.

Matelda erwachte mit geballten Fäusten, lockerte die Finger und rieb sich die Knöchel. Der Traum von ihrer Mutter schwebte noch in ihrem Bewusstsein, während sie versuchte, sich an das Gespräch zu erinnern. Draußen war es noch dunkel. Im Krankenhaus wusste sie nie, wie viel Uhr es war.

Matelda hatte keine Nacht gut geschlafen, seit sie hier war. Sowie die Sonne unterging, brach im dritten Stock das Chaos aus. Patienten schrien nach den Krankenschwestern. Manche hatten Schmerzen, Gott segne sie, doch die meisten wussten nicht, wie Telefon oder Fernseher funktionierten. Jeder Versuch, sich in diesem Getöse auszuruhen, war sinnlos.

Matelda nahm ihr Handy, scrollte durch die Apps und öffnete »Classic Movies«. Dort gab es Filme aus ihrer Jugend in den 1950er-Jahren, daneben Sternebewertungen, auf die sie nichts gab. Sie suchte nach dem ersten Film, den sie je im Kino gesehen hatte. Ihr Vater hatte sie damals mit nach Lucca genommen, um ihr eine Freude zu machen.

Sie wurde ganz aufgeregt, als sie *Sciuscià* entdeckte, tippte darauf, steckte die Ohrhörer ein und lehnte sich ins Kissen. *Schuhputzer*. Sie hatte immer wieder an den Film gedacht, ihn aber nie gefunden. Matelda staunte, an wie viele Szenen sie sich erinnerte. Die Jungen, die Schuhe putzen, um ein Pferd zu kaufen, die auf dem Pferd reiten, das Jugendgefängnis. Der böse Junge, der die guten Jungs in Schwierigkeiten bringt. Während die Szenen vor ihr abliefen, erinnerte sie sich an ihre Kindheit in Viareggio. Die Eltern hatten ihr ein Gefühl von Sicherheit vermitteln wollen. Matelda war von Natur aus ängstlich, als wäre die Angst ihr ursprünglichstes Gefühl.

Matelda schaltete den Film aus. Ihre Brust zog sich zusammen. Sie dachte an das Gespräch mit dem Arzt. Wer hätte gedacht, dass das Herz die Ursache für Gedächtnisverlust sein konnte? Ihr war, als müsste es alle Erfahrungen speichern und dadurch stärker werden. Doch nun stellte sich heraus, dass das Herz wie jede gute Maschine die Belastungen von Alter, Abnutzung und Enttäuschungen nicht für immer aushielt. Irgendwann waren die Teile verschlissen. Sie lag da, lauschte auf ihren Herzschlag und schlief ein. Als sie aufwachte, sah sie das unberührte Frühstückstablett und den Arzt.

»Oh, Dottore, Sie sind es. Wie spät ist es?«

»Neun Uhr. Wie geht es Ihnen, Matelda?«

»Besser. Ich möchte nach Hause.«

»Davon rate ich Ihnen ab.«

»Das ist mir klar. Aber ich versuche nicht, gesund zu werden, weil ich es nicht kann. Wir beide wissen, dass ich am Ende bin.«

»Das wissen wir nicht, Matelda.«

»Das Atmen fällt mir schwerer. Ich kann nicht mehr gehen. Manchmal höre ich meinen Herzschlag im Ohr, und ich weiß, das ist nicht gut. Also treffen wir eine Abmachung. Ich trage meine Sauerstoffflasche und mache meine Übungen und alles, was Sie von mir verlangen, aber zu Hause. Bitte lassen Sie mich gehen. Ich habe jede Menge Hilfe, werde bekocht und so weiter. Dottore, ich habe eine Terrasse, von der aus man das Meer sieht. Zu dieser Jahreszeit ist es so blau – kein Juwel, das der Erde entrissen wurde, ist so spektakulär. Ich möchte nicht, dass das Letzte, was ich schmecke, Ihre Brühe ist, dass das Letzte, was ich sehe, diese Pressspandecke ist, und dass das Letzte, was ich höre, das Piepen der Maschinen ist. Ich will die Wellen sehen und den Himmel. Ich will die Vögel hören und die Meeresbrise spüren, und ich will einen Schluck Whisky trinken, wann immer ich möchte.«

In diesem Moment kam Olimpio mit Anina ins Zimmer. »Wie geht es dir heute?«, fragte er.

»Großartig. Verraten Sie ihm die gute Nachricht, Dottore.« Matelda schaute ihren Arzt an.

»Matelda kann nach Hause.« Er lächelte seiner Patientin zu, nahm ihre Hand und drückte sie liebevoll.

»Bist du nicht froh, dass ich den Aufzug eingebaut habe?« Olimpio schob Matelda in die Wohnung.

»Ich bin so glücklich.« Die Sonne malte weiße Lichtstreifen in die Wohnung, auf die Dinge, die sie am meisten liebte.

»Und begeistert, dass du mich vom Penthouse überzeugt hast. Ich liebe das Licht.«

Anina kam aus der Küche. »Ich habe Grünkohl für dich ausgepresst, Nonna.«

»Oh, Bella, lass es dir schmecken. Und schenk Nonna einen Campari Soda ein.«

»Kommt sofort.« Anina trug Mateldas Tasche in ihr Zimmer.

»Ich rufe Nicolina an und sage ihr, dass wir zu Hause sind«, sagte Olimpio.

»Aber schieb mich vorher nach draußen in die Sonne.«

Anina brachte Matelda den Aperitif und einen Tarallo mit Olivenöl auf die Terrasse. Dann zog sie einen Stuhl heran und setzte sich neben ihre Großmutter. »Es ist zu früh für Alkohol.«

»Nicht, wenn du über achtzig bist.«

Anina brach den Tarallo in zwei Teile. Das Innere war buttrig und frisch, die Außenseite hart und glänzend. Sie reichte ihrer Großmutter eine Hälfte.

»Die werde ich vermissen.« Matelda tunkte ein Stück in ihr Getränk und biss hinein. »Die Nonnen in Dumbarton haben früher etwas Ähnliches gebacken. Die vermisse ich auch.«

»Wir könnten versuchen, sie für dich nachzumachen«, bot Anina ihr an.

»Manchmal ist die Erinnerung süßer«, sagte Matelda. »Zumindest für mich.«

»Italiener vergessen nie, was sie essen, wenn es gut ist.«

Matelda nickte. Ihre Enkelin hatte gerade ihr ganzes Leben in einem Satz zusammengefasst.

Teil Drei

Wer sich danach sehnt, das ewige Leben im Himmel zu erlangen, möge das Folgende beherzigen.

Wenn ihr an die Zukunft denkt, bedenkt diese Dinge:

Den Tod, denn nichts ist gewisser

Das Gericht, denn nichts ist strenger

Die Hölle, denn nichts ist schrecklicher

Das Paradies, denn nichts ist herrlicher

Kapitel 34

Glasgow
3. Juli 1940

Domenica eilte durch die überfüllten Straßen und blieb an einem Zeitungsstand stehen. Sie kaufte die Morgenzeitung und suchte nach Hinweisen auf ihren Mann. Die Nachricht vom Schicksal der Gefangenen und der Besatzung der *Arandora Star* hatte sich in Irland und Schottland verbreitet, doch man wusste wenig. Schwester Matelda hatte gesagt, John McVicars sei zusammen mit dem Kapitän und den meisten Besatzungsmitgliedern gestorben, doch Domenica weigerte sich, es zu glauben. Ihr Mann würde einen Weg finden, zu ihr zurückzukehren.

Die Zeitung druckte eine unvollständige Liste von Passagieren und Besatzung. Die Fotos waren undeutlich, sie konnte das Gesicht ihres Mannes nicht unter den Überlebenden entdecken. Sie las die spärlichen Informationen über den Angriff, die Geschichte erschien ihr abstrus, die Fakten unzureichend. Domenica blätterte weiter. *Opfer des Angriffs*. Sie fuhr mit dem Finger die Liste entlang. Las den Namen ihres Mannes. Ihr Herz zersprang, alle Hoffnung war dahin. Tropfen fielen auf die Zeitung. Sie schaute auf, doch es regnete nicht. Sie legte die Hand ans Gesicht. Es war mit fiebrigem Schweiß überzogen.

Domenica stand bei Johns Mutter vor der Tür. Sie holte tief Luft und klopfte an.

Grizelle machte auf. »Ich weiß, warum du hier bist.«

Domenica folgte ihr in die Küche. Im Haus roch es klamm, obwohl die Fenster geöffnet waren und der Weißdorn vor dem Fenster in voller Blüte stand.

»Es tut mir so leid, Mrs. McVicars.«

Grizelle kehrte Domenica den Rücken und klammerte sich an den Küchenschrank. »Ich war heute Morgen in der Stadt. Ich habe die Zeitung gesehen, aber keine gekauft. Das brauchte ich nicht. Ich wusste es schon. Ich bin an der Liste der Toten vorbeigegangen, die an der Post aushängt. Ich wusste, dass sein Name dort stand, und wollte ihn nicht in Tinte an einer Wand sehen, vor allen Leuten. Dann habe ich doch hingesehen.«

»Er war ein hingebungsvoller Sohn. Das Begräbnis – «, begann Domenica.

»Es gibt kein Begräbnis«, sagte Grizelle emotionslos. »Er ist auf See gestorben.«

»Die Handelsmarine würde gern – «

»Die Handelsmarine ist mir egal. Ich habe ihm geraten, zur Royal Navy zu gehen. Bessere Einsätze. Hat er auf mich gehört? Natürlich nicht.«

»Aber Mrs. McVicars – «

»Die haben mir meinen Sohn genommen, und jetzt ist er tot. Kein Orden und keine Urkunde bringen ihn mir zurück. Die können ihren Glitzerkram behalten.«

»Er ist als Held gestorben.«

Grizelle schoss herum und sah Domenica an. »Ein Held für wen? Für die Itaker? Für deine Leute? Ein Haufen Verbrecher. Für die Deutschen? Wart's ab, die werden uns in kürzester Zeit besiegen. Die haben Bomben. Die zerstören uns aus der

Luft. Die Österreicher? Wer interessiert sich denn für die? Interessieren die sich etwa für mich?«

»Es geht um Ihren Sohn. Wir sollten uns an ihn erinnern.«

»Ich habe meine Erinnerungen.«

Domenica fand es sonderbar, dass ihre Schwiegermutter sich angesichts der Tragödie genauso verhielt wie immer. Grizelle schien nicht zu trauern, sondern zu schmollen, als wäre es eine bloße Unannehmlichkeit, dass ihr Sohn im Dienst für sein Land ums Leben gekommen war.

Grizelle goss heißes Wasser aus dem Kessel in die Teekanne, bot Domenica aber nichts an. Sie bedeckte die Kanne mit einem Teewärmer in Form eines Häuschens, das sie aus Samt- und Filzstücken genäht hatte. Das Häuschen hatte Fenster und eine Tür. Winzige Fliederblüten aus Filz quollen aus den Cord-Fensterkästen. Das skurrile Teehäuschen spendete einen Hauch von Wärme in dem kalten Haus und ließ erahnen, dass es eine Zeit gegeben hatte, in der Grizelle sich ein glückliches Heim ausgemalt hatte.

Domenica versuchte, sich Grizelle McVicars als liebevolle junge Mutter vorzustellen, doch es war unmöglich. Sie klammerte sich an ihre Enttäuschung, an ein Leben voller Enttäuschungen, das ihr die Gutmütigkeit geraubt hatte. Grizelle vergrub sich immer tiefer in ihrem eigenen Unglück, nichts und niemand könnte sie trösten. Die Krankenschwestern nannten solche Patienten »die Unzufriedenen«.

Es gab nicht die geringste Höflichkeit, sie teilte keine Tasse Tee, keinen Keks und keine Erinnerung mit ihrer Schwiegertochter.

»Mrs. McVicars, ich weiß, Sie sind untröstlich.«

Grizelle antwortete nicht.

»Doch ich muss Sie um etwas bitten, da Sie der einzige Mensch auf der Welt sind, der mir helfen kann.«

Grizelle sah ruckartig hoch. »Es gibt kein Geld. Dir steht nichts zu. Wenn ich ein Pfund übrig hätte, würde ich es dir nicht geben. Du hast ihn kaum gekannt.«

»Sie missverstehen mich. Lassen Sie mich bitte ausreden. Ich will kein Geld. Sie sind seine Mutter und sollen alle Erinnerungen behalten, selbst das Kleingeld, das Sie in seinen Taschen finden. Aber wenn Sie ein Foto von ihm entbehren könnten, wäre ich Ihnen sehr dankbar.«

Grizelles Augen blitzten vor Zorn. »Wenn ich ein Foto hätte, würde ich es in Stücke reißen, bevor ich es dir gebe. Wegen dir habe ich meinen Sohn verloren.«

Grizelle schob Domenica aus dem Haus und schlug die Tür zu. Graue Wolken hingen tief am Himmel. Das rhythmische Plätschern des Regens auf dem Dach erinnerte Domenica an das Gasthaus in Manchester, in dem sie ihre Hochzeitsnacht verbracht hatten. Es hatte kein Radio gegeben, und so hatten sie vor dem Kamin zum Klang des fallenden Regens getanzt.

John hatte sie gescholten, weil sie als Italienerin nie an ihren Regenschirm dachte. Domenica wollte warten, bis das Unwetter vorüber war, doch es wurde schlimmer statt besser, und sie rannte hinaus in den Regen und schaute nicht zurück.

Viareggio
Jetzt

Anina hängte die frischen Linguini auf den Pastatrockner in der Küche. »Wie habe ich das gemacht?« Sie trat zurück und wischte sich die mehlbestäubten Hände an der Schürze ab.

»Mehr Mehl verhindert, dass sie zusammenkleben.« Matelda deutete auf die sich überlagernden Nudeln. »Versuch es mal. Gib Mehl auf den Trockner und zieh sie auseinander.«

Anina trennte die Stränge, sodass sie einzeln auf dem Trockner hingen. »Das Ei ist der Trick. Die Konsistenz ist genau richtig.«

»Gut.« Mateldas Arme waren an diesem Morgen schwer, sie stützte sie auf den Armlehnen des Rollstuhls ab. Sie konnte Anina nicht helfen, den Nudelteig zu schneiden, war aber noch stark genug, um Befehle zu bellen.

Anina reichte ihrer Großmutter ein Glas mit frisch gepresstem Saft.

»Ich will den wirklich nicht«, sagte Matelda.

»Du brauchst die Vitamine. Trink.«

»Ihr mit euren gesunden Getränken.« Matelda nahm einen Schluck. »Die wirken auch keine Wunder.«

»Ich will dir nur helfen, gesund zu werden, Nonna.« Anina setzte sich auf den Hocker. »Mama hat mir einen guten Rat gegeben.«

»Campari im Saft?« Matelda zwinkerte ihr zu.

»Nein. Ich soll eine Liste mit allen Fragen schreiben, die ich dir schon immer stellen wollte.«

Matelda nahm noch einen Schluck. »Glaubst du wirklich, dieser ekelhafte grüne Saft kann mich retten?«

»Möglicherweise. Wenn du ihn mal austrinken würdest. Nonna, ich möchte ein paar Dinge wissen. Wo wurdest du geboren?«

»In einem Kloster in Dumbarton in Schottland.«

»Und deine Mutter hat dich nach einer Nonne dort benannt, richtig?«

Matelda nickte. »Ich habe dort fast fünf Jahre mit meiner Mutter gelebt. Sie hat jeden Tag versucht, nach Viareggio zurückzukehren. Doch das war während des Krieges unmöglich. Mama hat es trotz aller Hindernisse weiter versucht. Irgendeinen Plan schmiedete sie immer. Dass wir nach Sizilien reisen und dort abwarten würden oder dass ein Priester einen Brief schreiben sollte, damit wir über die Schweiz heimkehren konnten. Aber es hat nie geklappt. In Wahrheit waren wir bei den Nonnen in Schottland sicherer als in Viareggio.« Matelda wischte eine Träne weg. »Jetzt kommt der traurige Teil. Als es Zeit war, nach Italien zurückzukehren, wollte ich in Schottland bleiben. Es war das einzige Zuhause, das ich je gekannt hatte. Die Geschichten, die meine Mutter über meine italienischen Großeltern und meine Cousins und Cousinen erzählt hatte, kamen mir wie Märchen vor. Sie waren keine echten Menschen für mich, sondern Figuren aus einer Geschichte. In der Nacht vor unserer Abreise kletterte ich aus dem Bett, ging zum Kloster und sagte den Schwestern, ich würde weglaufen. Ich wollte nicht nach Italien. Ich wollte bei ihnen bleiben.«

»Was hat deine Mutter gemacht?«

»Mir zum einzigen Mal in meinem Leben den Hintern versohlt. Sie sagte: ›Ich bin deine Mutter. Du gehörst zu mir.‹ Ich bin nie wieder weggelaufen, das kannst du mir glauben.«

»Du warst alles, was sie hatte, Nonna.«

»Als meine Mutter viele Jahre später starb, rief ich Schwester Matelda an. Sie muss da an die neunzig gewesen sein, hatte aber immer noch einen scharfen Verstand. Sie erinnerte sich an meinen Vater und sagte, es habe nie einen ritterlicheren Mann gegeben. Er war groß und blauäugig und hatte dichtes, glänzendes braunes Haar. Er war lustig. Wenn er nicht gerade lächelte, pfiff er. Die Erinnerung einer alten Nonne ist das einzige Bild, das ich von meinem Vater habe.«

»Warum hast du deine Mutter nicht gefragt, wie dein Vater ausgesehen hat?«

»Ich habe mal nach einem Foto gefragt, aber es wühlte sie so auf, dass ich es nie wieder erwähnt habe. Später bekam sie ein schlechtes Gewissen und erzählte von meiner Großmutter Grizelle McVicars. Mama sagte zu mir: ›Matelda, werde nie so verbittert wie deine schottische Großmutter.‹ Aber ich habe ein bisschen von ihrer Gemeinheit geerbt, nicht wahr?«

»Du hast deine Gründe.«

»Die hatte meine Großmutter auch. Es gab viele Menschen, denen es schlechter ging als mir, aber irgendwie war ich stellvertretend für alle verbittert.«

Anina lachte.

»Ich bin immer noch so wütend wegen der Speranzas. Kein Mensch sollte durchmachen, was sie ertragen mussten. Damals haben sich Italiener gegen Italiener gestellt.«

Venedig
Oktober 1943

»La bella famiglia«, sagte Speranza, als er das Foto aus Amerika betrachtete. »Wie bist du an den Brief gekommen?«

»Ich habe Goffredo bezahlt«, sagte seine Frau.

»Er hat dir deine eigene Post nicht kostenlos gegeben?«

Sie winkte ab. »Über Höflichkeit sind wir längst hinaus. Sieht mein Bruder nicht glücklich aus?«

»Ja. Seine Frau allerdings weniger.«

»Sie fleht uns an, nach Amerika zu kommen.« Agnese beugte sich über seine Schulter.

»Bei ihr hört sich New York City wunderbar an.«

»Vielleicht sollten wir es uns überlegen. Ich könnte Freda mit den Mädchen und dem Neugeborenen helfen. Venedig ist nicht mehr, wie es war. Ich möchte nicht an einem Ort leben, an dem wir nicht willkommen sind. Du könntest mit Ezechiele zusammenarbeiten. Er sagt, er habe mehr Arbeit, als er schaffen könne. Im Diamantenbezirk gibt es eine Werkstatt neben der anderen. Kannst du dir das vorstellen? Straßen voller Edelsteinschleifer.«

»Ich überlege es mir.«

»Aber schnell.« Agnese stellte das Essen auf den Tisch.

»Ich muss es mir nicht überlegen, du hast ja schon entschieden.« Speranza probierte die Artischocke.

»Du tust, als wäre ich der Padrone, dabei bin ich deine gehorsame Frau. Wo immer du hingehst, ich gehe mit. Genau wie Ruth und Naomi. Du willst bleiben? Dann bleibe ich auch.« Sie klopfte ihm auf die Schulter.

Agnese hatte Speranzas Lieblingsessen zubereitet. Sie hatte eine Artischocke aufgeschnitten und über dem Feuer geröstet und aus dem letzten Mehl Cannelloni gemacht und mit Huhn gefüllt, das mit Knoblauch und Zwiebeln gebraten war. Dazu gab es eine Butter-Zitronen-Sauce.

Als die Dämmerung hereinbrach, aßen sie im Schein der traditionellen Schabbatkerzen. Speranza lehnte sich aus dem Fenster und schaute über den Kanal. Fackeln flackerten und spiegelten sich auf der Oberfläche des blassblaugrünen Wassers, das einen Lichtpfad zum Meer beschrieb.

»Siehst du etwas?«, fragte Agnese.

»Einen Ausweg«, antwortete er und schloss die beiden Fensterläden.

»Wir müssen ja nicht gleich nach Amerika fahren. Cabrelli hat uns eingeladen. Sie sind in den Bergen bei Viareggio.«

»Was ist der Unterschied zwischen Venedig und der Westküste? Überall wimmelt es von Faschisten. Nein, der einzige Ort, an den wir gehen können, ist Amerika.«

»Va bene. Ich mache einen Plan.«

»Ich habe Orden für die Faschisten gemacht. Sie wissen, wo wir wohnen. Die Regierung braucht Juweliere, um den Plunder herzustellen. Medaillen und Anstecknadeln. Das ganze Zeug.«

»Schön. Dann lass sie glauben, dass du für sie bist.« Es klopfte.

Agnese blies die Schabbatkerzen aus und stellte den kleinen Leuchter auf die Fensterbank. Das Letzte, was sie gebrauchen konnten, war ein Fremder, der sie bei der Ausübung ihres Glaubens beobachtete. Agnese nickte. Speranza öffnete die Tür.

»Goffredo!« Speranza war erleichtert, seinen Freund in der Tür zu sehen. »Komm rein.«

Goffredos Blick verriet, dass er den Kerzenrauch roch. Agnese wedelte ihn davon. »Willst du dich nicht setzen?«

»Grazie, aber das geht nicht. Ich wollte nur sagen, dass eure Unterlagen im Passamt weiter nach oben gereicht wurden.«

»Das ist eine gute Nachricht!«

»Nein, sie lassen euch nicht ausreisen. Ich habe versucht, eure Papiere zurückzuholen, und gesagt, es sei ein Fehler gewesen, doch sie haben es bemerkt und euch auf die schwarze Liste gesetzt.«

»Aber sie stellen doch Pässe aus!«, beharrte Speranza.

»Nicht mehr.«

»Was rätst du uns?«

»Ihr könntet auf euren Bauernhof gehen.«

»Ich glaube, in der Stadt ist es sicherer«, sagte Speranza.

»Das stimmt nicht.«

»Wie viel Zeit bleibt uns?«

»Bis morgen früh. Ihr müsst wissen, was ich gehört und gesehen habe. Sie halten sich nicht an die Gesetze. Ihr seid gute Menschen, aber die Welt ist verrückt geworden.«

»Aber die guten Menschen sind nicht verrückt geworden, oder?«

»Verzeiht mir, ich habe es versucht. Ich bin nicht dafür verantwortlich.«

Speranza öffnete Goffredo die Tür. Der schaute nach links und rechts, bevor er auf die dunkle Straße schlüpfte. »Was sollte das denn?«

»Er hatte Papiere in der Manteltasche. Er ist nur der Bote.«

»Was sollen wir machen, Agnese?«

Sie antwortete nicht. Sie musste nachdenken.

Agnese verbrachte den Abend damit, ihre wertvollsten Besitztümer wegzupacken. Sie versteckte das Silber unter den Dielen und das Porzellan in einem Korb weit hinten im Schrank. Sie packte Taschen für sich und ihren Mann. Als die Sonne aufging, badete sie, wusch sich die Haare und zog ihr bestes Kleid an. Sie machte Frühstück, nahm den Topf mit dampfender Milch vom Herd und schüttete ihn in die Schalen mit Espresso. Sie holte die Kanten des Challah-Brotes heraus, um es in den Kaffee zu tunken. Speranza setzte sich an den Tisch.

»Wir fahren mit dem Auto in die Berge«, verkündete Agnese.

»Aber sie werden uns nicht tanken lassen. Wenn sie uns anhalten, kommen wir ins Gefängnis.«

»Die Bahn ist zu riskant. Ich habe viel Geld. Wir erkaufen uns den Weg bis zu den Cabrellis.«

Speranza diskutierte nicht mit ihr. Sie tranken heiße Milch mit Espresso und aßen schweigend das Brot vom Vortag. Als sie fertig waren, fragte Agnese: »Bist du bereit?«

Sie gingen ein letztes Mal durch ihr Zuhause. Agnese räumte rasch Bad und Schlafzimmer auf. Speranza trug die Taschen zur Tür. Agnese kam zu ihm in die Küche.

»Warum schließt du den Schrank ab, Liebes?«, fragte er seine Frau.

»Weil ich das immer tue.«

Speranza schloss die Fensterläden, die auf den Kanal hinausgingen, und schob den Riegel vor.

»Warum machst du die Fensterläden zu?«

»Weil ich das immer tue.« Speranza umarmte seine Frau und drückte sie an sich. »Vielleicht haben wir Glück. Vielleicht ist alles noch an seinem Platz, wenn wir zurückkehren, auch die Mäuse. Wo ist dein Ring?« Er küsste zärtlich ihre Hand.

»Den habe ich Signora Potenza gegeben.«

»Sie wird ihn für dich aufbewahren, bis wir wiederkommen.«

»Das hat sie mir versprochen.«

Es klopfte laut. »Ebrei!«, gefolgt von weiterem Hämmern. »Ebrei!«, riefen die Männer.

Agnese schaute zum verschlossenen Fenster. Speranza dachte daran, aufs Dach zu klettern und von dort zum nächsten zu springen, bis zum Aquädukt. Stattdessen tat er, was er seit seiner Kindheit getan hatte. Er öffnete die Tür und trat der Gefahr entgegen.

Zwei junge Schwarzhemden standen auf der Schwelle und blickten die Speranzas durch die Visiere ihrer Gewehre an. Es waren Teenager, nicht älter als sechzehn, siebzehn Jahre. Speranza kannte die Jungen nicht, und als sie sprachen, hörte er den süditalienischen Dialekt aus Bari. *Sie holen Leute von weither,* dachte er bei sich. *Sie haben schon zu wenig Truppen. Das ist ein gutes Zeichen.*

Die Schwarzhemden zerrten Speranza auf die Straße, obwohl er keinen Widerstand leistete. Agnese folgte ihrem Mann mit den Taschen. Sie blickte auf und sah die vertrauten Gesichter ihrer Nachbarn, die aus den Fenstern schauten, in der Straße, in der sie dreißig Jahre lang gewohnt hatten.

Sie hatten Zucker und Mehl und ihr Leben geteilt, nahmen Agnese jedoch nicht zur Kenntnis.

Sie wurden in einen Transporter gescheucht, ein Militärfahrzeug mit einer Plane als Dach. Es gab keine Sitzplätze. Die Bank war bereits überfüllt. Die Gruppe rückte enger zusammen, um sie noch unterzubringen.

Die Schwarzhemden schlugen die Klappe zu und verriegelten sie, sperrten die Speranzas mit den anderen zusammen ein. Die Soldaten sprangen auf die Trittbretter, als der Lastwagen über die Piazza rollte.

Das Haus David brannte in Venedig, und doch gab es weder Rauch noch Feuer.

Der erste Zug hatte noch Sitze, doch beim Umstieg in Deutschland wurden die Gefangenen in Viehwaggons verladen. Agnese beobachtete einen Personenzug, der langsam in die Gegenrichtung fuhr, zurück nach Venedig. Sie und ihr Mann hatten einmal in Deutschland Urlaub gemacht und waren in einem solchen Zug gefahren. Durch die Fenster des Speisewagens konnte Agnese die gebügelten weißen Tischdecken sehen. In jedem Fenster standen Glasvasen mit einer einzelnen rosa Rose. Auf ihrer Seite der Gleise gab es weder Musik noch gutes Essen, sondern nur Angst, gedämpftes Weinen, geflüsterte Gespräche und leise Gebete. Sie hielt die Hand ihres Mannes, weil es ihn beruhigte. Er hatte die Augen geschlossen, konnte den Ausdruck des Schreckens in den Gesichtern seiner Mitgefangenen nicht ertragen.

Als der Zug in Berlin einfuhr, trennten Soldaten die Frauen von den Männern. Agnese blieb stoisch und schob die Hand ihres Mannes weg, als er sie ergreifen wollte. Wenn die Nazis sahen, dass sie zusammengehörten, würde man sie aus purer Grausamkeit trennen. Wenn sie taten, als wären sie Fremde, hatten sie vielleicht eine Chance.

Speranza wurde von einem Offizier aus der Reihe gerufen, der keinen hohen Rang einnahm, aber immerhin neue Stiefel trug. Agnese hatte von ihrer Mutter gelernt, auf die Schuhe eines Mannes zu achten. *Die Schuhe eines Mannes verraten dir, wer er ist.*

Als Speranza Agnese ansah, schaute sie weg, legte aber die Hand aufs Herz, damit ihr Mann wusste, dass es ihm gehörte.

Die Nazis schoben Speranza und vier weitere Männer in ein Auto, das zu klein für alle war, und warfen die Koffer auf die Ladefläche eines anderen Lastwagens, als wären sie Müll. Man pferchte sie nicht zusammen, weil Nazis und Faschisten die Transporte schlecht geplant hatten, sondern weil sie die Speranzas und ihre jüdischen Mitbürger als Tiere betrachteten.

Agnese Speranza war erleichtert, als sie ihren Mann mit den anderen wegfahren sah. Er besaß eine Fähigkeit, die sie brauchten. Romeo würde leben. Sie würden ihm Essen geben, damit er arbeiten konnte. Der Gedanke machte ihr Freude. Sie war glücklich für ihn. Sie liebte ihren Mann so sehr, dass sie sein Glück über ihr eigenes stellte. Agnese spürte nicht, wie man ihr den Schlagstock in die Rippen stieß und sie in den Zug schob, der sie nach Buchenwald bringen würde.

Kapitel 35

Zu Hause
September 1945

Domenica und Matelda saßen im Zug von Lucca nach Viareggio. Sie bürstete ihrer Tochter die Haare.

»Mama!« Matelda rieb sich die Kopfhaut. »Zu fest.«

»Da war ein Knoten drin.« Sie rieb sanft über die schmerzende Stelle. »Es tut mir leid.«

Matelda McVicars war fast fünf Jahre alt. Sie dachte: *Es sollte dir auch leidtun. Du hast mich aus dem Häuschen, das ich so gern mochte, geholt und in einen Zug gesetzt, in dem ich mich zweimal übergeben musste und nicht schlafen konnte.*

»Du wirst Viareggio lieben. Beim Carnevale gibt es riesige Puppen und Paraden und Bomboloni.«

Matelda wollte nichts von Bomboloni hören, solange ihr schlecht war. Für sie hießen die außerdem Doughnuts. Sie wollte nichts Italienisches, nicht einmal etwas Süßes. Sie wünschte sich, der Zug bekäme Flügel und trüge sie zurück nach Schottland.

Domenica nahm die Hände ihrer Tochter. »Was ist denn los, Bella?«

»Ich spreche nicht gut Italienisch, Mama. Ich werde niemand verstehen. Ich möchte Englisch sprechen. Ich hatte gute Freundinnen in Notre Dame. Ich vermisse Marnie und Hazel. Warum konnten wir nicht dort bleiben?«

»Meine Familie lebt hier. Deine Familie. Familien sind nur zusammen stark.«

Der Zug fuhr in den Bahnhof von Viareggio. Matelda beobachtete, wie ihre Mutter aus dem Fenster schaute. Sie winkte und lächelte und weinte, aber nicht aus Traurigkeit. Matelda beschloss, dass das, was ihre Mutter glücklich machte, wichtiger war als das, was sie selbst traurig machte. Sie kniete sich auf den Sitz gegenüber und sah aus dem Fenster, weil sie hoffte, den wundersamen Ort zu finden, den ihre Mutter sah, doch es gab keine Puppen, keine Paraden und keine Eisdielen. Es regnete so stark, wie sie es in Schottland nie erlebt hatte. Viareggio war ganz und gar nicht schön, sondern dunkel und grau wie eine nasse Wintersocke. Wie konnte ihre Mutter diesen tristen Ort dem grünen Kloster vorziehen?

»Was hältst du davon, Matelda?«

»Es ist schön, Mama. *Che bella*«, log das Mädchen.

Domenica zog ihre Tochter an sich. »Du kannst dein Italienisch ausprobieren. Du wirst überrascht sein, wie viel du schon verstehst.«

Matelda barg ihr Gesicht an Domenicas Hals, der vertraut nach Vetiver und Pfirsichen roch. Die Wange ihrer Mutter war weich, ihre Küsse beruhigten Matelda.

Der Gepäckträger half ihnen mit den Koffern und schaute ihre Mutter an, wie Männer es zu tun pflegten. Er war von der Schönheit ihrer Mutter eingeschüchtert und wollte sie beeindrucken, also redete er zu laut und machte große Gesten. Er bot ihr seine Hilfe an. Ihre Mutter ertrug seine Aufmerksamkeit höflich, ohne ihn zu ermutigen. Dann legte sie die behandschuhte Hand auf die des Gepäckträgers und stieg damenhaft aus dem Zug. An der Reaktion der vielen Menschen, die sich versammelt hatten, erkannte Matelda, dass ihre Mutter in der Stadt am Meer etwas Besonderes war.

Eine Gruppe Frauen lief auf Domenica zu, um sie zu begrüßen. *Das müssen die Cousinen sein,* dachte Matelda, ihre Mutter hatte viel von den Kindern aus der Via Firenze erzählt. Domenicas Familie scharte sich um sie und hieß sie daheim willkommen.

Ein alter Mann kniete sich vor Matelda und streckte die Hand aus. »Ich bin dein Großvater.« Er griff in die Tasche und gab ihr ein Pfefferminz.

»Wirklich, Pietro? Bonbons?«, mahnte ihn Netta. »Du musst Matelda sein.« Netta war dünn und kräftig und trug eine grüne Samtmütze. Sie musterte die Vierjährige. »*Sei carina e bellissima*. Wir sind so froh, dass du zu Hause bist. Ich bin deine Großmutter.« Netta umarmte und küsste ihre Enkelin.

Matelda bedankte sich bei ihren Großeltern für den freundlichen Empfang. Sie schienen nett zu sein und kamen ihr vertraut vor, weil Domenica so oft von ihrer Familie, dem Carnevale und den Nachbarn in Viareggio erzählt hatte. Es waren die letzten farbenfrohen Gedanken, die Matelda vor dem Schlafengehen hatte, und sie schlummerten wie goldgefasste Juwelen in ihrem Unterbewusstsein.

Es gab Geschichten von verborgenen Schätzen, gestohlenen Karten und Schlägertypen am Strand. Matelda erfuhr von Cabrellis Juweliergeschäft. Sie wusste, was Löten, Schleifen, Sägen, Läppen und Polieren war. Sie wusste, wie man Edelsteine vom übrigen Gestein schied und wie eine Schleifscheibe funktionierte. Sie lernte die unterschiedlichen Schliffe: Briolett, Baguette, Navette und Brillant. Sie wusste, dass ihre Großmutter etwas überaus Leckeres aus Maronen zaubern konnte. Ihre unbekannten Großeltern waren durch Domenicas Gutenachtgeschichten so real geworden wie ihre eigene Mutter.

»Ich will das Meer sehen, Mama.« Matelda zog ihre Mutter am Ärmel. »Du hast es mir versprochen.«

Domenica beugte sich hinunter. »Wenn sich die Wolken verziehen, ist es so blau wie deine Schärpe.«

»Wir gehen mit ihr zum Pier.« Ihr Großvater streckte die Hand aus. »Und es stimmt. Wenn der Regen aufhört, wird das Meer wieder blau.«

Netta nahm ihre andere Hand. »Wir haben ein Festessen vorbereitet, um dich zu Hause willkommen zu heißen, Piccianina!« Und wie in Italien üblich, bekam auch Matelda einen Kosenamen. Von nun an nannten die alten Leute von Viareggio sie *Picci.*

Ihr Vater John McVicars und seine schottische Heimat würden mit der Zeit verblassen, bis Schottland ein Teil ihrer Vergangenheit wurde, ein goldener Faden, der von einer alten Tapisserie baumelt und an dem man nicht ziehen durfte, weil man sie sonst zerstörte. Die Jahre in Schottland und der Tod ihres Vaters sollten für die nächsten siebenundsiebzig Jahre unerzählt bleiben. Die Geschichte hatte eine Wendung genommen. Matelda war zur Italienerin geworden.

Heiligabend 1945

Dottore Pretucci öffnete die braune Schachtel, die mit einer Schleife verschnürt war. Netta Cabrellis kandierte Maronen glitzerten wie Diamanten. »Die mag ich am liebsten!« Pretucci nahm eine zuckersüße Marone und bot Domenica die Schachtel an. »Ihre Mutter war so gut zu uns – auch in den Jahren, in denen Sie weg waren. Sie hat immer Kuchen oder frisches Brot vorbeigebracht.«

»Damit meine Stelle freibleibt.«

»Es hat funktioniert.« Pretucci reichte ihr einen Umschlag. »Für die Feiertage.«

Der Umschlag klirrte, als sie ihn in die Tasche steckte.

»Danke, aber ich wünschte, Sie würden das nicht tun. Sie haben schon dafür gesorgt, dass meine Tochter und ich nach Hause konnten. Wir werden Ihnen all die Mühe nie vergelten können.«

»Das ist keine Schuld, die bezahlt werden muss. Sie haben Ihre Buße geleistet. Ich bin froh, Sie wieder in der Praxis zu haben.«

Domenica zog den Mantel an und folgte Pretucci zur Tür. »Ich weiß nicht, wie Sie das geschafft haben.«

»Es war eine Frage des Timings, wie so oft im Leben. Nach dem Krieg zeigte sich der neue Priester sehr hilfsbereit. Offenbar sind die Kleriker tatsächlich im Erlösungsgeschäft. Natürlich wollen sie sich vor allem selbst erlösen. Ich glaube, es war ihm peinlich, wie man Sie behandelt hat.«

Pretucci klemmte sich die Schachtel mit den Maronen unter den Arm und ging nach Hause. Domenica schloss die Praxis ab. Dass man ihre Verbannung inzwischen für einen Fehler hielt, half ihr nicht. Domenica wollte glauben, dass es im Universum eine Ordnung gab, doch ihre Strafe war hart und ungerecht gewesen. Sie fröstelte. Schnee lag in der Luft, was in der Toskana selten vorkam. Sie hoffte für Matelda, dass es schneien würde. Ihre Tochter sehnte sich nach den schottischen Schneestürmen und den sonnigen Wintertagen, wenn die Lowlands mit weißem Diamantstaub bedeckt waren.

Viareggio im Winter war auch verzaubert. In den Fenstern flackerten Kerzen. Die Ladentüren entlang des Boulevards klingelten, wenn Kunden ein und aus gingen. Die Schaufensterscheiben waren mit Eiskristallen überzogen.

Als Domenica den Laden betreten wollte, kam eine Frau

mit einem Päckchen heraus. Sie trug einen eleganten Mohairmantel mit Ballonärmeln und Messingknöpfen an den Manschetten.

»Signorina Cabrelli?«

»Signora McVicars«, korrigierte sie die Dame höflich. »Es tut mir leid, aber ich kenne Sie nicht.«

»Monica Mironi.«

Sie war elegant gekleidet, trug blank polierte Lederstiefel. Dies war nicht die überforderte Mutter von drei Kindern, an die sich Domenica erinnerte.

»Wir haben etwas gemeinsam«, fuhr Monica fort. »Ich bin nicht mehr Monica Mironi. Guido ist in Frankreich gefallen. Danach habe ich einen wunderbaren Mann geheiratet. Antonio Montaquila, vielleicht kennen Sie ihn?«

»Ja, er hat ein Geschäft in Pietrasanta.«

»Genau. Er hat mich hergeschickt, um ein Geschenk für seine Mutter abzuholen. Er sagte, Ihr Vater habe sicher etwas Passendes, und er hatte recht. Eine schöne Brosche.«

»Das freut mich.« Domenica ergriff Monicas Hände. »Ich freue mich, dass es Ihnen so gut geht.«

»Als Guido starb, wusste ich nicht, an wen ich mich wenden sollte. Die Kinder waren verzweifelt. Aber Gott hatte einen Plan für mich. Ich schäme mich fast, dass ich mein Glück gefunden habe, wo es so viel Leid auf der Welt gibt.«

»Sie haben genügend Leid erfahren, Monica. Das Glück haben Sie verdient.«

Domenica sah Signora Montaquila nach. Das Schicksal hatte ihr ein langes Leben mit einem furchtbaren Ehemann erspart und ihr eine zweite Chance gegeben. Wenn sie Guido Mironi verzeihen konnte, konnte Domenica es auch.

Domenica betrat den Laden und begrüßte Isabella, die erfahrene Verkäuferin. Die Vitrinen waren praktisch leer. Vor dem Krieg wäre das ein gutes Zeichen gewesen, doch jetzt verkaufte Cabrelli fast alles auf Kredit. Es würde Jahre dauern, bis ihr Vater sein Geld bekam. Im Nachkriegsitalien war Kredit an die Stelle von Profit getreten.

»Wir haben Besuch, Bella«, sagte ihr Vater, als Domenica ins Hinterzimmer trat, um den Mantel aufzuhängen.

Silvio Birtolini erhob sich von der Bank unter dem Fenster. Er trug Anzug und Krawatte. Er schob sich eine hartnäckige Locke aus der Stirn und küsste Domenica auf beide Wangen. »Wie geht es dir, alte Freundin?«

»Alt.« Sie lachte.

»Sag das bloß nicht! Sie ist noch ein Baby«, warf ihr Vater ein. »Sieh dir ihr Gesicht an.« Cabrelli kniff seiner Tochter in die Wange und ging in den Laden.

Silvio war dünn wie alle italienischen Männer nach dem Krieg. Sein schwarzes Haar war immer noch widerspenstig, doch sein Gesicht war reifer geworden, seine Wangenknochen waren ausgeprägter. »Ich bin froh, dass du den Krieg überlebt hast«, sagte er.

»Ich bin auch froh, dass du es geschafft hast.« Zum ersten Mal fühlte sich Domenica in Silvios Gegenwart unbehaglich und versuchte es mit Smalltalk. »Brauchst du ein Geschenk? Ich weiß nicht, was wir noch dahaben.« Sie zog eine Schürze über die Schwesterntracht. »Such dir etwas aus, dann packe ich es dir schön ein.«

Silvio schob die Hände in die Taschen und schaute auf seine geputzten Schuhe. »Ich bin nicht hier, um ein Geschenk zu kaufen.«

Cabrelli kam mit einem Schmuckstück in die Werkstatt, das als Geschenk verpackt werden musste, und gab es Domenica. »Ich habe Silvio als Schleifer eingestellt. Packst du mir das ein, Nica?« Er verschwand wieder.

Domenica öffnete die Schachtel und befestigte die zarte Goldkette auf der Polsterung. »Hast du deine Lehre abgeschlossen?«

»Ja, ich habe in Florenz gearbeitet, bis ich eingezogen wurde. Zuerst war ich Wärter im Gefangenenlager im Friaul. Ein furchtbarer Ort.«

»Wohin haben sie dich danach geschickt?«

»Nirgendwohin. Ich habe die Armee verlassen, weil mein Land mich verlassen hat. Ich war im Widerstand, in den Bergen nördlich von Bergamo.«

Domenica dachte an John McVicars, der ungeachtet seiner eigenen Überzeugungen nie den aktiven Dienst verlassen hätte. Sie wickelte die Schachtel in Goldpapier und verschnürte sie mit einer Schleife.

»Viele Italiener haben auch Gutes in den Faschisten gesehen, aber ich gehöre nicht dazu.«

»Ich auch nicht«, sagte Domenica.

Silvio lächelte. »Also verurteilst du mich nicht.«

»Nein.« Domenica tätschelte seine Hand. »Ich verurteile niemanden, der für das Gute gekämpft hat. Es war eine furchtbare Zeit, aber selbst damals gab es auch ein wenig Freude. Ich war mit einem stolzen Schotten verheiratet. Er starb vor fünf Jahren auf der *Arandora Star*. Wir haben eine Tochter.«

»Das ist wunderbar. Sie muss dir ein großer Trost sein.«

»Sie ist fast sechs und wie mein eigenes Herz. Hast du auch ein Kind in dem Alter?«

»Ich habe keine Kinder.«

»Das tut mir leid. Vielleicht bekommen du und deine Frau nun, da der Krieg vorbei ist, welche.«

»Ich bin nicht verheiratet.«

Isabella steckte den Kopf durch die Tür. »Signore? Maria

Pipino hat angerufen und gesagt, das Abendessen steht auf dem Tisch.«

»Danke«, sagte Silvio und griff nach Hut und Mantel. »Ich habe ein Zimmer bei Signora Pipino gemietet.«

»In der Via Fiume? Dann los. Sie ist eine gute Köchin. Wir unterhalten uns ein andermal.«

»Das hoffe ich.« Silvio küsste Domenica auf beide Wangen. »Auf bald.« Er setzte den Hut auf. »Dein Vater ist ein weiser Mann, aber in einem Punkt irrt er. Du bist kein Baby mehr. *Sei una donna magnifica.*«

Bevor sie sich für das Kompliment bedanken konnte, war Silvio schon im Laden und gab ihrem Vater die Hand. Sie konnte es gar nicht abwarten, Amelia LeDonne von dem Birtolini-Jungen zu erzählen. Die würde sich gehörig wundern.

Domenica vergrub die Hände in den Manteltaschen. Statt die Abkürzung zu nehmen, kletterte sie auf den Pier. Das Mondlicht auf der Meeresoberfläche ließ die Wellen wie Rüschen aus schwarzem Satin erzittern. Sie schlenderte über die Planken und ließ sich von den blauen Lichtern leiten, die die Marine angebracht hatte. Wenn sie daheim aus dem Fenster sah, funkelte der Pier wie ein Saphirarmband. Neben Matelda waren die blauen Lichter das einzig Gute, was ihr der Krieg gebracht hatte.

Heiligabend fühlte sich wie ein Neuanfang an, obwohl sie schon seit einigen Monaten zurück waren. Die Feiertage halfen Domenica, sich wieder ins Familienleben einzufügen, als wäre sie nie weg gewesen. Matelda fand allmählich Freunde – es half, dass sie von Cousins und Cousinen umgeben war, die sie willkommen hießen und nicht wegen ihres komischen Akzents auslachten.

Als Domenica im Kloster in Dumbarton gelebt hatte, war sie dem italienischen Brauch der Passeggiata immer treu geblieben. Nach dem Abendessen unternahm sie Spaziergänge am Clyde und stellte sich den fernen Atlantik mit seinen weißen Schaumkronen und der dunkelgrünen Brandung vor. Er erinnerte sie an den Menschen, den man ihr vor der Küste Irlands geraubt hatte. Bei den Spaziergängen sprach Domenica mit John McVicars und hoffte, dass er auf der anderen Seite zuhörte. Sie erzählte ihm von Matelda und der Arbeit und sehnte sich schrecklich nach ihm. Mit der Zeit schenkten ihr die Spaziergänge eine neue Perspektive, und sie lernte, mit ihrem Kummer umzugehen.

Die einseitigen Gespräche mit ihrem Mann hatten aufgehört, als sie nach Viareggio zurückgekehrt war. Gelegentlich sprach sie noch seinen Namen aus oder dachte an ihn, wenn Matelda etwas Lustiges sagte, aber er hörte nicht mehr zu. Als McVicars starb, hatte seine Liebe sie umhüllt wie die Wärme der Sonne; doch nach all den Jahren war die warme Verbindung fast verschwunden. Sie fühlte sich einsamer denn je. »Die Liebe verändert sich mit der Zeit, die Trauer aber auch«, hatten ihr die Witwen im Dorf versichert.

Als sie die Stufen zur Villa Cabrelli hinaufstieg, überkam sie ein seltsames Gefühl. Sie blieb stehen und sah durch das Fenster, hinter dem sie als Kind geschlafen hatte. Ihr fiel der Abend ein, an dem Silvio Birtolini sie besucht hatte, bevor er das Dorf für immer verließ. Domenica erschauerte beim Gedanken an seinen Kuss, schob es aber auf die kalte Nachtluft. Dann ging sie hinein und rief nach ihrer Tochter.

»Stell fürs Weihnachtsessen einen Teller dazu«, sagte Cabrelli zu seiner Frau, warf ein Holzscheit ins Feuer und stocherte darin.

»Es ist genug zu essen da.« Netta streute frischen Salbei über die Schweinelende, die in der Pfanne brutzelte. »Welchen Streuner hast du diesmal aufgegabelt?«

»Du wirst dich an ihn erinnern. Er war mit Domenica in der Schule.«

»Augenblick! Du hast doch wohl nicht *il bastardo* eingeladen? Das hat Signora Pipino auf dem Fischmarkt erzählt.«

»Silvio Birtolini ist nach Viareggio zurückgekehrt und wohnt bei ihr. Er ist mehr als erwachsen. Wir sollten aufhören, ihn *il bastardo* zu nennen.«

»Schön, aber das heißt nicht, dass er keiner ist.«

»Er ist erwachsen, hat eine Ausbildung gemacht und ist ein ausgezeichneter Handwerker. Ich habe ihn eingestellt.«

»Das ist nicht dein Ernst.«

»Silvio ist vorzeigbar. Er hat bessere Manieren als dein hochnäsiger Cousin aus La Spezia, der es nur ein paar Monate als Lehrling bei uns ausgehalten hat. Du weißt schon, wen ich meine, den mit den Allüren. Er hat in meinem Laden mehr gefaulenzt als geschliffen.«

»Ignazio Senci hat ein anständiges Erbe noch deutlich vermehrt. Soll er ruhig Allüren haben, er kann es sich leisten. Manche Familien haben weniger nach dem Krieg, andere eben mehr.«

»Niemand ist durch den Krieg besser geworden«, konterte Cabrelli.

»Wir müssen die vergeudete Zeit gutmachen. Wir haben unsere Ersparnisse verloren und jahrelang nichts verdient. Und was machst du? Stellst einen schrecklichen Jungen mit einem furchtbaren Ruf ein, und das in einer Stadt, die nie verzeiht.«

»Ich brauche Silvio. Mit ihm kann ich mehr Aufträge annehmen. Er ist ein guter Schleifer.«

»Va bene. Aber bezahl ihm nicht zu viel. Wir haben einen Haushalt zu führen.«

»Netta, du hast dich ins Geld verliebt.«

»Versuch mal, ohne Geld zu leben. Ich will nie wieder auf andere angewiesen sein, um nicht zu hungern. Ich habe Albträume von diesem Krieg. Sich verstecken und hamstern und um Reste betteln wie die Tiere.«

»Wir haben nie gebettelt. Wir haben überlebt. Wo bleibt deine Dankbarkeit? Unser Haus stand noch, als wir heimkamen. Andere hatten nicht so viel Glück.«

»Ich will Silvio Birtolini nicht an meinem Weihnachtstisch haben.«

»Nun, ich schon.«

»Hast du deine Tochter gefragt, was sie davon hält?«

»Ich will sie überraschen.«

»Du wirst sie mit deiner Überraschung vertreiben. Sie wird nicht erfreut sein.«

»Sie sind alte Freunde.«

»Pietro, du bist so naiv. Ich schäme mich für dich.«

»Ich will nicht, dass mein neuer Angestellter Weihnachten allein verbringt.«

»Hast du Isabella eingeladen? Sie ist auch deine Angestellte.«

»Sie hat eine Familie.«

»An die sie ehrlich gekommen ist.«

»Netta. Es reicht.« Cabrelli erhob nicht die Stimme, doch sein Ton war fest. »Silvio hat für einen Fehler, für den er nichts kann, lange gebüßt. Er ist ein guter und ehrlicher Mann. In diesem Haus ist kein Platz für Vorurteile. Es ist Weihnachten. Sei demütig wie der arme Hirte.«

Matelda zog Fäustlinge und Mütze aus und lief in die Küche, Domenica folgte ihr. »Nonna, Signore Birtolini hat uns mit dem Wagen über den Sand gefahren.«

»Am Strand?« Netta lächelte gezwungen.

»Den ganzen Weg nach Spiaggia della Lecciona und zurück«, bestätigte Domenica, während sie Mateldas Kleidungsstücke einsammelte.

»Es hat so viel Spaß gemacht.« Matelda hüpfte auf und ab. »Er hatte Glöckchen am Zaumzeug, und ich durfte sie läuten, als er das Pferd zu Signore Giacometti zurückgebracht hat. Ich habe Signore Birtolini erzählt, dass es in Schottland Schnee gibt, und er hat gesagt, ich soll so tun, als wäre der Sand Schnee, und das hab ich auch.«

»Komm, Matelda, wir ziehen dir die nassen Sachen aus.« Sie gingen die Treppe hinauf.

»Häng den Mantel bitte über die Stange im Bad«, rief Netta ihnen nach.

Silvio stand in Hut und Mantel in der Tür. »Ich hoffe, Sie begleiten uns das nächste Mal bei der Kutschfahrt, Signora Cabrelli.«

Netta schnaubte. »Vielleicht. Wenn ich Zeit habe. Danke, dass Sie Matelda mitgenommen haben. Kinder lieben Kutschfahrten zu Weihnachten.«

»Kann ich helfen?«

»Das Feuer im Esszimmer geht aus. Brennholz ist hinter dem Haus.«

»Ich kümmere mich darum.« Silvio schloss die Haustür hinter sich.

»Gut, dass er den Mantel anbehalten hat«, bemerkte Cabrelli, als er in die Küche kam. »Du hast ihn sofort ans Arbeiten gekriegt.«

»Er zeigt sich von seiner besten Seite. Anfangs sind alle

Männer ein Ausbund an Höflichkeit. Mal sehen, wie lange das anhält.«

»Er ist unserer Tochter ein guter Freund. Und deiner Enkelin.«

»Solange er so bleibt und nicht mehr für sie ist, soll es mir recht sein.«

»Netta, du bist so eine Romantikerin.« Cabrelli umarmte seine Frau, zog sie an sich und überschüttete sie mit Küssen. Sie wehrte ihn ab. »Lass mich los, alter Mann.«

Cabrelli gehorchte.

»Meine Tochter hat keinen hochdekorierten Kapitän verloren, um bei einem Gesellen zu landen.« Netta richtete ihre Schürze.

»Er wird nicht lange ein Geselle bleiben.«

Silvio trocknete die letzten Teller ab und räumte sie ins Regal. Netta Cabrellis Küche war wieder tadellos und ordentlich.

Domenica kam herein.

»Das ging aber schnell«, sagte Silvio.

»Matelda hat nur von der Kutschfahrt erzählt. Die frische Luft hat ihr gutgetan, sie ist sofort eingeschlafen.«

»Oder lag es am Weihnachtskuchen deiner Mutter?«

»Vielleicht an beidem«, sagte Domenica lachend.

»Wie fandest du die Kutschfahrt?«

»Wenn meine Tochter glücklich ist, bin ich es auch.«

»Du hast Matelda gut erzogen. Sie ist sehr lieb und höflich.«

»Danke.« Domenica nahm das Geschirrtuch und hängte es zum Trocknen an den Haken. »Warum hast du abgewaschen?«

»Um deine Mutter zu beeindrucken.«

»Sag Bescheid, ob es dir gelungen ist.«

»Die Signora hat ein gutes Gedächtnis. Sie sieht in mir noch immer den kleinen dicken Jungen, der eine Landkarte gestohlen hat. Vielleicht betrachtet sie mich ab heute als den Gast, der das Geschirr gespült hat. Hast du Lust auf einen Spaziergang?«

Domenica und Silvio schlichen auf Zehenspitzen an Netta vorbei, die im Sessel am Kamin eingeschlafen war. Cabrelli, der ein Buch las, sah lächelnd auf. Sie zogen die Mäntel an und gingen nach draußen.

»Die kalte Luft tut gut«, sagte Silvio.

»Weil du bis zu den Ellbogen im heißen Wasser warst. Zeig mal deine Hände.«

Silvio legte seine Hände in ihre; Domenica drehte sie um. »Zieh Handschuhe an.«

Er hielt ihre Hände fest. »Du kommandierst gern.«

»Das gehört dazu, wenn man Mutter ist.« Sie griff in seine Manteltasche, holte die Handschuhe hervor und zog sie ihm über.

»Das hat nichts mit Matelda zu tun. Du bist so geboren. Als wir Kinder waren, wusste ich genau, was einmal aus dir wird.«

»Und ist es so gekommen?«

»Du bist kein General. Noch nicht.«

»Ich habe oft an dich gedacht.« Domenica hakte ihn unter. »Als ich dich das letzte Mal gesehen habe, warst du verlobt. Warum hast du nicht geheiratet?«

»Barbara war ein gutes Mädchen, aber ihre Familie war nicht sehr verständnisvoll. Ich habe sie enttäuscht. Nachdem ich dich beim Carnevale gesehen hatte, habe ich beschlossen, ehrlich zu ihr sein, und bin nach Parma gefahren. Du hast mich wegen meiner Familiensituation nie schlecht behandelt, und das gab mir den Mut, Barbara die Wahrheit zu sagen.

In Viareggio wussten alle, dass ich *il bastardo* war, in Parma nicht. Sie sollte meine Frau werden, und ich wollte nichts vor ihr verbergen. Aber um ihr die Wahrheit sagen zu können, musste ich sie erst herausfinden.«

»Hast du deinen Vater je kennengelernt?«

»Ja. Er ist ein guter Mann, der eine Dummheit begangen hat. Er bereut es. Hat es bereut. Er ist letztes Jahr gestorben.«

»Das tut mir leid.«

»Meine Mutter hat sich in ihn verliebt, als sie neunzehn und er dreiunddreißig war. Als sie erfuhr, dass sie schwanger war, gestand er ihr, dass er verheiratet war. Das war eine unmögliche Situation für meine Mutter.«

»Sie muss große Angst gehabt haben.«

»Sie beschloss, ihre Familie nicht um Hilfe zu bitten. Stattdessen kam sie nach Viareggio, weil sie über die Kirche von einer Stelle gehört hatte.«

»Die Damen von San Paolino jammern noch immer, dass die Kirche nicht mehr so schön ist wie damals, als Signora Vietro sich darum kümmerte.«

»Meine Mutter fand immer wieder Freunde, doch wenn sie von mir erfuhren, zogen sie sich zurück. Barbara hingegen mochte meine Mutter und meinen Stiefvater und beschloss, ihren Eltern nichts von meiner Herkunft zu erzählen. Also dachte ich, es sei nicht an mir, es ihnen zu sagen. Als ihr Vater auf den üblichen Wegen Erkundigungen über mich einzog, wie es Eltern tun, deren Tochter in einen mittellosen jungen Mann verliebt ist, wurde er furchtbar wütend. Denn er hatte sich an den Pfarrer gewandt, um etwas über die Birtolinis aus Parma zu erfahren, und konnte mich in keinem der Kirchenbücher finden. Dadurch kam die Wahrheit ans Licht, und die Verlobung war beendet. Signore Bevilacqua sagte, er könne die Mitgift seiner Tochter keinem Bastard geben, und verbot uns zu heiraten. Barbara flehte ihn an, es sich noch einmal zu überlegen, doch er weigerte sich. Der reiche Mann kümmert sich zuerst um sein Geld und erst dann um sein Herz und seine Kinder.«

»Mein Mann hatte auch eine Philosophie über die Reichen. John pflegte zu sagen: ›Prächtig oder nicht, jedes Boot stinkt nach Seewasser und Pisse.‹«

Silvio lachte. »Dein Mann hätte mir gefallen.«

»Oh ja, sehr sogar. Aber er ist fast sechs Jahre tot, und manchmal kommt es mir vor, als wäre diese Ehe in einem anderen Leben passiert. Als er starb, habe ich darum gebetet, ihn nie zu vergessen, doch er hat mich verlassen. Ich spüre seinen Geist nicht mehr.«

»Das tut mir leid.«

»Es sollte nicht so traurig klingen. In meinem Leben gibt es mehr Freude als Trauer. Ich war sehr gern Johns Frau. Es gibt nichts Schöneres, als für das Herz eines anderen Menschen verantwortlich zu sein. Das war eines der größten Geschenke meines Lebens.«

Hand in Hand gingen sie durch den Winterabend. Später konnten sie sich nicht erinnern, wie oft sie über den in blaues Licht getauchten Pier gelaufen waren. Irgendwann blieben sie am Ende des Piers stehen, der wie ein schwarzer Abendhandschuh in den Ozean ragte. Silvio streckte die Hand aus. Sie legte die Arme um seinen Hals.

»Es macht mir nichts aus, dass du ihn vor mir geliebt hast.«

»Ich habe John McVicars geliebt«, sagte Domenica leise, »aber nicht *vor dir*.«

»Es gab noch einen anderen?« Silvios stockte die Stimme.

»Ich kannte einen Jungen in der Schule. Ich habe ihn immer herumkommandiert.«

»Ist das alles, was du von ihm weißt?«

»Er war lustig. Er war stark. Er brauchte mich.«

Silvio hielt Domenica fest und küsste ihr Ohr, ihren Hals und ihre Wange. Die Wärme seiner Berührung gab ihr das Gefühl, dazuzugehören, und das hatte sie seit Johns Tod nicht mehr gespürt. Domenica legte ihr Gesicht an Silvios Schulter; sein Hals duftete süß nach Kiefern wie der Wald am Ende des Sommers. Als Kinder waren sie dort umhergewandert, hatten aus dem Bach getrunken und im Schatten der Bäume Butterbrote gegessen. Silvio Birtolini war ein wichtiger Teil ihrer Kindheit. Seine Freundschaft war der Beginn einer lebenslangen Liebe, die sie heilen würde.

»Ich habe ein Geheimnis«, flüsterte Silvio und umfasste ihr Gesicht. »Ich bin deinetwegen zurückgekommen.«

»Woher wusstest du, dass ich hier bin?«

»Ich wusste es nicht.« Seine Augen wanderten über den Strand. »An diesem Ort habe ich tiefsten Schmerz und größtes Glück erfahren. Beide leben in mir, aber ich habe gelernt, dass die Liebe größer ist als jeder Schmerz.«

Domenica saß in ihrem dunklen Zimmer. Matelda und ihre Eltern schliefen schon. Sie konnte sich nicht ausruhen – ihr Geist brannte nach dem Spaziergang mit Silvio. Sein Kuss ließ sie immer noch erzittern. Sie wusste nicht recht, ob sie Angst oder Freude empfand. Ihr Herz raste, als sie erkannte, dass sie die Liebe wiedergefunden hatte. Wie war das möglich? Zwei große Lieben zu erleben, wo man doch nicht einmal mit einer rechnen konnte.

Domenica holte ihr Schmuckkästchen aus der Kommodenschublade und ging ins Wohnzimmer. Das Feuer war beinahe erloschen, orangefarbene Funken glommen in der pudrigen Asche. Sie schaltete die Leselampe ein. Sie saß eine Weile mit dem Samtkästchen da, bevor sie es öffnete und die Uhr herausnahm, die John ihr zur Verlobung geschenkt hatte. Seit seinem Tod hatte sie die Uhr weder getragen noch aufgezogen. Sie hielt den kühlen grünen Stein in der Hand, drehte ihn um und fuhr mit dem Finger über die eingravierten Initialen. Sie war jetzt fünf Jahre älter und hatte sich nach dem Krieg eine Armbanduhr zugelegt. Der Anhänger war zu schwer für die Schwesterntracht, er stammte aus einer anderen Zeit.

Domenica schaute sich die Medaillen an, die für die Sakramente standen, die sie in ihrer Jugend empfangen hatte. Ihr Ehering von Mattiuzzi lag ganz unten in dem Kästchen. Sie hielt ihn zwischen Daumen und Zeigefinger. Das Gold glänzte noch genau wie damals, als John ihr den Ring an den Finger gesteckt hatte. Er hatte keine Kerben, Kratzer oder Dellen, weil das Metall nie strapaziert worden war.

Domenica legte den Ring zurück ins Kästchen. Sie würde ihn für Matelda aufbewahren.

Matelda sollte den Vater kennenlernen, dem sie nie begegnet war, doch sie wusste nicht, wie sie die Erinnerung ohne den Schmerz lebendig halten konnte. Als Krankenschwester vertraute sie auf die natürlichen Heilkräfte, doch als Frau war sie sich nicht so sicher.

KAPITEL 36

Viareggio
Jetzt

»Mach die Fenster auf, Anina.« Matelda saß aufrecht im Bett.

»Die Nachtluft ist nicht gut für dich, Nonna.«

»Du willst, dass ich schlafe? Ohne frische Luft kann ich das nicht.«

Anina gehorchte. Sie zog die Schuhe aus und setzte sich ans Fußende von Mateldas Bett.

»Was ist los, Anina?«

»Ich denke über die Familie Mattiuzzi nach.«

»Es war nicht alles tragisch. Piccolo hat Margaret Mary geheiratet. Meine Mutter blieb mit ihnen in Kontakt. Sie waren die letzte Verbindung zu jener Phase ihres Lebens. Und dann war da noch Savattini, der Oberkellner.«

»Hat er überlebt?«

»Ja, er hatte sich beim Sprung das Bein gebrochen, wurde in Liverpool ins Krankenhaus gebracht und heckte dort einen Fluchtplan aus. Er wollte zurück nach London, statt als Gefangener auf ein anderes Schiff verfrachtet zu werden. Der Plan funktionierte. Sie versteckten ihn bis Kriegsende in der Küche des Savoy. Als die Mattiuzzis in den Flitterwochen nach London fuhren, tranken sie dort Tee. Piccolo glaubte, ein Gespenst zu sehen, als er Savattini im Frack im Speisesaal entdeckte. Es gab ein großes Wiedersehen.«

»Was ist aus den Franzetti-Jungs geworden? Die Familie mit der Pizzeria?«

»Sie wurden in Australien interniert und blieben nach Kriegsende dort. Soweit ich weiß, betreiben die Enkel dort eine Kette von Pizzerien.« Matelda warf Anina die Tagesdecke zu. »Du interessierst dich wirklich für die schottische Seite der Familie, was?«

»Es erklärt so einiges.« Anina wickelte sich in die Decke. »Wenn du von Schottland sprichst, kommt es mir vor, als wäre ich schon einmal dort gewesen.«

»Ich hoffe, du fährst eines Tages hin.«

»Mit dir zusammen.«

»Wir werden sehen.« Matelda lächelte. »Ich war nie mehr in Schottland. Als kleines Mädchen habe ich mir geschworen, wieder dort hinzuziehen. Aber es blieb ein Kindheitstraum, und das war auch gut so. Denn ich konnte meiner Mutter nicht wehtun. Schottland hatte ihr Schmerzen bereitet. Sie hatte viele hässliche Seiten des Lebens gesehen, und ich schwor mir, es nicht noch schlimmer zu machen, indem ich sie daran erinnerte. Mit der Zeit fühlte sich das Leben dort immer mehr wie ein Traum an. Wenn ich mit deinem Großvater reiste, wurde ich nach drei Tagen unruhig und drängte ihn, nach Hause zu fahren. Ich vermisste meine Familie, dieses Haus und das Meer. Ich bin viel mit deinem Großvater gereist, und wir waren ein paarmal in der Nähe der Lowlands. Dann sagte er: *Lass uns hinfahren*. Ich war versucht, habe es aber nicht getan. Zu viele Geister.«

»Ich wünschte, ich könnte hundert Jahre mit dir verbringen, Nonna. Mit den Geistern und allem. Es gefällt mir, wie ihr früher gelebt habt. Alle Familien zusammen in einem Haus.«

»Und wir haben uns wie durch ein Wunder nicht gegenseitig umgebracht.« Matelda lachte leise. »Nachdem mein Onkel Aldo im Krieg gefallen war, kehrten wir nach Viareggio zurück und wohnten bei meinen Großeltern. Meine Mutter beschloss, bei ihren Eltern zu bleiben, nachdem sie Silvio geheiratet hatte, und er war glücklich damit. Ich auch. Ich hatte endlich einen Vater.«

»Obwohl Netta Silvio nicht leiden konnte?«

»Sie haben einen Weg gefunden, um miteinander auszukommen. Ich glaube, irgendwann hat sie ihn liebgewonnen. Vielleicht hat sie es auf dem Sterbebett begriffen. Mein Großvater hatte täglich mit meinem Vater zusammengearbeitet, und ich habe nicht erlebt, dass sie sich auch nur einmal gestritten hätten. Sie gingen zusammen zur Arbeit und wieder nach Hause.«

»Aber du und Nonno hattet eure Streitereien.«

»Die meisten Ehepaare streiten wegen Geld, aber ich war die Buchhalterin und kannte die Zahlen. Ich hatte die Fakten auf meiner Seite. Dein Großvater ist mit der Zeit zum Geschäftsmann geworden, aber es hat Jahre gedauert. Er ist ein Künstler, und die sind Träumer. Vertraue einem Künstler nie deine Geldbörse an, denn du bekommst sie leer zurück. Olimpio und ich waren gut füreinander. Wir haben zusammengearbeitet, uns gegenseitig zur Verantwortung gezogen. So muss es in einer guten Ehe sein.«

»Paolo und ich konnten gut mit Geld umgehen. Es waren die immateriellen Dinge, mit denen wir Probleme hatten – Don Vincenzo sagte, das Rezept für eine glückliche Ehe sei vergeben, vergessen, wiederholen. Mit dem Vergessen tue ich mich schwer.«

»Ich auch. Ich hoffe, man hat mir meine Fehler verziehen«, sagte Matelda leise. »Und ich hoffe, du kannst mir verzeihen, Anina. Ich weiß, ich war schwierig.«

»Alles gut, Nonna.«

»Wie schön. Als ich jung war, benahm sich meine Nonna Netta unmöglich. Ich konnte nicht verstehen, warum alte Frauen so gemein waren.«

»Das frage ich mich auch.« Anina verdrehte die Augen.

»Wenn du eine alte Frau siehst, die schlecht gelaunt ist, weißt du jetzt den Grund. Sie hat eine Vergangenheit, die du nicht verstehst, weil du sie nicht gelebt hast. Im Alter tun ihr die Füße weh, der Rücken schmerzt, die Knie knacken, sie kocht, sie putzt, sie sorgt sich, sie wartet, und dann wird sie krank und stirbt. Sei freundlich, Anina. Denn eines Tages bist du die alte Dame.«

Carnevale
Februar 1946

Domenica folgte dem Quietschen der Schleifscheibe in die Werkstatt, wo Silvio bei der Arbeit war. »Viel zu tun in der Praxis«, rief Domenica über das Geräusch hinweg, bevor Silvio die Scheibe abstellte. »Ein gebrochener Arm und zwei Migräneanfälle – die kommen übrigens vom Limoncello beim Carnevale. Pretucci hasst Carnevale. Er sagt, es sei ein Vorwand für Trunkenbolde und Draufgänger, sich wie Narren aufzuführen und wie Fische zu saufen.«

»Ich bin fast fertig.« Silvio klopfte den Diamantstaub in eine Schachtel.

Als alles erledigt war, legte Domenica die Arme um ihn. Silvio zog sie an sich und küsste sie zärtlich. »Was hältst du davon, wenn ich meinen Vertrag mit Signora Pipino nicht verlängere?«

»Wo willst du denn wohnen?«

»Näher am Laden.«

»Es gibt viele möblierte Zimmer.«

»Ich will kein Zimmer mieten. Ich möchte nicht in einem Zimmer sein, in dem du nicht bist. Würdest du …«, stotterte Silvio.

»Ja.«

»Woher weißt du, was ich fragen wollte?«

»Ich bin eine *strega*«, scherzte Domenica, bevor sie den Kopf auf Silvios Brust legte. Sein Herz klopfte heftig. Als Domenica im vergangenen Herbst mit ihrer Tochter nach Viareggio zurückgekehrt war, schien alles kaputt – der Pier, die Straßen und ihr Herz. Sie war auf Zehenspitzen um die Trümmer geschlichen, bis sie das Einzige entdeckt hatte, das alles heilen konnte. »Ich muss wissen, ob du Matelda liebst. Sie ist ein gutes Kind, aber der Tag wird kommen, an dem sie begreift, was sie verloren hat. Dann lässt sie es womöglich an dir aus.«

»Ich kann ihn nicht ersetzen. Aber ich werde sie lieben wie meine eigene Tochter. Ich werde ihr zuhören, wenn sie über ihren Vater sprechen will.«

»Wir werden nicht das junge Paar sein, das gemeinsam eine Familie gründet«, sagte Domenica wehmütig. »Es tut mir leid, dass ich dir das nicht bieten kann.«

»Du hast mir eine Familie gegeben. Mehr wünsche ich mir nicht. Und nun, da ich sie habe, werde ich sie für den Rest meines Lebens beschützen.« Silvio holte eine kleine Schachtel aus der Tasche und gab sie ihr.

Domenica nahm den Ring heraus. Silvio steckte ihn an ihren Finger.

»Dieser Ring ist das Symbol unseres neuen Lebens«, sagte er. »Der blaue Saphir steht für Il Tirreno, der violette Amethyst für die schottische Distel, der gelbe Citrin für die italienische Sonnenblume und der Diamant für den Neuanfang. Wir können beschließen, zusammen glücklich zu sein. Willst du mich heiraten?«

»Ja.« Sie küsste ihn.

»Ich habe die Steine nur für dich geschliffen.«

»Ich werde ihn nie abnehmen«, versprach Domenica. »Was kann ich dir schenken?«

»Es ist nicht üblich, dass die Braut dem Bräutigam etwas schenkt. Aber es gibt etwas, das ich gern hätte. Unsere Familie braucht einen richtigen Namen, keinen, den ein Anwalt in Florenz für einen vaterlosen Jungen erfunden hat. Wir werden eine Familie sein, wenn wir verheiratet sind, und unsere Familie verdient einen würdigen Namen. Ich möchte ein Cabrelli werden, wenn du mich haben willst.«

Domenica war überglücklich und küsste ihn erneut. »Dann werden wir Cabrelli heißen.«

Das frisch verlobte Paar ging Arm in Arm nach Hause, um Netta, Pietro und Matelda die Neuigkeit zu verkünden. Sie warteten mit gekühltem Champagner und Kuchen, denn Silvio hatte sie bereits um Erlaubnis gebeten. Jetzt musste Domenica Cabrelli nur noch glücklich sein.

Matelda schlief. Domenica strich ihrer Tochter sanft den Puderzucker von der Wange, bevor sie sie küsste. Sie hoffte, dass Matelda sich auch über die Verlobung freute und nicht nur über den Kuchen vor dem Schlafengehen.

Sie holte die Hutschachtel aus dem Schrank, in der sie wichtige Papiere aufbewahrte, und nahm einen Stapel Briefe heraus, die mit einem weißen Satinband verschnürt waren. Dann schlich sie auf Zehenspitzen am Zimmer ihrer Eltern vorbei, zog den Mantel an, steckte die Briefe ein und ging zum Strand.

Die Feuerstellen vom Carnevale waren erloschen; es blieben nur vereinzelt blaue Flammenkreise am Strand. Domenica stand am dunklen Meer und hielt Johns Briefe in der Hand. Sie waren das einzige Zeugnis ihrer Liebe. Bevor Silvio in ihr Leben zurückgekehrt war, hatte sie vorgehabt, Johns Briefe zu lesen, wann immer sie die Gewissheit brauchte, dass er sie geliebt, geheiratet und ihr Matelda geschenkt hatte. Ansonsten würde das, was zwischen ihnen gewesen war, wie ein Traum verblassen.

John McVicars war eine Windböe gewesen, die durch Domenica Cabrellis Leben gefegt war. Sie hatte gelernt, dass Zeit nicht das Maß der Dinge sein konnte. Manchmal zählte, was uns in wenigen Augenblicken und nicht in Jahren verändert hatte. John hatte nicht lange genug gelebt, um sie zu enttäuschen. Es hatte keinen Anlass zur Vergebung gegeben; ihre gemeinsame Zeit war kurz gewesen.

John Lawrie McVicars war ins Meer zurückgekehrt, um unter den Sagengestalten und den Vagabunden, Gaunern und Heiligen zu leben, die in der Tiefe Zuflucht fanden. Sein Geist wurde von den granitgrauen Wellen beschützt, die an die felsigen Küsten Nordschottlands brandeten. Er gehörte ihr nicht mehr.

Domenica warf seine Briefe in ein Feuer. Ein Windstoß entzündete die Glut, und das Papier ging in violetten Flammen auf, bildete Ranken aus schwarzer Asche, die in die Luft stiegen und vom Wind aufs Meer hinausgetragen wurden.

Viareggio
Jetzt

Matelda saß am Esszimmertisch und schrieb einen Brief. Als sie fertig war, faltete sie ihn und legte ihn in die Schachtel mit dem Briefpapier.

»Was schreibst du da?«, fragte Anina.

»Dankesbriefe«, sagte Matelda.

»Darin bin ich ganz schrecklich.«

»Ich weiß.« Matelda warf ihrer Enkelin einen Blick zu.

»Mama, ich habe dir Obst mitgebracht«, sagte Nicolina auf dem Weg in die Küche.

»Es reicht. Ich verwandle mich noch in eine Papaya.«

»Obst steht auf der Liste der Lebensmittel, die das Krankenhaus empfohlen hat.«

»Hast du deren Fraß mal probiert? Die sollten lieber keine Listen verteilen, bei denen es um Essen geht«, beschwerte sich Matelda.

»Mama, Nonna erzählt mir tolle Geschichten.« Anina rückte die Pantoffeln ihrer Großmutter auf den Fußstützen des Rollstuhls zurecht. »Ich kenne die Geschichte von Nonnas ganzem Schmuck.«

»Gut, ich nämlich nicht«, neckte Nicolina sie. »Ich wollte mich immer mit dir hinsetzen und sie aufschreiben. Jetzt haben wir Zeit.«

»Tatsächlich?«, fragte Matelda sanft.

»Sei nicht so morbide, Bella«, rief Olimpio aus der Küche.

Anina setzte sich ihrer Großmutter gegenüber. »Ich frage mich, was aus Domenicas Verlobungsring geworden ist. Dem bunten. Ich habe ihn nicht im Kästchen gefunden.«

»Weil ich ihn nicht habe. Meine Mutter wurde mit ihm begraben, das hatte sie sich so gewünscht. Ich habe niemandem außer dir je von dem Ring erzählt, nicht einmal Nino. Natürlich fürchtete ich, er könne seinen Anteil verlangen.«

»Er hat sich sicher gefragt, wo er geblieben ist.« Nicolina setzte sich zu ihnen.

»Falls ja, hat er es nie erwähnt. Ein Sohn mag seltener kommen, wenn er verheiratet ist, und nicht bei der Pflege der alten Eltern helfen, aber er verlangt auch selten etwas Materielles, wenn sie sterben. Seine Frau wollte auch nichts.«

»Das hätte auch nicht zu ihr gepasst«, sagte Nicolina.

»Ich wünschte, er wäre mehr wie Patrizia. Mein Bruder wollte keinen Schmuck, wohl aber den Laden. Doch es gab Probleme. Mein Vater wollte, dass Olimpio das Geschäft leitete und Nino für ihn arbeitete. Denn Olimpio war der Kunsthandwerker, und das war die Tradition des Ladens. Nino war ein guter Verkäufer, aber eine Katastrophe an der Schleifscheibe. Als mein Bruder das begriff, beschloss er, nach Amerika zu gehen. So kam es zu dem Bruch zwischen uns.«

»Vielleicht hat es Onkel Nino gestört, dass ihr Cabrellis geworden seid.«

»Das glaube ich nicht. Wir waren schon Cabrellis, bevor er geboren wurde.«

»Ich bin immer noch ein Roffo«, warf Olimpio ein und setzte sich zu ihnen an den Tisch. »Aber ich habe Silvio damals versprochen, den Namen des Ladens nicht zu ändern. Er hoffte, sein Sohn werde eines Tages nach Viareggio zurückkehren. Die Familie hat versucht, sich mit Nino zu versöhnen. Ich zumindest.«

»Wir alle. Wir haben sie in Amerika besucht, Nonna Netta, meine Mutter und ich. Das war vielleicht eine Reise. Wir fuhren in New Jersey ans Meer. Es war schön, aber meine Großmutter Netta sagte: ›Wir haben ein Meer in Italien und auch einen Strand. Müssen wir um die halbe Welt fliegen, nur um in einem anderen Liegestuhl zu sitzen?‹ Wir haben Ninos Fabrik besichtigt, die war ziemlich eindrucksvoll. Er war ein erfolgreicher Hersteller von – wie würdest du es nennen, Olimpio?«

»Modeschmuck der unteren Preisklasse.«

»Genau, vergoldetes Zeug. Nicht das, was wir machen. Er hat unseren edlen Schmuck kopiert – Nino nannte es Simulationen. Darum hat er auch den Speranza-Rubin nicht bekommen. Mein Vater hat ihm nicht zugetraut, etwas Wertvolles daraus zu machen«, sagte Matelda.

»Aber er hat sich gebessert«, bemerkte Olimpio. »Nach dem Tod deiner Eltern wurde Nino offener, rief ab und zu an und bat mich um Rat. Ich tat, was ich konnte, um ihm zu helfen.«

»Hat er es dir übel genommen, dass du den Laden von Silvio übernommen hast?«, fragte Nicolina.

»Anscheinend nicht – diese Wunde war wohl vernarbt. Nino hat es in Amerika zu etwas gebracht. Da war ihm der kleine Laden in der alten Heimat wohl nicht mehr so wichtig.«

»Die Cabrellis hätten zusammengehört«, sagte Anina.

»Das sollte man meinen, nach allem, was sie durchgemacht hatten«, stimmte Olimpio zu. »Aber wenn man Erfolg hat, vergisst man als Erstes, wie es war, arm zu sein. Wir streifen die Unsicherheit ab wie alte Schuhe, sobald wir Geld auf der Bank haben. Wir schlüpfen in feines Leder und vergessen, wie sehr unsere Füße geschmerzt haben.«

Treviso
1947

Nach dem Krieg arbeitete Speranza zwei Jahre lang mit den Amerikanern in Berlin. Er lieferte ihnen Einzelheiten zu seiner Tätigkeit, die Namen der Männer, für die er gearbeitet hatte, und das Wissen, das mit ihm hatte sterben sollen. Nachdem seine Arbeit getan war, beschloss er, nach Italien zurückzukehren. Als der Zug durchs Land rollte, sah er, was Nazis und Faschisten angerichtet hatten.

Manche Felder waren schwarz verkohlt, manche Dörfer bis auf die Grundmauern niedergebrannt. Im nächsten Ort wimmelte es von Geschäften, Menschen und bepflanzten Blumenkästen; das Leben schien unversehrt, als hätte es das ganze erbärmliche Chaos nie gegeben.

Speranza war zu erschöpft, um zu schlafen. Ein weiteres Geschenk, das ihm der Krieg gemacht hatte: permanente Schlaflosigkeit. Er stand auf, hielt sich an der Gepäckablage fest und öffnete die Schiebetür. Er trat auf die Plattform zwischen den Waggons und zündete sich eine Zigarette an. Die letzten Kilometer kamen ihm unendlich lang vor. Speranza spürte kaum das Rattern der Räder auf den Gleisen, aber er fühlte ohnehin nicht mehr viel. Nach dem Krieg hatte er selten geweint, aber die Blumenkästen machten ihm zu schaffen. Das Leben war weitergegangen, aber nicht seins. Ohne Agnese lief er wie ein Gespenst durch die Welt.

Speranza besaß nur die Kleider, die er am Leib trug, und die Bahnfahrkarte, die ihm die Amerikaner geschenkt hatten. Sie hatten ihm eine Stelle in Amerika angeboten. Er hatte höflich abgelehnt. Was sollte ihm das jetzt noch nützen? Es war Agnese gewesen, die nach Amerika gewollt hatte. Er wäre ihr natürlich gefolgt, wie es seine Gewohnheit war. Sie hatte alle Entscheidungen getroffen, war die Wurzel von allem gewesen, was in seinem Leben gelungen war.

Speranzas Füße taten weh, als er in Treviso aus dem Zug stieg. Er war froh, dass die Häuser noch standen und die schwarzen Gondeln auf den Kanälen schwammen. Die Rückkehr nach Venetien bedeutete, dass er atmen und an dem Ort sein konnte, an dem er Agnese kennengelernt hatte und glücklich gewesen war. Er wusste nicht, was er getan hätte, wenn sie Treviso dem Erdboden gleichgemacht hätten. Es war der einzige Beweis, dass sie gelebt hatte. Ihre Romanze hatte in den moosbewachsenen Straßen der Stadt begonnen, entlang der blassblauen Kanäle. Er wollte nicht in den alten Laden oder die Wohnung in Venedig zurück. Es würde brechen, was von seinem Herzen übrig war.

Als er durch die Straßen von Treviso ging, erkannte Speranza kein einziges Gesicht, und niemand erkannte ihn. Seine Welt kam ihm vor wie ein Friedhof, nichts als Steine und kalte Erde.

Speranza ließ sich von Bauern nach Godega mitnehmen.

Der Krieg war auch in Italien unberechenbar gewesen. Auf einer Straßenseite waren die Häuser unangetastet, auf der anderen hatten die Schwarzhemden willkürlich Zäune, Scheunen und Bauernhäuser völlig zerstört. Es sah aus, als wäre ein Tornado durchs Dorf gefegt, die Zerstörung war ohne jede Logik. Speranza wurde übel.

Die Männer fuhren schweigend weiter, bis sie am Hof der Acocellas vorbeikamen. Der einst blühende Milchbauernhof war eine Ruine, die Felder kohlschwarz verbrannt.

»Der Krieg ist seit zwei Jahren vorbei. Woher kommt der Rauch?«, fragte Speranza.

»Vom Bauernhaus. Der alte Antonio hat im Keller Wein gekeltert. Er hatte einen unterirdischen Tunnel angelegt, um im Winter leichter zwischen Scheune und Haus hin und her zu laufen. Als die Nazis das Haus angezündet haben, speiste der Alkohol das Feuer unter der Erde. Ich dachte, der Frühjahrsregen würde es löschen, aber es scheint eine ewige Flamme zu sein.«

Sie plauderten über die Aussaat von Mais und Weizen, als hätte die deutsche Armee nicht alle Städte von Treviso bis zum Friaul besetzt. Der Mann erwähnte nicht das Kriegsgefangenenlager, das nur sechzig Kilometer nördlich gelegen hatte.

»Wie geht es Ihrem Bauernhof?«, fragte Speranza den Fahrer.

»Wir haben überlebt. In den ersten zwei Jahren dachten wir, wir wären sicher, denn wir lieferten Eier und Milch. Die Deutschen mussten essen.«

Speranza nickte. Er erinnerte sich daran, wie die Deutschen aßen. Würste. Ochsen. Frisches Brot. Nudeltaschen, gefüllt mit zerkleinertem Huhn und Rind. Sie aßen mit Vergnügen, während ihre Gefangenen froh sein konnten, wenn sie ein paar Kartoffeln in der Brühe hatten.

»Sie haben den Cistone-Hof zerstört. Aber zuerst ließen sie sich von Signora ein feines Mahl zubereiten. Sie aßen gut und tranken ihren besten Wein. Am nächsten Morgen brannten sie alles nieder und nahmen sogar das Pferd mit. Wo bist du gewesen?«

»In Berlin.«

»In einer Fabrik?«

Speranza nickte.

»Ein Glück, dass du überlebt hast.«

»Wirklich?«, fragte Speranza trocken.

Speranza hatte sich glücklich geschätzt, bis er ins Lager gefahren war und von Agneses Schicksal erfahren hatte. Bis zu diesem Moment war er wie sein Nachbar gewesen; er dachte, er hätte eine Zukunft.

Der Bauer hielt den Lastwagen an. »Ist das dein Hof?«

Speranza nickte. Er bot dem Mann Geld an, doch der wollte es nicht annehmen.

Der Lastwagen fuhr davon. Speranza ging die Straße entlang, die auf beiden Seiten von Zypressen beschattet wurde. Er schaute auf die steinerne Markierung, die er am Eingang angebracht hatte und auf der *Speranza 1924* eingemeißelt war, das Jahr, in dem Romeo und Agnese Speranza das Anwesen von der Familie Perin erworben hatten, die auf der Suche nach einem besseren Leben nach Amerika gegangen war.

Als Speranza die vertraute Zufahrt entlangging, fiel ihm auf, dass sie jetzt mit flachen Feldsteinen gepflastert war. Er suchte nach seinem Silo, dem Hühnerstall und dem Brunnenhaus. Alles intakt. Trogen ihn seine Augen? War es eine Fata Morgana?

Die Außenmauern waren frisch getüncht, die Stufen vor der Tür gefegt. War sie hier? War Agnese entkommen und hatte es nach Hause geschafft? Sein Herz füllte sich mit Vorfreude. Speranza drückte die Klinke. Die Tür war nicht verschlossen. Er stieß sie auf.

Die drei Zimmer waren so, wie Agnese sie zurückgelassen hatte. Speranza rief nach ihr. Er ging in die Küche und sah sich um, bevor er eine Schublade öffnete und ein langes Küchenmesser in den Ärmel schob. Er strich mit der Hand über den Esstisch – kein Staub. Er trat ans Fenster. Eine leichte Brise kräuselte die gemusterten Vorhänge, die Agnese selbst genäht hatte. Er ging durchs Haus. Auf dem Bett lag eine Tagesdecke. Das Badezimmer, das er selbst eingebaut und seiner Frau zum Geschenk gemacht hatte, war sauber geschrubbt.

Speranza ging nach draußen. Über die Wiese wehten Stimmen und Gelächter vom kleinen Gästehaus herüber. Er ging hin und erkannte Emos, den Schuhputzer, der gerade Holz hackte. Speranza winkte. Emos verschwand im Haus.

»Nein! Nein! Emos, ich bin's«, rief er.

Dann kam Emos mit einer Frau, die einen Säugling auf dem Arm trug, aus der Haustür, gefolgt von einem zweiten Kind, das etwa drei Jahre alt sein mochte.

Während er seine Zeit im Dienst des Feindes vergeudet hatte, war das Leben auf dem Hof weitergegangen.

»Signore!« Emos lief dem Padrone entgegen. »Willkommen daheim! Wir haben auf Sie gewartet! Wo waren Sie so lange?«

»In Berlin.«

Speranza, der kein Wort gesprochen und keine Träne vergossen hatte, als die Amerikaner ihn nach Buchenwald gebracht hatten, um seine Frau zu suchen, begann zu weinen.

»Oh nein. Nein.« Emos gab seiner Frau ein Zeichen, worauf sie sich mit den Kindern ins Haus zurückzog.

Speranza zog das Messer aus dem Ärmel und reichte es Emos, der es beiseitelegte und Speranza half, sich auf die Stufen vor dem Haus zu setzen.

»Haben die das wirklich getan?«, fragte Emos.

»Die Signora hat es nicht aus dem Lager geschafft. Sie ist dort gestorben.«

Emos' Augen füllten sich mit Tränen. »Sie ist jetzt in Sicherheit.«

»Ich möchte bei ihr sein«, schluchzte Speranza.

»Aber Sie können nicht gehen, nur weil Sie es wollen. Nur Gott kann Sie zu sich rufen.«

Emos' Frau kam mit einer Tasse Wasser heraus und reichte sie Speranza.

»Das ist Eva. Sie war früher Dienstmädchen bei der Familie Andamandre.«

»Haben Sie Hunger?«, fragte sie Speranza. »Ich bringe Ihnen etwas zu essen in Ihr Haus. Danach können Sie sich ausruhen.«

»Ich danke dir. Das wäre schön. Emos, wie ist es dir ergangen? Wie hast du den Hof gerettet?«

»Die Schwarzhemden sind nie bis hier gekommen. Einmal haben sie vom Feld herübergeschaut, sind aber aus irgendeinem Grund umgekehrt. Eva glaubt, der Hof sei gesegnet.«

»Es ist ein kleiner Hof, das ist alles. Mein mangelnder Ehrgeiz hat ihn gerettet. Hier war nicht genug zu holen.«

»Sie haben den Fontazzas schreckliche Dinge angetan. Und drüben, jenseits des Berges, haben sie die Leute im Dorf ermordet. Es gab offenbar keinen Plan. Das Böse wehte einfach um uns herum.«

Emos führte Speranza zum Brunnenhaus. In der Dunkelheit erschien die Wasseroberfläche schwarz. Emos löste einen Stein aus dem Boden, zog einen Beutel hervor und reichte ihn Speranza.

»Da sind Dollar, Lire und Drachmen drin. Und eine Perle. Ich habe die Eier verkauft und das Geld für Sie gespart.«

Speranza entdeckte die Perle unter den Münzen, rollte sie zwischen den Fingern und hielt sie ins Licht der halb geöffneten Tür.

»Mir wurde gesagt, sie sei wertvoll«, sagte Emos.

»Ist sie aber nicht.«

Emos lächelte.

Zum ersten Mal seit langer Zeit lächelte auch Speranza. »Das alles gehört dir, Emos.« Er gab Emos den Beutel.

»Nein, das ist für die Miete. Ich wohne seit sieben Jahren hier.«

»Du hast dich um den Hof gekümmert.«

»Wir haben alles, was wir brauchen. Essen. Ein Haus. Einen Garten. Unsere Kinder.«

»Ein Mann mit Kindern braucht immer Geld.«

»Ich bewahre es für Sie auf. Das ist die Bank im Brunnenhaus«, versprach Emos. »Von jetzt an kümmern wir uns um Sie.«

»Ich kann mich um mich selbst kümmern.«

»Sie müssen uns für Sie sorgen lassen.«

»Du kannst gern bleiben, Emos. Ich habe nicht mehr die Kraft, den Hof zu bewirtschaften. Ich bleibe im Haus, aber ihr müsst euch nicht um mich kümmern.«

»Sie verstehen nicht. Ich habe es Signora versprochen.«

Speranza nickte. »Das hast du? Va bene.« Speranza verspürte plötzlich Frieden. Agnese hatte immer noch das Sagen. Sie würden tun, was sie verlangte. Sie würden ihre Anweisungen befolgen.

Speranza setzte sich zum Abendessen an den Küchentisch. Eva hatte eine feine venezianische Polenta mit Pilzen und Spargel zubereitet. Die Tomatensoße war mit Zimt verfeinert, wie es in der Gegend üblich war. Er schnitt einen Streifen Polenta ab und tauchte die Gabel in die Soße. Dann nahm er einen Bissen, schloss die Augen und ließ den Geschmack von Agneses Rezept seine Sinne überfluten.

Er konnte sich an keine einzige Mahlzeit erinnern, die er als Gefangener in Berlin eingenommen hatte. Er hatte nichts geschmeckt. Essen war lediglich ein Mittel gewesen, um zu überleben und den Arbeitstag durchzustehen. Speranza war Jude, aber auch Italiener. Er wusste nicht, wo der eine Teil seiner Identität begann und der andere endete, aber in der jetzigen Welt spielte das keine Rolle mehr.

Nachdem er gegessen hatte, ging Speranza durchs Haus, Zimmer für Zimmer. Jeder Gegenstand, den er berührte, verband ihn mit Agnese, und das war tröstlich. Speranza war ein intelligenter Mann, aber seine Frau war wissbegieriger gewesen und hatte viel gelesen. Als er in ihrer Büchersammlung stöberte, nahm er sich vor, zu lesen.

Speranza legte sich ins Bett. Er hatte sich davor gefürchtet, allein in dem Haus zu schlafen, das sie gebaut hatten, in dem Bett, das sie miteinander geteilt hatten, doch die Furcht war unnötig gewesen. Zum ersten Mal, seit sie aus Italien, dem Land ihrer Geburt, deportiert worden waren, schlief Speranza die ganze Nacht durch und erwachte erst, als am nächsten Morgen die Sonne aufging.

Viareggio
Jetzt

Nicolina trug die Schüssel mit Paglia e fieno auf und schwenkte behutsam die frischen gelben und grünen Nudeln mit Parmesan und Basilikum. Olimpio schenkte Wein ein. Anina richtete den Salat auf kleinen Tellern an. Matelda sah zu, wie ihre Familie das Essen servierte.

»Ich fühle mich nutzlos.«

»Genieße es, Mama. Lass dich bedienen.« Nicolina hob den Deckel von einer Servierplatte. »Jetzt ist Saison für Agneses Artischocken. Ich habe das Rezept in deiner Kiste gefunden.«

»Ich habe Agnese nie kennengelernt, aber meine Mutter hat sie geliebt. Wenn sie und Romeo zu Besuch kamen, räumten sie eine ganze Etage im Haus für sie frei. Die Männer arbeiteten in der Werkstatt, und meine Großmutter und Agnese haben zusammen gekocht.«

Nicolina probierte die Artischocke. »Ziemlich gut.«

Matelda war froh, dass Nicolina die Gerichte zubereiten konnte, die Netta von Agnese gelernt hatte. Vielleicht war es ihr doch gelungen, die Vergangenheit mit ihrer Tochter zu teilen. »Speranza hat seine Besuche nach dem Krieg sehr genossen. Meine Großmutter hat alle seine Lieblingsgerichte gekocht, die Agnese ihr beigebracht hatte. Er freute sich, dass die Kochkünste seiner verstorbenen Frau nicht in Vergessenheit geraten waren. Dadurch gewann er ein bisschen Lebensmut zurück.«

»Nonna Domenica hat erzählt, dass Speranza talentiert und gut aussehend war. Offenbar haben sich viele Frauen in Venetien um ihn gerissen, aber er wollte keine andere als Agnese.«

»Das hat sie dir gesagt?«, fragte Matelda.

Nicolina nickte. »Bisnonna Netta hat Nonna alles erzählt, und sie hat es mir erzählt.«

»Ich bin froh, dass ihr miteinander geredet habt.« Matelda freute sich, dass ihre Tochter ihrer Großmutter nahegestanden hatte. »Um 1949 begann Speranza, wieder Edelsteine zu schleifen. Er und mein Großvater haben sogar bei einigen Projekten für die Kirche zusammengearbeitet. Speranza gehörte zur Familie. Ich weiß noch, dass wir uns mal mit ihm in Venedig getroffen haben.«

»Wie war er denn so?«

»Ich war ein Teenager und habe nicht sehr auf ihn geachtet. Mitte der Fünfzigerjahre war unser kleines Land plötzlich in der ganzen Welt beliebt. Italien hatte die Ferragamos, die Filmstars, die Agnellis und die Kurzhaarfrisuren. Mit sechzehn wollte ich nur eines sein – älter. Ich wollte mich ins Straßencafé setzen, Espresso trinken und eine Zigarette rauchen. Natürlich konnte ich nicht rauchen – mein Vater hätte einen Anfall bekommen –, aber den Espresso und die entsprechende Haltung hatte ich.«

Venedig
1956

Silvio Cabrelli fuhr über den Ponte della Libertà nach Venedig hinein. Die Stadt schien in Silberlamé gehüllt und glänzte so hell in der Sonne, dass Matelda neben ihm die Augen zusammenkneifen musste. Das Wasser in den Kanälen war so still, als wäre es aus grünem Marmor.

»Papa, kann ich einen Espresso trinken gehen?« Matelda war schlank und groß und trug die Haare kurz wie der Filmstar Gina Lollobrigida, die den neuen »italienischen Schnitt« bekannt gemacht hatte.

Silvio kurvte durch die Seitenstraßen, bis er einen Parkplatz vor der Bank gefunden hatte. »Zuerst das Geschäft. Du wartest hier. Und dann bringe ich dich zu deinem Café.«

»Aber du brauchst mich doch nicht, Papa.«

Er lächelte. »Na geh schon.« Silvio hütete sich, mit einem sechzehnjährigen Teenager zu diskutieren.

Er beobachtete Matelda, wie sie die Straße überquerte, sich an einen Cafétisch unter einer Markise setzte und die Sonnenbrille vom Kopf auf die Nase schob.

Die Jungen wollen alt sein, und die Alten wollen sterben, dachte Silvio bei sich.

In diesem Moment hielt Emos mit dem alten Fiat vor der Bank und half Speranza beim Aussteigen.

»Silvio?« Speranza ging die Stufen hinauf und begrüßte Cabrellis Schwiegersohn. Sie umarmten sich. »Wie geht es meinem alten Freund Cabrelli?«

»Pietro hat meine Schwiegermutter zu ihrer Schwester nach Sestri Levante gefahren. Ich soll Ihnen ausrichten, er wäre lieber hier.«

»Er ist ein geduldiger Mann«, sagte Speranza lachend.

Silvio und Speranza gingen in die Bank. Der Manager führte sie in den Tresorraum und öffnete ein Schließfach. Speranza hob die Samtrolle aus dem Fach, legte sie vorsichtig auf den Tisch und enthüllte den Rubin im Peruzzi-Schliff. Das Licht im Raum war schwach, ließ aber alle Facetten des schimmernden Steins aufleuchten.

»Ein Taubenblutrubin aus Karur. Der Beste, den es gibt.« Speranza betrachtete den Stein mit der Lupe und reichte sie an Silvio weiter. »Ihr Schwiegervater war mit mir in Indien. Das ist der letzte Stein, den ich vor dem Krieg geschliffen habe.«

Silvio gab Speranza einen Umschlag, der das Geld für den Rubin enthielt.

»Danke«, sagte Speranza und schob den Edelstein zurück in die Samthülle. »Ich wusste lange nicht, was ich mit dem Stein machen sollte. Nun ist er meine Rente geworden.« Er übergab Silvio den Rubin.

»Mein Schwiegervater dankt Ihnen. Er hat große Pläne damit.«

»Cabrelli hat immer große Pläne. Aber im Gegensatz zu anderen Träumern setzt er seine Visionen um. Er vollendet, was er begonnen hat. Ein wahrer Künstler.«

»Genau das sagt er auch über Sie, Signore. Wie sehen Ihre Pläne aus?«

»Jetzt, wo ich reich bin? Ich werde meiner Familie eine Zukunft bieten. Agnese stand ihrem Bruder in Amerika sehr nahe, und er hat vier Töchter. Ich würde ihnen gern etwas hinterlassen.« Speranza lächelte. »Das hätte Agnese gefallen.«

»Das Leben ist eine Liste, Emos«, sagte Speranza auf der Rückfahrt zum Bauernhof. »Du hakst nacheinander ab, was du tun willst und tun musst, und irgendwann erreichst du das Ende der Liste. Dann gibt es nichts mehr zu tun, man ist fertig, und es ist Zeit zu sterben.«

»Sie sind heute müde, Signore. Das ist alles.«

Die Sonne ging unter. Emos schaltete die Scheinwerfer des alten Fiat ein, während sie auf kurvenreichen Landstraßen durch Venetien fuhren. Felder säumten die Straße in sanften blauen Wellen.

»Fahr langsamer, Emos. Die Straßen sind furchtbar.«

»Verzeihung, Signore.«

»Wir haben keinen Grund zur Eile. Die Nachricht kommt nicht vor uns an.«

»Ich werde Sie nicht tun lassen, was Sie tun wollen.«

»Es ist mein Geld, Emos.«

»Aber wir sind nicht Ihre Familie.«

»Aber ihr behandelt mich so«, beharrte Speranza.

»Es muss doch irgendwo einen Cousin oder anderen Verwandten geben.«

»Ich habe heute Mittag Geld an Agneses Nichten überwiesen. Der Rest geht an dich und Eva. Ich habe den Hof und alles, was dazugehört, auf dich übertragen. Kopien der Urkunde liegen in der Anwaltskanzlei in Treviso und in meiner Nachttischschublade.«

»Ich kann Ihre Geschenke nicht annehmen. Sie haben schon so viel getan, haben mir Arbeit und Wohnung gegeben. Meiner Familie geht es gut. Wir haben genug. Sie könnten den Hof mit mir als Verwalter verkaufen«, schlug Emos vor.

»Agnese wollte, dass du ihn bekommst. Du musst ihren Wunsch respektieren.«

»Ich danke Ihnen, Signore. Es ist so schön hier, dass ich meine äthiopische Heimat fast vergessen habe.«

»Das bedeutet, dass du dein neues Land liebst. Wenn ein Einwanderer sein neues Land liebt, verändert er es zum Besseren.« Speranza lehnte sich zurück. »Vielleicht holst du deine Familie her, wenn ich nicht mehr da bin.«

»Das würde Eva gefallen. Gibt es einen Ort, an dem Sie gerne Urlaub machen würden? An den ich Sie bringen kann?«, fragte Emos. »Den Strand von Rimini? Ich kann Sie auch nach Viareggio fahren.«

»Es gibt keinen Ort, an den ich möchte, aber Orte, die ich nie wiedersehen will.«

»Venedig?«

»Berlin. Wir saßen zu viert in einem kleinen Büro. Ein Architekt, ein Professor, ein Mathematiker und ich, der Edelsteinschleifer. Wir schliefen, arbeiteten und aßen in diesem Büro. Wir haben aus Edelsteinen Uhrlager gefertigt.«

»Für die Geliebten der Generäle? Oder deren Ehefrauen?«

»Für die Bomben. Ich versuche nicht daran zu denken, wo die Bomben mit meinen Zeitzündern gelandet sind, wie viele Menschen sie getötet und wie viele Häuser sie zerstört haben. Aber wie ich die Nazis kenne, haben sie meist ihr Ziel getroffen. Während ich die Steine schliff, habe ich meine Arbeit vor mir gerechtfertigt, indem ich mir gesagt habe, dass ich mir Zeit verschaffe und näher ans Wiedersehen mit Agnese heranrücke. Natürlich war das reiner Selbstbetrug. Man kann sich die Zeit nicht zurückkaufen, die einem gestohlen wurde.«

Im Morgengrauen krähte der Hahn auf Speranzas Hof. Emos hatte bereits die Kuh gemolken, den Rahm abgeschöpft und den sauberen Eimer ins Brunnenhaus gestellt. Nun wartete das Frühstück, das Eva für ihn vorbereitet hatte. Plötzlich spürte er einen Schmerz in der Brust und blieb stehen, legte die Hand aufs Herz und horchte. Der Schmerz ließ nach. Er schaute zum Wohnhaus und war überrascht, dass alle Lichter brannten. Speranza sparte Strom, weshalb ihn der Anblick des hell erleuchteten Hauses beunruhigte.

Er stieß die Haustür auf und fand Speranza zusammengesunken in seinem Sessel, ein Buch im Schoß. »Signore, Signore.« Emos versuchte vergeblich, ihn zu wecken. Speranza war nicht mehr am Leben.

Emos nahm behutsam das Buch von seinem Schoß und legte es auf den Beistelltisch, die Seite aufgeschlagen, die er zuletzt gelesen hatte. Er holte die Bettdecke aus dem Schlafzimmer, hob Speranza aufs Sofa und bettete ihn auf die Kissen. Dann deckte er den besten Menschen, den er je gekannt hatte, mit der Decke zu, die nun als Leichentuch diente.

Der ehemalige Schuhputzer, jetzt erfolgreicher Bauer, der in Treviso Milch, Butter und Sahne verkaufte, setzte sich neben den Leichnam und nahm das Buch vom Tisch. Auf dem Vorsatzblatt befand sich ein Exlibris mit der Aufschrift *Dies gehört Agnese Speranza*. Emos' Blick fiel auf die letzten Worte, die Speranza vor seinem Tod gelesen hatte.

Du sollst erkennen, dass diese ganze Sache nur ein großes Abenteuer ist.
Eine schöne Vorstellung. Der Trick besteht darin, mitzuspielen und das Spiel gleichzeitig von außen zu betrachten.
… Je mehr Arten von Menschen du siehst, je mehr Dinge du tust und je mehr Dinge dir passieren, desto reicher wirst du. Selbst wenn es keine angenehmen Dinge sind. So ist das Leben …

Emos legte das Lesebändchen hinein, damit er die Passage aus Edna Ferbers Roman *So Big* nicht vergaß. Er war nicht dabei gewesen, als Speranza seinen letzten Atemzug tat, doch es tröstete ihn, die Worte zu kennen, die sein Freund gelesen hatte, als der Augenblick gekommen war. Emos kniete sich neben Speranzas Leichnam und flehte Gott an, den guten Mann im Himmel willkommen zu heißen.

Eva trat in die Tür und gesellte sich zu ihrem Mann.

Emos hob innerhalb von vierundzwanzig Stunden nach Speranzas Tod ein Grab auf dem Feld oberhalb des Hofes aus, wie es der jüdische Brauch verlangte. Eva und die Kinder bedeckten die weiche schwarze Erde mit frischen Zypressenzweigen, bis nur noch Grün zu sehen war.

Emos stellte den Stein auf, den er selbst behauen hatte, und schaute zum Himmel. »Signore, ich bin kein Steinmetz, aber ich hoffe, er gefällt Ihnen.«

ROMEO SPERANZA
Ehemann von Agnese
Edelsteinschleifer aus Venedig
1889–1956

Kapitel 37

Zu Hause
Jetzt

Anina schob Mateldas Rollstuhl über den Pier, die Planken knarrten unter den Rädern. Olimpio ging neben ihnen her. Die Meeresbrise umwehte sie, und die Sonne tauchte den Ort in mandarinenfarbenes Licht.

»Ich glaube nicht, dass der Himmel und das Meer in meinem Leben auch nur zweimal gleich ausgesehen haben«, sagte Matelda. »Sie sind immer wieder neu.«

»Ist dir warm genug?«, fragte Olimpio.

»Ich habe mehr Decken auf mir als meine Mutter auf den Bottichen, in denen der Teig fürs Osterbrot aufging.« Die Erinnerung, wie sie den Teig geknetet, in Bottiche gefüllt und Backpapier und Berge von Decken darauf getürmt hatte, bevor die Bottiche an ein sonniges Fenster gestellt wurden, war für Matelda untrennbar mit ihrer Mutter Domenica verbunden. »Ich vermisse meine Mutter noch immer. Ist das nicht komisch? Man vergisst vieles, aber nie seine Mutter.«

»Vielleicht ist sie alles, woran du dich erinnern musst«, sagte Olimpio leise und dachte an seine eigene Mutter Marianna.

»Hat deine Mutter mich gemocht? Du kannst es mir jetzt sagen. Sie sind alle tot«, neckte Matelda ihren Mann.

»Meine Mutter fand, dass du ein schönes Mädchen warst.« Olimpio streichelte Mateldas Haar. »Sie hielt dich für derb, schätzte aber deine Ehrlichkeit. Meistens jedenfalls.«

»Darauf möchte ich wetten.«

»Nonna, möchtest du Wasser?«

»Also wirklich, Anina. Ich sitze bis zu den Kiemen im Wasser.«

Aninas Gesicht fiel in sich zusammen. Matelda sagte in sanfterem Ton: »Aber die Trinkerei hat auch was für sich. Es geht mir besser.«

»Meinst du, du bist bereit für die Weltreise?«

»Vielleicht«, sagte Matelda augenzwinkernd. »Wohin willst du denn?«

»Überallhin.«

»Du wirst hart arbeiten müssen.«

»Das tue ich, nicht wahr, Nonno?«

»Du machst das sehr gut. Du kannst überall in die Lehre gehen.«

»Besser, sie lernt bei Cabrelli«, sagte Matelda. »Ich hoffe, dass meine Familie das Geschäft weiterführt, wenn wir nicht mehr da sind.«

»Ich bin die vierte Generation. Mach dir keine Sorgen um die Zukunft, Nonna«, versicherte Anina.

»Ich mache mir ständig Sorgen.«

»Mit gutem Grund. Ein Familienunternehmen ist immer in Gefahr«, warf Olimpio ein. »Es kann jeden Tag untergehen. Sein Erfolg hängt davon ab, wie oft am Tag die Kasse klingelt. Aber ich will nicht, dass du darüber nachdenkst, Liebes. Du sollst dich entspannen.« Olimpio küsste Matelda.

»Ich will Schleifen lernen.« Anina sah ihren Großvater an.

»Du willst selbst Edelsteine schleifen?«

»Ja, Nonno. Meinst du, ich schaffe das?«

»Natürlich schaffst du das«, unterbrach sie Matelda. »Das sage ich dir doch seit Jahren.«

»Es dauert sieben Jahre, bis man die Schleifscheibe beherrscht«, gab Olimpio zu bedenken.

»Diese sieben Jahre schenke ich Cabrelli gern.«

Olimpio legte seine Hand auf ihre und ergriff mit der anderen Mateldas. »Dann sind wir im Geschäft, Anina.«

»Huhu, Matelda?« Ida Casciacarro trat aus dem Aufzug und schaute sich in der Wohnung um. Der Raum war so hell, dass sie die Sonnenbrille aufbehielt.

»Sie ist auf der Terrasse, Signora«, rief Anina.

Ida steckte den Kopf in die Küche. »Wie geht es ihr?«

»Sie wird immer kräftiger.«

»Gott sei Dank!« Sie reichte Anina eine kleine Tüte. »Sesamkekse. Die habe ich selbst gebacken. Sie sind noch warm. Was ihr heute nicht esst, könnt ihr einfrieren.«

Ida setzte sich zu Matelda auf die Terrasse. »Du siehst gut aus.«

»Nein, tue ich nicht.«

»Du hast abgenommen.«

»Ein bisschen. Aber das macht nichts. Am Ende sind alle dünn. Und wozu ist es dann noch gut?«

»Eben«, lachte Ida. »Die Sonne hilft, oder? Die Heilerin am Himmel.«

»Wo ist meine Familie?«, flüsterte Matelda.

»Keine Sorge, sie können dich nicht hören.«

»Es geht bergab, Ida. Das Ende ist nah.«

»Woher weißt du das?«

»Ich kann die Kugeln in der Plastikdose nicht mehr mit meinem Atem bewegen.«

»Die Atemmaschine«, lachte Ida.

»Wie auch immer das heißt. Die Kugeln bleiben auf dem Boden liegen, als wären sie aus Blei.«

»Ich hasse diese Dinger.« Ida setzte sich. »Wer will in unserem Alter noch Atemspielchen spielen?«

»Wie geht's deinem Enkel?«

»Lorenzo hat sich schon wieder ein neues Tattoo stechen lassen, weil er ein halbes Jahr trocken ist. Ihm gehen allmählich die Gliedmaßen aus. Kannst du dich daran erinnern, dass wir als Kinder in Viareggio je einen Betrunkenen gesehen hätten? Nein! Was ist nur mit meiner Familie los? Gott sei Dank sind die Metriones tot, denn die Casciacarros sind auf die schiefe Bahn geraten.«

»Mach dir keine Sorgen um ihn, Ida. Er hat aufgehört zu trinken. Er ist stark. Ihr seid eine gute Familie.«

»Nicht gut genug.« Ida gestikulierte mit der Hand.

Matelda lachte und musste husten. »Deine Familie hat schon Schlimmeres erlebt.«

»Ich weiß. Das ist es ja – sie sehen Schlimmeres und tun darum Schlimmeres.«

»Anina hat die Hochzeit abgesagt.«

»Das habe ich gehört. Kluges Mädchen. Sie kann in die Zukunft schauen. Vielleicht sollte sie Tarotkarten legen, statt Edelsteine zu schleifen. Sie macht es jedenfalls richtig. Grenzen ziehen, solange die Männer jung sind. Mit vierzig bringt man denen nichts mehr bei.«

»Wir treiben Männer durch die Midlife-Crisis, und zehn Jahre später brauchen sie eine Pille, um den Zug wieder in Gang zu bringen.«

Die alten Freundinnen lachten.

»Ich möchte, dass du gesund wirst, Picci.«

»Das liegt nicht in meiner Hand. Gottes Wille geschehe.«

»Gottes Wille«, wiederholte Ida. »Meine Mutter war dankbar, weil sie vor ihrem Tod noch Zeit zum Nachdenken hatte.«

»Deine Mutter hatte recht. Zeit ist ein großes Geschenk. Ich habe mich mein Leben lang vor dem Tod gefürchtet. Nicht vor meinem eigenen, sondern dem meiner Kinder, meiner Eltern und Freunde. Man kann sich nicht auf den Tod vorbereiten, außer man stirbt selbst.«

»Bist du sicher, dass du stirbst?« Ida sah Matelda in die Augen. »Du siehst nicht danach aus. Ich höre nicht dieses Rasseln. Ich sehe keine Anzeichen.«

»Ich weiß nicht, wann er kommt, Ida, aber er kommt näher.«

Ida beugte sich vor. »Wünschst du dir irgendetwas? Kann ich dir etwas besorgen?«

»Ich habe alles, was ich brauche. Ich bin zu Hause. Ich habe einen schönen Rollstuhl, der ist besser als ein Maserati. Er hält mich genau hier, wo ich hingehöre. Das Meer ist meine Rettung. Es war mein ständiger Begleiter, es hat mich bei Verstand gehalten. Ich komme hier raus und rede mit Gott. Das habe ich mein ganzes Leben lang getan. Was für ein Glück ich doch habe. Ich bin in diesem Haus aufgewachsen, habe meine Familie hier großgezogen und werde hier sterben.« Matelda seufzte. »Sie machen so viel Aufhebens um mich.«

»Lass sie doch. Irgendwann stellt man fest, dass man jedem Menschen, der sich um einen kümmert, früher die Windeln gewechselt hat. Darum lass sie, wenn sie dir Kekse holen oder dir beim Baden helfen wollen. Solange sie dich nicht fallen lassen.« Sie sah auf die Uhr. »Ich muss los. Arzttermin.«

»Was hast du denn?«

»Die Füße. Meine Zehen sehen aus, als würde ich den Schuhkarton anstelle der Schuhe tragen. Sie sind das Einzige, was mit mir nicht stimmt, aber Füße sind wichtig. Man braucht sie, um sich fortzubewegen.« Ida umarmte sie. »Mach deine Übungen. Die Lunge ist auch wichtig. Du brauchst sie zum Atmen. Ich komme morgen wieder.«

»So bald?«

»Ich habe doch sonst nichts zu tun.«

Matelda hörte, wie Ida sich drinnen mit Anina unterhielt. Sie atmete kurz und dann noch einmal. Sie musste husten, schob die Hände unter die Decke und hob das Gesicht zur Sonne. Ida Metrione Casciacarro war eine gute Freundin. Die Zeit mit ihr war nie verschwendet. Sie hatten ehrenamtlich für die Kirche gearbeitet und Besucher durch die Villa Puccini geführt. Sie waren zusammen essen gegangen und, wenn Ida danach war, gemeinsam durch den Ort spaziert. Sie hielten sich auf dem Laufenden, aber vor allem half Ida ihr, sich zu erinnern. Freundinnen schenken einander viel: Geschichte. Einfühlungsvermögen. Ehrlichkeit. Glücklich die Frau, die eine Kindheitsfreundin behielt, weil diese sich daran erinnerte, wie man ausgesehen hatte, wer man gewesen war, aus welcher Familie man stammte. Glücklich die Frau, die mit zehn Jahren eine Freundin fand, in einem Alter, in dem Mädchen mutig und voller Fragen waren und genügend Zeit und Elan besaßen, um nach Antworten zu suchen. Diese Freundin wusste, wer man wirklich war. Sie hatte in deine Seele geschaut.

Nicolina kam zu ihrer Mutter ins Schlafzimmer. Sie stellte ein Tablett mit einer Tasse Kamillentee und ein paar von Idas Keksen auf die Kommode und trat neben Mateldas Bett. »Ich habe Anina heute Abend freigegeben.«

»Glaubst du, sie trifft sich mit Paolo?«

»Ich traue mich nicht zu fragen.«

»Mach dir keine Sorgen um sie.«

»Ich mache mir nichts als Sorgen«, gestand Nicolina.

»Lass es. Davon bekommst du Falten. Außerdem tut Anina ohnehin, was sie will. Sie folgt ihrem Herzen und hat einen guten Orientierungssinn, wie mir scheint. Wenn sie begreift, dass sie die Antworten schon kennt, braucht sie Paolo nicht mehr, um glücklich zu sein. Sie wird sich entscheiden, Künstlerin zu werden.«

»So funktioniert das also?« Nicolina lächelte.

»Ja. Bis ans Ende der Zeit.«

Nicolina zog den Tisch näher ans Bett und stellte das Tablett darauf ab.

»Das ist also deine Schicht?«

»Ja, Mama. Wie mache ich mich? Ich bin ja keine Krankenschwester.«

Nicolina strich die Decke glatt und schüttelte die Kissen auf. Dann reichte sie ihrer Mutter den Tee.

»Das liegt in den Genen. Die Medizin hat meine Generation übersprungen, aber ich dachte, du würdest einen derartigen Beruf ergreifen. Erinnerst du dich an dein Puppenkrankenhaus?«

»Das waren nur Puppen, Mama. Es gab kein Blut. Soll ich das Kopfteil höherstellen?«

»Ist schon gut. Du sollst mich nicht bedienen.«

»Ich mache das gern. Du hast dich mein Leben lang um mich gekümmert; es ist das Mindeste, was ich tun kann.«

»Du warst eine wunderbare Tochter. Und bist eine gute Mutter.«

Nicolina wandte sich ab und wischte sich mit dem Ärmel die Tränen ab. »Ich danke dir.«

»Nicht weinen«, sagte Matelda.

»Zu spät. Ich habe fünfundzwanzig Jahre darauf gewartet, dass du mir das sagst, Mama.«

»Du hättest mich fragen sollen. Wer wartet schon auf Komplimente? Frag danach. Dann nimm sie an. Und wenn du das tust, wird dir klar, dass du die Wahrheit schon immer wusstest und gar nicht auf die Meinung der anderen angewiesen bist. Niemand muss dir sagen, dass du gute Arbeit geleistet hast.«

Nicolina lachte unter Tränen. »Weißt du was? Du hast recht.«

»Gibt es irgendwas, was du wolltest und nicht bekommen hast?«

»Nichts. Mama, ich habe darüber nachgedacht, wie reich wir sind. Ich meine nicht das Geschäft, sondern die wichtigen Dinge. Deine Eltern haben bei uns gewohnt. Und ich habe meine Urgroßeltern gut gekannt.«

»War das nicht lustig? Als ich ein Mädchen war, kam Nonna Vera im Sommer zu Besuch und ist mit Nino und mir oft an den Strand gegangen. Sie packte Brote mit Schinken und Butter ein, die waren so zart und lecker, und sie schnitt sie in verschiedene Formen. Kreise, Dreiecke und Fische. Die Limonade kühlte sie, indem sie sie in ein schwarzes Baumwolltuch wickelte.«

»Nonna Domenica hat mir das Nähen beigebracht.«

»Stimmt. Du solltest die Maschine mal wieder rausholen!«

»Das könnte ich wirklich.«

»Ich hoffe, all diese Geschichten gehen nicht verloren. Von Frauen wie Vera. Meine Mutter hat Vera geliebt, also liebte ich sie auch. Sie war was Besonderes, meine Extra-Großmutter. Vera Vietro Salerno, Silvios Mutter. Die wunderbare Schwiegermutter meiner Mutter. Niemand redet mehr von ihr. Es ist so traurig. Die Namen gehen verloren und werden vergessen. Große Frauen aus unserer Familiengeschichte, die man nicht mehr kennt. Vera war ein paar Jahre jünger als meine Großmutter Netta. Sie hatte eine Menge Elan. Aber weißt du, was ich am meisten an ihr geliebt habe? Sie war ihr Leben lang misshandelt worden und dennoch nicht verbittert. Sie wollte anderen helfen und sich nützlich machen. Sie hat immer gelächelt.« Matelda stellte die Teetasse auf den Tisch.

»Ich werde mich an sie erinnern, Mama. Ich werde ihre Geschichte erzählen. Und die von Bisnonna Netta. Und die von Nonna Domenica. Und sogar deine. Brauchst du eine Freundin?«

»Das wäre schön.«

Nicolina kletterte aufs Bett und nahm ihre Mutter in den Arm. »Komm, Mama, wir erinnern uns an deine besten Gerichte.«

»Ich war eine gute Köchin.«

»Es gab keine bessere.«

»Sag das nicht Ida. Sie ist ein bisschen zu ehrgeizig.«

»Deine Pastina sind das erste Essen, an das ich mich bewusst erinnere. Und die harten Biscotti, die du für Matteo und mich gebacken hast, als wir Zähne bekamen. Danach musste Ida sie machen, weil wir sie so gerne mochten. Die Tortellini. Die Cannelloni. Das gebratene Huhn mit Salbei und die Kartoffeln, die es dazu gab.«

»Haben dir meine Ravioli nicht geschmeckt?«

»Ich fand sie toll.«

»Das dachte ich mir. Es ist so schwer, seine Kinder glücklich zu machen. Das geht nur übers Essen.«

»Dich als Mutter zu haben, hat mich glücklich gemacht. Du weißt, dass ich dich liebe, Mama.«

»Ich liebe dich auch, Piccianina.« Es war Jahre her, dass Matelda ihre Tochter mit dem Spitznamen angesprochen hatte, der auch ihr eigener gewesen war.

»Ich hätte keine andere Mutter gewollt.«

»Ab und an vielleicht schon.« Matelda lächelte und schloss die Augen. »Und es wäre völlig verständlich gewesen. Ich bin eben nicht einfach.«

Anina schaltete die Arbeitslampe mit dem hellen Lichtstrahl ein. Sie war allein in der Werkstatt. Es war Abend geworden, doch sie bemerkte es nicht. Sie schaute nicht auf die Uhr, denn ihr war egal, wie lange es dauerte. Sie hörte Gelächter und Stimmen von der Straße, als die jungen Leute in die Clubs gingen. Sie blickte auf und lächelte bei sich. Das hatte sie früher auch gemacht. Bald verstummten die Autohupen und Stimmen, und sie konzentrierte sich ganz auf die vor ihr liegende Aufgabe.

Anina setzte die Schutzbrille auf und drückte den Schalter der Schleifscheibe. Sie tippte leicht mit dem Fuß aufs Pedal, um das Rad anzutreiben, und legte den Kopf schief, um zu hören, wann es die richtige Geschwindigkeit erreichte.

Sie nahm einen pfirsichfarbenen Quarzsplitter und hielt ihn an die raue Kante der Scheibe. Er hüpfte ihr aus der Hand. Sie schaltete die Maschine aus und suchte auf Knien nach dem Stein. Sie entdeckte ihn in einem Spalt zwischen den Dielen und hielt ihn ans Licht.

Sie hörte die Stimme ihres Großvaters im Kopf, untersuchte den Quarz und drehte ihn, um den Kraftpunkt zu finden. Sie justierte die Lampe und startete die Maschine erneut. Der Stein fühlte sich schwer an, als sie ihn gegen die Scheibe neigte und langsam über den Rand der Schleifscheibe führte. Sie hielt ihn sanft und bewegte ihn leicht, um eine Kante zu erzeugen. Sie hörte die Musik des Schleifens, als sich das Rad schneller drehte und die Töne eine Oktave stiegen. Anina hielt den Atem an, als der Quarz in ihrer Hand eckig wurde.

Der Stein, den sie mit eigenen Händen geschliffen hatte, wies eine glatte Oberfläche ohne Risse oder Sprünge auf. Anina hielt das Rad an und betrachtete den Stein. Der Quarz nahm das Licht auf. Beim Schleifen ging es nur ums Licht. *Ja,* sagte Anina zu sich selbst, *ja*.

Anina saß mit ihrer Großmutter auf der Terrasse. »Das ist die schönste Aussicht in Viareggio«, verkündete sie.

»Das finde ich auch. Aber auch die einzige, die ich je gekannt habe. Vielleicht haben die Figliolos eine bessere.«

»Mag sein.« Anina zog den Stuhl näher heran.

»Ich habe Angst, Anina.«

»Hast du Schmerzen?«

»Mir geht es gut, solange ich mich nicht bewege.«

»Dann lass es. Hast du Angst vor dem Tod?«

»Nein. Überhaupt nicht. Man hat uns versprochen, dass das Leben nach dem Tod jenseits aller Vorstellungskraft ist. Ich freue mich darauf. Aber ich fürchte, ich werde John McVicars nicht wiedererkennen, wenn ich ihm im Himmel begegne.«

»Vielleicht erkennst du ihn nicht, er dich aber bestimmt.«

»Das ist wirklich weise.« Matelda nickte. »Die Frau mit dem Tattoo weiß etwas über das Leben nach dem Tod?«

»Das war gemein, Nonna.« Anina nahm die Hand ihrer Großmutter und drückte sie liebevoll. »Ich will doch nur helfen.«

»Tut mir leid. Ich sage, was ich denke, und die Hälfte der Zeit ist es Quatsch.«

»Es ist dein Sinn für Humor. Du brauchst dich nicht zu entschuldigen.«

»Mein Humor ist so trocken wie das Paniermehl in deinen Fleischbällchen. Aber das kommt eben vor, wenn man älter wird. Man verliert die Geduld und ersetzt sie durch Sarkasmus. Ich kann nicht anders. Ich sehe mich um, und was ich sehe, ist dumm. Das wirst du schon noch merken, wenn du in mein Alter kommst. Dann wird es Zeit zu gehen.« Matelda atmete in kurzen Stößen. »Hast du von Paolo gehört?«

»Er will mich zurück.«

»Und nimmst du ihn zurück?«

»Die Ulianas sind gute Menschen. Ein bisschen anstrengend. Seine Mutter schickt mir Nachrichten und fragt, wie es mir geht. Es sei ihr egal, ob ich zu ihrem Sohn zurückkehre oder nicht. Sie liebe mich so oder so.«

»Wen kümmert, was sie denkt?«

»Du hast gesagt: ›Du heiratest die Familie.‹ Das hätte ich mir eintätowieren lassen sollen.«

»Keine weiteren Tattoos! Es war nicht so gemeint. Du heiratest den Mann. Ich wollte dich nur dazu bringen, mit dem Kopf statt mit dem Herzen zu denken. Kann ich es zurücknehmen?«

»Du kannst tun, was du willst, Nonna.«

»Wenn Paolo dir das Gefühl gibt, dass alles möglich ist, dann heirate ihn. Wenn du glaubst, dass du alles für ihn möglich machen musst, heirate ihn nicht. Eine Frau weiß Hilfe zu schätzen, aber ein Mann muss glauben, dass er alles allein geschafft hat. Es ist lächerlich, aber wahr.« Matelda schirmte die Augen vor der untergehenden Sonne ab. »Haben wir noch Prosecco im Kühlschrank?«

»Möchtest du welchen?«

Matelda nickte. Anina ging in die Küche, öffnete die Flasche und schenkte zwei Gläser ein. Sie hatte sich entschieden, was Paolo betraf. Es ging nicht um das, was er getan, sondern um das, was er nicht getan hatte. Er hatte sich nicht für ihre Träume interessiert. Es war immer ratsam, auf ihre Großmutter zu hören.

Anina gab Matelda ein Glas Prosecco und stieß mit ihr an.

»Nein, nein, wir trinken auf dich«, sagte Matelda und hob ihr Glas. »Scheiß auf Paolo Uliana.«

»Nonna!«

»Hör zu. Liebe dich selbst. Das ist das größte Abenteuer. Wenn du dich selbst liebst, willst du deine Bestimmung finden, etwas, das nur du in nur dieser Art und Weise tun kannst. Erschaffe Dinge. Sei kreativ. Und wenn ein Mann dazukommt – und glaub mir, das wird passieren –, fängt die Beziehung schon gut an, weil ihr beide dieselbe Person liebt. *Dich*. Der Glückliche.«

In der Ferne läuteten die Kirchenglocken. Matelda summte die Melodie mit.

Nicolina bereitete in der Küche das Frühstück für ihre Mutter vor, stellte alles auf ein Tablett und trug es auf die Terrasse. »Ich vermisse die Glocken in Lucca nicht. Jede Stunde ist eine zu viel«, sagte Nicolina. »Mama, heute kommt Matteo.«

»Schon wieder?«

»Ja. Er möchte so viel wie möglich von dir haben.«

Olimpio kam mit der Moka Express nach draußen und schenkte seiner Frau einen Espresso ein.

»Iss was«, sagte Matelda und schob ihm das Tablett hin.

»Ich habe schon gefrühstückt.« Olimpio schob es sanft zurück.

»Mir ist nicht danach.«

»Ich kann dir ein Ei machen, Mama. Willst du ein Ei?«, fragte Nicolina.

Olimpio hielt Mateldas Hand. »Sie ist eiskalt. Hol bitte eine Decke.«

»Mir ist nicht kalt.« Matelda beobachtete die Möwen, die in der Ferne über dem Strand kreisten.

Sie war ruhig. Der Priester hatte ihr die Kommunion gebracht, sie hatte gebeichtet, und er hatte ihr die Krankensalbung angeboten, die sie freudig angenommen hatte. Besser war besser. Nichts sollte sie in der Stunde ihres Todes daran hindern, das Antlitz Gottes zu erblicken. Ihr Gewissen war geradezu beschwingt. Sie hatte für alles Böse, das sie getan hatte, um Vergebung gebeten. Sie hatte keine Zeit vergeudet. Das taten Frauen ohnehin selten. Sie quetschten jeden Augenblick des Tages aus, um anderen zu dienen. Aber was war mit dem Guten, das nicht getan wurde? War sie gut genug gewesen? Hatte sie genug getan? Sie bekam keine Antwort, aber das war nicht mehr ihr Problem. Ihr letzter Wunsch war, die Welt in einem Zustand der Gnade zu verlassen. *Sein Wille geschehe* wäre ihre Erlösung. Matelda holte tief Luft und hustete nicht. Ihre Lungen öffneten sich wie ein Blasebalg für die Seeluft.

Nicolina kam mit der Decke zurück, Anina war bei ihr.

»Ist das nicht schön?« Matelda schaute aufs turmalinblaue Meer. Sie hatte darauf gewartet, dass der Frühling zurückkehrte und mit ihm die Farben, und wie durch ein Wunder war es geschehen. Obwohl sie die Füße nicht in den Sand bohrte, spürte sie, wie sie in pudriger Glückseligkeit versank, als Meerwasser zwischen ihren Zehen emporquoll, den Sand durchnässte und Pfützen bildete, die ihre Fußsohlen kühlten. Kleine rosa Fische scharten sich um ihre Füße und knabberten an den Zehen. Fern am Horizont wiesen korallenrote Wolkenschwaden den Weg zur Sonne. Matelda schaute auf den weißen Ufersaum, als sie ihre Mutter am Strand entdeckte. Sie setzte sich im Rollstuhl auf, sah ein kleines Mädchen auf ihre Mutter zulaufen. Sie erkannte das Mädchen. »*Domenica! Meine Domenica*«, flüsterte sie.

Dann hörte sie das Gebrüll eines Elefanten, oder waren es

die Trompeten der Engel oder eine Melodie von Puccini? Was auch immer es war, es klang lieblich.

Nicolina folgte dem Blick ihrer Mutter und sah zum Strand. »Siehst du etwas, Mama?«

»Sie hat *Domenica* gesagt. Was meinst du, Nonna?«, fragte Anina.

Matelda hörte sie nicht. Als sie begann, die Welt zu verlassen, verwandelten sich Stimmen und Worte in eine unbekannte Sprache. Alle Teile ihres Wesens falteten sich ineinander, bis sich ihre Seele aus dem Körper erhob. Sie spürte, wie sie zu Facetten aus Licht wurde, hellsten weißen Sonnenstrahlen, in tiefstes Blau gefasst.

Matteo stürzte auf die Terrasse. »Mama!« Er beugte sich vor und küsste sie.

»Ich bin's. Dein Matteo«, sagte er laut, dann schaute er seinen Vater, seine Schwester und seine Nichte verzweifelt an. »Etwas stimmt nicht mit ihr. Ruft den Arzt!« Als sein Vater nicht schnell genug reagierte, erhob sich Matteo und tastete nach seinem Handy.

Anina kniete sich vor Matelda. Das Parfüm, mit dem sie ihre Großmutter am Morgen besprüht hatte, duftete nach Gardenien. Sie vergrub das Gesicht an Mateldas Hals und flüsterte: »Es ist alles gut, Nonna. Geh zu deiner Mutter.«

Matelda atmete dreimal kurz, dann sank ihr Kopf auf die Brust. Anina stand auf.

Olimpio kniete vor seiner Frau und legte die Hände auf ihre. Dann bekreuzigte er sich.

»Was ist passiert? Tut was!« Matteo nahm ihr Handgelenk. »Geh nicht weg, Mama.« Doch da war kein Puls. Matteo wandte sich weinend ab.

Nicolina trat hinter Matelda und legte ihrer Mutter sanft die Hände auf die Schultern, als wäre sie ein Schutzengel. Sie weinte lautlos. Im hellen Sonnenlicht sah ihr Gesicht aus wie der bunt bemalte Gips der Heiligenstatuen im Innenhof von San Paolino.

Obwohl das Meer Matelda ihr Leben lang gerufen hatte, war es nur ein Lockmittel gewesen. Denn in Wahrheit wurde der Himmel über ihr das Tor zur Ewigkeit. Ihn würde sie erreichen. Ihre Seele würde durch ein Wolkentor zum Sternenhimmel steigen, wo sie ihre Mutter finden würde, den Vater, der sie großgezogen, und den Vater, den sie nie gekannt hatte.

»Fliege.« Olimpio wischte sich mit einem Taschentuch über die Augen. »Fliege.« Er küsste seine Frau zum Abschied. Anina wandte sich ab und weinte, bis das Meer, das ihre Großmutter so geliebt hatte, zu einem blauen Fleck verschwamm.

Die Glocken der Chiesa San Paolino läuteten, als Matelda McVicars Cabrelli Roffo ins Morgenlicht hinausgetragen wurde, das durch die Zweige der Zypressen schimmerte. Olimpio ging mit Mateldas Bruder Nino und dessen Frau Patrizia hinter dem Sarg, gefolgt von Mateldas Kindern und Enkelkindern. Der Frühlingstag war nicht zu warm und nicht zu kalt, genau richtig für einen Spaziergang, wie Matelda ihn geliebt hatte.

Ida Casciacarro nickte Giusto Figliolo zu. Er nahm ihren Arm und führte sie hinter dem Sarg und der Familie aus der Kirche auf die Piazza. Die Menge der Trauernden kam ihnen nach, die Kirche war dicht gefüllt gewesen.

»Ich kann nicht glauben, dass sie nicht mehr da ist«, flüsterte Ida. »Sie hat immer wieder gesagt, dass sie sterben wird; ich wollte es einfach nicht glauben.«

»Sie hat es gewusst, Ida.« Figliolo erinnerte sich an den Tag, an dem Matelda ihm einen goldenen Apfel geschenkt hatte. »Wenn wir aufpassen, erkennen wir Tag und Stunde.«

»Es war dieser Vogel. Diese fette Möwe! Der Mistkerl hat sie gezwickt und für den Tod gezeichnet. Wenn der Aberglaube sie nicht umgebracht hätte, hätten es die Bazillen getan.«

»Warst du bei einer *strega*?«

Ida schüttelte den Kopf. »Ich habe ein wenig *strega* in mir. Die Metriones dienten in Notfällen als Seherinnen. Als der Vogel sie angriff, dachte ich sofort: *Das Ende ist nah.*« Ida tupfte sich die Augen mit dem Taschentuch ab. »Ich behalte ungern recht.«

Anina drehte sich um und blickte auf die Trauergesellschaft. Paolo Uliana, der mit seinen Eltern gekommen war, hob lächelnd die Fäuste und hauchte: *Coraggio*. Sie nickte dankbar.

Der Trauerzug folgte Olimpio und der Familie zum Friedhof. Der Priester sprach ein letztes Gebet. Mateldas Familie und Freunde legten Blumen auf den Sarg.

Die Familie führte die Trauernden zur Bäckerei Ennico, wo Umberto mit Aprikosenmarmelade glasierte Cornetti und reichlich Kaffee mit Sahne bereithielt. Er hatte die Straße zugestellt mit Tischen und Stühlen, die weiß gedeckt und mit Pfingstrosen und Rosen geschmückt waren. Alles verlief so, wie die Familie es geplant hatte.

Die Terrassentüren standen offen. Beppe schlief in der Sonne. Argento, die Katze, wälzte sich unter seinem Sessel. Das türkisfarbene Meer war still. Drinnen halfen Mateldas Enkelkinder dabei, das Mittagessen vorzubereiten. Nicolina reichte ihnen das beste Porzellan und Silber ihrer Mutter. Die gebügelten Leinenservietten wurden neben den Tellern platziert. Anina arrangierte die rosafarbenen Pfingstrosen in einer Vase und stellte sie in die Mitte des Tisches.

Olimpio saß am Kopfende, während die Trauergäste sich in

der Wohnung umschauten. Ihr Zuhause war, wie es immer gewesen war, nur Matelda fehlte.

Nicolina legte ihrem Vater die Hand auf die Schulter. »Iss was, Papa.«

»Das mache ich.«

»Sollen wir anfangen?«

Olimpio nickte. Nicolina rief die Gäste an den Tisch und wies ihnen die Plätze zu.

»Typisch Matelda«, flüsterte Ida Giusto zu, als er ihr den Stuhl zurückzog. »Wir sind als Einzige nicht mit ihr verwandt.« Sie schniefte, entfaltete die steife Serviette und legte sie auf ihren Schoß.

»Ich fühle mich geehrt, hier zu sein«, sagte Giusto leise.

Bald sprach keiner mehr, weil die Gäste das köstliche Mahl genossen. Anina und Nicolina sorgten dafür, dass alle satt wurden.

»Matelda hat gelegentlich meine Tortellini gegessen, aber ich habe ihre nie probiert«, erzählte Ida. »Die sind nicht schlecht.«

»Ich habe alle Rezepte.« Nicolina lächelte, als sie Idas Wasserglas nachfüllte. »Meine Mutter hat dich und deine Kochkünste geliebt.«

Ida brach in Tränen aus und weinte in ihre Serviette. »Ich habe sie auch geliebt.«

Der Kaffee in der silbernen Kanne begann zu köcheln. Anina und Nicolina räumten das Geschirr ab und stellten Teller mit Keksen auf den Tisch. Als alle versorgt waren, trat Nicolina neben Olimpio, der am Kopfende des Tisches saß.

»Meine Mutter hat mich gebeten, euch heute in ihr Haus einzuladen. Sie hat hier gewohnt, seit sie vier Jahre alt war. Sie wurde in Dumbarton in Schottland geboren. Ihre Eltern haben am 3. Juni 1940 in Manchester geheiratet. Mama wurde acht Monate, nachdem ihr Vater Captain John Lawrie McVicars auf der *Arandora Star* starb, geboren. Meine Mutter und ihre Mutter, Domenica Cabrelli McVicars, warteten das Kriegsende im schottischen Kloster ab und kehrten dann nach Viareggio zurück. Der einzige Vater, den meine Mutter je gekannt hat, war Silvio Cabrelli, der sich ganz wunderbar um sie gekümmert hat. Silvio war Domenicas erste Liebe, und sie heirateten, als er nach Viareggio zurückkam, um für Pietro Cabrelli zu arbeiten. Mein Großvater Silvio nahm den Namen Cabrelli an, um die Tradition unseres Familienunternehmens fortzuführen. Mama liebte ihren einzigen Bruder Nino. Sie lebten glücklich in diesem Haus mit ihren Eltern, Netta und Pietro, und Silvios Mutter Vera besuchte sie jeden Sommer.«

»Das war ein Riesenspaß«, erinnerte sich Nino. »Vera war eine Wucht.«

»Ihr kennt unsere Mutter. Sie hat das Essen ausgesucht, die Blumen und die Gästeliste. Mein Bruder und ich wissen selbst nicht, wie es weitergeht, und bitten dafür schon mal um Verzeihung. Wir folgen ihren Anweisungen und werden ebenso überrascht wie ihr.«

Nicolina öffnete den Safe und nahm das Samtkästchen heraus. Darauf lag ein Umschlag. »Hier ist ein Brief – « Ihr brach die Stimme. Sie kam mit Kästchen und Umschlag an den Tisch und las den Brief vor.

Meine geliebte Familie und meine Freunde,
in diesem Kästchen ist: Geschichte. Meine Geschichte und nun auch Eure, denn Euch wird ein Stück davon gehören. Für jeden von Euch ist etwas dabei. Vielleicht gefällt Euch nicht, was ich für Euch ausgesucht habe. Mit der Zeit werdet Ihr jedoch erkennen, dass es wichtiger ist, dass ich es für Euch ausgewählt habe, als dass es Euch gefällt.

Ein Lachen ging durch den Raum. Nicolina fuhr fort:

Bevor Nicolina die Geschenke verteilt, möchte ich ihr und meinem Sohn Matteo und ihren Ehepartnern Giorgio und Rosa danken. Ich danke meinen Enkelkindern, Anina und Giacomo, Serena und Arturo. Ich danke meinem Bruder Nino und seiner Frau Patrizia und ihrer Tochter Anna. Und vor allem danke ich meinem Geliebten und Ehemann Olimpio, der mit solcher Anmut meinen ganzen Unsinn ertragen hat. Du hast uns ein gutes Leben ermöglicht und das Erbe meines Großvaters und Vaters wunderbar verwaltet.
Meine Freunde, ich danke Euch allen dafür, dass Ihr höflich wart, als ich älter wurde. Ich habe Fakten, Geschichten und Zahlen vergessen. Ein einzelner Fehler macht nicht viel aus, aber wenn man sie zusammenzählt, werden sie zu einem Erdrutsch, den man Alter nennt. Erinnert Euch inmitten der Trümmer an mich.
Bei der Auswahl dieser Schmuckstücke habe ich an Euch gedacht. Daher denkt an mich, wenn Ihr sie tragt.

Und einen dicken Kuss, Matelda
(Mama, Nonna und, für die Oldtimer, Picci)

Ida stupste Giusto an. »Sie hatte schon Klasse.«

Im Kästchen lagen kleine Umschläge, auf denen jeweils eine handschriftliche Nachricht an die Beschenkten stand. Nicolina ging um den Tisch herum und verteilte die Umschläge.

»Das ist ja wie Weihnachten«, sagte Ida, als sie ihren öffnete.

Liebe Ida,
ich habe zeitlebens eine Perlenkette getragen, die mir meine Mutter geschenkt hatte. Als sie starb, legte ich sie ab. Ich habe

sie nie gemocht. Ich bin kein Perlenmensch. Du aber schon, Ida. Du hast sie oft bewundert. Ich hoffe, Du wolltest nicht nur nett sein. Falls doch, Pech gehabt, denn Du bekommst sie jetzt.

Deine Freundin Picci

Nicolina gab ihrem Onkel die Santa-Lucia-Medaille, die Vera Vietro und Silvio Domenica geschenkt hatten, als sie Kinder waren.

»Das war doch nicht nötig«, sagte Nino.

»Sie wollte es aber, Zio Nino. Für dich, Zia Patrizia …« Nicolina reichte ihrer Tante den Ring mit den Rubinen.

»Schaut, was sie mir geschrieben hat.« Patrizia zeigte Nino den Zettel, auf dem stand: *Für meine leidgeprüfte und großartige Schwägerin.*

»Sie hat ihren Sinn für Humor nie verloren. Trocken und skurril«, meinte Nino achselzuckend.

Während die Verwandten ihre Geschenke öffneten, wich die Traurigkeit übermütiger Freude.

Die Platinbrosche mit Saphiren ging an ihre Schwiegertochter Rosa.

Die goldenen Ohrringe aus Domenicas Kindheit bekam ihre Enkelin Serena.

»Hilf mir mit dem Verschluss, Giusto.« Ida beugte sich vor, als Giusto ihr Mateldas Perlenkette umlegte.

Die Rubinmanschettenknöpfe, die Silvio selbst gefertigt und getragen hatte, gingen an ihren Enkel Giacomo.

Die goldene Taschenuhr, die Pietro Domenica geschenkt hatte, als sie nach Marseille verbannt wurde, erhielt Giusto Figliolo. Auf dem Zettel stand: *Lieber Giusto, ich hoffe, du wirst hundert Jahre alt.*

Mateldas Ehering, den ihre Mutter von John McVicars bekommen hatte, den Diamantring von Olimpio und das Aquamarin-Armband und die Ohrringe bekam Nicolina.

Die Vatikan-Medaille, die Olimpio und Matelda von Papst Johannes Paul II. für ihre Verdienste erhalten hatten, ging an Matteo.

Silvios San-Antonio-Medaille ging an Arturo.

Silvios Uhr bekam Giorgio – *für meinen wunderbaren Schwiegersohn.*

Den Ehering von Netta bekam Ninos Tochter Anna.

Der Uhranhänger mit dem Aventurin, den Domenica von ihrem Captain zur Verlobung bekommen hatte, ging an Anina.

Der Speranza-Rubin ging an Olimpio – *Bitte, Olimpio, mach was aus dem Rubin. Es ist Zeit. Wenn ich Speranza und Agnese im Himmel treffe, fragen sie sicher danach.*

»Anina, das ist auch für dich«, sagte Nicolina.

»Aber ich habe doch schon Bisnonnas Uhrenanhänger.« Anina öffnete den zweiten Umschlag.

»Was ist es?«, sagte Ida sanft. Anina las den Zettel vor.

Wenn Du eines Tages heiratest, dann schenke Deinem Mann diesen Ehering. Er gehörte meinem Vater Silvio, der, wie Du jetzt weißt, mein Stiefvater war. Ich habe meinen Vater John McVicars nie kennengelernt, und Silvio Birtolini Cabrelli hat sein Leben lang versucht, diesen Verlust auszugleichen. Mein Papa Silvio hat sich sein Leben lang auf sich selbst verlassen, obwohl er keinen Grund hatte, an sich zu glauben. Er wurde arm geboren, ohne einen Vater, der für ihn eintrat, und hätte sehr wohl auf die schiefe Bahn geraten können. Aber seine Mutter Vera Vietro lehrte ihren Sohn zu lieben, egal wie schlecht er behandelt wurde. Ich war nicht blutsverwandt mit ihm wie mein lieber Bruder Nino, aber Papa hat mir nie das Gefühl gegeben, nicht dazuzugehören, und Nino übrigens auch nicht. Wenn Du eines Tages einen Ehemann wählst, dann wähle weise. Dieser goldene Ring wurde von dem Mann getragen, der sich entschieden hat, ein Cabrelli zu sein.

Nicolina stand auf Strümpfen in der Küche und spülte den letzten Teller von Mateldas Leichenschmaus. »Das war der längste Tag meines Lebens.«

»Das kommt dir nur so vor, Mama« – Anina nahm den Teller und trocknete ihn ab –, »weil du mit so vielen Leuten reden und Nonnas Brief vorlesen musstest. Niemand weiß, wie schwer es dir fällt, in der Öffentlichkeit zu sprechen. Das hast du gut gemacht.«

»Grazie. Wenn ich sterbe, sag bitte niemandem, dass ich mit fünfzig noch unter Sozialphobie gelitten habe.«

»Das wird die erste Zeile deines Nachrufs.« Anina kletterte auf den Trittschemel. Nicolina reichte ihr den Stapel mit dem sauberen Geschirr. »Ich kann nicht glauben, wie viele Leute heute für Nonna da waren.«

»Mama wurde in Viareggio geliebt. Siebenundsiebzig Jahre sind eine lange Zeit, wenn man sie am selben Ort verbringt.«

»Ich wünschte, du hättest mich Matelda genannt. Das ist so ein schöner Name.«

»Ich habe dir einen Namen aus der Familie gegeben und dich nach Onkel Nino benannt. Als Kinder standen wir uns nahe, und ich habe ihm versprochen, ein Kind nach ihm zu benennen. Aber Mama und ihr Bruder hatten Streit, als Giacomo geboren wurde, also habe ich ihn nach der Tizzi-Seite benannt. Als du geboren wurdest, dachte ich, es könnte den Streit zwischen meiner Mutter und meinem Onkel ein für alle Mal beenden, wenn ich dich nach ihm benenne. So kam ich auf den Namen Anina. Selbst das hat nicht funktioniert. Mama und Onkel Nino haben einander im Laufe der Jahre auf die Insel gesetzt, als hätten sie dort Ferienwohnrecht.«

»Die Insel?«

»So nannten wir es, wenn Mama nicht mit ihrem Bruder sprach. Ich habe dir nie davon erzählt, weil ich nicht wollte, dass du mit Giacomo den gleichen Blödsinn machst.«

Anina lachte. »Wir kommen ganz gut miteinander aus. Was Inseln betrifft, fahren wir höchstens nach Ischia zum Muschelfest.«

»So soll es auch bleiben.«

»Du hättest mich auch Domenica nennen können.«

»Willst du deinen Namen ändern?«

»Nein, ich finde es nur komisch, dass es in meiner Generation keine Domenica gibt.«

»Das hat seinen Grund. Als ich etwa sieben und Matteo zehn war, wurde Mama schwanger. Sie sagte, wenn das Baby ein Mädchen würde, würde es mir gehören, und ein Junge Matteo. Wir waren immer Konkurrenten, aber das war geradezu lächerlich. Wir wünschten uns beide ein Geschwisterchen und warteten sehnlich auf das Baby. Irgendwann ging Mama ins Krankenhaus und kam ohne Baby zurück. Später erfuhren wir, dass ihr kleines Mädchen tot geboren wurde. Mama hatte sie Domenica genannt.«

»Die arme Nonna.«

»Und jetzt kommt der verrückte Teil. Ich habe meine kleine Schwester Domenica geliebt, obwohl ich sie nie kennengelernt habe. Wie kann das sein? Wie kann man jemanden lieben, den man nicht kennt und nie kennen wird, der für einen selbst aber so real ist wie jeder andere in der Familie?«

»Nonna liebte ihren Vater, den Kapitän, und hat ihn auch nie kennengelernt. Sie hat geweint, als sie mir von ihm erzählt hat. Man kann durchaus jemanden lieben, den man nie kennengelernt hat.«

»Sie hat geweint?«

»Oh ja.«

»Ich kann an einer Hand abzählen, wie oft ich meine Mutter habe weinen sehen. Als sie aus dem Krankenhaus nach Hause kam, hat sie die Wiege abgebaut und dabei geweint. Sie war aus weißem Weidengeflecht mit kleinen gelben Schleifen. Sie hatte Tage gebraucht, um sie vorzubereiten.«

»Du erinnerst dich sehr genau daran.«

»Weil mir das Baby wichtig war. Ich habe mich mein Leben lang nach meiner Schwester gesehnt. Mama war nach dem Baby ein anderer Mensch.«

»Warum hast du mir nie von deiner Schwester erzählt?«

»Damit du dich nicht davor fürchtest, ein Kind zu bekommen.«

»Ich fürchte mich nicht, Mama.« Anina umarmte ihre Mutter. »Jetzt verstehe ich es. Als Nonna im Sterben lag, sagte sie *Domenica*. Sie hat ihre Tochter gesehen.«

»Glaubst du?«

Während Anina Nicolina im Arm hielt, nahm sie sich vor, ihre Tochter eines Tages Domenica zu nennen. Domenica Cabrelli.

Anina saß im Sessel ihrer Großmutter auf der Terrasse, als sie Beppe bellen hörte und die Glastür hinter ihr aufglitt. »Brauchst du etwas, Nonno?«, fragte sie, die Augen aufs Meer gerichtet.

»Ciao, Anina«, sagte Paolo.

Sie drehte sich langsam um. Sie trug noch das Kleid von der Beerdigung und darüber eine Schürze, hatte nackte Füße, und die Wimperntusche war unter ihren Augen zu schwarzen Schatten verlaufen.

Paolo zog einen Stuhl heran. »Das mit deiner Großmutter tut mir leid. Sie war eine großartige Frau. Meine Eltern sagten, es war die größte Beerdigung, die sie in San Paolino je erlebt haben.«

»Danke. Ich habe mich gefreut, euch zu sehen. Sag das bitte auch deinen Eltern.«

»Das mache ich. Wir fanden es nicht angebracht, zum Kaffee zu kommen.«

Anina brachte ein Lächeln zustande, drückte seine Hand und ließ sie wieder los. Paolos gute Manieren hatten ihr immer gefallen. »Du und deine Familie seid jederzeit willkommen.«

»Das spüre ich.« Er lächelte.

»Wie geht es dir so?«

»Ganz gut. Ich wohne bei meinen Eltern, aber nicht für lange. Ich gehe nach Barcelona. Ein paar Freunde haben mich eingeladen, in ihrem Start-up mitzuarbeiten.«

»Glückwunsch, das ist eine tolle Neuigkeit! Das wusste ich gar nicht.«

»Woher auch? Wir reden nicht mehr miteinander.« Paolo sah auf seine Hände.

»Das bleibt nicht so. Nur war ich in den letzten Wochen oft bei Nonna.«

»Es hat mich nicht gestört, dass du Zeit mit deiner Großmutter verbracht hast.«

»Ich weiß. Aber ich habe ein paar Dinge gesagt, die ich nicht hätte sagen sollen. Und wahrscheinlich auch ein paar Dinge getan, die ich nicht hätte tun sollen. Ich habe in den letzten Wochen eine Menge von ihr gelernt. Ich werde versuchen, mich zu bessern. Nicht mehr alles im Leben zu kontrollieren. Vor allem nicht die Menschen, die ich liebe.«

»Ich wollte nicht, dass du mich loslässt.«

»Aber schau, was passiert ist, als ich es getan habe. Du hast einen Job gefunden! Ich habe mir so gewünscht, dass es dir gut geht, und dir nur Steine in den Weg gelegt.«

»Nein, Anina. Du hast mich ermutigt.«

»Ich habe es versucht. Aber ich habe dich auch mit meinen Ängsten gehemmt. Du solltest in einem Beruf glücklich werden, den du liebst, aber ich habe nicht versucht herauszufinden, was das sein könnte. Ich war ein Hindernis, und jetzt hast du einen guten Job. Das hängt alles zusammen.«

»Wenn du meinst.«

»Tut mir leid, dass ich unbedingt heiraten wollte. Wen interessieren schon die Partys. Das Kleid. Ein Diamantring.«

»Ihr habt ein Juweliergeschäft.«

Anina lachte. »Stimmt. Aber es sollte nicht um die Accessoires gehen, sondern um die Heirat als solche.«

»Du arbeitest jetzt mit deinem Großvater zusammen?«

Sie nickte. »Ich lerne Schleifen.«

Paolo saß bei Anina, bis die buttergelbe Sonne ins Meer zu sinken begann. Ab und zu wandte er sich im Abendlicht zu ihr, und dann vergaß sie, warum sie ihn hatte gehen lassen. Ihr Herz hüpfte immer noch bei seinem Anblick, doch das konnte sie ihm nicht sagen. Hätte Paolo gewusst, dass sie noch an ihm hing, hätte er den Job in Barcelona womöglich abgesagt.

»Ich sollte gehen.« Er stand auf.

Anina begleitete ihn zum Aufzug.

»Paolo?«

Sie hielt den Knopf gedrückt, damit die Türen offen blieben.

»Ja?«

»Das Leben ist lang.«

»Machst du mir Hoffnung?« Er lächelte.

»Es gibt immer Hoffnung.« Anina ließ den Knopf los. Die Türen glitten zu. Anina legte die Hand auf den Uhranhänger, nahm ihn vom Kleid und hielt ihn ans Ohr. Sie hörte die Zahnräder leise ticken. »Nonna!«, flüsterte sie. »Sie funktioniert!«

Nicolina bot an zu bleiben, nachdem sie die Wohnung aufgeräumt und die Moka Express fürs Frühstück am nächsten Morgen vorbereitet hatte, doch Olimpio bestand darauf, dass sie zu Giorgio nach Hause ging. Anina schlief bereits im Gästezimmer. Zum ersten Mal seit Mateldas Tod war Olimpio allein. Er saß im Pyjama da und las den Brief, den Matelda ihm zusammen mit dem Speranza-Rubin hinterlassen hatte.

Olimpio,
das hier ist Papas Manifest. Er hat es an dem Abend geschrieben, an dem er den Namen Cabrelli angenommen hat. Druckst Du es bitte aus und gibst es unseren Kindern und Enkeln? Ich hatte es ganz vergessen und möchte es mit ihnen teilen. Papa hatte recht. Eine Familie ist nur so stark wie ihre Geschichten.

In Liebe
M.

MANIFEST DER FAMILIE

Familie. Wir sind Scheunenhof, Zirkus und Bühne, Forum, Spielfeld und Rennbahn. Wir sind Struktur, Architektur und Bollwerk. Wir sind Trost, Zuspruch und Traum. Unsere Verbindung ist unsere Stütze und Hoffnung. Wird das Über-

leben der Familie Laune oder Zufall überlassen, vernachlässigt man die Familie, und ihre Wurzel stirbt. Wir müssen Familie über Arbeit, Spiel und Ehrgeiz stellen. Es muss einen Plan geben, um zu wachsen und zu gedeihen. Ohne Familie ist das Leben weniger wert, wird zu einer bloßen Kette von Ereignissen, zu Langeweile, einer Litanei des Elends und einem Gewaltmarsch in die Einsamkeit. Wenn wir kein gemeinsames Ziel haben, schwinden Produktivität und Fleiß, es kommt zu einem langsamen Niedergang, gefolgt von Armut. Wenn die Familie scheitert, geht auch die Welt unter.

Silvio Cabrelli
1947

Olimpio las Silvios Schlusswort.

Ich habe meinen Enkeln die Geschichte vom Elefanten erzählt, die ich von meinem Schwiegervater Pietro Cabrelli kannte. Er wiederum hatte sie von einem Mann, dem er vor vielen Jahren in Indien begegnet war. Der Elefant starb am Ende der Geschichte. Im Laufe der Jahre habe ich das Ende verändert, weil es den Kindern Angst zu machen schien, und den Elefanten am Leben gelassen. Liebe Familie, ihr seid die Urheber eures Schicksals. In euren Händen liegt das Ende eurer Geschichte und der Beginn einer neuen, wann immer ein Baby geboren wird. Gott weiß, was er tut.

Olimpio faltete das Dokument und steckte es zurück in den Umschlag.

Dann füllte er Argentos Napf und gab Beppe einen Kauknochen. Er knabberte einen von Ida Casciacarros Sesamkeksen, während er durch die Wohnung ging und das Licht ausschaltete. Im Schlafzimmer setzte er sich auf die Bettkante und aß den Keks auf, ging ins Bad und putzte sich die Zähne. Er vollzog das Ritual, ohne in den Spiegel zu sehen.

Olimpio schlug die Bettdecke zurück, schlüpfte aus den Hausschuhen und legte sich auf seine Seite. Er streckte seine Hand zu Matelda hinüber. Vierundfünfzig Jahre lang hatte er derselben Frau einen Gutenachtkuss gegeben, und jetzt war sie fort. Er hatte sich sein Leben lang gefragt, wie sich ein gebrochenes Herz anfühlte, denn er hatte den Schmerz nie kennengelernt. Jetzt wusste er es. Er begann hemmungslos zu weinen. Irgendwann setzte er sich auf und wischte sich die Tränen am Ärmel seines Nachthemds ab. Beppe kratzte von außen an der Tür. Er machte Licht an und ließ den Hund herein. Argento kam gleich mit. Seltsam, Katze und Hund hatten nie in ihrem Schlafzimmer geschlafen. Der Hund hatte ein Bett unter der Treppe, und die Katze streifte nachts durchs Haus, bis sie ein Bücherregal fand, das ihr gefiel.

Olimpio blickte auf den Hund und die Katze hinunter. »Was machen wir jetzt, meine Freunde?« Er ging ums Bett herum und legte sich auf Mateldas Seite. Er löschte das Licht, verschränkte die Hände hinter dem Kopf und schaute zur dunklen Decke hinauf, als wäre sie eine leere Bühne. Die junge Matelda trat auf. Er erlebte den Moment ihrer ersten Begegnung, ihre Liebesgeschichte entfaltete sich vor seinen Augen. Er erinnerte sich, was sie getragen und wie sie sich bewegt hatte, an ihren Duft und ihr Lächeln. Sie war die einzige Frau gewesen, mit der er reden konnte, und weil er dies für den Schlüssel zu einer glücklichen Ehe hielt, hatte er das Gespräch in Gang gehalten. Er hatte eine Frau geliebt, und was für eine!

Beppe sprang aufs Bett und legte seinen Kopf auf Olimpios Brust. Er streichelte sanft den Hund, als er vier Katzenfüße spürte, die über sein Bein bis zur Brust hinaufwanderten. Argento legte sich zwischen Olimpio und das Kopfende aufs Kissen. Die drei Trauernden schliefen bald ein und blieben zusammen, bis die Sonne aufging.

KAPITEL 38

Glasgow
Jetzt

»Hier, Nonno.« Anina klappte das Tablett herunter.

»Verhätschle mich nicht, Anina.«

»Du solltest lieber *mich* verhätscheln. Schau auf dein Ticket. Achtundzwanzigster August. Eigentlich hätte ich heute Paolo Uliana geheiratet.«

»Sollen wir umkehren?«

»Vorerst nicht, Nonno.«

Olimpio lächelte. »Hast du die Verträge gelesen, die ich dir hingelegt hatte?«

»Ja. Ich habe ein paar Fragen.«

»Und ich hoffentlich Antworten.«

»Wenn nicht, erledigen das die Anwälte. Man kann gut mit dir zusammenarbeiten, Nonno. Du sagst, was du denkst.«

»Ach ja? Deine Großmutter hat mich als Maultier bezeichnet. Und das kann ich auch sein. Ich stamme aus einer Bauernfamilie in der Lombardei. Als ich in die Toskana kam, hat mir dein Urgroßvater Silvio Arbeit gegeben. Er hat mich ausgebildet. Ich habe genauso angefangen wie du.«

»Wann hat er sich zur Ruhe gesetzt?«

»Nie. Aber auch ich habe ihm etwas beigebracht. Silvio schliff sieben Tage die Woche seine Steine. Wenn er keinen Auftrag hatte, übernahm er Aufträge von anderen Juwelieren.

Ich versuchte ihm zu erklären, dass die freie Zeit Gold wert sei, weil ein Künstler in ihr träumt. Nachdenkt. Sich Dinge ausmalt. Das ständige Schleifen zermürbt den Edelstein und mit ihm den Künstler. Es war nahezu unmöglich, ihn von der Scheibe wegzubekommen.«

»Hast du es denn geschafft?«

»Letztlich hat mein Schwiegervater verstanden, worum es mir ging. Irgendwann habe ich gesehen, wie er auf dem Pier spazieren ging und aus dem Brunnen trank. Er spielte in Boncoursos Garten mit den anderen alten Männern Karten. Er hatte gelernt, dass man nicht sieht, was um einen geschieht, wenn man nur auf die Scheibe schaut. Man verpasst das Leben.«

Bis Olimpio und Anina am Flughafen Glasgow ihr Gepäck abgeholt hatten und durch den Zoll gegangen waren, war es schon früher Nachmittag. Den ersten Termin mit einem neuen Kunden sollten sie erst am nächsten Morgen haben. Sie gaben ihr Gepäck im Hotel ab und erkundeten zu Fuß die Stadt.

Die Sonne stahl sich immer wieder zwischen violetten Wolken hervor, die über der Stadt schwebten. Die Stadtteile am Nordufer des Clyde waren eine Mischung aus charmanten Sandsteingebäuden, weitläufigen Fabriken und neuen Geschäften. In den Fenstern der Hochhäuser spiegelte sich die ganze Stadt.

Olimpio und Anina traten nebeneinander durch die Bronzetüren der St. Andrew's Cathedral. Das Kirchenschiff war in goldenes Licht getaucht, das durch die Fenster unter der hohen Gewölbedecke strömte. Die hellen Wände, der helle Marmorfußboden und die Eichenbänke erinnerten an ein Weizenfeld im Sonnenschein.

»Es sieht aus wie die Innenseite eines Eherings«, sagte Anina zu ihrem Großvater. »Eine Menge Gold.« Sie bekreuzigten sich und beugten das Knie vor dem Hauptaltar. Anina ging zu der Nische, in der eine Statue der Muttergottes stand. Sie schaute zu der abgeklärten Gestalt im fließenden Gewand, die ihre Hände ausgestreckt hielt und mit dem Fuß eine Gipsschlange zermalmte, die sich um eine blaue Weltkugel wand. Anina holte Kleingeld hervor, warf die Münzen in das Kästchen und zündete eine Kerze an. Sie kniete nieder, schloss die Augen und faltete die Hände zum Gebet. Dann stand sie auf und bekreuzigte sich. »Nonno, möchtest du eine Kerze anzünden?«

»War die für deine Großmutter?«

»Ja.«

»Dann ist alles gut«, sagte Olimpio, doch dann kam ihm ein Gedanke. Er holte eine Münze aus der Tasche, warf sie in den Kasten und zündete ebenfalls eine Kerze an. Dann kniete er sich hin und betete.

»Nonna wird es zu schätzen wissen.« Anina klopfte ihrem Großvater sanft auf die Schulter.

»Die war nicht für sie.« Olimpio stand auf. »Sie war für Domenica. Deine Großmutter war nicht mehr dieselbe, nachdem wir das Baby verloren hatten. Diese Traurigkeit hat sie bis zum Ende in sich getragen.«

Anina folgte ihrem Großvater nach draußen.

Der von Mauern eingefasste italienische Klostergarten befand sich neben der Kathedrale. Das Eisentor zum Garten war angelehnt.

Olimpio las laut vom Handy vor. »Der Garten wurde von der römischen Architektin Giulia Chiarini entworfen.« Er steckte das Handy ein, verschränkte die Hände hinter dem Rücken und ging zwischen den verspiegelten Glasskulpturen hindurch. »Wir sind also den weiten Weg nach Schottland gekommen, um das Werk einer Italienerin zu sehen.«

Kristallklares Wasser floss durch eine silberne Rinne zwischen den hohen Glasskulpturen, in die Weisheiten von Philosophen, Dichtern und Heiligen geätzt waren. Anina suchte, bis sie die Steintafel gefunden hatte, auf der die Namen der Menschen verzeichnet waren, die beim Untergang der *Arandora Star* gestorben waren.

»Nonno, komm mal her.«

Olimpio trat neben sie und schaute zu den Namen auf. »Das ist er«, sagte er gerührt. »Das war Mateldas Vater.« Es hätte seiner Frau alles bedeutet, nach Schottland in diesen italienischen Garten zu kommen und mit eigenen Augen zu sehen, dass John Lawrie McVicars gelebt hatte und gestorben und für seine Verdienste geehrt worden war. »Ich hätte mit ihr herkommen sollen«, sagte er bedauernd.

»Man kann nicht alles in einem einzigen Leben schaffen«, sagte Anina und klang dabei ganz wie Matelda. Sie rollte ein Stück Transparentpapier über der Tafel aus, zog einen Bleistift hinter dem Ohr hervor und fuhr damit über die Buchstaben. Bald tauchte der Name ihres schottischen Urgroßvaters auf dem Papier auf, als träte McVicars persönlich durch die grauen Wolken, um sie zu begrüßen.

»Anina Tizzi!«

»Ja, Nonno?« Anina zeichnete unbeirrt weiter.

»Ist das eine neue Tätowierung auf deinem Arm?«

Aninas Ärmel war heruntergerutscht, sodass man das frische Tattoo sehen konnte.

»Deine Großmutter hätte es gehasst.«

»Dieses hätte ihr vielleicht gefallen.«

Anina steckte den Bleistift hinters Ohr, krempelte den Ärmel hoch und zeigte ihrem Großvater die geschmackvolle Tätowierung. *Matelda* stand in einem zarten Wirbel auf der Unterseite ihres Arms, genau zwischen Ellbogen und Hand.

»Wie haben sie das gemacht?«, fragte Olimpio verblüfft.

»Das sind Künstler. Ich habe ihnen Nonnas Unterschrift gezeigt. Sie war auf einem Scheck, den sie mir zu meinem letzten Geburtstag geschickt und den ich nie eingelöst hatte. Die Idee hatte ich schon die ganze Zeit. Gefällt es dir?«

»Ich glaube schon.« Olimpio staunte über sich selbst.

»Das freut mich. Ich bin schließlich auch ein bisschen schottisch. Eine Rebellin.«

Der Himmel öffnete sich ohne Vorwarnung, wie es in Schottland üblich war. Heftiger Regen prasselte auf die italienischen Touristen nieder.

Anina schob das Transparentpapier in die Jacke. Olimpio knöpfte seinen Mantel zu.

»Komm schon, Nonno. Lauf!«

Epilog

Karur, Indien
Jetzt

Ein schlanker Junge von elf Jahren kniet in einer Grube in der roten Erde. Er hat binnen weniger Monate einen Graben ausgehoben, ganz allein. Der Junge ist etwa einen halben Meter breit und einen Meter fünfzig tief. Er hat sich das T-Shirt um den Kopf gebunden, weil er keinen Hut hat, der ihn vor der heißen Sonne schützt. Rosafarbene Wolken verdecken die Sonne am lapislazuliblauen Himmel und verschaffen ihm ein wenig Erleichterung. Er ist barfuß und hat die zu weiten Shorts in der Taille verknotet, damit sie nicht rutschen. Am Bein der Shorts ist in großen Buchstaben der Schriftzug Nike *aufgestickt.*

Neben ihm steht ein leerer Korb. Er hebt einen Stein auf, der wie eine Pfeilspitze geformt ist, und klopft damit gegen eine Gesteinsader. Er hält den Kopf an den Boden. Ein paar Meter weiter gräbt sein Bruder auf ähnliche Weise. Sein Graben ist drei Meter tief, aber er ist auch älter und erfahrener im Tagebau und daher schneller. Auf dem riesigen Feld verstreut arbeiten weitere Jungen aus ihrem Dorf, wenden die Stein-auf-Stein-Technik an und hoffen auf das gleiche Ergebnis. Sie lauschen auf ein hohles Geräusch als Zeichen, dass sich Gestein in Rubin verwandelt hat.

Der Junge lockert die Erde um den Stein. Der Boden ist feucht, was auf Schlangen oder einen unterirdischen Fluss hindeutet. Der Amaravati fließt ganz in der Nähe. Nach dem Frühjahrs-

regen ist der Boden schlammig, weil sich das Wasser unter die Erde zurückzieht und fingerartige Bäche hinterlässt, die kilometerweit reichen. Es gibt eine uralte Geschichte von einem Elefanten, der am Ufer des Flusses starb, nachdem er einen Förderkorb aus einer Mine gerettet hatte, und jetzt, Jahrhunderte später, wächst dort, wo er umkam, üppiges Grün. Ihm zu Ehren wird die Pflanze Elefantenohr genannt.

Der Junge klopft mit der Pfeilspitze gegen den Stein, um ihn zu lockern. Er zieht ihn heraus. Der Stein ist etwa so groß wie ein Männerschuh. Er klopft damit gegen die Seitenwand der Grube. Nimmt das T-Shirt vom Kopf.

Der Stein ist schwerer als ein gewöhnlicher Feldstein. Seine Hände verraten ihm, dass er anders ist. Er fühlt sich wie ein Schwamm an mit seinen Rillen und Vertiefungen. Er streicht mit den Fingern über erhabene Stellen und tiefe Risse. Kühle Rinnsale aus Stein, die sich wie Glas anfühlen. Er poliert den Stein mit seinem Hemd. Eine Seite ist grau und schwarz gestreift, ganz gewöhnlich. Sein Herz zieht sich zusammen. Doch das Bauchgefühl drängt ihn, nicht aufzugeben.

Der Junge dreht den Stein um und poliert auch die Unterseite. Der Stoff bleibt an etwas hängen. Er entdeckt Punkte und reibt darüber; rote Erdklumpen lösen sich und fallen ab. Der Junge schwitzt, aufgeregt wegen dem, was sich im Stein verbergen könnte, aber auch zögerlich, weil er gute Nachrichten nicht gewohnt ist und seinen Augen nicht trauen mag. Er entdeckt Goldschimmer und blutrote Streifen, so dunkel, dass sie beinahe violett erscheinen. Ein Taubenblutrubin. Er weiß es, weil er einmal einen ähnlichen Stein in der Hand halten durfte. Er hat ihn sich eingeprägt, beschwört ihn jeden Abend vor dem Einschlafen herauf und stellt sich vor, eines Tages einen solchen Stein zu finden. Und jetzt ist es so weit. Sein Herz schwillt an, als wollte es in seinem kleinen Körper explodieren.

Er wickelt den Stein in sein Hemd und klettert aus dem Loch. Er schaut über das schlammige, mit Jungen gesprenkelte Feld und ruft nach seinem Bruder. »Aaie!« Der rennt los; die Dringlichkeit des Rufs verrät ihm, dass der Jüngere einen Schatz gefunden hat.

Die Jungen, die auf dem Feld arbeiten, lassen ihre Werkzeuge fallen und klettern aus den Gräben. »Aaie!«, rufen sie. Bald umringt eine kleine Armee von Jungen den, der den Stein gefunden hat.

Wenn einer von ihnen einen Rubin findet, teilen sie die Ausbeute auf. Wenn sie die Ausbeute teilen, haben sie zu essen. Sie sind eine Familie, die durch etwas weit Tieferes als einen Namen verbunden ist. Es gibt nur einen Tisch, und alle sind zum Festmahl geladen.

Die Jungen hüpfen und schreien und tanzen, um ihr Glück zu feiern. Der Junge hält den Rubin hoch, damit alle ihn sehen können. Der Glückliche hebt sein Gesicht zur Sonne und ruft: »Leben!«

Danksagung

In diesem Roman geht es darum, wie wir leben und was wir nach unserem Tod zurücklassen. Natürlich werden Sie, liebe Leserin, lieber Leser, mir sagen, dass es auch um viele andere Dinge geht – und im Zentrum von allem oder zumindest von allen Geschichten, die ich zu erzählen versuche, steht die Familie. Ich widme dieses Buch unserer Tochter Lucia. Ihre Ankunft in dieser wunderbaren, müden Welt hat unser Leben lebenswert gemacht. Benannt nach meiner Großmutter mütterlicherseits, Lucia Bonicelli, hat unsere Tochter ihr gutes Herz, ihr Einfühlungsvermögen und ihr Auge fürs Detail geerbt.

Als Lucia fünf Jahre alt war, fragte ich sie, was sie einmal werden wolle. Ich hatte erwartet, dass sie Lehrerin, Künstlerin oder Astronautin sagen würde, stattdessen sagte sie: »nett«. Sie versteht die moralische Verpflichtung zur Freundlichkeit. Das hat ihr niemand beigebracht – es steckt einfach in ihr drin. Ich hoffe, dass sie neben den Gaben Gottes auch einige Wertvorstellungen mitbekommen hat, die sie noch lange nach unserem Tod stützen werden – und die größte davon ist natürlich die Liebe.

Es ist mir eine Ehre, von den fantastischen Leuten bei Dutton und Penguin Random House veröffentlicht zu werden. Unter der großartigen Leitung Ivan Helds, eines langjährigen, vertrauten Freundes, der diesen Roman mit Begeisterung und Unterstützung aufgenommen hat, kehre ich in das Nest der Familie zurück. Maya Ziv ist ein funkelnder Stern am Firmament junger Lektorinnen, und ich habe das Glück, erneut mit ihr zu arbeiten. Manchmal legt das Schicksal einem eine Rose auf den Weg, und ich werde an Maya festhalten, solange sie es zulässt. Mein tief empfundener Dank gilt dem spektakulären Team bei Dutton: Christine Ball, John Parsley, Lexy Cassola, Amanda Walker, Stephanie Cooper, Katie Taylor, Jamie Knapp, Hannah Poole, Caroline Payne, LeeAnn Pemberton, Mary Beth Constant, Katy Riegel, Chris Lin, Julia Mehoke, Susan Schwartz, Ryan Richardson, Dora Mak und Tiffany Estreicher. Ein weiterer Dank gilt dem PRH-Verkaufsteam, das die Bücher zu Ihnen bringt. Kim Hovey ist ein Juwel. Vi-An Nguyen hat ein Cover gestaltet, das die Geschichte in herrlichen Farben und Details einfängt. Das Innendesign ist so schön, wie ich es noch bei keinem Roman gesehen habe. Pat Stango ist das große technische Genie bei PRH.

Bei PRH UK danke ich Clio Cornish, Lucy Upton, Gaby Young, Madeleine Woodfield, Deidre O'Connell, Kate Elliot, Hannah Padgham, Louise Moore und Maxine Hitchcock sowie der unersetzlichen Eugenie Furniss und Emily MacDonald von 42. Ich danke Tara Weikum, Danielle Kolodkin und meinen alten Freunden bei Harper's sowie Suzanne Baboneau und Ian Chapman von S&S UK.

Bei *WME* danke ich dem zierlichen Dynamo, meiner langjährigen Kollegin Suzanne Gluck, wie auch den geliebten Nancy Josephson, Jill Gillett, Andrea Blatt, Nina Iandolo, Ellen Sushko, Wesley Patt, Caitlin Mahony, Oma Naraine, Tracy Fisher, Sam Birmingham und Alicia Everett.

Bei *Sugar23* arbeite ich begeistert mit dem hochkarätigen Team aus Katrina Escudero, Sukee Chew, Michael Sugar, Esmé Brachmann und Viola Yuan zusammen. Bei Sunshine Sachs steuert die großartige Brooke Blumberg den Bus. Mein

Dank gilt den Produzenten Laurie Pozmantier, Larry Sanitsky und Katherine Drew. Richard Thompson von Breechen Feldman Breimer Silver & Thompson, LLP, ist der beste Anwalt in der Branche.

Mein immerwährender Dank und meine Liebe gelten Bill Persky, meinem Mentor, Vater, Freund und Kumpel, dessen kreatives Genie auf Papier und Bühne unser aller Leben reicher, besser und lustiger gemacht hat.

Gail Berman ist die Schwester, die ich anrufe, um Probleme zu lösen und mich auf den rechten Weg führen zu lassen. Danke für deine Weisheit und dein liebevolles Herz.

Michael Patrick King, der immer da ist, ob beim morgendlichen Anruf oder der Panik um Mitternacht; ich danke dir für alles, was du bist und was du tust.

Die Glory of Everything Company wird klug, unermüdlich und zielstrebig von Alexa Casavecchia geleitet. Vielen Dank an Alexa und unser Team: Emily Metcalfe und Maxwell Seiler, die für *Adriana Ink* verantwortlich sind, sowie Andrea Rillo, die brillante Künstlerin hinter unseren Social-Media-Kampagnen. Unsere Praktikanten sind die Stars von morgen. Vielen Dank an: Jacob Cerdena, Jaden Daher, Emma Freund, Ashley Futterman, Paige Michels, Steffi Napoli, Annika Salamone, Maddie Smith und Lauren Taglienti.

Cynthia Olson hat akribisch recherchiert und unermüdlich gearbeitet, um den Ereignissen im Roman Wahrhaftigkeit und historischen Kontext zu verleihen. Auch möchte ich meiner Familie in Italien danken: Andrea Spolti, Paolo Grassi und Andrea Pizio. Mein Großonkel und Journalist, der verstorbene Monsignore Don Andrea Spada, war viele Jahre lang Herausgeber des *L'Eco di Bergamo*. Die großartige Zeitung und ihre hervorragenden Artikel haben den zeitgenössischen Bogen der Geschichte unterfüttert.

Auf Einladung von Kristin Dornig belegte ich im Auktionshaus Christie's in New York einen Kurs über die Juwelen der Maharadschas und Moguln in Indien, der mir das Grundwissen für diesen Roman vermittelte. Die traditionsreiche Juweliersfamilie Montaquila aus Connecticut bot mir einen Einblick in die handwerklichen Aspekte des Schmuckdesigns. Vielen Dank, Madeline.

Falls Sie sich für die Deportation von Männern und Jungen italienischer Abstammung in Schottland während des Zweiten Weltkriegs interessieren, empfehle ich Peter Gillmans und Leni Gillmans *Collar the Lot! How Britain Interned and Expelled its Wartime Refugees*. *Inside Europe* und *Inside Latin America* von John Gunther informieren über die politischen, wirtschaftlichen und moralischen Zustände der europäischen Länder vor dem und während des Zweiten Weltkriegs.

Um mir einen breiteren historischen Kontext zu erschließen, las ich unter anderem Werke von H. G. Wells, Erik Larson, Philip Paris, Donatella Tombaccini und Oswald Mosley. Benito Mussolinis *Essays über Faschismus* ist eine Fibel über die teuflische List der Diktatoren. Wer Wahrheit und Schönheit sucht, sollte Helen Barolinis *Crossing the Alps*, Kinta Beevors *Der Garten im Himmel. Eine Kindheit in der Toskana*, Franco Zeffirellis Autobiografie *Zeffirelli* und Giuliano Bugiallis *Foods of Tuscany* lesen.

Wir sind den Krankenschwestern, ohne die es keine Heilung gäbe, zu großem Dank verpflichtet. Es ist mir eine Ehre, ihre Arbeit und die Geschichten, die sie mit mir geteilt haben, auf diesen Seiten zu würdigen. Danke an die wunderbaren Krankenschwestern des Saint Vincent's Hospital Emeritus in New York City und den Poor Servants of the Mother of God im St. Mary's Hospital in Norton, Virginia. Catherine Shaughnessy Brennan vermittelte mir Einblicke in die Altenpflege. Meine Schwägerin Brandy Trigiani arbeitet als Krankenschwester in der Onkologie und inspirierte mich zu den Beziehungen unter den jungen Krankenschwestern im Hôpital Saint-Joseph in Marseille. Die verstorbene Irene Halmi diente als Krankenschwester im Zweiten Weltkrieg, ihre Geschichten aus dieser Zeit sind ein wahrer Schatz. Ralph Stampone, der 1946 ehrenvoll aus der US-Marine entlassen wurde, vermittelte mir Wissen über medizinische Verfahren während des Krieges.

Ohne die Geschichte von Nina Passarelli, die während des Krieges die Notre Dame de Namur Convent School in Dumbarton besuchte, wäre es mir unmöglich gewesen, über eine italienische Immigrantin in Schottland zu schreiben. Ninas Tochter Anna erzählte mir die überlieferten Geschichten in großer Detailgenauigkeit. Leider starb Nina, während ich am Roman schrieb. Ich bin der gesamten Familie Casavecchia/Passarelli sehr dankbar, dass sie Ninas Leben mit mir geteilt hat. Danke an Anna, Joe, Erica und Joseph Casavecchia und Joseph Casavecchia sen.

Die Darsteller und das Team von *Then Came You* haben mich 2020 dazu gebracht, mich in Schottland und seine Menschen zu verlieben. Die majestätische Landschaft erinnerte mich an meine heimatlichen Appalachen. Vielen Dank, Kathie Lee Gifford, dass du mir die Regie für deinen Film / dein Baby anvertraut hast. Andy Harris, unser Setdesigner, hat mir die zeitlose Schönheit seines Landes gezeigt, die Reynaldo Villalobos, der großartige Kameramann, gekonnt eingefangen hat. Megan und Craig Ferguson, meine Lieblingsburgwächter, haben dafür gesorgt, dass mir Schottland noch lange nach meiner Abreise in der Seele geblieben ist.

Vielen Dank an die starken italienischen Amerikanerinnen und Amerikaner: Louisa Ermelino, Mary Pipino, Joe

Ciancaglini, Robin und Dan Napoli, Mario Cantone und Jerry Dixon (IBM), Gina Casella von AT Escapes, Angelo und Denise Vivolo, Anthony und Maria Tamburri, Aileen Sirey, Eileen Condon, Pat Tinto, Rossella Rago Pesce und Nick Pesce, Brenda Vaccaro, Lorraine Bracco, John Melfi und Andrew Egan (IBM), Joanne LaMarca, Caroline Giovannini, Mary A. Vetri, Ed und Chris (Pipino) Muransky, Gina Vechiarelli, Beth Vechiarelli Cooper, Dominic und Carol Vechiarelli, Denise Spatafora, Lora Minichillo, Dolores Alfieri Taranto, Dominic Candeloro, Marolyn Ferragamo Senay, Theresa Guarnieri, Carla Simonini, Donna DeSanctis, Marisa Acocella, Violetta Acocella, Susan Paolercio, Regina Ciarleglio, Josephine Pellegrino, Florence Marchi, Anthony Giordano, Lisa Ackerman, Christine Freglette, Miles Fisher, die Frauen von NOIAW, die Sons and Daughters of Italy und die Columbus Citizens Foundation. Der unvergleichliche Autor David Baldacci ist mein Ehrenbruder und Coach – es gibt keinen besseren.

In dieser Zeit voller Verlust und Leid sind viele großartige Angehörige und Freunde ins nächste Leben übergegangen. Meine Familie trauert um unsere Cousins und Cousinen Bobby Ferris, Ignatius Farino, Eva Palermo, Constance Ciliberti Bath, Constance Rose Ruggiero, Connie Butler und Catherine »Kitty« Calzetti. Wir trauern auch um Großtante Lavinia Perin Spadoni und Tante Peggy McBain.

Die Virginier: Von Big Stone Gap bis zum Capitol gedenken wir Senator John Warner, Carolyn Bloomer, Dr. Henry David Patterson, Ginny Patterson, Ben Allen, Midge Hall, Paula Sue Gillespie Isaac, David Isaac Jr., Morris Burchette, Johnny Cubine, Butch Lyke und N. Brent Kennedy. *Die Miss Americas:* Phyllis George und Leanza Cornett. Sie waren von innen und außen schön und liebevolle Mütter. *Der Priester/Pastor/*

Schriftsteller/Aufrührer von Glenmary: Pater John Rausch war mein geistlicher Berater, seit ich ein Mädchen war. Es war ein Segen, ihn zu kennen.

*Geliebte Schauspieler*innen/Künstler*innen/Schriftsteller*innen/Designer*innen* (und nicht nur meine): James Hampton, Leila Meacham, Ed Stern, Mary Pat Gleason, Walter Hicklin, Jay Sandrich, Lynn Cohen, Robert Hogan, Alice Spivak, Rebecca Luker, Monty und Marilyn Hall, Dorothea Benton Frank und Willie Garson. *Engel:* Der Sohn von Melissa Smith und der Enkel von Susan Sanders, Logan Smith, Shannon DeHart, Patricia Lynn McMahon Vogelsang, Tante Pauline »Polly« Harold und James Natel Gomes de Oliveira Filho.

Die New Yorker: Bunny Grossinger, der großartige Charlie Weiner (Lynns Ehemann, immer großzügig und freundlich), Sonny Grosso (eine Hälfte von *The French Connection* und Italo-Amerikaner durch und durch), Dorothy Tota von Long Island und Cartier und Dr. Emil Pascarelli (Dees Ehemann und der beste Mensch, den es je gab).

Die Väter, gute und freundliche Männer: Victor Peccioli, Dr. Vincent DeFranco, Marvin Gilliam, Vincent Festa, Joseph V. Trigiani, Jordan Barnette, Bruce Kerner, Jack Carrao, Alfred Shelton, Dennis Richard Myers, Joseph B. Rienzi, Eddie Mugavero, Gregory Piontek, Robert E. Isaac Sr., Joe Toney, Ronnie Coughlin, L. C. Coughlin, Steven Goffredo, Jack Hurd und Bernard Passarelli.

Wir werden diese wunderbaren Mütter für immer in unseren Herzen tragen: Doris Emmerson, Betty Joyce Ball, Patti Webb Cornett, Marie Castellano, Barbara Ann Festa, Nellie Millet Williams, Esther D. Wing, Jean Hendrick, Evadean Church, Carlotta Browder, Janet Salerno Bellanca, Nancy Cline Toney, Eleanor »Fitz« King, Ardeth Fissé, Dolores »Dee«

Losapio, Marie Trigiani, Rita Joan Holwager, Susan Cooperman Tannenbaum, Theresa Joan Winiecki, Portia McClenny, Marie Salerno, Cheryl Scarelli, Rosalyn Mugavero, Nina Coughlin, Martha Bolling Wren Ford, Billie Louise Peters Gabriele, Norma A. Siemen, Jean DeVault Hendrich, Rosalia Helen LaValley Pentecost und Marie Casavecchia.

Der Verlust von Shirley Cavallo, Visionärin/Köchin/Designerin und Inhaberin von La Locanda Del Cavallo in Easton, Pennsylvania, ist unermesslich. Ich habe viel gelernt von ihrer üppigen und wunderbaren Großzügigkeit. Ihr geliebter Sohn Brondo, mein Ehrenbruder, führt ihre spektakuläre Arbeit weiter.

James Huber Varner fuhr das Wise County Bookmobile. Als Mädchen war es für mich ein Ereignis, wenn er in Big Stone Gap haltmachte. Er hatte immer ein Lächeln oder eine Empfehlung für mich. Ich habe ihn vergöttert.

Wunderbare Pädagoginnen und Pädagogen haben die Welt verändert und leben im wachen Verstand der Schüler weiter, die sie unterrichtet haben: Wir werden Dorothy Ruggiero, Dr. George Vaughn, Peggy Vaughn, Connie Clark und Anthony Baratta sehr vermissen.

Das *Origin Project* betreut in meinem Heimatstaat Virginia über 2500 Schüler der Klassen 1 bis 12 und hat einen ganzen Garten talentierter junger Schriftstellerinnen und Schriftsteller hervorgebracht. Das schulinterne Schreibprogramm würde nicht ohne die Vision und den Mut der Leiterin und Mitbegründerin Nancy Bolmeier Fisher existieren. Unser tief empfundener Dank gilt Ian Fisher und Ryan Fisher. Linda Woodward hält die Räder am Bus, und Rhonda Carper lässt die Reifen rotieren, wenn wir sie am meisten brauchen.

Danke an das Team von *The House of Love* bei Viking, wo mein erstes Kinderbuch von der unvergleichlichen Amy June

Bates illustriert wurde. Vielen Dank an meine brillante Lektorin Tamar Brazis und ihr Team: Olivia Russo, Ken Wright, Denise Cronin, Lucia Baez, Jed Bennett, Leah Schiano, Alex Garber, Lauren Festa, Carmela Iaria, Summer Ogata und Shanta Newlin.

Vielen Dank an Ernestine Roller und Billie Jean Scott, die Bibliothekarinnen, die mich in ihren Schulbibliotheken in Big Stone Gap mit offenen Herzen empfangen haben. Ich stehe tief in ihrer Schuld.

Mein ewiger Dank gilt: Jean und Jake Morrissey (die einzigen Freunde auf der Welt, die nachts um zwei tatsächlich ans Telefon gehen), Tony Krantz und Kristin Dornig, George Dvorsky, Bruce Feiler, Mary Ellen Fedeli, Ron Block, Dorothy Isaac, Dianne und Andy Lerner, Spencer Salley, Jayne Muir, Nigel Stoneman und Charles Fotheringham, Kim Isaac DeHart, Liza (Brian) und Jamie (Mark) Persky, Ali Feldon, Alan und Robin Zweibel, Lou und Berta Pitt, Doris Gluck, Tom Dyja, Wiley Hausam, Dagmara Domincyzk und Patrick Wilson, Philip Grenz, Christina und Willie Geist, Joyce Sharkey, Jody und Bill Geist, Jackie und Paul Wilson, Schwester Robbie Pentecost, Karen Johnson, Roland LeBreton, Steven Williams und Michael Stillman, Heather und Peter Rooney, Aaron Hill und Susan Fales-Hill, Mary K. und John Wilson, Jim und Kate Benton Doughan, Joanna Patton, Polly Flanigan, Michael Morrison, Angelina Fiordellisi und Matt Williams, Michael La Hart und F. Todd Johnson, Richard und Dana Kirshenbaum, Karen und Gary Hall, Michael und Rosemarie Filingo, Nancy und Jimmie Kilgore und Kenny Sarfin.

Es ist mir eine Ehre, im Land meiner Wurzeln so elegant veröffentlicht zu werden. Vielen Dank an das Team von Tre60 in Mailand: Stefano Res, Cristina Prasso, Chiara Ferrari, Valentina Russo, Barbara Trianni und Giulia Tonelli.

Danke an die großartigen Frauen, deren Freundschaft ich sehr schätze: die wunderbare *attriche* Mary Testa, Ruth Pomerance, Elena Nachmanoff, Dianne Festa, Wendy Luck, Jasmine Guy, Jane Cline Higgins, Helene Bapis, Monique Gibson, Liz Travis, Cate Magennis Wyatt, Sharon Ewing, Kathy McElyea, Mary Deese Hampton, Sharon Gauvin, Dori Grafft, Dana Chidekel, Mary Murphy, Nelle Fortenberry, Dee Emmerson, Norma Born, Christina Avis Krauss, Rebecca Pepin, Jueine D'Alessandro, Barbara Benson, Eleanor Jones, Veronica Kilcullen, Andrea Lapsley, Mary Ellinger, Iva Lou Johnson, Betty Fleenor, Nancy Ringham Smith, Michelle Baldacci, Sheila Mara, Hoda Kotb, Kathy Ryan, Jenna Elfman, Janet Leahy, Courtney Flavin, Susie Essman, Aimee Bell, Constance Marks, Becky Browder Neustadt, Connie Shulman, Sharon Watroba Burns, Sister Karol Jackowski, Elaine Martinelli, Karen Fink, Sarah Choi, Robie Scott, Pamela Stallsmith, Candyce Williams, Margo Shein, Robyn Lee, Carol Fitzgerald, Robin Homonoff, Zibby Owens und Kathy Schneider. Vielen Dank an Betty Cline, meiner Mutter ehrenhalber.

Weitere Dankbarkeit und Liebe an: Emma und Tony Cowell, Hugh und Jody Friedman O'Neill, Whoopi Goldberg, Tom Leonardis, Dolores Pascarelli, Eileen, Ellen und Patti King, Sharon Hall und Todd Kessler, Charles Randolph Wright, Judy Rutledge, Greg und Tracy Kress, Mary Ellen Keating, Lorenzo Carcaterra, Max und Robyn Westler, Tom und Barbara Sullivan, Brownie und Connie Polly, Beáta und Steven Baker, Todd Doughty und Randy Losapio, Craig Fissé, Steve und Anemone Kaplan.

Man hört in der Tat nie auf, um seine Mutter zu trauern. Während der Arbeit an diesem Buch habe ich oft an meine Mutter Ida Bonicelli Trigiani gedacht. Meine Großmütter haben mich während des Schreibprozesses begleitet. Irgendwie hat meine Großmutter Viola Perin Trigiani ihren Weg ins Unterbewusstsein von Matelda Roffo gefunden und ist dort geblieben. Mein Vater Anthony ist immer in meinen Gedanken, wenn ich über das kreative Leben und/oder Diktatoren schreibe. (Er würde das urkomisch finden. Vielleicht.)

Ich danke meinen Brüdern und Schwestern, ihren Ehemännern, Ehefrauen und Familienangehörigen. Dave und Carol Stephenson sind so ziemlich die besten Schwiegereltern, die man sich wünschen kann – und ihr Sohn Tim, mein Mann, kann alles reparieren, auch einen zerbrochenen Geist. Er wird mich nicht mehr los, so.

Ich bin zwei Priestern dankbar. Der große Jesuit Reverend Joseph M. McShane hat sein Leben und sein Herz der Fordham University gewidmet. Er wirft einen langen Schatten. Und ich danke dem Priester der Saint Andrew's Cathedral in Glasgow, der mich eingeladen hat, den Gedenkgarten für die italienischen Schotten zu besuchen, die auf der *Arandora Star* umgekommen sind. Eine zufällige Begegnung gab den Anstoß zu diesem Roman. Mir enthüllte sich eine wahre Geschichte, die meinen Blick auf die Welt verändert hat. Vater, auch wenn ich Ihren Namen nicht kenne, werde ich Sie nie vergessen. Mille grazie.

Über die Autorin

Adriana Trigiani ist *New York Times*-Bestsellerautorin von zwanzig Romanen und Sachbüchern, darunter *The Shoemaker's Wife*. Ihre Bücher wurden weltweit in achtunddreißig Sprachen veröffentlicht. Außerdem ist sie eine preisgekrönte Dramatikerin, Fernsehautorin und -produzentin sowie Filmemacherin. Sie schrieb das Drehbuch zur Verfilmung ihres Debütromans *Der beste Sommer unseres Lebens* und führte selbst Regie. Adriana Trigiani wuchs in den Blue Ridge Mountains in Virginia auf, wo sie das Origin Project mitbegründete. Sie ist stolzes Mitglied des New York State Council on the Arts und wohnt mit ihrer Familie in New York City.